Michael Adam

novum pro

Dieses Buch ist auch als
e-book
erhältlich.

www.novumverlag.com

Bibliografische Information
der Deutschen Nationalbibliothek:

Die Deutsche Nationalbibliothek
verzeichnet diese Publikation in
der Deutschen Nationalbibliografie.
Detaillierte bibliografische Daten
sind im Internet über
http://www.d-nb.de abrufbar.

© 2017 novum Verlag

ISBN 978-3-95840-519-6
Lektorat: Tobias Keil
Umschlagfotos: Teekaygee,
Krzysztof Drygalski | Dreamstime.com
Umschlaggestaltung, Layout & Satz:
novum Verlag

Gedruckt in der Europäischen Union
auf umweltfreundlichem, chlor- und
säurefrei gebleichtem Papier.

www.novumverlag.com

Wenn sie dir liniertes Papier geben, „"
„„dann schreibe quer über die Zeilen.

Juan Ramón Jiménez, 1881 bis 1958,
spanischer Schriftsteller

Aus gegebenem Anlass: Bei diesem Buch handelt es sich um einen Roman, der sich nicht auf tatsächliche Handlungen stützt. Auch alle Personen sind im Kopf des Autors entstanden. Sollte jemand glauben, in den Figuren dieses Romans eine lebende oder verstorbene Person wiederzuerkennen, so handelt es sich allein um ein Produkt seiner eigenen Fantasie.

Die Mehrzahl der in Deutschland benannten Orte und Landschaften haben ebenfalls Fantasienamen. Sollte es dennoch einen Ort oder eine Gegend gleichen Namens geben, so ist dies unbeabsichtigt erfolgt – und ich bitte um Nachsicht.

Nicht erfunden sind die Landschaftsbeschreibungen und die Orte in Frankreich und Spanien. Das gilt auch für die Rothuhnjagd und die Stierläufe. Und für die Windparks.

Allerdings sind die Bodega „Marqués de Monte Cantabria", die Kampfstier-Finca und die Lodge „Las Tresfuentes" sowie der Name und der Firmensitz von LA.RACHA Erfindungen.

Auch die Namen der handelnden Spanier sind frei gewählt, die es, hoffentlich, in derselben Weise nicht im richtigen Leben gibt. Auch für sie gilt: Sollte es trotz sorgfältiger Internet-Recherche Personen gleichen Namens geben, so bitte ich um Verzeihung. Es war nicht beabsichtigt.

Demgegenüber: Vogelmorde sind leider traurige Realität.

Vielen lieben Dank an alle, die mir beim Werden dieses Romans geholfen haben, vor allem Margarita mit ihrer großen Geduld!

INHALT

Herbert Bisshaus, Geschäftsführer
„Kraft-durch-Wind-GmbH"

Rudolph Brackmann, Gründungsmitglied der Firma
„Kraft- durch-Wind GmbH"

Joaquín Rodrigo Cazallén, Besitzer der Lodge
„Las Tresfuentes" nahe Salamanca

Olga Husse-Daubner, Aktivistin der „Gesellschaft
für Vogelkunde und Ökologie, GVÖ"

Heinrich Frausker, Gründungsmitglied der Firma
„Kraft-durch-Wind GmbH"

Isabel de Guideará, Deutschland-Beauftragte des spanischen
Windkraftkonzerns LA.RACHA

Mark Keting, Pressesprecher der „Gesellschaft
für Vogelkunde und Ökologie, GVÖ"

Dr. Dr. Karlemann B. Liebich, Kreisrat,
Gründungsmitglied der Firma „Kraft-durch-Wind GmbH"

Martin, Ex-Freund von Isabel und Ex-Kamerad von Antonio

Milan, Hauptfigur, **Milana,** seine Frau, **Milva** und **Milvus,**
deren Kinder

Birte Oiseaux, Aktionistin der „Gesellschaft für
Vogelkunde und Ökologie, GVÖ"

Jan Protesta, Vorsitzender der „Gesellschaft für
Vogelkunde und Ökologie, GVÖ"

Antonio Gollardi Readolo, Kampfstier-Züchter,
Freund von Isabel

Friedemann Scharfe, Chefredakteur der Lokal-Zeitung

Veith Schwarz, Aktivist der „Gesellschaft für Vogelkunde
und Ökologie, GVÖ" und zugleich Gründungsmitglied
der Firma „Kraft-durch-Wind GmbH"

Ansgar Steinweg, Gründungsmitglied der Firma
„Kraft durch Wind GmbH"

Claudia Swahrdran, Redakteurin der Lokal-Zeitung

Marie-Asunción Monrique de Taray y Gorzón,
Ehefrau des Vorstandsvorsitzenden des Windkraftkonzerns
LA.RACHA

Don Hernández Monrique de Taray y Gorzón,
Vorstandsvorsitzender des Windkraftkonzerns LA.RACHA

Mika Zúmgaertner, Anwalt der Firma
„Kraft durch Wind GmbH"

EINS

Heute hat er mich erwischt. Ich bin getroffen. Schon seit Tagen war er hinter mir her. Hatte mich verfolgt, beobachtet, ins Visier genommen. Immer wieder war ich ihm entkommen. Bis jetzt! Jetzt hat er mich. Ich bin getroffen. Eine Kugel aus einem Gewehr. Eine Repetierbüchse HW 66 der Firma Weihrauch. Ausgerechnet Weihrauch. Symbol für Reinigung, Verehrung und Gebet. Und ausgerechnet Weihrauch, eine deutsche Firma.

Mit Kaliber.22 lfb hat er auf mich angelegt und abgedrückt .22 lfB HV. Ein Hochgeschwindigkeitsgeschoss hat mich getroffen und ist tief in meinen Körper eingedrungen. Ich fühle, wie das Leben mich verlässt. Mit jedem Herzschlag strömt Blut aus meiner Wunde und mit ihm etwas mehr von dem bisschen Leben, das ich in diesen letzten Sekunden noch habe.

Ich blicke hinauf in den Himmel über Spanien. Es ist ein lichter blauer Himmel mit wenigen weißlichen Schleierwolken, wie sie im Herbst so oft über der Iberischen Halbinsel zu finden sind. Dieser Himmel hat mich mein Leben lang getragen. Ich bin in der Blüte meiner Jahre. Voller Kraft, voller Eleganz, voller Stolz und Männlichkeit.

Und nun liege ich hier auf dem felsigen Grund nahe dem Peña Gorda, dem dicken Felsen am westlichen Rande der Provinz Kastilien-Leon, unweit der portugiesischen Grenze. Hier verbringe ich meine Winter. Wenn es in Deutschland, meiner Heimat, stürmt und schneit, wenn der Westwind Schmuddelwetter und der Ostwind Väterchen Frost bringt.

Ich sehne mich zurück. Nach Hause.

ZWEI

Traunsel. Kleines, schmuckes Dorf in der Gemeinde Nirgenshüsen. Ein paar Häuser, zwei, drei Straßen, ein Ober- und ein Unterdorf und ein kleiner See. Mein kleines Dorf.

Hier, in den hügeligen Auen, inmitten der Wälder und Felder und Weideflächen, hier kam ich zur Welt. Es roch nach frisch gemähtem Gras, es ging ein leichter Frühlingswind und die Blumen reckten ihre bunten Köpfe hinauf zur Sonne. In dieser Idylle erblickte ich das Licht der Welt. An einem freundlichen Tag mit Wärme, Licht und Liebe.

Meine Eltern blickten mit Stolz auf mich und meine zwei älteren Schwestern. Besonders stolz schaute mein Vater auf mich herab und verwöhnte mich nicht nur einmal mit etwas mehr als seine beiden Töchter. Wenn Mama nicht mit Argusaugen wachte, bekam ich von Papa immer einen Extrahappen. Ich, Milan der Rote, einziger Sohn, Stammhalter, Vaterstolz.

Ich war der Jüngste und war schmächtig. Meine Eltern schauten mehr als einmal mit Sorgen auf mich, denn ich schwächelte. Doch immer wieder rappelte ich mich auf und eines Tages war auch ich zu einem stolzen jungen Mann erwachsen, dem Vater wie aus dem Gesicht geschnitten.

Meine Schwestern, wundervolle Geschöpfe und ganz nach ihrer schönen Mutter geraten, waren schon flügge und hatten Anderes im Sinn, als mich mitzuschleppen.

So zog ich allein meine Kreise, lernte andere Jungen und Mädchen kennen und wir spielten und lernten und lebten gemeinsam, ganz wie die anderen Bewohner von Traunsel.

Nur mit dem Unterschied: Meine Eltern und meine Schwestern, meine Freunde und Spielkameraden, wir alle blieben nicht in Traunsel. Im Herbst, wenn die ersten kalten Winde anzeigten, dass der Sommer unwiederbringlich vorbei war und die nass-kalte Jahreszeit Einzug hielt, dann kam Unruhe auf. Wir versammelten uns und die Älteren gaben das Signal zum Aufbruch.

Aufbruch nach Süden, hinein in die Sonne, in die Wärme der Iberischen Halbinsel, wo es viele Deutsche hinzieht, die dort in warmen Gefilden ihre Wintertage verleben wollen. So auch wir, meine Eltern, meine Schwestern, meine Freunde und ich, Milan der Rote.

Viele Jahre ist es her, dass ich in Traunsel geboren wurde. Viele Male bin ich mit Milana, meiner wundervollen Frau und Lebensgefährtin, zwischen Traunsel in Deutschland und La Peña in Spanien gependelt.

Nun nähert sich meine Lebensreise ihrem Ende.

Es ist königliches Blut, das in mir pulsiert. Ich bin von edler Abstammung. Voller Bewunderung nennen sie mich in Deutschland Milan, den Königlichen. Ebenso in Spanien, in Frankreich, in Italien.

Nur auf der Britischen Insel, wo einige wenige meines Geschlechts mehr schlecht als recht Fuß gefasst haben, werden sie als Drachen geschmäht.

Doch das ändert nichts: Ich entstamme einem uralten Geschlecht, dessen Familiengeschichte bis weit in das Mittelalter hinein nachvollziehbar ist.

Eine königliche Linie, die durch alle Zeiten der Zeit und gegen alle Unbill sich behauptet und bis heute überlebt hat. Bis zu mir, Milan, der der Rote genannt wird.

Mein Großvater erzählte mir von der Zeit, als es in Traunsel aufgeregt zuging. Es gab seinerzeit einen Zaun ganz in der Nähe unseres Dorfes, der quer über die Landschaft verlief und der die östlichen Ländereien von unseren westlichen trennte.

Eines Tages wurde der Zaun abgeräumt, erzählte mein Großvater, und es war für einige Zeit vorbei mit dem beschaulichen Leben, das wir führten.

Es herrschte große Aufregung. Die Straßen waren voll knatternder Trabant- und Wartburg- und Barca-Autos. Eine unendliche Karawane ergoss sich über den verschwindenden Zaun und floss wie das Delta eines großen Flusses hinein in die Dörfer, die Städte und Regionen.

Und von meinem Vater erfuhr ich, dass der Zaun nicht mehr aufgebaut wurde. Dass er verschwand und sich die ganze Aufregung legte. Stattdessen gab es unendlich viele Baustellen, die davon zeugten, dass Neues geschaffen, dass Zukunft gestaltet wurde.

Auch meine Eltern hatten unser Heim neu ausgebaut, hier, in Traunsel, dem kleinen Dorf am Kupferberger Höhenzug.

DREI

„Na, Karlemann, hast du was getroffen – oder wieder nur Luftlöcher geschossen?" Im Gasthaus in Traunsel herrscht Hochbetrieb. „Hier treffen sich Angler, Jäger und andere Lügner" prangt als eingebrannte Inschrift auf einer Baumscheibe, die an der Wand hinter dem runden Tisch in der Ecke des Schankraumes hängt.

Ein mächtiger Aschenbecher mit Metallreiter und der Inschrift „Stammtisch" zeigt ehrfurchtgebietend die Ordnung: Hier sitzen die, die immer hier sitzen. Und sonst niemand!

Fünf Männer, alle in den zweitbesten Jahren und mit ausgeprägten Jahresringen um die Hüften, sitzen am Tisch und trinken Bier, als Dr. Dr. Karlemann B. Liebich die Gastwirtschaft betritt. Er ist Jäger aus Passion und an diesem Morgen war eine Drückjagd angesetzt, um in den ausufernden Beständen des Schwarzwilds etwas „auszulichten".

Schon seit Wochen hingen den Jägern die Landwirte in den Ohren, nach den erschreckenden Erfahrungen des vergangenen Herbstes, als die Wildschweine in der Gemarkung Schäden anrichteten wie noch nie. Karlemann und seine Jagdgenossen mussten harte Diskussionen aushalten und tatsächlich auch einige Schäden begleichen. Ärgerlich, äußerst ärgerlich. Das soll in diesem Jahr so nicht mehr passieren, hat sich Karlemann geschworen.

Karlemann entstammt einem Bauernhaus, in dem er von frühester Jugend an lernte, die Groschen zusammenzuhalten. „Spare in der Zeit, dann hast du in der Not", war der Standardsatz von Oma und Mutter, wenn Karlemann das Thema Geld ansprach. So wurde aus dem Bub ein sparsamer Mann.

Leider, leider passiert es nur allzu gerne, dass Sparsamkeit in der Jugend im Alter dann zum Geiz mutiert. Und genau auf dieser Kippgrenze war Dr. Dr. Karlemann B. Liebich gerade angekommen. Sicher, er hatte sich eine neue Büchse gegönnt, ein Prachtstück in seiner Sammlung von vier Flinten und einer Pistole.

Seine neueste Erwerbung ist eine „Bockdoppelflinte GC-Expert". Ein italienisches Präzisionsgewehr aus dem Hause Antonio Zoli. Eine, wie der traditionsreiche Hersteller ausführte, „stahlschrotbeschossene Bockdoppelflinte im Kaliber 12/76, mit einer 10 mm breiten ventilierten Schiene, Wechselchokes, Einabzug mit Umschaltung, Ejektor, ausgesuchtem Schaftholz und abnehmbaren Riemenbügeln".

Mit Wohlwollen hatte Karlemann in der Beschreibung gelesen: „Die besondere Verschlusskonstruktion mit optimalem Drehpunkt ermöglicht eine elegant niedrige Basküle, lange Lebensdauer und hohe Stabilität. Gewicht: 3,4 kg. Kaliber 12/76."

Genau so sollte sie sein, seine neue Waffe. Und am liebsten noch etwas luxuriöser, wie etwa die „Merkel 2001 C Doppelbockflinte" aus der Suhler Jagdgewehrmanufaktur von 1898.

Er hatte diese Flinte der Oberklasse bei „Frankonia" schon einmal in der Hand gehalten und war sofort begeistert gewesen von der „Merkel". Dem Gewehr, versteht sich. Denn mit seiner Parteivorsitzenden gleichen Namens hatte er eher weniger am Hut.

Ja, sie waren sich zwar ähnlich: ähnlich unverbindlich, ähnlich konturenlos, ähnlich seifig in der politischen Festlegung bei Fragen der Aufweichung von Familienstrukturen durch Gleichstellung von Schwulen und Lesben, der Aufnahme von Flüchtlingen, der Fragen nach Doppel-Pässen und Vielem mehr, aber so recht wollte Karlemann sich nicht als Parteigänger von Merkel outen.

Nur bei der Flinte – da hätte er Merkel gerne nach Hause mitgeschleppt.

Allein der Preis von reichlich 6.500 €uro ließ ihn zurückzucken. Das hätte er zu Hause nur schwerlich vertreten können. Schon die 2.069 €uro für die „Bockdoppelflinte GC-Expert" würden sicherlich Diskussionen nach sich ziehen, grauste es Karlemann. Aber dennoch!

Also dann, die „Bockdoppelflinte GC-Expert aus dem Hause Antonio Zoli" hatte Karlemann entschieden, als er Kataloge und Internet durchforstete, um sich neu auszustatten.

Immerhin war er jetzt wer. Nicht mehr nur der „Bauer" aus dem Dorf, auch nicht mehr der „studierte Bauer" im Amt, nein, seit den letzten Wahlen ist er Kreisrat.

Seitdem ist Karlemann sichtlich gewachsen. Nie zuvor hat er die Nase so hoch getragen wie seit seiner Wahl, die auch für ihn überraschend ausgegangen war. Gehofft, ja, das hatte er, aber so recht geglaubt hatte er nicht.

Seine Partei hatte ihn – der Not gehorchend, nicht der besseren Einsicht – gefragt, ob er nicht kandidieren wolle. Er wollte. Unbedingt. Das gab ihm die Chance, aus dem Nichts heraus ein Jemand zu werden, vorausgesetzt, er würde gewinnen. Die Chancen standen eher schlecht. Im politischen Urland des Gegners einen Sieg zu erringen gelingt nur höchst selten.

Beruflich besaß Karlemann alle Voraussetzungen. Er war gelernter und studierter Forstwirt. Den väterlichen Hof bewirtschaftete er nicht mehr, bewohnte ihn nur noch mit Frau und Kindern. Und der kranken alten Mutter. Und dem Hund.

Täglich fuhr er in seine Verwaltung, an deren Spitze er berufen worden war. Abends ging es wieder zurück. Tagein, tagaus. Ohne große Aussicht auf Veränderung.

Die trat erst ein, als er tatsächlich gewählt wurde. Eine faustdicke Überraschung, auch für ihn selber.

Hauchdünn gewonnen, mit nur 31 Stimmen Vorsprung – aber in der Demokratie ist es egal, ob man haushoch siegt oder mit nur einer einzigen Stimme Vorsprung: Mehrheit ist Mehrheit. Alles Andere wird sich dann schon zeigen.

Es zeigte sich. Bei Karlemann sehr auffällig. Der alte Dacia, der bislang für die Jagd-Fahrten gut gedient hatte, wurde alsbald ausgetauscht durch Subaru und dann Jeep Grand Cherokee.

Die alten C&A-Anzüge wurden rasch ausgetauscht und durch neue Boss-Mode ersetzt. Zu irgendetwas mussten die Informations-Fahrten zu den Outlets in ganz Deutschland doch gut sein. Hier, in seiner Heimat, war er strikter Gegner von Outlets – aber anderenorts? Weshalb sollte er dort nicht einkaufen, wenn es doch gut und preiswert war!

Die Krawatten, anfangs noch in die Reinigung gegeben, wurden später ebenfalls ausgetauscht. Öfter. Denn Karlemann sabberte gelegentlich.

Etwas schwieriger gestaltete sich der Austausch des Handys. Doch auch das „geliebte Blackberry" wurde eines Tages ersetzt. Natürlich durch ein iPhone. Dann durch ein LG. Und wieder zurück zu Apple, denn zwei, drei Kollegen hatten ein paar abfällige Bemerkungen fallen gelassen. Und das konnte Karlemann gar nicht vertragen!

Der ältere, kackbraune BMW wurde zunächst durch einen grauen Audi, später dann durch einen nachtblauen Mercedes ersetzt. Schade, dachte Karlemann manchmal.

Die Ehefrau wurde nicht ausgetauscht. Wiewohl es mächtig knirschte. Mit Wohlgefallen blickte Karlemann auf die schlanken Figuren so mancher Mitarbeiterinnen, auf die üppigen Dekolletés der Damen, auf die sexy Beine aus knappen Röcken.

Doch Karlemann hielt sich eisern an seine selbst auferlegte Kasteiung: Der Fuchs wildert nicht im eigenen Bau! „Junge Frau, Sie sehen heute so elegant aus – Sie sind bestimmt im Porsche da", ließ er sich allenfalls mal entlocken.

Dafür war er zunehmend unterwegs. Dienstlich, versteht sich. Das verstand auch seine Frau, selbst wenn sie so manche Zweifel und Sorgen ventilierte. Aber ausgetauscht wurde sie nicht.

Dafür ruppig behandelt, bis hin zur Bemerkung vor versammelten Gästen: „Elsbieta, halt doch mal den Mund. Davon verstehst du nichts."

Diese Entwicklung zeichnete sich kurz vor der Wahl noch nicht ab. Die Metamorphose von Karlemann setzte erst nach der Sensation ein, als er die Wahl gewann: Karlemann for President – in diesem Falle: Karlemann for Kreisrat.

Dienstwagen, Chauffeur, Macht, Einfluss, Ansehen und Geld – nun ja, etwas klamm war der Kreis schon, aber das störte Karlemann nicht sonderlich. Für sein üppiges Kreisrat-Salär würde es schon noch reichen. Und damit ja wohl auch für die Haus-Sanierung in Traunsel.

Hauptsache erst einmal eine neue Büchse, ein neues Jagd-Outfit – und eine Drückjagd, bei der er glänzen wollte. Nur zu blöd, dass diese „Schei... Sauen" nicht mitspielten.

Karlemann fluchte innerlich. Nach außen tat er so, als wäre nichts geschehen. Luftloch geschossen, na und, kann doch jedem passieren.

Innerlich gärte es bei Karlemann. Solch eine Blamage. Fast alle Jäger hatten einen Abschuss, nur er, der große Karlemann, hatte danebengeschossen. Dabei war der Überläufer doch kurz stehen geblieben – Zeit genug für Karlemann, ihm den Blattschuss zu verpassen. Stattdessen hatte er kurz vor dem Wildschwein nur die Erde getroffen.

Und dieser Fehlschuss saß tief, als Karlemann in die Gastwirtschaft kam. Natürlich hatte es sich schon herumgesprochen, dass er nichts geschossen hatte. So kam zum Misserfolg auch noch der Spott der Stammtischbrüder. Egal, da muss er jetzt durch. Mit süßsaurer Miene nimmt Karlemann Platz und bestellt eine Runde für die Männerrunde. Und bald ist das Thema Jagd abgearbeitet und es wird über Gott und die Welt geredet und gelacht und getratscht und gemunkelt.

Heinrich Frausker, Karlemanns Nachbar und bester und ältester Freund im Dorf, sitzt in der Runde, ein bedächtiger Mann mit Sachlichkeit im Blut.

Daneben Veith Schwarz, etwas jünger, auch im Dorf großgeworden und Landwirt durch und durch. Sogar etwas grün angehaucht.

Dritter im Bunde: Ansgar Steinweg, ein Schlitzohr von Format und genau wie der neben ihm sitzende Rudolph Brackmann kompromissloser Parteigänger von Karlemann.

Und schließlich Herbert Bisshaus, Grandseigneur der Runde, erfolgreicher Unternehmer und Strippenzieher. Sponsor der Kampagne von Karlemann, die ihn ins Amt brachte.

Er weiß, was die übrigen fünf zusammengeführt hat. Nicht etwa die Jagd, nicht etwa der Dorftratsch, nein, in dieser illustren Runde geht es um etwas ganz Anderes. Um etwas Großes. Um etwas Gewinnbringendes.

Die Herren wollen etwas von dem Rahm abschöpfen, den der Bund und das Land gerade im Angebot haben: Windkraft-Subventionen.

Was niemand ahnt, wollen diese sechs Männer realisieren: einen Windpark oberhalb des Dorfes Traunsel. Genau dort, wo es immer zieht und wo raue Winde die meiste Zeit im Jahr wehen. „Kleine Steige" heißt die Gemarkung, in der sie sich ihre Windräder vorstellen können. Ein Stück Land, von dem Bisshaus weiß, dass es ihnen allen gemeinsam gehört: Die fünf Männer neben ihm am Stammtisch besitzen Eigentums-Anteile an diesem wunderschönen Stück Landschaft oberhalb des kleinen Dorfes Traunsel, inmitten der naturnahen Kulturlandschaft.

Gut, ein paar Anteile liegen auch noch bei der Kirche; aber wenn man, wie Dr. Dr. B. Liebich und Steinweg, im Kirchenvorstand sitzt, und wenn man weiß, wie dringend einige Reparaturen sind und wie dünn es um die finanzielle Decke der Kirchengemeinde bestellt ist, dann besteht berechtigter Anlass zu der Annahme, die Kirche werde sich einer Windkraft-Nutzung der „Kleinen Steige" nicht widersetzen.

Notfalls muss halt abgestimmt werden – und, da ist Karlemann seiner Sache sicher, dann wird es eine Mehrheit für die Windkraft geben.

VIER

Ich war noch niemals in Paris. Frankfurt am Main kenne ich. Kaiserslautern und Zweibrücken habe ich gesehen. Ich war im Naturpark der Vogesen, dem „Parc Naturel Régional des Ballons des Vosges", eine wunderbare Region.

Drei Gegenden treffen sich in diesem Naturreservat: Elsass, Franche-Comté und Lothringen. Vier Departements sind einbezogen: Oberrhein, Haute-Saône, Vosges und Territoire de Belfort. Denn der Park der Ballons der Vogesen erstreckt sich über 3000 Quadratkilometer im Vogesenmassiv, das geprägt ist von Berglandschaften mit sanften Kuppen und Höhenweiden.

Der höchste Punkt dieses großartigen geschützten Territoriums liegt am Grand Ballon in 1.424 Metern Höhe.

Ich liebe diesen herrlichen Park, der wirklich alles hat, um Naturliebhaber zu erfreuen.

Wenn wir nach Spanien unterwegs sind, halten wir dort eine Rast. In der Ruhe der Natur können Milana und ich Kraft schöpfen und zu uns finden. Die Küche ist reichhaltig und bietet alles, was den Gaumen erfreut.

Wenn wir dann erfrischt weiterreisen, folgen wir dem Lauf der Saône, deren Quelle wir auch schon besucht haben.

Wir meiden die großen Autobahnen, ebenso die Ballungszentren. Vor Jahren sind wir mal der Mittel-Route nach Süden gefolgt. An Paris vorbei. Grauenhaft. Dieser Verkehr. Diese Staus. Dieser Lärm. Dieser Staub. Dieser Gestank.

„Nie wieder" haben Milana und ich uns damals geschworen und nehmen seitdem andere, ruhigere, beschaulichere Wege quer durch Frankreich.

Besançon bleibt linker Hand, Dijon rechter Hand liegen. Das Tal der Saône verläuft zwischen diesen beiden Ballungsgebieten. Doch auch mit diesen mittelgroßen Städten haben wir es nicht so, Milana und ich.

Wir sind uns einig, dass wir lieber in der Natur unterwegs sind als in den Ballungsgebieten, wo neben Lärm und Gestank vielfältige Gefahren unsere Reise bedrohen. Nein, wir suchen die Weite der Landschaft, das Grün der Wälder und Auen, das Braun der Äcker, durchzogen von Bächen und Flüssen, wie eben die Saône.

In weiten Bögen fließt der Strom durch das in Jahrtausenden geschaffene Tal, mäandert er durch die Ebene, zwängt sich durch Engstellen, weitet sich auf und bildet Auen und Feuchtgebiete, in denen sich wahre Naturparadiese erhalten haben, die Milana und ich so sehr lieben.

Bei Clermont-Ferrand haben wir jedes Jahr die Qual der Wahl: Gleich drei Naturparks laden ein, besucht zu werden. Wir haben sie alle drei schon bereist: den „Parc Naturel Régional de Millevaches en Limousin", dann den „Parc Naturel Régional

Livradois-Forez" und schließlich den „Parc Naturel Régional des Volcans d'Auvergne".

Großzügig betrachtet sind es sogar vier Naturreservate, denn etwas südlich, nahe Cahors, wartet auch noch der „Parc Naturel Régional de Causses du Quercy". Auch diesen haben wir schon besucht, doch meist lassen wir ihn rechts liegen, wenn wir vor Toulouse abbiegen Richtung Pau.

Vorbei geht es an Lourdes, dem Wallfahrer-Ort mit der wundersamen Quelle. Eine nicht enden wollende Schlange von Autos, Bussen, Pilgern ist in Schwallen dorthin unterwegs, um etwas Wasser aus der Quelle zu holen, der Wunderheilungen zugesprochen werden.

Von dort bis zu den Pyrenäen ist es dann nicht mehr so weit. In der Ferne kann man schon die steil aufstrebenden Steinmassive erahnen. Zunächst noch klein, ragen sie doch beim Näherkommen bedrohlich hoch in den stahlblauen Himmel.

Und dann sehen wir es vor uns: das Massiv des 430 Kilometer langen Faltengebirges, das mit seinem höchsten Berg, dem „Pico de Aneto", im Maladeta-Massiv mehr als 3.400 Meter hoch hinausragt.

So hoch hinaus wollen wir nicht, Milana und ich und unsere Kinder und Freunde. Wir suchen weiter nordnordöstlich, Richtung Atlantik, unseren Übergang.

Zwischen dem 2115 Meter hohen Col du Tourmale und dem weiter nördlich, Richtung Atlantik gelegenen und nur 1035 Meter hohen Col de Marie-Blanque, in dieser bergigen und rauen, aber ungemein schönen Gegend, überqueren wir die Pyrenäen, das Grenzgebirge zwischen Frankreich und Spanien.

Über den Gebirgskamm hinweg erstreckt sich ein wunderbarer Nationalpark, in Frankreich als „Parc National des Pyrénées", in

Spanien als „Parque Natural Valles Occidentales" bekannt. Hier leben die letzten Braunbären der Pyrenäen in einer Landschaft, die mit den hohen Buchen und vielen Laubbäumen sowie den Tannen und Kiefern sehr stark an die Heimat in Traunsel erinnert. Dort wie hier sind die Bäume die prägenden Geschöpfe der Region und beleben die Hänge und Flächen, durch die einige der wichtigen Flüsse mäandern; denn hier, inmitten von Felsen und Schnee, ist ihre Wiege.

Wir müssen, wenn wir gen Süden unterwegs sind, steil bergan. Auf der französischen Seite türmen sich die Felsen wie starke Bollwerke, wohingegen sie auf der südlichen Seite sanfter auslaufen, gerade so, als wollten sie die Pass-Querer mit dem sanften Abrollen belohnen für die Strapaze des Erklimmens bis zum Grat.

Milana und ich lieben diesen Moment, wenn wir auf der Höhe der gebirgigen Landschaft den weiten Blick talwärts ins Spanische vor uns haben. Es ist dieser Augenblick, der signalisiert: Bald sind wir da.

Dabei trügt das Gefühl. Denn bis zu unserem Dorf beim Peña Gorda, dem dicken Felsen, in dessen Windschatten wir uns ein Winterquartier eingerichtet haben, sind es mal eben noch locker 600 Kilometer.

FÜNF

„Querer es poder – y eso quiero!" Die dunkelbraunen Augen von Don Hernández Monrique de Taray y Gorzón blitzen wie Leuchtfeuer. „Wollen ist Können – und ich will es!" Beinahe stampft er mit dem Fuß auf, so wie er es als Bub bisweilen tat, wenn die Erwachsenen nicht so wollten wie er, Don Hernández Monrique de Taray y Gorzón, 43-jähriger CEO des spanischen Erfolgsunternehmens LA.RACHA.

CEO – Chief Executive Operator, den Titel mag er nicht. Es ist die einzige und widerwillig gewährte Konzession an die internationale Ausrichtung seines Konzerns. CEO ist unspanisch. Und unspanisch ist „mierda", auch wenn er diesen Ausdruck tunlichst zu meiden sucht. Meistens mit Erfolg.

CEO – Don Hernández Monrique de Taray y Gorzón hört es lieber, wenn man von ihm als Patrón redet. Das kommt seinem Anspruch näher, zwar ein gestrenger, doch aber väterlich-milder Konzernführer und Unternehmer zu sein.

Eine Firmengründung wie aus dem Handbuch der Wirtschaft hatte Don Hernández, wie er in den Gesprächen der Leute genannt wird, vor einigen Jahren hingelegt. Wind als neue Energiequelle der Zukunft – auf dieses Pferd hatte Don Hernández gesetzt.

Zusammen mit ein paar Freunden aus der Studienzeit an der neu gegründeten Elite-Universität Carlos III. in Madrid und natürlich an der London Business School sowie ein paar sehr diskreten, dafür aber umso potenteren Geldgebern aus den Verbindungen seiner Familie hatte Don Hernández das Unternehmen LA.RACHA gegründet.

Seine Beobachtungen der Veränderung in der Stimmungslage der Diskussionen um die friedliche Nutzung der Kernenergie hatten den aufstrebenden spanischen Unternehmer davon überzeugt, dass mit den herkömmlichen Energieträgern Kohle, Gas und eben Atom auf Dauer kein Staat mehr zu machen sein wird.

Ganz Spanien diskutierte in jenen Tagen die Frage nach der künftigen Energieversorgung des Landes. Die damalige Regierung unter Ministerpräsident Zapatero beschloss einen raschen Ausstieg aus der friedlichen Nutzung der Kernenergie und begann den Bau von Alternativen zu fördern.

Das kam Don Hernández gerade recht. Mit den Sozialisten hatte er zwar nichts im Sinn, doch die Haltung des Ministerpräsidenten nötigte ihm Respekt ab.

Hinzu kam: Three-Mile-Island, Tschernobyl, Swersk, Tōkai-mura, Fleurus und jüngst Fukushima – die Liste der Unfälle mit der Kernkraft hatte in Don Hernández die Überzeugung reifen lassen, auf Alternativen zu setzen und mit Wind Geld zu machen. So war sein Unternehmen LA.RACHA – zu Deutsch: die Wind-böe – entstanden, das innerhalb kürzester Zeit im spanischen Markt zu einem beachtlichen und beachteten Faktor wuchs. Ganz im Geiste des andalusischen Sprichwortes: „Estar como abeja en flor" – wie die Biene in der Blume sein, sich wie die Made im Speck fühlen.

Und seit der Fusion mit dem Bauunternehmen seines Vaters bildete LA.RACHA einen großen, börsennotierten Mischkonzern, der im Windgeschäft seine Kernkompetenz hat, aber auch im Hoch-, im Tief- und im Infrastrukturbau sowie auf dem Immobilien-sektor aktiv ist. Schon zwei Mal war Don Hernández spanischer Unternehmer des Jahres, König Juan Carlos I hatte ihn beglück-wünscht und ausgezeichnet. Eine Ehre, die Don Hernández nachhaltig beeindruckt und mit Stolz und Freude erfüllt hatte.

Am Abend nach der Ehrung war er so aufgekratzt wie schon lange nicht mehr und tobte mit seiner Frau Marie-Asunción in wilder sexueller Ekstase durch das Ehe-Bett wie in seinen wildesten Jugendjahren, als er und Marie es kurze Zeit nach ihrem Kennenlernen einmal in einer Nacht zu vier gemeinsamen Höhepunkten brachten.

Ja, er liebte die weiche warme Haut seiner wunderschönen Frau, die auch nach zwei Geburten noch immer gertenschlank und ungemein anmutig und sexy war. Er liebte ihre drallen Brüste, die sich in seine Hände schmiegten, während ihre Hüften den Rhythmus fanden, sich Härte und Nässe vereinigten und sich miteinander zur Apotheose des Glücks stießen, wollüstig, rauschend, orgiastisch.

Er war spät in der Nacht nach Hause gekommen, auf seine Finca in der Nähe von Villa del Prado, knapp 60 Kilometer westlich der Hauptstadt. Sein Fahrer hatte ihn vor dem Eingangsportal abgesetzt und er war, noch in Smokinghemd und Anzug, die Stufen hinaufgeeilt, immer zwei gleichzeitig nehmend, und ins Haus gestürzt.

Er wurde von Marie-Asunción erwartet, seiner wunderschönen Frau, seiner Lebensfreude und Lebenskraft.

Sie, die Milde, verstand es in unglaublich anmutiger Weise, sein ungestümes Wesen zu bändigen; und ihm zugleich das Gefühl zu geben, er habe es so entschieden, nicht sie.
Immer wieder, wenn Don Hernández aufgebracht war, oder an den wenigen Tagen, an denen er seine Depression pflegte, war es Marie-Asunción, die ihn sanft, aber bestimmt, wieder in die Spur brachte. Eine Gefährtin, eine Partnerin, eine Segensspenderin. Und eine Geliebte mit Lust und Leidenschaft.

Er hatte sie in der Bibliothek der Elite-Universität Carlos III. in Madrid das erste Mal gesehen. Dieser eine kurze Moment hatte genügt, um in seinem Herzen zu fühlen, seine Seelenverwandte gefunden zu haben. Marie hatte ihn ihrerseits nur kurz mit einem Blick gestreift, doch auch ihr blieben die markante Silhouette und das Blitzen der Augen im Gedächtnis.

Zunächst unwillkürlich suchten beide in den kommenden Tagen nach einander, ohne sich zu begegnen. Bis zu dem Tag, als die Basketball-Mannschaft der Elite-Universität Carlos III. im Endspiel der Uni-Liga auf die Mannschaft aus Bamberg traf.

Hernández spielte das Spiel seines Lebens. Schlank, athletisch, hochgewachsen, durchtrainiert – ein Caballero vom Scheitel bis zur Sohle. Kaum eine Studentin, die nicht voller Begierde auf den drahtigen Sportler schaute.

Doch dieser hatte nur noch Augen für eine Einzige: Marie-Asunción, die er in den Zuschauer-Reihen entdeckt hatte.

Sein Herz hüpfte. Sein Puls raste. Seine Hormone fuhren Karussell.

Und er wuchs über sich hinaus in dem Match gegen starke deutsche Basketballer, die jedoch gegen einen mit Testosteron und Endorphin gefluteten und aufgeputschten spanischen Toro nicht den Hauch einer Chance hatten.
Doch auch ohne seine Glanzleistungen, die er durch 24 Punkte krönte, hatte er das Herz von Marie schon längst erobert. Der Sieg der Mannschaft – sein Sieg – war nur noch schmückendes Beiwerk.

Der Pokal war Hernández nicht annähernd so wichtig wie der erste Kuss, den er als Sieger von Marie erhielt. Ein Kuss, den er noch heute auf seinen Lippen fühlt, ein Kuss, der ihm noch immer direkt ins Herz geht, wenn er daran denkt. Ein Kuss wie ein ganzes Liebesspiel, das bald darauf erstmals folgte.

Auch heute Nacht kann Don Hernández das Glück kaum fassen, schwebt er auf Wolken. Er liebt seine Frau, er liebt seine Kinder, er liebt den Erfolg und das Geld und die Macht – alles, was er sich erarbeitet und erkämpft und erobert hatte.

Und jetzt setzt Don Hernández zum nächsten Coup an. Der spanische Markt war weitgehend gesättigt. Aufgeteilt, abgesteckt mit den Wettbewerbern. LA.RACHA war Marktführerin in Sachen Windenergie. Mehr als ein Drittel des Stroms in Spanien lieferten die Windkraftanlagen.

Die meisten, die größten, die ergiebigsten Anlagen stammen aus dem Hause LA.RACHA, in das im Gegenzug auch die meisten Subventionen und Fördergelder fließen. Geld aus der EU, Geld aus dem spanischen Haushalt, Geld von den Börsen.

Don Hernández ist ein wohlhabender Mann und ein erfolgsverwöhnter Unternehmer.

Doch „Viel" hat einen tückischen Feind und der heißt: „Mehr".

Don Hernández strebt nach mehr. Über die Pyrenäen hinweg will er Europa erobern. Seine Anlagen, die Windräder von LA.RACHA, sollen überall in Europa davon künden, dass er, Don Hernández Monrique de Taray y Gorzón, das Windzeitalter bis an die Außengrenzen der EU trägt.

Und weshalb eigentlich nur bis dorthin?

SECHS

„Also wenn wir die ‚Kleine Steige' als Standort für Windanlagen nutzen wollen, dann müssten wir erst mal wissen, welche Auflagen es gibt für so Windkrafträder", sagt Veith Schwarz in die Runde am Stammtisch.

Fünf Augenpaare richten sich automatisch auf Karlemann. „Du könntest doch dein Bauamt mal auflisten lassen, was es für Vorschriften gibt und welche Auflagen man beachten muss, wenn man Windräder aufstellen will", sagt Bisshaus an die Adresse des Kreisrats.

„Ich lass das mal zusammenstellen", stimmt Karlemann zu. Er als Bundesbedenkenträger hat leichte Bauchschmerzen, wenn er an diese Dinge denkt.

Er will sich auf keinen Fall angreifbar machen. Lieber ist er mit Teflon beschichtet, als mit Schmutz beworfen. Karlemann überlegt, wie er diesen Auftrag abarbeiten kann.

„Die Frage ist, ob wir nicht besser eine GmbH als Beteiligungsgesellschaft gründen, damit wir nicht alle namentlich bekannt werden, wenn es tatsächlich zum Bau von Windrädern kommen sollte. Aber das erörtern wir auf keinen Fall hier und heute. Das ist nichts für den Stammtisch. Ich schlage vor, wir setzen uns nächste Woche bei mir im Keller zusammen, bis dahin habe ich das Grundlagen-Papier und dann können wir alles besprechen." Karlemann schaut misstrauisch in der Gastwirtschaft umher.

Doch die Stammgäste und die Teilnehmer der Treibjagd haben nur das gesellige Beisammensein und ihre Jagd-Nachlese im Kopf und beachten die Herrenrunde am Stammtisch nicht weiter.

Selbst Claudia Swahrdran, eine allseits bekannte Redakteurin der Heimatzeitung, steht friedlich und ohne Block und Kuli an einem der Stehtische und plaudert mit den Gästen, von denen es ihr besonders einer der Jagdherren angetan zu haben scheint.

Unterdessen beginnt sich eine brisante Entwicklung zusammenzubrauen. Doch davon ahnt das Dorf, ahnen die Menschen im Gasthaus noch nichts. Sie trinken und freuen sich des Lebens und im weiteren Verlaufe der Gesellschaft wird das Lachen lauter, die Strecke länger, die Schlagzahl höher, genau wie der Pegel.

Da wird der „Promilleweg" wieder einiges aushalten müssen. Hoffentlich ist die Polizei mal wieder an anderen Brennpunkten gebunden.

SIEBEN

Ich liebe diesen Blick in die Weite der Landschaft. Herbst ist ja nicht jedermanns Jahreszeit. Meine schon. Und auch Milana, meine wundervolle Gattin und Gefährtin, ist von der Farbenpracht immer wieder fasziniert.

Das Bunt der Bäume fängt den scharfen Blick ein. Zwischen den immergrünen Nadelbäumen sind die sich in schillerndsten Farbtönen gebenden Herbstblätter der Laubbäume ein Kaleidoskop. Steineichen färben später als Ahorn. Buchen und Kastanien haben wieder andere Zeiten und Farben. Ebenso die Haselbäume.

Sie alle und viele andere malen das Herbstbild, das sich aufträgt auf die grauen Kalkstein- und Granitfelsen, mit ihren Blumen und Flechten, Farnen, Gräsern und Sträuchern.

Vor den schneebedeckten Gipfeln und den verstreuten Gletscherseen entsteht so ein Gemälde, wie es auch die Hochromantik kaum schöner hätte schaffen können.

Hier heißt es: angekommen.

Milanas und meine zweite Heimat und die unserer Kinder liegt rund um das Örtchen La Peña, weit im Westen von Spanien, am Rio Duero. Gut 600 Kilometer weiter westlich.

Dort, wo Spanien und Portugal sich den Fluss teilen, dort haben sie diesseits und jenseits der die Grenze bildenden Flussmitte zwei Naturschutzgebiete ausgewiesen: den portugiesischen Naturpark Douro und den spanischen Naturpark Duero.

Refugien für Natur und Natürlichkeit. Nicht sehr groß, aber sehr wichtig.

Reichlich 20.000 Hektar Fläche – das sind immerhin gut 200 Quadratkilometer geschütztes Terrain, in dem der Mensch sich zurückhält. Die Natur nicht ganz so brutal ausbeutet und schändet wie anderenorts. Die Flora nicht ganz so erbarmungslos rodet und ausmerzt wie in Bau- oder Abbaugebieten. Die Fauna nicht ganz so radikal meuchelt wie in anderen Gegenden.

Sicherlich, auch diese Landschaft ist gezeichnet von den Eingriffen der Menschen.

Auf nur wenigen Kilometern haben Spanier und Portugiesen mit Ricobayo, Villalcampo, Castro, Miranda, Picote, Bemposta und Saucelle gleich sieben Staustufen und Kraftwerke errichtet, die den wilden Duero und die Esla, einen Nebenfluss, zähmen und für die Energiegewinnung nutzen.

Ein weiteres, großes und energieeffizientes Kraftwerk, Aldealavida, ist im Bau. Alle anderen sind zwischen 1960 und 1936 entstanden, wie mir Großvater berichtete, dessen Großvater selber hautnah dabei gewesen war. Kurz nach Fertigstellung des ersten Kraftwerks, die Esla-Staustufe Ricobayo, brach der Krieg aus in Spanien.

Bürgerkrieg; Spanier schoss auf Spanier, ein Nachbar auf den anderen, ja sogar ein Bruder auf den anderen Bruder, den Neffen, den Cousin.

Krieg führt nur zu Leid und Elend. Waffen bringen nur Tod und Verderbnis! Es gibt schon so viele sinnlose Tode in der Welt.

Das war damals die Zeit, als meine Familie ihre Reiseroute änderte. Ich weiß aus den alten Erzählungen, dass es früher eine gute Passage weiter nördlich gab. Quer über Guernica, einer hübschen kleinen Stadt im Baskenland.

Doch in den Wirren des Bürgerkrieges, als auch deutsche und italienische Flugzeuge die schon wenig später siegreiche Seite der Bürgerkrieger unterstützten, verloren zwei aus unserer Familie ihr Leben. Gezielte Todesschüsse oder unglückliche Querschläger – niemand weiß es. Und ebenso weiß auch niemand, ob sie und wo sie begraben wurden, oder ob sie gar, wie so viele, viele andere auch, einfach am Wegesrand verscharrt und vergessen wurden.

Erst langsam und seit wenigen Jahren arbeitet Spanien dieses trübe und bedrückende Kapitel seiner Geschichte auf und gibt vielen der Toten des Bürgerkrieges ihre Würde zurück.

Wir reisen seit diesen Bürgerkriegs-Tagen nicht mehr über Guernica, sondern über Pamplona. Auch eine schöne Stadt.

Schade nur, dass sie den Termin für das jährliche Stiertreiben verlegt haben. Denn die „Sanfermines", so der Name des Festes, werden seit 1591 alljährlich vom 6. bis zum 14. Juli gefeiert. Sie sind nach dem Hl. Firmin, dem Älteren, benannt.
Dessen Gedenktag wäre eigentlich der 10. Oktober. 267 Jahre lang wurde „Sanfermines" auch zu diesem Datum gefeiert. Aber 1591 entschied man in Pamplona, das Fest wegen des schlechten Wetters im Oktober auf den 7. Juli zu verlegen. Wer feiert schon gerne bei Regen?

Ich weiß das alles aus den Überlieferungen meiner Vorfahren, die, wie gesagt, auf eine lange Ahnenreihe zurückschauen können bis weit hinein ins frühe Mittelalter. Wir sind von königlichem Geschlecht. Und wir pflegen Traditionen, Überlieferungen und Bewährtes!

Im Mittelpunkt der „Sanfermines" steht der „Encierro", der weltweit bekannte Stierlauf. Zu gerne würde ich einmal zuschauen, wenn die stolzen und feurigen spanischen Stiere durch die Innenstadt laufen und die jungen, wagemutigen Spanier oder auch deren Gäste aus aller Herren Länder es riskieren, neben den Stieren einherzulaufen.

Manches Mal schon, so die Erzählung der Älteren, wurde dabei ein Läufer verletzt; und es hat sogar schon Tote gegeben. Aber leider, leider, wurde der Termin ja in den Sommer verlegt, genau in eine Zeit, zu der wir anderthalb tausend Kilometer weit weg in Traunsel leben. Mitten in Deutschland. Auch dort wird gerne und ausgelassen gefeiert. Nur ohne Stierlauf.
Man kann eben nicht alles haben.

Und so begnüge ich mich zusammen mit Milana, meiner wundervollen Frau und Gefährtin, mit den Erzählungen unserer Altvorderen, mit denen sie uns die Nase lang gemacht haben: Zu „Sanfermines" wird in Pamplona, stolze Hauptstadt der spanischen Region Navarra, das Wort „Fiesta" großgeschrieben.

Das Fest hat seinen Auftakt, den sogenannten „chupinazo", am Mittag des 06. Juli auf der Plaza Consistorial vor dem Rathaus mit dem Abfeuern einer Rakete. „Viva San Fermín" ertönt aus vieltausend Kehlen und die Einheimischen schmücken sich mit roten Halstüchern – als Erinnerung an die Enthauptung des Hl. Firmin.

Dann verwandelt sich die ganze Stadt in eine Festmeile. In einem „Ozean der Lebensfreude" feiern Einheimische und Besucher aus der ganzen Welt im Zentrum Pamplonas, das in einem Farben-Meer von Rot und Weiß badet.

Eine große und friedliche und fröhliche Party nimmt ihren Anfang, und für acht Tage wird rund um die Uhr im Rhythmus der Musikkapellen gefeiert. Dafür sorgen schon die zahlreichen „peñas", die Freundeskreise der „Sanfermines". Während der ganzen Woche sind sie die Stimmungskanonen in den Gassen und auf den Plätzen der Stadt. Sie machen Musik, singen und tanzen dazu und ziehen mit Transparenten und reichlich Sangría durch die Gassen.

Am 7. Juli um 10 Uhr folgt eine große Prozession der Figur San Fermíns, die mit Gesang für anderthalb Stunden durch die Altstadt

Pamplonas bis zur Kirche San Lorenzo getragen wird. Dort, in der Kapelle des hl. Fermín, wird ihm zu Ehren eine Messe gefeiert.

Mit im Prozessionszug dabei sind auch die legendären „Gigantes y Cabezudos", populäre Figuren der spanischen Volkstradition. „Gigantes" sind acht jeweils rund drei Meter große Figuren, die, in vier Paaren, den König und die Königin der Kontinente Europa, Asien, Amerika und Afrika symbolisieren. Bei traditioneller navarrisch-baskischer Musik tanzen sie täglich durch die Straßen. Ebenso die „Cabezudos", etwas kleinere Figuren, die aufgrund ihrer riesigen Köpfe sehr speziell aussehen. Sie begleiten die „Gigantes" durch die Straßen Pamplonas und schlagen mit Schaumstoffknüppeln nach den Kindern am Straßenrand, die quiekend davonspringen.

Und dann ist es so weit: Spannung und Nervenkitzel halten Einzug bei den Menschen entlang der Strecke, wenn die Stiere kommen.

Der „encierro" ist das traditionelle Eintreiben der Stiere in die Arena.

Damals wie heute kommen die Stiere aus Süd- und West-Spanien und werden vor den Stierkämpfen in den „corrales" vor den Toren der Stadt zusammengetrieben. Von dort aus laufen sie 825 Meter durch die Straßen, Gassen und Plätze Pamplonas zur Arena.

Früher wurden sie von Kuhhirten zu Pferd und zu Fuß mit Rufen und langen Weidenstöcken getrieben. Im Laufe der Zeit halfen immer mehr Leute mit und fingen an, neben und vor den Stieren zu laufen. Dieses Mitlaufen wurde zur Mutprobe und über die Jahrhunderte entwickelte sich daraus die Tradition. Gerade so, wie es Ernest Hemingway aus eigenem Erfahren beschrieb.

Es ist ein grandioses Bild, wenn die Läufer, die „mozos", auftreten. Sie alle tragen traditionell ein weißes Hemd und eine weiße, eng anliegende Hose; ferner das rote Halstuch, das „pañuelo rojo", sowie eine rote Schärpe, die „faja".

Mit starkem Blick, mit gewölbter Brust und kraftvollem Schritt versammeln sie sich vor der Statue des Patróns San Fermín in der Cuesta de Santo Domingo. Dort singen sie gemeinsam drei Mal: „San Fermín pedimos, por ser nuestro patrón, nos guíe en el encierro, dándonos su bendición. ¡Viva San Fermín! Gora San Fermin!", was so viel heißt wie: „Wir bitten dich San Fermín, der du unser Beschützer bist, leite uns während des Laufes und spende uns deinen Segen. Es lebe San Fermín!"

Beschützen, leiten, segnen – das brauchen die mutigen Männer, die „mozos", wenn sie loslaufen.

Die „Cuesta de Santo Domingo" ist gefährlich, noch gefährlicher die „Curva de Mercaderes", beides Straßen-Engstellen im Weg, den die Stiere nehmen. In diesen Engen kann es sehr schnell zu Unfällen kommen. Nur die Mutigsten suchen hier die Herausforderung und rennen mit den Stieren.

Sechs starke Stierkampf-Stiere, begleitet von einigen Ochsen, die zur Kennung Glocken tragen und insgesamt beruhigend wirken sollen, sind unterwegs zum „Plaza de Toros de Pamplona" – und mit ihnen die Läufer.

Dort erreichten die Gefühlsausbrüche ihre Höhepunkte. Dann geht das Fest mit „Chocolate con Churros", heißer Schokolade und Schmalzgebäck, mit den Riesenfiguren „Gigantes y Cabezudos" in den Straßen, dem Tanz, der Musik, der Sangría, dem Stierkampf am Nachmittag und dem Feuerwerk am Abend weiter und mündet in ein rauschendes Nachtleben mit allen sinnlichen Genüssen.

All dies geht mir durch den Kopf, als ich mit Milana am Yesa-Stausee ankomme. Es ist dies einer unserer Lieblings-Seen, am Westhang der Pyrenäen gelegen, und wir schauen in üppige Natur, hier, in der sanft abfallenden Tiefebene. Pamplona ist nur einen Steinwurf entfernt von diesem Natur-Refugium aus Menschenhand.

Gut zehn Kilometer lang erstreckt sich die riesige grün-blaue Fläche am Fuße der Sierra de Leyre, das „Meer der Pyrenäen", wie der Stausee auch genannt wird.

Inmitten von Steineichen-, Buchen- und Kiefernwäldern, die sich von den Abhängen der Pyrenäen bis hierher ziehen, liegt er, malerisch eingebettet in die grüne Landschaft. Die in der Krone 470 Meter lange und 75 Meter hohe Mauer staut den mächtigen Fluss Aragón zu einem mehr als 2.000 Hektar großen See. Man kann auf der Talsperre laufen. Und man kann hinabsehen in die schwindelerregende Tiefe des Bauwerks.

„Ähnlich wie bei uns der Edersee", hatte Milana einmal festgestellt. Und tatsächlich, Vieles an der Staumauer, dem See, der Lage, der Größe, der Bewaldung, der Nutzung erinnert an unsere deutsche Heimat, von der wir – Luftlinie – gerade 1.300 Kilometer entfernt sind.

Wir haben Verwandtschaft, die am Edersee lebt, und wir haben sie einige Male besucht und festgestellt, dass es auch anderenorts als in unserem Traunsel schön ist. Zeitweise.

1959, als die Yesa-Staumauer errichtet wurde, waren es drei Ziele, die sich die Verantwortlichen gesteckt hatten: Überschwemmungen verhindern, Bewässerung sicherstellen, Strom erzeugen.

Der vierte Nutzen, der für Freizeit und Vergnügen, für Kurzweil und Wellness, kam erst im Laufe der Jahre hinzu, als sich Einheimische und Gäste daran gewöhnt hatten, hier ein Wasserparadies zu besitzen. Wassersport ist angesagt auf der riesigen Seefläche. Angler treffen sich hier, ebenso Jogger, Nordic Walker, Spaziergänger, junges Volk und Senioren.

Wo Wasser ist, wo Bäume stehen, da kommen die Menschen beinahe wie von selber zusammen. Hier, am Fuße der Pyrenäen, unweit des Nationalparks, gibt es aber noch eine Dreingabe von Mutter Natur: das Klima.

Pamplona ist zwar nur knappe 50 Kilometer entfernt, doch hier, im Tal des Aragón, mit dem mächtigen Gebirge „Sierra de Leyre" im Rücken und dem Yesa-Stausee im Blick, zählt man ganze 90 Sonnen-Tage mehr als in Navarras Hauptstadt.

Ein idealer Platz zum Siedeln. Das wussten auch schon die Mönche, die im 9. Jahrhundert das „Monasterio de Leyre", das Kloster San Salvador de Leyre, hier gründeten.

Es war ein gewichtiges spirituelles Zentrum, das während der maurischen Besatzungszeit bis 1023 als Bischofssitz diente. Gut 250 Jahre später, 1269, wurde es dem Zisterzienserorden unterstellt und fast 500 Jahre danach, während der sogenannten „Desamortización", der spanischen Säkularisation, aufgelöst.

Die „weißen" Zisterzienser, die die „schwarzen" Benediktiner abgelöst hatten, zogen 1836 aus. 118 Jahre danach kehrten die benediktinischen Mönche zurück.

Die aus Burgos stammenden Gottesmänner sanierten den baufällig gewordenen Komplex und stellten ihn in alter Pracht wieder her, einschließlich Bewirtschaftung und Hotel. Aber ohne Pilgerherberge.

Ganz nebenbei zogen mit ihnen auch die Gregorianischen Gesänge wieder in die Klostermauern ein. Klänge, die schon zu Lebzeiten der drei ersten, im neunten und zehnten Jahrhundert dort begrabenen Könige von Pamplona erklangen: Íñigo Arista, García Íñiguez und Fortún Garcés.

„A solis ortus cardine …"

Milana und ich kennen die Geschichte des Klosters und die wechselvolle Geschichte der gesamten Region, einschließlich ihrer Sehenswürdigkeiten.

Etwa Castillo de Javier, die beeindruckende mittelalterliche Burg, die quasi in Sichtweite der Staumauer auf einem Hügel thront. Ein imposantes Beispiel iberischer Baukunst! Denn die mit einem Zinnenkranz besetzten gotischen Türme und Mauern zeigen im sanften Rot der untergehenden Sonne die einzigartige Silhouette einer klassischen spanischen Burg.

Dort wurde am 7. April 1506 der heilige Francisco de Xavier geboren, der als Jesuitenpater zum Wegbereiter der christlichen Mission in Asien bis nach China wurde.

Oder das Roncal-Tal und dort die Ruinen der rund 1000 Jahre alten Roncaleses-Brücke über den Aragón. 70 Meter lang und zweieinhalb Meter breit war die Brücke, aus deren Ursprungs- zeiten heute noch drei romanische Bögen erhalten sind.

An ihr kämpften seinerzeit die Roncaleser zu Beginn der „Re- conquista", der christlichen Rückeroberung von Spanien und Portugal aus den Händen der Mauren. Diese Begebenheit fin- det sich noch heute symbolisiert im Wappen von Roncal: „Pu- ente de tres arcos de oro y sobre el una cabeza coronada de rey moro."

Dort müsste eigentlich auch der gleichnamige Hartkäse ver- ewigt sein, ist er aber nicht. Dieser pikante spanische Schnittkäse wird aus der Milch der schwarzköpfigen baskischen Schafrassen Latxa und der weißköpfigen aragonesischen Schafrasse Rasa im Roncal-Tal hergestellt.

Er ist sehr beliebt bei den Gästen der Region, die einerseits Tou- risten sind, andererseits aber auch Pilger auf dem Jakobsweg, unterwegs nach Santiago de Compostela.

Dieser Käse passt ganz hervorragend zu einer anderen Speziali- tät der Großregion: Wein.

La Rioja, die kleine Provinz im Norden Spaniens, bringt den weltberühmten Wein hervor. Nur gut 5.000 Quadratkilometer umfasst dieser Flecken spanischer Erde, wo das Klima durch den kontinentalen Einfluss trocken ist, warm im Sommer und kühl im Winter.

Zusammen mit dem guten Boden aus überwiegen weißem Kalk mit etwas rotgrauem Lehm ist es dort ideal für Wein, zu dessen bedeutendsten Anbaugebieten in Europa La Rioja zählt.

20.000 Winzer erschaffen dort überwiegend Rotwein, der vor allem aus den roten Rebsorten Tempranillo, aber auch etwas Garnacha und – noch seltener – aus Mazuelo gekeltert wird. In Eichenfässern, den 225 Liter fassenden Barriques, und anschließend in Flaschen in den Bodegas gereift, erreichen die hochwertigen und edlen Weine die Liebhaber als „Gran Reserva". Oder werden in den klassischen Bodegas mit wundervollen Gartenanlagen den Gästen kredenzt.

Manches Mal sind auch Pilger unter den Wein-Freunden, die einem der Jakobswege folgen.

Oftmals kommen sie aus Zariquiegui, dem kleinen Ort, der am Rande des Bergzugs Sierra del Perdón liegt und zwei großartige Besonderheiten birgt: zum einen eine mächtige und beeindruckende Skulptur einer eisernen Pilgerkarawane. Menschen, Esel, Hund, Pferd, unterwegs nach Santiago, stehen weithin sichtbar, wie in der Bewegung erstarrt. Sie kommen aus Richtung Pamplona, wo die leuchtende Landschaft saftig grün ansteigt; und sie ziehen nach Westen hin in gelb und trocken wirkendes Land.

Zum andern findet der Blick weiter südlich die zweite Sensation des Ortes: eine vier Kilometer lange Reihe von Windrädern, die auf dem Kamm der Gebirgskette „El Perdón" errichtet wurden. „El Perdón", die Läuterung.

Es sind 40 riesige Windräder mit einer Leistung von mehr als 20.000 kW. Anlagen wie dieser hat es die Region Navarra zu verdanken, dass sie weltweit eine der Spitzenpositionen bei den erneuerbaren Energien einnimmt.

Von hier aus hat man einen grandiosen Blick zurück nach Pamplona. An klaren Tagen sind weit im Hintergrund sogar die Pyrenäen zu erkennen.

Nachts bietet sich Einheimischen wie Touristen und Pilgern ein ganz besonderer Lichteffekt, wenn sich die Positionsleuchten der Windgeneratoren zu einer langen, gewundenen Lichter-Girlande vereinen, die sich auf dem Bergkamm entlangzieht.

Milana und ich sind weder Pilger noch Touristen. Wir sind Durchreisende, unterwegs nach La Peña, nahe der portugiesischen Grenze, dem Naturpark am Duero. Bald werden wir unseren Felsen Peña Gorda erreicht haben. Wie schön, dann wieder in der Heimat zu sein.

Wir, Milana, unsere Kinder und ich, Milan der Rote, haben zwei Heimatdörfer, zwei Heimatregionen, zwei Heimatländer. Wir waren multikulturell schon zu einer Zeit, als es das Wort noch nicht gab, es den Gedanken noch nicht gab, als es noch von großer Wichtigkeit war, zu einem Volk und Vaterland zu gehören. Wir, Milana und ich, Milan der Rote, und unsere Väter und Mütter und deren Väter und Mütter, Großväter und Großmütter und alle Ahnen, wir leben schon immer hier wie dort.

Wir sind eine uralte Gattung von Zugvögeln. Wir haben unser Zuhause im deutschen Sommer und etwas später haben wir unser Zuhause im spanischen Winter. Genau, wie so viele andere Deutsche auch.

Wir leben den europäischen Gedanken schon seit Generationen.

ACHT

„Die Welt ist so schön, wenn man sich verliebt", sagte Antonio Gollardi Readolo zu seinem Freund aus Militärzeiten. Die Geschehnisse der vergangenen Tage hatten ihn zu dieser Erkenntnis gebracht. Dabei war das ganze bisherige Leben von Antonio – so betrachtet – schon das eines jungen Mannes, der mit dem goldenen Löffel im Mund geboren wurde.

Antonio Gollardi Readolo stammt aus reichem Hause. Sein Urgroßvater hatte zusammen mit einem portugiesischen Freund seinerzeit beim Kautschuk-Boom ein Millionen-Vermögen gemacht, das er über alle Wirtschafts-Krisen und Kriegs-Wirren hinweg rettete und eisern zusammenhielt.

Sein Sohn, Antonios Großvater, ein Mann von eherner Disziplin und unerschütterlicher Parteigänger von Generalissimo Franco, hatte das Vermögen nicht angetastet.

Im Gegenteil, es war ihm gelungen, einerseits gutbürgerlich zu leben und seine Familie im Wohlstand durch alle schwierigen politischen und gesellschaftlichen Hindernisse zu manövrieren und andererseits den Millionen auch noch einiges hinzuzufügen.

Er hielt sich lieber aus dem politischen und gesellschaftlichen Fokus heraus, gab es doch in seiner Vergangenheit einen wunden Punkt. Damals, im Bürgerkrieg, hatte er Schuld auf sich geladen. Eine Schuld, die ihn jetzt, im fortgeschrittenen Alter, immer öfter und immer schwerer bedrückte.

Schon einige Male war er nachts schweißgebadet aufgewacht, weil er die Bilder vor sich sah von damals, im Bürgerkrieg. Seine Frau, Antonios Großmutter, war beunruhigt und hatte ihn schon wiederholt auf seine panischen Schreie im Schlaf und unruhigen Nächte angesprochen. Doch er schwieg eisern, auch seinem Sohn gegenüber; und erst recht gegenüber seinem Enkel, den er mit Wohlwollen aufwachsen sah und den er schon früh an Disziplin und Geradlinigkeit glaubte, herangeführt zu haben.

Er hatte den feudalen Familiensitz vor den Toren Pamplonas restauriert und – trotz der Auflagen der Denkmalpflege – modern umgestaltet. Teuer war es gewesen, doch auch diese massiven Ausgaben hatten das Vermögen der Familie nicht nennenswert geschmälert.

Das Anwesen hatte er erst vor wenigen Jahren an seinen Sohn, Antonios Vater, überschrieben, der es eines Tages weitergeben würde an Antonio, damit es im Familienbesitz blieb. Geld genug war vorhanden; und wenn die Familie weiter darauf achtete, nicht über die Verhältnisse zu leben, würde das Kautschuk-Vermögen des Urgroßvaters auch noch lange ins 21. Jahrhundert hinein der Familie Wohlstand sichern. Immer vorausgesetzt, es wurde nichts verprasst!

Dieser Aufgabe schien sich allerdings Antonio annehmen zu wollen. Getreu dem Buddenbrook-Syndrom: Die erste Generation baut auf, die zweite vermehrt, die dritte wirtschaftet alles herunter. Nun gut, in seinem Falle war es eben die vierte Generation. Antonio war das egal. Er lebte gerne. Und gut.

Und er liebte das, was die meisten Playboys in seinem Alter lieben: schnelle Autos, rauschende Partys und kurvige Mädchen, die sich ohne großes Zieren und gerne von ihm flachlegen ließen. Die Reihe seiner Eroberungen war schon jetzt dreistellig!

Antonio hatte mit den Frauen keine Probleme. Wie auch, als schlanker, hochgewachsener und durchtrainierter Mann in den besten Jahren. Ein Bild von einem Mann, dem die Mädchen und Frauen, sogar Damen in den zweitbesten Jahren, mit schmachtenden Blicken nachschauten.

Antonio war sich seiner Wirkung auf die Damen durchaus bewusst. Schon in seinen Kindertagen konnte er mit seinen großen dunklen Augen, die wie Melanit schimmerten, seine Mutter, seine Großmutter, sein Kindermädchen und alle Tanten zum Schmelzen bringen.

Daran hatte sich bis heute kaum etwas geändert. Nur dass er sich jetzt, mit 32 Jahren, nicht mehr mit Lutschern, Stofftieren und Küsschen auf die Backen begnügte.

Er wuchs sehr behütet und bestens versorgt auf. Gut, sein Vater war etwas eigen, wenn es um Pünktlichkeit und Zuverlässigkeit ging. Und einige Male hatte er, Antonio, auch eine gehörige Abreibung bekommen, als ihn sein Vater bei Lügen erwischte.

Doch das schmälerte nicht seine Achtung vor seinem Vater und seine Liebe zu seiner Mutter.

Und es verhinderte auch nicht, dass Antonio das Jetset-Leben genoss, das er mit Hilfe der üppigen Apanage und den guten Verbindungen zu führen in der Lage war. Eigene Einkünfte hatte er ebenfalls, da etliche der Damen der besseren Gesellschaft, denen er sich zuneigte, seinen körperlichen Einsatz mit durchaus passablen Zuwendungen versüßten.

Seine Eltern, besonders sein Vater, legten Wert auf eine gründliche schulische Ausbildung und schickte ihn in eines der besten Internate in Pamplona: Colegio de Fomento Miravalles el Redín. Eine Schule für Bildung und Erziehung.

Ein Institut, das sich nicht alle Eltern in Pamplona und Umgebung leisten konnten. Das war auch gar nicht gewünscht. Selektion durch Geld – diese Maxime galt und gilt für viele Bildungseinrichtungen in Spanien – und nicht nur dort!

Antonios Eltern besaßen genügend Geld. Es hätte mühelos für eines der europäischen Elite-Internate, beispielsweise Salem, ge-

reicht. Doch Mamas Trennungsschmerz und die anhaltend beun-
ruhigenden Nachrichten über Kokain-Schnupfereien bei Europas Eliten-Nachwuchs in verschiedenen Internaten hatten seine
Eltern veranlasst, ihn nahe bei sich zu behalten. Kontakte könne
er später immer noch ausreichend knüpfen, so das Kredo seines
Großvaters. Beim Militär beispielsweise, zu dem Antonio ganz
selbstverständlich gehen sollte.

Antonio fügte sich, wenn auch murrend, dieser familiären Tradition.
Vor dem Hintergrund, dass just in seinem Jahr die Wehrpflicht
abgeschafft wurde, leistete er seine Zeit bei der „Legión Española"
ab, der spanischen Fremdenlegion.

Stationiert war er mit seinem „Tercio Duque de Alba 2" in Ceuta,
einer der beiden spanischen Exklaven in Marokko. Gute Freundschaften von Antonio wurden in dieser Zeit begründet, Kameraden,
zu denen er nach wie vor Kontakt hält und die er gelegentlich bei
Jagd-Veranstaltungen, Autorennen oder Partys trifft.

Und natürlich herrscht dann nicht nur eitel Sonnenschein mit vielen verklärten Erinnerungen an gemeinsame Ereignisse, sondern
auch ein durchaus veritabler Wettbewerb um die Schönen, die sich
um junge Männer mit Geld wie Motten um das Licht scharen.

Antonio liebt dieses luxuriöse Leben. Schon früh war er von
seinen Eltern in die besseren Kreise eingeführt worden. Sehr früh.

Als Bub war er erstmals dabei, als in der „Wiege des spanischen
Skifahrens", in dem kleinen Bergdorf Sallent de Gállego, nahe
dem Wintersport-Ort Formigal, der First-class-Ausbau zum
damals angesagtesten Ski-Gebiet Spaniens erfolgte.

Angetrieben von „Don Mariano", einer wahren Legende in der
Gegend des Tena-Tals und weit darüber hinaus. Eine Art „Luis
Trenker der Pyrenäen", der jetzt, weit jenseits der 80, noch immer
ein Ski-Verrückter ist und besser fährt als manch 25-Jähriger.

Zwar sind auch bei ihm die Zeiten vorbei, in denen er sich mit Baskenmütze, Wollpullover und Gamaschen auf die Pisten wagt, doch nach wie vor ist er in diesem recht schneesicheren Fleckchen Pyrenäen auf Skiern unterwegs.

Sein Vater, erzählte „Don Mariano", war der erste Spanier, der Skier besaß. 14 war er damals, als ein Freund der Familie ihm die Bretter schenkte. Das war 1912. „Eine Sensation" sei das gewesen, als sein Vater die Brettl auf einer verschneiten Wiese ausprobierte.

Und bald darauf bauten die Bewohner von Sallent de Gállego die Skier für ihre Kinder nach.

Eschenholz, vom Dorfschmied gebastelte Bindung, Stöcke zum Lenken – und los ging es.

„Kurvenfahren war das Schwierigste", erinnert sich Mariano an seine eigenen ersten Versuche.

Dieses Erlebnis ließ ihn nicht mehr los und so wurde er folgerichtig Skilehrer – und einer der erfolgreichsten Hoteliers in Sallent de Gállego.

Antonios Eltern und er wohnten natürlich bei „Don Mariano", denn er war ein Verwandter seiner Großmutter mütterlicherseits – entfernt zwar, aber immerhin ein Verwandter. Und selbstverständlich lehrte er Antonio auch das Skifahren, der auf seinen Brettern sehr rasch eine gute Figur machte.

Weder in Sallent noch im benachbarten Formigall, dem mit 137 Pistenkilometern größten Skigebiet Spaniens, auch nicht im berühmteren Baqueira Beret, wo der Jetset und Spaniens Könige Ski fahren –, vor keiner noch so halsbrecherischen und mit doppeltem schwarzen Diamant klassifizierten Piste zeigte Antonio Angst.

Respekt, ja, aber Angst – nein.

Angst hatte Antonio auch dann nicht, als er beim „Sanfermines", dem Stierlauf in Pamplona, einmal in Bedrängnis kam. Er war ausgerutscht und die Stiere kamen ihm so bedrohlich nahe, dass er um ein Haar überrannt worden wäre.

Ein wagemutiger Sprung in allerletzter Sekunde über die hölzerne Absperrung hinein in die Reihen der Zuschauer rettete ihn vor den Hörnern und vor allem den Hufen der zentnerschweren Toros – ein Schock, der seine Mutter in Tränen ausbrechen ließ.

Antonio musste ihr hoch und heilig versprechen, nie, niemals, solange sie lebt, wieder an diesem „fürchterlichen Selbstmord-Lauf", wie sie es nannte, teilzunehmen.

Ein Versprechen, das er ihr schweren Herzens gab, denn natürlich gab es jede Menge schöner und schönster Mädchen, die nur zu gerne bereit waren, ihre Helden beim „Sanfermines" mit der ganzen Pracht ihrer jungen Körper für die Mühsal zu entlohnen. Ein Siegerpreis, auf den es Antonio in erster Linie abgesehen hatte.

Doch das liegt Jahre zurück. Gegenwärtig gastiert Antonio im Thermalbad von Panticosa. Ein Erste-Klasse-Ferienort im Skigebiet von Formigall mit Alpinski- und Langlaufstation. Und natürlich eine äußerst angesagte „Location", in der sich die Schönen, die Reichen und die unvermeidlichen Neureichen die Klinke in die Hand geben.

Panticosa ist ein bezauberndes Pyrenäen-Dorf mit knapp 800 Einwohnern. Malerisch auf 1.185 Metern Höhe im Tal der Flüsschen Caldarés und Bolática gelegen, kann es auf eine lange Geschichte zurückblicken.

Die romanische Kirche inmitten der großen steinernen Häuser und engen, steilen Gassen stammt ursprünglich aus dem 13. Jahrhundert und wurde 300 Jahre später im spätgotischen Stil erneuert.

Das von beeindruckenden Bergen mit zahlreichen Seen umgebene Dorf, das zu etlichen Gipfeln mit teilweise mehr als 3.000 Metern Höhe emporblickt, bietet hervorragende Möglichkeiten für eine breite Palette von Sport, Vergnügen und Wellness.

Schon die Römer schätzten Panticosa wegen des Thermalbades, dessen Wasser auch heute noch mit etwa 60 Grad aus dem Boden sprudelt.

Seine nach den Römern zweite Blütezeit erlebte das von Panticosa nur wenige Kilometer entfernte Balneario de Panticosa vor reichlich 100 Jahren, als viele der schönen Belle-Epoque-Bauten entstanden.

Heute, in der dritten Blüte, sind die erhaltenen alten Bauten, die eine Zeit lang sogar den spanischen Königen als Ferien-Residenz dienten, zum größten Teil stilvoll restauriert worden.

Die sechs Quellen tragen bis heute den Namen „Thermen des Tiberius" – und geben zugleich dem neuen Spa-Ressort den Namen.

Dieses „Palacio Termal" bietet Thermalbäder, Saunas, ein Café sowie Räume für Behandlungen und Gymnastik in Verbindung mit dem Badebetrieb.

Belén Moneo, die Tochter eines der berühmtesten spanischen Architekten, hat das Resort vor wenigen Jahren in eine luxuriöse Spa-Anlage verwandelt.

Wer Glück hat, kann vom Fitnessraum aus Hirsche und andere Wildtiere beobachten.

Doch weder für Wildtiere noch für die Schönheit der Landschaft hatte Antonio einen Blick, als er sich, völlig entspannt, im Ruheraum der Saunalandschaft auf einer Liege ausgestreckt hat. Antonio hat ganz andere Tiere im Visier.

Kampfstiere.

Jene Kampfstiere, die in den Arenen von Spanien bei den „Encierros", den Stierläufen, aber auch bei den „Corridas", den traditionellen Stierkämpfen, die besten Preise erzielen.

Antonio züchtet Stiere. Im „Campo Charro", einer von Weiden, Eichen und Büschen geprägten Landschaft in der Provinz Salamanca in Kastilien-León, hat Antonio eine Hazienda erworben, in der Nähe von Matilla de los Caños del Río.

Ein wundervolles Stückchen spanischer Erde, das jedoch seit Jahrzehnten unter der enormen Landflucht leidet.

In den vergangenen fünf Jahrzehnten halbierte sich die Anzahl der Einwohner, und heute zählt der Ort gerade noch knapp 600 Menschen. Einige von ihnen sind bei Antonio beschäftigt und halten seinen Betrieb am Laufen, wenn er, wie jetzt, anderen Aktivitäten nachgeht. Beispielsweise in den angesagten Ski-Regionen in Spanien.

Hier, im „Palacio Termal", 613 Kilometer östlich seiner Hacienda, ruht Antonio auf seiner Bade-Liege, auf der er nach einem viertelstündigen Schwitz-Gang in der 90-Grad-Sauna mit Honig-Massage und Eukalyptus-Birke-Aufguss Platz genommen hat.

Antonio genießt die Hitze der Sauna, vor allem, wenn er auf der Piste war und die Kälte des Schnees gespürt hat. Er pflegt seinen Körper und liebt die Weichheit seiner Haut, die sich durch das Einreiben mit Honig samtweich anfühlt.

Ein gepflegter Körper, gute Kleidung, dezente, aber teure Accessoires, geistreiche Konversation und ein charmantes Lächeln – Antonio weiß sehr genau, was die Damen schätzen und wie sie verführbar sind.

Natürlich hat auch Antonio ein „Beute-Schema", nach dem er mit geschultem Blick die Reihen der weiblichen Gäste des Hauses scannt. Eine Schönheit hat es ihm besonders angetan. Eine Frau am Beginn der Blüte ihrer Jahre. Antonio schätzt sie auf etwa 30 Jahre. Sie ist offensichtlich allein in der Wellness-Anlage, denn er konnte bisher weder einen Begleiter oder Ehemann noch eine Busenfreundin der holden Schönen ausfindig machen.

Gerade als Antonio im Ruhebereich seine Gedanken schweifen lässt, sich wunderbarer Momente erinnert und sinnlichen Begierden in der Fantasie nachspürt, fühlt er einen Lufthauch auf seinem nackten Arm.

Antonio öffnet die Augen. Drei Liegen weiter hat die unbekannte Dame, die mit Haut und Haar, Figur und Proportionen das Zentrum seines Beute-Schemas einnimmt, sich, in einen Bademantel gekuschelt, ausgestreckt.

In diesem Bereich der Anlage ist Ruhe angesagt und Antonio achtet diese Regel. Er mag es nicht, wenn aufgeregtes Gegacker die Entspannungs-Phase nach dem Saunagang stört oder seichtes Liebesgeflüster aufgekratzter Pärchen den Weg zum nächsten Bett planiert.

Gleichwohl ist Antonio aufmerksam darauf bedacht, die Dame seiner Begierde nicht aus den Augen zu verlieren. Und als sie sich zwanzig Minuten später erhebt und den Ruhebereich verlässt, folgt ihr Antonio mit kurzem Abstand.

Er hat Glück, denn die Schöne ist zur Bar gegangen. Sie bestellt sich gerade ein Mineralwasser mit einem Schuss Limette, als Antonio sich zu ihr gesellt und das Gleiche ordert.

Zwanglos entsteht ein Gespräch zwischen den beiden, das mit vorsichtigem Annähern über die entspannende Sauna, das gediegene Ambiente der Anlage, die Schönheit der Natur und das herrliche Winter-Wetter schließlich zu persönlicheren Details übergeht.

Antonio stellt sich mit wenigen, aber aussagekräftigen Sätzen der jungen Frau vor, die offensichtliches Interesse an ihm und seinen beruflichen wie privaten Unternehmungen zeigt.

Isabel de Guideará, so ihr Name, überrascht Antonio ein ums andere Mal mit Wissen und Charme, mit Hintergrund und Esprit.

Schon rasch wechseln die beiden vom förmlichen „Usted" auf das vertraulichere „Tu" und es entspannt sich eine überaus spannende, angeregte, angenehme und fesselnde Unterhaltung, in deren Verlauf sich die beiden einander annähern.

Antonio würde Isabel mit größter Wonne verführen, er begehrt sie schon nach der kurzen Zeit von wenigen Stunden amüsanter Unterhaltung, und sein Testosteron-Spiegel steigt unablässig.

Auch Isabel scheint einer näheren Bekanntschaft nicht abgeneigt, wenngleich Antonio bei aller Lockerheit des Umgangs miteinander und der Themen, die sie erplaudern, eine latente Zurückhaltung zu fühlen glaubt.

Sie verbringen den Nachmittag an der Bar und im Wellness-Bereich der Anlage und stellen überrascht fest, wie schnell die Zeit vergeht, wenn man sich in angenehmer Begleitung befindet und fröhlich und ungezwungen miteinander Konversation pflegt.

„Es wird langsam Zeit, mich für das Abendessen fertigzumachen", stellt Isabel am Spätnachmittag fest, als Antonio zum wiederholten Male ein Getränk bestellen möchte.

„Wollen wir zusammen essen?", fragt Antonio voller Erwartung.

Er wird nicht enttäuscht. Mit lachenden Augen sagt Isabel zu und die beiden verabreden sich für acht Uhr im Restaurant „La Fontana".

Isabel erscheint auf die Sekunde genau. Antonio erwartet sie bereits. Er ist schon seit zehn Minuten vor Ort und hat mit dem Oberkellner seinen Tisch ausgesucht und mögliche Auswahlen besprochen.

Antonio ist entflammt. Ununterbrochen musste er an Isabel denken, während er unter der Dusche stand, beim Rasieren, beim Eincremen, beim Föhnen, beim, beim, beim.

Immer wieder rief er sich ihr lachendes Gesicht in Erinnerung, mit den sanften, dunklen Augen, die so unversehens aufblitzen, wenn sie amüsiert ist, mit den vollen roten Lippen, mit ihrem gewellten schwarzen Haar, ihrer anmutigen Figur mit dem üppigen Dekolleté, der schlanken Taille, den wohlproportionierten Hüften und den ellenlangen Beinen, die jetzt, als Isabel hereinkommt, noch unterstrichen werden durch elegante Stilettos, die dieses Bild von einer Frau zu einer vollendeten Lady verwandeln.

Angeführt von einem unwiderstehlichen Lächeln steuert Isabel zielsicher auf Antonio zu, der eine Schnapp-Atmung nur mühsam unterdrücken kann und ihr formvollendet den Stuhl zurechtrückt.

Es wird ein unvergesslicher Abend.

Antonio ist hingerissen von Isabel. Er hat schon manche Frau, etliche Damen und einige Ladys ausgeführt und in den meisten Fällen auch verführt, doch bei Isabel spürt Antonio, dass es anders ist.

Antonio erzählt aus seinem Leben, insbesondere aus seinen Erlebnissen als Student, als Reisender in Europa und den USA und als Züchter von Kampfstieren.

Er schwärmt vom Campo Charro, der im Herbst in weichen Brauntönen aller Schattierungen und im warmen Licht der Abendsonne wehmütige Sehnsucht aufkommen lassen kann.

Er erzählt vom ersten zarten Grün der Landschaft im Frühling, wenn die Kälber springen und die Stiere auf den Weiden mit den Hufen scharren und die Nüstern blähen, wenn die Natur nach einem Regenguss förmlich explodiert und man den Trieben und Knospen beim Austreiben quasi zuschauen kann.

Antonio ist in seinem Element. Seine Kampfstiere sind sein Hobby, sie sind aber auch ein Stück Philosophie und Lebensfreude. Er sieht sich selber gerne als einer von ihnen, wenn sie Witterung aufgenommen haben von bulligen Kühen.

Isabel ist eine ausgezeichnete Zuhörerin. Mit geschickten Fragen weiß sie Antonio von Detail zu Detail zu führen, und er ist nur zu gerne bereit, auf dieses Spiel einzugehen.

Ein ums andere Mal entlockt ihm Isabel Bemerkungen, die sie rückschließen lassen auf seine Persönlichkeit, auf seine Vorlieben, seine Schwächen, seine Stärken, seine Passionen.

Wort um Wort kommen sich die beiden näher, denn auch Antonio ist natürlich interessiert an Isabels Leben, an ihrer Familie, ihrer Heimat, ihrem bisherigen Leben – und an ihren Plänen.

Allzu viel erfährt er jedoch nicht, denn die schöne Señora weiß geschickt auszuweichen und gibt nur das preis, was ohnedies leicht über sie zu recherchieren wäre.

Sie ist gebranntes Kind, und Antonio muss dies ausbaden. Ihre langjährige Beziehung ist unglücklich zerbrochen und schmutzig zu Ende gegangen. Aus verletzter Eitelkeit heraus hat ihr langjähriger Freund nach dem Ende der Beziehung diskreditierende Bilder und unschöne Details ihrer Beziehung in den „sozialen Medien" hinterlassen, die sich in Windeseile verbreiteten.

Isabel sah sich gezwungen, juristischen Beistand zu nehmen, um dem miesen Treiben Einhalt zu gebieten.

Ganz ließ sich der Rufmord nicht zurückdrehen und noch immer wabern gelegentlich einige Fetzen der Kampagne durch das Netz.

Dabei war sie es gar nicht, die am Ende ihrer Beziehung den Löwenanteil der Schuld trug.

Gut, ein Stein alleine reibt sich nicht und auch Isabel wusste um einige Dinge, die nicht fadengerade waren, aber sie hatte ihn nicht betrogen. Das war seine Schandtat, als er mit einer gemeinsamen Freundin im Bett landete und Isabel hineinplatzte.

Die Enttäuschung war abgrundtief und der Rauswurf nur folgerichtig, ebenso wie der Schmerz, der ihr ans Herz ging. Das war vor sechs Monaten, aber noch immer war Isabel nicht zu einer neuen Beziehung bereit.

Obwohl.

Obwohl ihr dieser Antonio schon gefällt. So viel muss sie sich eingestehen: Für diesen gutaussehenden, welt- und redegewandten Mann hatte sie schon einen Blick mehr gewagt. Und als er sie ansprach, in der Bar der Sauna, war sie erfreut und entwischte nur zu gern der Melancholie der Trennung.

Isabel erzählt ein wenig von ihrer Kindheit im Elternhaus, das zu den alteingesessenen und angesehendsten Weinbauern-Dynastien in „La Rioja" gehört.

In Logroño, der Hauptstadt der Provinz und der autonomen Gemeinschaft „La Rioja", hat die Familie seit zwölf Generationen ihr Zuhause. Wein, edlen spanischen Rotwein keltern die de Guidearás aus den Reben, die sie selber bewirtschaften oder von befreundeten Winzern zukaufen. Sortenrein, denn der Rioja-Wein hat einen exzellenten Ruf zu verteidigen.

Innerhalb der EU hat es der spanische Wein aus der Region „La Rioja" geschafft, sich gegen die harte Konkurrenz in erster Linie aus Frankreich, Italien, Deutschland durchzusetzen.

Sie berichtet von ihrer Schulzeit in Logroño, ihrem Studium in Salamanca, an Spaniens ältester Universität, wo sie sich in der Facultad de Economía y Empresa eingeschrieben und Wirtschaftswissenschaften mit dem Schwerpunkt Marketing studiert hatte.

Isabel erwähnt auch kurz ihren Eintritt in das Berufsleben bei der aufstrebenden Firma LA.RACHA. „Marketing Manager", so ihr Titel. Windparks promoten, so ihr Aufgabenbereich.

Antonio ist hingerissen. Schönheit und Anmut gepaart mit Wissen und Klugheit – für den Herzensbrecher in dieser für ihn ungewohnt komplexen und überraschend neuen Kombination eine besonders faszinierende Herausforderung. Die meisten Frauen, denen er bisher begegnete, suchten einen reichen und möglichst gutaussehenden Millionär für eine Ehe und – falls nötig – für eine gewinnbringende Scheidung.

Nicht so Isabel. Sie ist von ganz anderem Schlage. Sie braucht keinen Ernährer und sucht auch keinen Mann mit Geld für ein luxuriöses Leben „danach". Sie steht auf eigenen Füßen. Getragen von alteingesessener Herkunft und mit dem Hintergrund einer wohlhabenden und sehr erfolgreichen Familie und eingebettet in die zweite Entscheidungsebene einer aufstrebenden Firma hat Isabel eine gefestigte Persönlichkeit entwickelt und lebt selbstbestimmt.

Sie ist sozusagen der Prototyp der neuen spanischen Frauen-Generation, die weg will vom Heimchen-Image, Sex- und Gebär-Körper und Mama für alle.

Isabel ist eine Frau, die weiß, was sie kann, weiß, was sie will, und beides miteinander mit Intelligenz und Charme einzusetzen versteht.

Antonio bekommt dies zu spüren.

Seine Avancen prallen an Isabel ab wie Regentropfen auf einem Lotos-Blatt. Sie verfolgt amüsiert, welche Bemühungen Antonio unternimmt, um ihr zu gefallen, zu imponieren und näherzukommen.

Sicherlich, er schaut gut aus, ist ein angenehmer Gesellschafter und belesener Unterhalter, aber Isabel hat einen Schutzwall um ihre angeschlagene Seele gezogen und fühlt sich noch nicht wieder bereit für eine neue Beziehung.

Und an schnellem, unverbindlichem Sex ist sie ebenfalls nicht interessiert – obwohl sie schon in gelegentlichen Fantasien es genießt, sich vorzustellen, wieder einmal einen Mann in der Mitte ihres Körpers zu fühlen.

Für heute allerdings möchte sie den Abend beenden. Sie muss unbedingt noch mit Zuhause telefonieren; und einige nicht länger aufschiebbare Korrespondenzen warten auch noch auf ihre Erledigung. Und außerdem, ahnt sie, ist es besser, wenn sie nun geht, denn wer weiß, was sonst noch alles geschehen könnte.

Antonio beugt sich diesem Diktat. Er hatte zwar auf mehr gehofft, doch möchte er den schönen Abend nicht durch einen disharmonischen Abgang zerstören.

„Mañana otro gallo cantará", erinnert sich Antonio an eine Lieblingsweisheit seiner Großmutter, dass morgen erneut der Hahn kräht.

Und so verabschieden sich Isabel und Antonio mit Wangen-Küsschen und einem tiefen Blick in die Augen des Gegenübers und freuen sich auf eine weitere Begegnung am nächsten Morgen zum Frühstück.

Es sollte ein fröhlicher Frühstücks-Morgen werden. Vor dem herrlichen Panorama der schneebedeckten spanischen Berge sitzt er mit Isabel bei Cafe con leche, Orangenjus und Churros zusammen.

Isabel bevorzugt ihre Churros mit Zucker bestreut, Antonio tunkt sie lieber in flüssige Schokolade, derweil sie munter miteinander plaudern. Sie verabreden, den Tag weitgehend gemeinsam in den Bergen und auf den Pisten zu verbringen und das wunderbare sonnige Winter-Wetter zu genießen.

Für Antonio sind es zwei unvergessliche Tage mit Isabel. Und Isabel ihrerseits genießt das Zusammensein mit Antonio sehr, wenn auch etwas reservierter als der ungestüme junge Mann mit dem Stierblut in den Adern.

Sicherlich, Isabel stellte einige Male fest, dass sie Antonios Nähe sehr schätzt und dass ihr sein Lachen und seine lustige, lockere und freundschaftliche Art des Umgangs mit ihr sehr gefallen. Wäre da nur nicht diese Unsicherheit, ob er es nicht doch nur auf eine Nacht voller Sex abgesehen hat.

Isabel hätte viele solcher Nächte haben können. Sie wusste um ihre Ausstrahlung, ihre Wirkung auf Männer und um ihre Chancen. Doch sie wollte nicht den unverbindlichen Sex, der meistens einen schalen Geschmack hinterließ; nein, Isabel sehnte sich nach Geborgenheit, nach dem Gefühl, zu wissen, wohin sie gehört und wer zu ihr steht.

Wenn schon ein Mann, dann richtig, denkt sich Isabel. Und ob das bei Antonio so sein könnte, das würde sie schon noch herausfinden.

„A todos les llega su momento de gloria – Jeder findet sein Glück", so ihr Lieblings-Sprichwort in Sachen Liebe.

Ihre Wege trennen sich am Ende der zwei gemeinsamen Tage, die sie einander näher, aber nicht zu nahe gebracht haben. Beiden ist ein wenig Wehmut anzumerken, als sie sich vor dem grandiosen Panorama der Südseite der Pyrenäen trennen.

Isabel muss zurück an ihren Schreibtisch bei LA.RACHA, Antonio zieht es zu seiner Hazienda, wo er nach dem Rechten schauen will. Immerhin möchte er im Sommer mit einem edlen Stier, vielleicht sogar mit zweien, beim „Sanfermines" in seiner Heimatstadt vertreten sein.

Handynummern hatten sie bereits am Tag zuvor getauscht, als sie vormittags auf getrennten Wegen unterwegs waren und sich dann zusammentelefonierten zum Après-Ski, zum Tanz und zum gemeinsamen Abend bis tief in die Nacht.

Jetzt, beim Abschied, verabreden sie, via WhatsApp und Telefon in engem Kontakt zu bleiben und sich miteinander auszutauschen und zu verabreden.

Ja, es würde ein Wiedersehen geben, unbedingt! Isabel ist sich relativ sicher, Antonio ist sich sehr sicher, dass sie einander wieder treffen würden.

Der Funke war in beider Herzen gelegt – jetzt ist es an ihnen, ihn verglimmen zu lassen – oder daraus ein Feuer zu schüren.

Antonio hätte sie zu gerne geküsst, mit Leidenschaft und Hingabe, doch er wollte den ersten Zauber nicht durch unbedachtes Vorpreschen vernichten.

Auch Isabel wäre einem Kuss nicht abgeneigt gewesen, doch gab sie dies mit keiner Miene, keiner Bewegung, keinem Lächeln zu. So blieb es beim freundschaftlichen Küsschen und den sehnsuchtsvoll gefärbten Blicken und dem Winken zum Abschied, der sie in unterschiedliche Richtungen führte.

Aus den Augen – nicht aber aus dem Sinn.

Antonio erreicht einen Tag später seine Hazienda nahe Matilla de los Caños del Río im Campo Charro bei Salamanca.

Überraschend trifft er dort auf einen alten Bekannten aus Militärzeiten, der kurz zuvor angerufen und mitgeteilt hatte, dass er in der Gegend sei und ihn gerne mal treffen würde.

Bei einem Glas Wein sitzen sie zusammen und plaudern über Geschäfte, gemeinsame Bekannte und – natürlich – Frauen.

Das ist der Moment, als Antonio sich und seinem Bekannten gestand: „Die Welt ist so schön, wenn man sich verliebt."

NEUN

Beschwingt fährt Isabel nach Logroño zu ihren Eltern. Sie fühlt sich gut, so gut, wie schon lange nicht mehr. Die Gespräche, das Lachen, das Miteinander mit Antonio haben sie in diese Hochstimmung versetzt.

Sicherlich, hin und wieder bricht auch die traurige Erinnerung an ihre zerbrochene Beziehung durch, aber sie merkt schon, wie sich in und durch Antonios Gegenwart und seine gute Laune auch ihre Stimmung hebt.

Von Euphorie, gar von Verliebtheit, fühlt sie sich weit entfernt, und doch fällt ihr auf, dass sie immer wieder mit ihren Gedanken bei den vergangenen zwei Tagen in den Pyrenäen landet. So ein klein bisschen verliebt – ja, das könnte durchaus sein, lächelt Isabel sich selber zu.

Jetzt aber erst einmal nach Hause. Isabel will, bevor sie wieder nach Madrid zum Firmensitz von LA.RACHA zurückkehrt, erst noch bei ihren Eltern und ihrem Bruder vorbeischauen.

Immer wieder bemängelt ihre Mama in den häufigen Telefonaten, dass sich Isabel gar nicht mehr sehen lasse. Nur Telefon ist eben für eine echte Mama auf Dauer zu wenig, konstatiert Isabel die Gefühlslage ihrer Mutter. So sind Mamas eben, ein Leben lang besorgt, dass es ihren Kindern auch gut geht.

Natürlich ist ihre Mutter auch neugierig. Schließlich hatte sie mitgelitten, als sich ihre einzige Tochter von ihrem langjährigen Partner trennte. Wie oft hatte sie Isabel gedrängt, doch endlich zu heiraten und Kinder zu bekommen. Immer blieb sie unerhört und wurde vertröstet.

Und dann das: Isabel erwischte ihren Freund mit einer anderen Frau im Bett und warf ihn aus ihrer Wohnung und aus ihrem Leben. Richtig so, dachte ihre Mama. Und trotzdem war es traurig.

Der Junge war ihr schon sympathisch gewesen und sie hätte ihn gerne als Schwiegersohn gesehen.

Aber ihre Tochter so zu hintergehen und zu betrügen, das empörte sie – und das brachte sie auch gegenüber Isabel mit deutlichen Worten zum Ausdruck. Um sie anschließend in den Arm zu nehmen und zu trösten.

All diese Geschehnisse gehen Isabel durch den Kopf, während sie, von Panticosa kommend, auf der A 21 und hinter Pamplona auf der A 12 Richtung Logroño fährt.

Die Straße ist frei und Isabel kommt gut voran. Nach 240 Kilometern erreicht sie die Ebro-Brücke, überquert die Lebensader der gesamten Weinbau-Region und fährt in einer langen Rechtskurve auf die Stadtautobahn als schnellster Route nach Hause.

Auf der Höhe des Stadtteils Varea, mitten in einem ebenso unansehnlichen wie notwendigen Industrie- und Gewerbegebiet, geht ihr Blick unwillkürlich nach rechts.

Hoch über dem Ebro und der Stadt sucht ihr Blick die Silhouette des Hausbergs von Logroño, des Monte Cantabria.
132 Meter steil bergan erhebt sich der Tafelberg über den Ebro.

Oben, auf der Ebene, die leicht nach Norden und Osten hin abfällt, hat Isabels Familie knapp zweihundert ihrer insgesamt rund 350 Hektar Weinberge. Beste Lage auf bestem Boden für die besten Trauben der Region: Tempranillo.

Seit Generationen ist ihre Familie in Logroño ansässig. Zwölf Generationen weit können sie ihren Stammbaum zurückverfolgen, hat ihr ihre Mutter erzählt und gezeigt. Mit alten Fotos und alten Schriftstücken.

Dabei waren die de Guidearás die meiste Zeit über gar nicht im Weinbau tätig, sondern verdienten als Bauleute und als Eigner eines Steinbruchs gutes Geld.

Dieser Steinbruch steuert auch heute noch einen großen Teil zum Umsatz bei; doch der Wein, vor allem der wundervolle Rioja, der als „Gran Reserva Marqués de Monte Cantabria" einen exzellenten Ruf bei Weinkennern genießt, war in den vergangenen Jahren zu einem immer stärkeren Gewinn-Faktor für das Unternehmen geworden.

Insbesondere, seit Isabels Bruder in das Familien-Unternehmen eingestiegen und ein paar neue Ideen umgesetzt hatte.

Beispielsweise den Anbau der Rebe „Tempranillo Blanco", eine erst vor wenigen Jahren entdeckte und aus einer Mutation des roten entstandene weiße autochthone Rebsorte der Rioja.

Schon die ersten Ernten bescherten einen kräftigen und ansprechenden neuen Weißwein, der im Markt auf Anhieb einschlug und auch in den Wein-Kreisen des Landes starke Beachtung und gute Auszeichnungen erhielt.

Isabel freute sich über den großen Erfolg ihres Bruders.

Ihr Vater, Raimundo de Guideará, hätte es zwar gerne gesehen, wenn sie in das Winzergeschäft „Marqués de Monte Cantabria" eingestiegen und ihr Bruder den Baubetrieb übernommen hätte, doch Isabel hatte ihre eigenen Vorstellungen. Sie wollte gerne Marketing studieren. Sie hatte ihre Schulzeit in Logroño mit großem Erfolg abgeschlossen und es zog sie hinaus aus der Enge der Kleinstadt, wie sie es damals, mit gerade mal 18 Jahren, sah.

Dabei ist Logroño mit reichlich 150.000 Einwohnern alles andere als klein. Dennoch, aus diesem „Dorf" wollte sie weg, wo jeder jeden kannte und nichts Privates auch privat blieb, so das Gefühl von Isabel und vielen ihrer jugendlichen Freunde.

Unterstützt wurde sie von ihrer Mutter, die getreu dem Motto, „Wenn die Kinder klein sind, gib ihnen Wurzeln, wenn sie groß sind, gib ihnen Flügel", den Wunsch der Tochter nach einem Studium in Salamanca förderte.

Schweren Herzens beugte sich der Vater der kollektiven weiblichen Bearbeitung, nicht jedoch ohne Isabel das Versprechen abzuringen, nach dem Studium nochmals und ernsthaft über einen Einstieg in den Familienbetrieb zu sprechen.

Heute würde ein solches Gespräch nicht anstehen, war sich Isabel sicher. Heute ist sie eigentlich nur auf der Durchreise und will sich mal wieder zu Hause blicken lassen, auf der Rückfahrt vom Ski-Urlaub zum Arbeitsplatz.

Isabel nimmt die Ausfahrt zum Hochkreisel der Avenida De Madrid über die LO 20, der Autovia de Camino de Santiago, und fährt die zweite Abfahrt hinaus nach Süden auf der Av. De Madrid, der angesagten Wohnstraße der Besserverdienenden in Logroño. Jetzt ist es nicht mehr weit bis zur Wohnanlage „Las Acedas Los Llanos" in der Carretera Alberite im Vorstädtchen Lardero, wo seit einigen Jahren ihre Villa stand.

Sie waren aus der Innenstadt hinaus in diese ruhigere Gegend gezogen.

Seit die Großeltern in das betreute Wohnen in der „Residencia Santa Cruz" ebenfalls in der A. de Madrid umgezogen waren, hatten Isabels Eltern ihre große und historische Immobilie in der Calle San Augustin, inmitten der Altstadt und unmittelbar dem Museo de la Rioja benachbart, vermietet.

Isabel dachte gerne an die Zeit in dem alten, imposanten Innenstadt-Bau. Leider erinnerte sie sich auch an den ständigen Lärm, den Straßenverkehr und die Parkplatznot und die drückende, schwüle und stehende Hitze im Sommer.

Draußen, in der neuen Wohnanlage, ist es luftiger, privater, großzügiger. Und es gibt Parkplätze.

Am liebsten aber dachte sie an ihre unbeschwerten Tage in der Bodega „Marqués de Monte Cantabria", wo sie von Kindesbeinen an mit den Trauben, dem Kelter, der Lagerung in den Barriques, der Reifung in den Flaschen, der Etikettierung, Verpackung und dem Vertrieb aufwuchs.

Zuerst spielerisch, später dann ernster setzte sie sich mit Vermarktungsfragen auseinander und bald schon war sie sich mit ihrem Bruder einig, dass ihre Weine eine andere, eine modernere und peppigere Vermarktung benötigten als bislang. Rioja-Wein hatte schon seit längerem einen legendären Ruf in Spanien und in ganz Europa und auch weit darüber hinaus, doch es galt, so die Erkenntnis von Isabel und ihrem Bruder, bessere Weine auch besser zu promoten und zu vermarkten. „Die Konkurrenz schläft nicht", war ihr Credo.

Und wenn der Wein herausragend ist, dann muss auch das Marketing dies unterstreichen, unterstützen und befördern. Der Rioja-Wein sollte ein Spitzenprodukt bleiben, aber einen Ruf erhalten wie Champagner. Dafür wollte Isabel studieren und Kenntnisse erwerben, um an diesem großen Vorhaben mitzuarbeiten.

So entdeckte Isabel ihren Hang zum Marketing. Das wollte sie studieren, das sollten ihr Beruf und ihre Berufung werden, beschloss die junge Frau.

In ihrer Mutter fand sie eine starke Verbündete und schließlich nahm sie ihr Studium der Wirtschaftswissenschaften mit dem Schwerpunkt Marketing in Salamanca an der ältesten spanischen Universität auf. Sie studierte mit Elan und Konzentration und vor allem mit Ehrgeiz.

Zwei Auslands-Semester verbrachte sie an der deutschen Partnerhochschule in Ansbach, wo sie neben Innovationsmanagement, Multimedia und Kommunikation auch intensiv Deutsch lernte; ein Zusatzsemester studierte sie Englisch an der britischen Partner-Universität Cambridge. Ihren Bachelor of Science bestand sie als eine der Jahrgangsbesten. Natürlich hängte sie umgehend das Master-Studium an, denn sie wollte als Marketing-Expertin in den Markt einsteigen. Am liebsten im Betrieb der Familie.

Doch dann kam es anders. Sie lernte Martín kennen und lieben. Auf einer der zahlreichen Studenten-Feiern liefen sie sich über den Weg und registrierten einander. Sie sahen sich öfter und stellten eines Tages gemeinsam fest, dass sie starke Gefühle füreinander empfanden. So wurden sie ein Paar.

Es war eine unbeschwerte Zeit in der großen Gemeinschaft der Studierenden, die Isabel und Martín miteinander erlebten. Sie lachten viel, sie lernten viel, sie hatten wilden und leidenschaftlichen Sex, und davon viel, sie stritten und versöhnten sich wieder, sie erlebten gemeinsame Konzerte, Vorlesungen und Reisen und freuten sich ihres Lebens.

Isabel bestand ihren Master of Science – M. Sc. – zum Thema „Guerilla-Marketing" mit Auszeichnung, Martín benötigte einen zweiten Anlauf, um seinen Abschluss als Pädagoge zu erlangen.

An diesem Punkt ihres Lebens traf Isabel eine folgenreiche Entscheidung: Martín hatte ein gutbezahltes Angebot an einem Privat-Institut in Madrid erhalten, das er annehmen wollte. Viele Stunden diskutierten Isabel und er das Für und Wider und vor allem die Frage, wie Isabels Lebensplanung damit zusammenpassen könnte.

Immerhin wollte sie gerne im Betrieb ihres Vaters und zusammen mit ihrem Bruder im Familien-Unternehmen neue Wege in die Zukunft beschreiten. Und bei ihrem Vater stand sie im Wort, nach erfolgreichem Studien-Abschluss ernsthaft über einen Einstieg in die Bodega „Marqués de Monte Cantabria" nachzudenken.

Nachdenken – nichts anderes tat sie seit Tagen.

Immer wieder wog sie das Pro und Contra ab – eine schwere Entscheidung, schließlich waren ja auch Gefühle im Spiel, Liebe und Beziehung. Schließlich einigte sie sich mit Martín auf einen Kompromiss: Für zunächst zwei Jahre würde sie mitgehen nach Madrid und schauen, ob sie sich dort wohlfühlen und ein akzeptables Berufs-Angebot finden würde.

Der Zufall kam Isabel zu Hilfe. Ihre Mutter war erkrankt und daher begleitete Isabel ihren Vater zum jährlichen Unternehmer-

Verbands-Treffen in Madrid, wo die jährliche Wahl zum „Unternehmer des Jahres" stattfand.

Isabel genoss es, sich in dieser ausgesuchten Gesellschaft an der Seite ihres Vaters zu bewegen. Und sie genoss die bewundernden Blicke insbesondere der Herren in den zweitbesten Jahren, die mit großem Wohlgefallen und vielleicht auch ein wenig Wehmut die junge, gutaussehende Tochter von Raimundo de Guideará, dem als „Marqués de Monte Cantabria" bekannten und erfolgreichen Winzer, betrachteten.

Doch Isabela wurde nicht nur bewundernd angeschaut, sondern auch dem Vorstandsvorsitzenden des Windkraft-Unternehmens LA.RACHA, Don Hernández Monrique de Taray y Gorzon, vorgestellt, der als einer der neuen kommenden Köpfe in der spanischen Wirtschaft galt.

Die beiden verstanden sich auf Anhieb; und da Don Hernández gerade für seine Marketing-Abteilung eine weitere Kraft suchte, bat er Isabel, doch alsbald bei ihm in Madrid vorstellig zu werden, damit sie über die Aufgabe, den Arbeitsplatz und möglicherweise auch über einen Arbeitsvertrag sowie die Vergütung sprechen könnten.

Isabel war überglücklich und konnte gar nicht schnell genug Martín und ihrer Mutter von diesem Glücksfall berichten.

Ihr Vater hingegen war hin- und hergerissen: Einerseits freute er sich für seine schöne und kluge Tochter, andererseits dachte er mit Wehmut daran, dass sie nach Madrid statt nach Logroño, dass sie zu LA.RACHA statt zur Bodega „Marqués de Monte Cantabria" gehen würde.

Letzten Endes siegte doch der Vaterstolz, wenngleich er sie erneut daran erinnerte, dass ihr Versprechen durch die neue Situation nur verschoben sei – „und nicht vergessen", wie er lächelnd anfügte.

Die Freude bei ihren Eltern ist groß, als Isabel zu Hause ankommt.

Ihr Bruder ist im Betrieb unabkömmlich und so genießt Isabel die volle Aufmerksamkeit ihrer Eltern, insbesondere ihrer Mutter, die sie mit prüfendem Blick begutachtet.

Einer liebenden Mutter entgeht nur wenig und so fragt sie denn auch rundheraus, wie der Urlaub war und ob es Besonderes gab. Isabel erzählt von der Schönheit der Pyrenäen, vom Schnee, den Ski-Abfahrten und der Erholung im Spa im „Palacio Termal" in Baños de Panticosa.

Ihre Eltern hören aufmerksam zu, bis zu dem Moment, als Raimondos Telefon klingelt und er in das Arbeitszimmer wechselt.

„Könnte es sein, dass du jemanden kennengelernt hast", platzt es aus der Mutter heraus, als sie alleine sind.

Isabel errötet und erzählt ihrer Mama sodann von Antonio und den beiden wundervollen Tagen, die sie miteinander verbracht hatten. „Nur die Tage?", fragt ihre Mutter.

„Mama, bitte, natürlich nur die Tage", so die beinahe schon entrüstete Reaktion von Isabel. „Ich brauche erst noch ein bisschen Abstand, obwohl …" Isabel lächelt ihre Mutter an und die beiden Frauen finden ein stilles Einvernehmen wie zwischen besten Freundinnen.

„Geh es langsam an, Liebes", kommt dann doch die Mama wieder durch und Isabel nickt nur.

Der Abend verläuft in einträchtiger Familien-Tradition und nachdem Isabel auch ihren Bruder begrüßt hat, plaudern die vier über ihre beruflichen und gesellschaftlichen Dinge und erleben nach langer Zeit wieder einmal einen gemeinsamen harmonischen Gesprächs-Abend.

„Das sollten wir öfter tun“, sagt denn auch ihre Mutter beim Zubettgehen und ihr Mann blickt zu Isabel, die ahnungsvoll die Augenbrauen hebt und ein stilles Stoßgebet losschickt, er möge es nicht ansprechen.

Doch auch Raimundo ist heute zu abgespannt für ein tief greifendes Gespräch über die Zukunft des Unternehmens und so beschließt er, das Thema erst bei nächster Gelegenheit wieder aufzugreifen.

Am nächsten Morgen genießt Isabel noch das schnelle Frühstück im Familienkreis, bevor sie sich auf die 330 Kilometer lange Fahrt in die spanische Hauptstadt macht.

Sie fährt auf der N 111 Richtung Soria, vorbei am 236 Quadratkilometer großen „Parque Natural Sierra de Cebollera“.

Hier, in der Mitte zwischen atlantischen und mediterranen Klimaeinflüssen, verwöhnt eine abwechslungsreiche hügelige und grüne Landschaft das Auge.

Einige Bergspitzen erreichen mehr als 2000 Meter Höhe, so der mit 2127 Metern höchste und schneebedeckte „Peña Onion“ sowie seine Nachbarn „Peña de los Abantos“, „Cerro del Recuenco“, oder der „Cabeza del Tempraniego“ und der „Coto de Montejo“.

Eine imposante Kulisse, die Isabel immer wieder fasziniert, wenn sie, den Stausee „Embalse de Pajares“ passierend, den Blick rechter Hand zur Naturpark gleiten lässt.

Isabel liebt die Farbenpracht der Bäume, die hier besonders vielfältig ist, da zum Teil seltene wilde Kiefern, Bergulmen, Eiben, Eschen, aber auch Birken, Eichen, Buchen und Ebereschen die Täler und Hänge bis zur Wachstumsgrenze beleben.

Isabel war schon oft in dieser Region.

Etwa in der Mitte der Nord-West-Umgehung von Soria zweigt mit einem großen Kreisverkehr die „Pasaje Pajarillas" ab, die Schnellstraße N 122 Richtung Valladolid.

Diese führt nach gut 80 Kilometern zu dem kleinen Dörfchen Soto de San Estebán. Dort gehören ihrer Familie etwa 50 Hektar Land, auf denen ebenfalls Wein angebaut wird. Weißwein der Sorte Albillo Real.

Ziel ihres Bruders war es, mit dieser relativ selten angebauten Rebe das Angebot der Bodega „Marqués de Monte Cantabria" mit einem Tafelwein abzurunden, der einerseits wuchskräftig und ertragsstark ist und andererseits einen säurearmen und alkoholstarken Wein liefert.

Auch dieser Plan von Isabels Bruder ging voll auf, wie sie im Vorbeifahren an der Abfahrt nach Soto de San Estebán zufrieden feststellt.

Doch dann wird ihre Konzentration wieder von der Straße eingenommen.

Hinter Soria geht es auf der „Autovia de Navarra", der A 15, weiter Richtung Almazán, am Río Duero gelegen.

Isabel liebt dieses kleine Städtchen; hier lernte sie bei einem Ausflug ihre erste große Liebe kennen, Martín, der sie dann so schnöde hinterging.

Sie erinnert sich an die wundervolle romanische Kirche San Miguel mit der beeindruckend konstruierten Kuppel. Und sie erinnert sich an ihr Herzklopfen, als sie an der Mauer des Plaza Mayor stehend in die Tiefe blickte zum Rio Duero. Herzklopfen, das zur kleineren Hälfte durch die Höhe, zur größeren Hälfte durch den jungen Spanier an ihrer Seite ausgelöst war.

Vorbei.

Isabel diszipliniert sich selber, besser auf den Verkehr zu achten. Eben kam eine Durchsage im Radio, die sie verträumt hat. Ihr klingt aber noch im Ohr, als sei von einem Stau auf der A 15 bei Adradas die Rede gewesen.

Und tatsächlich. Nur wenige Kilometer später stockt der Verkehr und kommt schließlich ganz zum Erliegen. Ein Unfall, eine Stunde Wartezeit.

„Na toll", denkt Isabel, das bringt ihren Zeitplan durcheinander. Nur gut, dass sie erst morgen wieder in die Firma muss.

ZEHN

„So, die Herren, schön, dass ihr alle da seid. Hier im Keller sind wir ganz ungestört und können ganz offen miteinander reden, denn wir sind uns ja wohl einig, dass das alles unter uns bleiben muss." Karlemann begrüßte seine fünf Gäste in seinem eigenen Weinkeller im Haus, den er erst vor wenigen Wochen aus dem alten Kartoffelkeller hatte umbauen lassen. Jetzt war der Gewölberaum ideal für solch ein konspiratives Treffen wie das der Eigentümer des Grundstücks „Kleine Steige", einen guten Kilometer entfernt vom Dorfrand von Traunsel.

Die Erbengemeinschaft war – bis auf die Kirchenvertreter – komplett zusammengekommen und ebenfalls dabei war auch der gute Freund von Karlemann und heimische Bau-Löwe Herbert Bisshaus, der in allen Fragen der Umsetzung von großen Bauvorhaben über einen großen Fundus von Wissen und Bauernschläue verfügte.

Heinrich Frausker hatte es nicht weit, gerade mal schräg über zwei Straßen weg lag sein Hof.

Er und Karlemann waren Freunde seit dem Sandkasten, der in Traunsel aus der Miste, den Höfen, den Ställen und allen Schobern, Tennen und Böden bestand.

Sie hatten zusammen in der Kuhscheiße gelegen – und das schmiedet ein Leben lang zusammen.

Auch Veith Schwarz war als Landwirt mit Banklehre im Dorf eine Größe. Ansgar Steinweg und Rudolph Brackmann waren ebenfalls gebürtige Traunseler und die Männer kannten sich aus dem Dorf, aus den Vereinen, aus gemeinsamen politischen Kampfzeiten, aus der eingeschworenen Gemeinschaft dieses kleinen Fleckchens in der waldigen Mitte.

Eine kurze Weile hatten einige von ihnen um dieselben Schönen aus dem Dorf gebuhlt – doch letztlich hatte jeder von ihnen diejenige bekommen, die er wollte und verdiente.

Sie alle bildeten eine Erbengemeinschaft für ein mehrere Hektar großes Grundstück, das seit der Energiewende eine immer interessantere Lage hatte. Erst kürzlich hatte das Land ein Wind-Kataster veröffentlicht, aus dem hervorging, dass just ihre Fläche in einem Windgebiet liegt, das für die Errichtung von Windrädern geeignet erschien.

„Das Wind-Kataster sagt aus, dass das Gebiet ‚Kleine Steige‘ mit Windrädern belegt werden könnte", erklärte Karlemann die grundsätzliche Situation. „Natürlich müssten wir uns erst einig sein, und dann müssten die rechtlichen und naturschutzrechtlichen Voraussetzungen geklärt werden – aber vom Grundsatz her sieht das gut aus", so Karlemann.

Die Augen der Übrigen leuchteten auf bei dieser Erklärung.

„Hast du denn einen Überblick, wie so was abläuft und was dafür gebraucht wird", wollte Rudolph Brackmann wissen.

„Es gibt ein Papier der Landesregierung, in dem alle notwendigen Rechtsgrundlagen, Gutachten und Antrags-Unterlagen aufgelistet und zum Teil sogar schon als Muster ausgefüllt sind", warf Karlemann stolz in die Runde.

„Ich habe mal Kopien mitgebracht und ihr könnt euch das alles einmal ansehen – aber erst müssen wir uns grundsätzlich einig sein, ob wir das überhaupt machen wollen. Das wird sicherlich einige Diskussionen und bestimmt auch Ärger geben", fügte Karlemann an.

Veith Schwarz nickte heftig. „Ihr wisst ja, dass ich in der GVÖ Mitglied bis und da gibt es inzwischen richtig handfeste Pläne, wie man Windkraftanlagen verhindern kann. Ich denke mal nicht, dass wir hier bei uns so radikal sind wie die in Norddeutschland oder auch in Harschfelt auf dem Stadtberg – aber ich denke schon, dass die GVÖ einen kleinen Aufstand proben wird."

„Was war jetzt noch mal GVÖ?", wollte Ansgar Steinweg wissen.

„Ausgesprochen heißt das: ‚Gesellschaft für Vogelkunde und Ökologie' – das ist der Verein, der sich um Vogelschutz hier in der Region kümmert. Aber schon etwas mehr als nur Vögel zählen und Tonaufnahmen machen – wir haben auch ein paar dabei, die gerne auf Demos gehen, wenn gegen Windkraft oder Atomenergie oder Stromtrassen oder überhaupt gegen etwas demonstriert wird."

„Hm. Da müssen wir aufpassen, dass wir da nicht in die Schusslinie kommen", wiegte Karlemann bedenklich seinen Kopf. Eine seiner Lieblings-Kopfbewegungen. „Aber trotzdem müssten wir erst mal grundsätzlich Übereinstimmung bekommen, ob wir an die Windräder ranwollen oder lieber nicht."

Betretenes Schweigen in der Runde. Bis Heinrich Frausker sich
räusperte und erklärte, also er würde schon dafür sein, dass auf
die „Kleine Steige" ein paar Windräder gesetzt werden. Er hätte
gehört, dafür gäb's richtig gutes Geld von den Windanlagen-In-
vestoren. Und vielleicht könnte man mal rausbekommen, wie
viel das so etwa ist.

Damit schlug die große Stunde von Herbert Bisshaus. „Ich habe
einen bekannten Bauunternehmer in Süddeutschland, der bekommt pro Windrad auf seinem Grundstück im Jahr 56.000 €uro.
Der hat natürlich eine Top-Windlage. Hier bei uns ist das vielleicht ein bisschen weniger, weil wir im Mittellast-Bereich von
der Windstärke liegen. Aber wenn man geschickt verhandelt und
der Windanlagen-Investor unbedingt will, dann könnte das in
dem Bereich liegen", so der Bau-Löwe.

Überraschtes Staunen bei den übrigen Teilnehmern der Runde.
Karlemann fasst sich als Erster.

„Also von 1.000 bis 1.500 €uro im Monat hatte ich auch schon
mal etwas gehört – aber 56.000 ist natürlich schon eine tolle
Hausnummer."

Zustimmendes Kopfnicken in der illustren Runde. Mit €uro-
zeichen in den Augen schauten sich Schwarz und Steinweg, Dr. Dr.
B. Liebich, Frausker, Bisshaus und Brackmann an. Es bedurfte
keiner weiteren Worte, die Erbengemeinschaft war sich einig:
Wir machen das!

„Das wird aber ein harter Kampf", kühlte Karlemann die Euphorie
herunter. „Windräder sind nicht mehr beliebt. Und wenn man sie
sieht, erst recht nicht. Nicht zu vergessen die Lärmfragen. Und
Infraschall ist auch ein Thema. Die ‚Kleine Steige' ist zwar gut
einen Kilometer weit weg, aber die Räder kann man vom Dorf
aus doch sehen. Und wenn der Wind mal aus Westen kommt,
dann sind sie vielleicht sogar zu hören."

„Wir dürfen nicht vergessen, dass da Greifvögel nisten", warf Veith Schwarz in die Runde. „Ich weiß, dass da im letzten Sommer ein Pärchen Gabelweihen einen Horst hatte. Und wo die Gabelweihen sind, da gibt es keine Windräder, soviel ich weiß."

Ratlosigkeit in der Runde.

„Die Frage ist, wie wir weiter vorgehen", übernahm Karlemann wieder die Führung. „Ich schlage vor, dass wir jetzt erst einmal die Unterlagen lesen und dass der Veith mal der Frage nach den Vögeln nachgeht und wir uns dann wieder zusammensetzen und alles Weitere besprechen."

Zustimmendes Nicken. Da die Weinflasche auch gerade leer war, löste sich die Versammlung der Erben auf und die Männer verabschiedeten sich.

Herbert Bisshaus bleibt noch. Als die Übrigen gegangen sind, stecken er und Karlemann die Köpfe zusammen. „Wenn da tatsächlich Greifvögel nisten, dann wird das nichts", sagt Karlemann.

„Mal langsam", so Bisshaus, „das müssen wir erst mal genau wissen. Und außerdem wäre das nicht der erste Platz, wo die Vögel plötzlich verschwinden. Wer weiß schon, wohin Zugvögel im nächsten Jahr fliegen."

„Ich denke trotzdem, das könnte ein Problem werden", sagt Karleman, der immer wieder dazu neigt, Bedenkenträger zu sein. Ihm ist es auch nicht geheuer, dass er als einer derjenigen bekannt werden sollte, der Geld von einem Windkraft-Unternehmen bekommt. Das könnte „Geschmäckle" haben – und das will Karlemann auf alle Fälle vermeiden.

Schließlich will er als Kreisrat wiedergewählt werden.

„Wir müssen die Vogelfrage schnell klären und dann müssen wir eine Gesellschaft gründen, damit wir nicht namentlich auftauchen. Am besten wäre es, wenn du das als Bau-Unternehmen übernimmst", sagt Karlemann.

Bisshaus nickt und signalisiert wissendes Einverständnis. Er hatte im Wahlkampf kräftig gespendet und Karlemann unterstützt. Jetzt könnte sich das Geld für B. Liebich auszahlen, dachte Bisshaus. Wenn er eine Gesellschaft für die Vermarktung der „Kleinen Steige" führt, dann als gut dotierter Geschäftsführer.

„Win-win" nennt sich das.

ELF

Logroño ist eine einzigartige Stadt. So lebendig, so charismatisch. Einfach herrlich zu erleben.

Vor allem die liebenswerte Offenheit und Freundlichkeit der Menschen am großen Feiertag der Stadt, der „Fiesta de San Mateo", ist geradezu sprichwörtlich.

Milana und ich, Milan, sind immer wieder fasziniert, wenn wir Logroño erreichen.

Hier beginnt die bedeutendste Weinregion von Spanien, „La Rioja", die den gleichnamigen Wein hervorbringt. Das Herzblut Spaniens, das die Gaumen von Millionen Menschen in Europa und weit darüber hinaus erfreut. Natürlich in der edelsten Form, als „Gran Reserva".

Vor einigen Jahren, als es in Deutschland den frühen Winter-Einbruch gab und alle schon im September bibberten, zog es Milana und mich früher als sonst in die Wärme. Damals kamen wir gerade rechtzeitig zur „Fiesta de San Mateo" nach Logroño und konnten den Trubel und die ausgelassene Freude der Menschen miterleben.

Nebenan, in Pamplona, ist beim „Sanfermines"-Fest das Stiertreiben der Höhepunkt. Nun denn, Stiere werden auch in Logroño in die Arena zur „Corrida" getrieben, dem traditionellen spanischen Stierkampf.

Aber die eigentlichen Höhepunkte der Feiern gelten dem Wein, dem Blut der Region.

In der vorletzten September-Woche ist die Stadt wie beseelt von der großen Fiesta zu Ehren des Heiligen Matthäus, des Schutzpatrons der Stadt.

Vor allem am zweiten Fest-Tag sind alle Bürger und Gäste aus nah und fern sowie die Pilger des „Camino de Santiago" auf den Beinen, denn nach dem traditionellen Umzug mit Riesen-Figuren und den bekannten „Schwellköpfen", den „Cabezudos", trifft sich die Menge auf dem „Paseo del Espolón". Hier haben die Fernseh-Teams und die Journalistenhorden, mit Kameras bewaffnet, ihre Plätze bezogen und erwarten ein besonderes Wein-Spektakel.

Auf einer Bühne steht ein großer hölzerner Bottich, der mit Trauben gefüllt wird. Kinder und Jugendliche in traditionellen Trachten tragen die Trauben in Körben aus den umliegenden Weinbergen zusammen und schütten sie, musikalisch lautstark untermalt, in den großen Bottich.

Sind die Trauben aller Bodegas aus dem Umkreis gesammelt, steigen zwei in der typischen Tracht aus schwarzer Hose und Weste, weißem Hemd und roter Schärpe gekleidete Männer in den

Bottich, halten sich und einander an den Schultern und stampfen, sich im Rhythmus der Musik drehend, die roten Trauben zum ersten Most des Jahres.

Nach dem Segen durch den Bischof wird der Most dann feierlich der Schutz-Patronin der Rioja, der Jungfrau von Valverde, dargebracht.

Anschließend herrschen ausgelassene Fröhlichkeit und buntes Treiben, darunter Kutschenumzüge, Musikdarbietungen, Theater, Straßenmusik, Feuerwerk am Ebro und Vieles mehr. Vor allem traditionelles Essen: Auf der „Plaza Martinez Zapota" gibt es Rührei mit Paprikaschoten, auf der „Plaza de la Estrello" Speck und Würste und auf der „Plaza del Mercado" Gegrilltes.

Aber das Wichtigste für die Stadt und die Region „La Rioja" ist der Wein. Das kleine Gebiet ist nur etwa doppelt so groß wie das Saarland und hat bloß knapp 300.000 Einwohner, aber der Wein ist von entscheidender Bedeutung für dieses gesegnete Fleckchen Spanien.

„La Rioja" gehört inzwischen zu den bedeutendsten Weinanbaugebieten in ganz Europa, und der Rioja-Wein hat in Spanien längst die Bedeutung wie in Frankreich der „Bordeaux", in Italien der „Barolo" oder in Deutschland der „Franken". Das Klima zwischen den atlantisch-kühlen und den mediterran-warmen Zonen im Norden und im Süden, dazu die Gebirge, dies alles hat „La Rioja" zu dieser bevorzugten Landschaft für den Weinbau werden lassen.

Das gesamte Anbaugebiet wird – in einzelnen Lagen bis hinauf auf 700 Meter – durch dieses optimale Zusammenwirken der zwei vollständig verschiedenen klimatischen Einflüssen begünstigt. Das segensreiche Klima bringt milde Temperaturen und eine jährliche Niederschlagsmenge von durchschnittlich etwas mehr als 400 Litern pro Quadratmeter und bietet dadurch ideale Voraussetzungen für den herrlichen Wein.

Hinzu kommen die lehm- und kalkhaltigen Böden, auf denen die Reben prächtig gedeihen.

Und dann natürlich der perfekte Ausbau des Weins in Fass und Flasche zu den verschiedenen Qualitäten und Köstlichkeiten: Crianza – Weine mit diesem Prädikat sind mindestens zwei Jahre gereift, davon mindestens ein Jahr im Eichenfass.

Reserva – dieser Wein ist schon gut drei Jahre gereift, davon ebenfalls mindestens ein Jahr im Eichenfass.

Und schließlich Gran Reserva – die edelste Qualitätsstufe. Da lagern die Weine mindestens zwei Jahre im Barrique, dem 225 Liter fassenden Holzfass aus amerikanischer oder französischer Eiche, und reifen danach noch weitere drei Jahre in der Flasche. Mindestens eine Million dieser Barriques gibt es in La Rioja.

Seit etwa 2000 Jahren wird hier Wein kultiviert und gewonnen. Die Römer schätzten das „Blut der Rioja" und ihre Nachfahren sowie die übrigen Europäer heute.

Viele Nord- und Mitteleuropäer reisen eigens an, um die Bodegas vor Ort kennenzulernen und den Wein zu verkosten.

Milana und ich lieben La Rioja. Und dennoch, uns zieht es weiter in die Heimat, nochmals 438 Kilometer weiter westwärts.

Unterwegs kommen wir an zwei ganz besonderen Stelle vorbei: zunächst am Klosterkomplex San Millán de la Cogolla, und dann, 84 Kilometer weiter südwestlich, am „Monasterio de Santo Domingo de los Silos".

Eigentlich ist San Millán de la Cogolla nur eine kleine Ortschaft nördlich am Fuße der Sierra de la Demanda und dort am Ufer des Flusses Cárdenas.

Hier gibt es zwar keine Indianer, aber der Herbstwald erinnert doch sehr an den amerikanischen „Indian Summer" mit seiner Farbenpracht und Farbenvielfalt. Die bergige Landschaft erlebt viel Niederschlag, was zu üppiger Vegetation ebenso führt wie zu ergiebigen Quellen zahlreicher Flüsse.

Bewirtschaftete Regionen wechseln sich ab mit großen Aufforstungsflächen.

Eichen wachsen hier ebenso wie Kiefern und es gibt einige der südlichsten Buchenbestände in Europa. Nicht zu vergessen eines der größten und besterhaltenen Vorkommen von Wacholder.

Bei solch reicher Vegetation bleibt ein großer Tierbestand nicht aus. Es gibt viele Wildschweine, Hirsche, Rehe und Füchse. Aber auch Dachse, Wild- und Ginsterkatzen, Otter, Siebenschläfer, Waldschnepfe haben dort ihre Refugien. Gelegentlich wird auch ein iberischer Wolf gesichtet.

Und am Himmel kreisen Falken, Habichte, Steinadler, Wespenbussarde, Gänse- und Schmutzgeier und nachts der Uhu.

Die Unterschutzstellung als Vogelschutzgebiet hat viel Gutes bewirkt. Wenn nur die Wilderer nicht wären.

Die Natur ist die eigentliche Sensation dieser Region.

Die Besiedelung ist rückläufig. So ist San Millán de la Cogolla heutzutage nur deshalb bekannt, weil die beiden Klöster San Millán de Yuso und de Suso gemeinsam den Namen des Ortes tragen und bei den Pilgern des Jakobsweges so beliebt sind. Und natürlich, weil sie 1997 von der UNESCO zum Weltkulturerbe erklärt wurden.

Die Geschichte des Ortes geht zurück auf den heiligen Aemilianus von Cogolla, Spanisch San Millán de la Cogolla, der sich mit

82 Jahren als Eremit in eine Höhle ebendort zurückzog und mit 101 Jahren verstarb.

Auf seinem Höhlen-Grab entstand das ältere Kloster mit Namen Suso, abgeleitet vom Lateinischen sursum – oben.

König García III. Sánchez von Navarra war sehr angetan von dem Leben und Wirken des Heiligen Aemilianus. Es wollte daher 1053 die Gebeine des Heiligen in seine Hauptstadt Nájera in das neu erbaute Kloster Santa María la Real de Nájera überführen lassen.

Als der Karren mit den Gebeinen sich dem Fluss näherte, blieb der Wagen stehen, denn die Ochsen weigerten sich, weiterzugehen. Der König sah darin einen Wink Gottes und ließ ein neues Kloster errichten: Yuso, benannt nach dem Lateinischen deorsum – unten.

Beide Klöster beherbergen bedeutende Schriften: Suso birgt eine Sammlung von Manuskripten und Codices aus der klösterlichen Schreibstube, etwa die 1350 Jahre alte Bibel von Quiso oder eine Kopie der Apokalypse von Beato de Liébana.

Diese und weitere Zeugnisse machen sie zu der bedeutendsten Schreibstube, aus der auch das bisher älteste schriftliche Zeugnis der altspanischen und baskischen Sprache kam, die Glosas Emilianenses.

Das im 16., 17. und 18. Jahrhundert wieder aufgebaute Kloster Yuso birgt reiche Kunstschätze: Kupferstiche aus dem 17. Jahrhundert, ein Kästchen aus Gold und Elfenbein aus dem 11. Jahrhundert mit den Reliquien des Heiligen Millán, Gemälde von Juan de Rizzi und eine Kanzel aus Nussbaumholz aus dem ausgehenden 16. Jahrhundert.

Ein Ort der Kultur, der Spiritualität und der Einkehr. Auch dann, wenn große Pilgergruppen – vom Jakobsweg abweichend – die

Anlagen fluten, sind die Augustiner doch immer darauf bedacht, die Bauwerke als das zu erhalten, was sie sind: ein Kloster zur höheren Ehre Gottes.

Diesem Zweck dient auch das „Monasterio de Santo Domingo de los Silos". Diese beeindruckende Abtei liegt im „Valle de Tabladillo", einem kleinen Tal südlich von Burgos im Kastilischen Gebirge. Es stammt vermutlich aus dem siebenten Jahrhundert, erreichte aber erst 300 Jahre später eine erste Blütezeit während der „Reconquista", der Rückeroberung der Iberischen Halbinsel von den Mauren.

1088 wurde der romanische Kirchenbau geweiht; in späteren Jahrhunderten wurde er klassizistisch umgebaut. Gott sei Dank blieb der romanische Kreuzgang bis heute erhalten, der von großer Baukunst zeugt: Auf einer quadratischen Grundfläche wurden zwei imposante arkadengesäumte Etagen aufgebaut.

Die Kapitelle des unteren Kreuzgangs zeigen exzentrische symbolische Verzierungen mit geometrischen Formen, Zentauren, Drachen und Meerjungfrauen; während die Ecken mit Szenen aus dem Leben Christi auf gewaltigen Reliefs dekoriert sind.

Die architektonische Harmonie der Formen und Farben machen den Kreuzgang zu einem der eindrucksvollsten in ganz Spanien.

Zweite Besonderheit der Abtei ist das bedeutende Klosterarchiv. Es verwahrt Fragmente des Beatus aus dem 10. Jahrhundert, gotische Manuskriptfragmente sowie Musikfragmente von ungefähr zwanzig Kodizes in aquitanischer Notenschrift.

Als 1880 Mönche der französischen Kongregation von „Solesmes" die Abtei restaurierten, fanden sie 14 mittelalterliche Manuskripte; darunter so berühmte und wertvolle wie die Historie des „Canto Gregoriano" in 13 Kapiteln.

Die gregorianischen Choräle der Mönche von Silos sind auch heute weltweit berühmt. Ihre CD heißt: „Die Mönche aus Silos – Gregorianische Gesänge aus Spanien".

Sie sind auch vor Ort zu hören. Wer Glück hat, kann den Chor im Monestario erleben. Milana und ich hatten noch nicht das Glück – und werden es wohl auch nicht haben, zumindest nicht gemeinsam. Denn die benediktinische Gastfreundschaft in dieser ehrwürdigen Abtei ist ausschließlich männlichen Gästen vorbehalten.

Aber wir wollen ja auch weiter, Milana und ich. „La Peña", unser Dorf am dicken Felsen im „Parque Natural de Arribes del Duero", ist unser Ziel.

In Aranda de Duero treffen wir erstmals wieder auf den Fluss, der unserem Nationalpark seinen Namen gegeben hat: Duero. Grenzfluss zu Portugal, wo er Douro heißt.

897 Kilometer lang schlängelt sich der Strom durch Spanien und Portugal, bevor er sich bei der portugiesischen Hafenstadt Porto in den Atlantik ergießt.

Seine Quelle liegt auf 2080 Metern Höhe an den Picos de Urbión in der altkastilischen Kette des Iberischen Gebirges in der nordspanischen Provinz Soria. Von dort aus mäandert er durch die Provinz Kastilien und León.

Unterwegs, zwischen San Esteban de Gormas und Quintanilla de Onéssio, hat sich an seinen Ufern die berühmte Weinregion „Ribera del Duero" etabliert. Die Weine dieser gut 17.000 Hektar großen Region erfreuen sich zunehmender Beliebtheit. Die als Crianzas, Reservas und Gran Reservas ausgebauten Rotweine von alten Reben mit niedrigen Erträgen sind gehaltvolle Rotweine mit sinnlicher Frucht und feinfühlig ausgewogener Tanninstruktur.

Bei Salto del Castro beginnt die 112 Kilometer lange Strecke, auf der der Duero die gemeinsame Landesgrenze von Portugal und Spanien bildet. Kurz vor dem portugiesischen Örtchen Barca d'Alva biegt der Fluss nach Westen ab und spendet das für die genussvollen Produkte einer weiteren sehr bekannten Region so lebensnotwendige Nass: Portwein. Er wächst hier, zusammen mit Mandel- und Olivenbäumen sowie Zitrushainen in den Weinbergen, wo die besten Portwein-Rebsorten Touriga Nacional, Tinta Roriz, Tinta Amarela oder Tinto Cão gedeihen.

Dort, in dieser ebenso wilden wie wunderschönen Landschaft, haben Milana und ich, Milan, zusammen mit unseren Kindern unser zweites Zuhause.

Unsere spanische Heimat, der gesamte Nationalpark wird geprägt durch das spektakulärer Tal, das der Duero im Laufe von Jahrtausenden ausgebildet hat: die größte und tiefste Schlucht der gesamten Iberischen Halbinsel. Diese fabelhafte Gegend mit schroffen Engpässen und Cañons bis zu 500 Metern ist eine atemberaubend schöne Schöpfung der Natur.

Aber auch das Mikroklima befördert die Einzigartigkeit des Naturparks „Las Arribes del Duero". In den windgeschützten Schluchten herrschen angenehme Temperaturen und Sonnenschein und es findet sich eine typisch mediterrane Vegetation.

Der Naturpark ist natürlich auch Heimat zahlreicher, teils vom Aussterben bedrohter Tierarten. Die örtliche Fauna kennt Vogelarten wie Schwarzstorch, Steinadler, Wanderfalke oder Schmutzgeier.

Kein Wunder, denn das Gebiet ist schon seit dem Jahr 1990 als europäisches Vogelschutzgebiet ausgewiesen.

Und auf dem Boden wieseln Perleidechsen, Laubfrösche, Marmormolche, Gartenschläfer, Ginsterkatzen und viele, viele andere Tierarten mehr.

Im Frühling und im Herbst verwandeln die Blätter der Bäume und Sträucher die Natur in ein grandioses Farbenmeer. Zartgrün bis tiefgrün und braun in allen Variationen im Frühling, gelb, ocker, beige, rot, orange, bordeaux, braun, anthrazit im Übergang zum Winter.

Der Herbst des Lebens hat brillante und kräftige Ausdrucksformen.

Jeden Herbst kommen wir hierher, in die Milde des iberischen Winters, der selbst dann nicht zu hart ist, wenn das Land wie mit Schnee gepudert in der Wintersonne glitzert.
Jedes Frühjahr kehren wir zurück nach Traunsel, in den gemäßigten deutschen Sommer.

Und an beiden Enden unseres Lebensraumes erinnern wir uns immer wieder und gerne an den Satz des deutschen Dichters der Romantik, Albert Schiffner: „Lass dir die Fremde zur Heimat, nie aber die Heimat zur Fremde werden!"

Wir sind in der Heimat, wenn wir in „La Peña" ankommen. Der Abend mit seinem starken Rot der untergehenden Sonne ist immer wieder ein ergreifender Anblick. Ebenso das in Gold übergehende Morgenrot, das den neuen Tag begrüßt.

Für kurze Zeit wird die Silhouette des „Toro" sichtbar, der groß, schwarz, mächtig und kraftvoll auf einer Kuppe thront.

Früher war er noch mit Werbung bemalt, hat mir mein Vater erzählt, der es selber noch gesehen hatte: Osborne Veterano.

Heute ist der Schriftzug verschwunden.

Das ehemalige Werbeschild des 14 Meter hohen und 150 Quadratmeter großen metallenen Stiers hat sich gewandelt zu einem nationalen Symbol Spaniens.

Ob Werbung oder Symbol – die aufgehende Sonne macht keinen Unterschied und so steht der Stier mächtig und stolz in der Landschaft, die uns heute in weichen Herbstfarben erscheint.

Frieden und Ruhe strahlt die Landschaft aus, ebenso das Dorf, das in Sichtweite des dicken Felsens Heimstatt für 139 Menschen bietet. Und für Milana und mich samt unseren Kindern!

ZWÖLF

Isabel ist nervös. Sie sitzt im Vorzimmer des Vorstandsvorsitzenden der Unternehmensgruppe LA.RACHA in Madrid. Ein modernes Gebäude in der Calle de Génova 20. Gleich neben dem Strafgerichtshof. Und mit Blick auf die „Torres de Colón", die berühmten 102 Meter hohen Gebäude, die der Architekt Manuel Lamela entwarf.

Ein quirliges Areal im Dreieck der Stadtteile „Justicia", „Recoletos" und „Salamanca" gelegen.

Der Bau, wie so viele andere moderne beliebige Bürobauten auch, ein Komplex aus Beton und Glas. Funktional statt schön, langweilig statt architektonisch ansprechend. Mit Banken-Büros. Und in den oberen drei Etagen mit dem „Hauptquartier" von LA.RACHA.

Isabel hat für Gebäude, Architektur und Bebauung nur wenige Blicke übrig. Sie betritt mit Herzklopfen das Gebäude und erkundigte sich bei der freundlichen Recepcionista nach dem Büro von Don Hernández Monrique de Taray y Gorzon.

Im Fahrstuhl geht es dann vier Stockwerke hoch in das Vorzimmer, in dem sie von einer Dame mit strenger Frisur, gestrengem Blick und ebensolchem Kostüm in Empfang genommen wird. Don Hernández telefoniere noch und bitte sie, sich einen Moment zu gedulden, erfährt Isabel.

Das ist eines der modernen Herrschaftssymbole: warten lassen. Der Chef, der Don, der Patrón, der Herr, der Boss erwartet Pünktlichkeit – empfängt aber nicht pünktlich.

Denn er ist wichtig. Deshalb ist er viel beschäftigt. Und daher muss derjenige, der kommt, antanzt oder vorspricht, eben warten.

Warten lassen als Insigne der Macht.

Und dann ist es so weit. Don Hernández tritt durch seine Büro-Türe und geht mit einem strahlenden Lächeln auf Isabel zu. „Señora de Guideará, herzlich willkommen. Ich hoffe, Sie hatten eine angenehme Fahrt. Entschuldigen Sie bitte, dass Sie einen Moment warten mussten, aber es kam gerade noch ein wichtiger Anruf."

Don Hernández ist ganz Caballero. Galant geleitet er Isabel in sein Zimmer, fragt sie nach ihrem Getränkewunsch und plaudert ganz unverfänglich über das Wetter in Madrid, über die Veranstaltung des Wirtschaftsverbandes und erkundigt sich nach dem Wohlergehen ihres Vaters.

Nach sieben, acht Minuten „Warmplaudern" kommt Don Hernández zur Sache. „Isabel, ich habe mir Ihre Unterlagen sehr genau angeschaut, die Sie mir dankenswerter Weise zugesendet haben. Ich denke, mit Ihrer Ausbildung und vor allem mit Ihren Zusatzkenntnissen könnten Sie in unserem Unternehmen hervorragende Arbeit leisten. Haben Sie schon einmal darüber nachgedacht, ob LA.RACHA vielleicht der richtige Ort für Sie wäre?"

Isabel ist überrumpelt von dem familiären Umgang, von der Geschwindigkeit des Gesprächs und von der direkten Art von Don Hernández. Sie hatte sich vorgestellt, dass er ihr das Unternehmen präsentieren und gemeinsam mit ihr erörtern würde, ob ihre Ausbildung passte und sie vielleicht darüber nachdenken würde.

Jetzt unterbreitet ihr Don Hernández mehr direkt als indirekt die Frage, ob sie bei LA.RACHA einsteigen wolle.
Sie weiß doch noch gar nicht so viel über die Firma. Das sagt sie auch Don Hernández, der darauf aber bestens vorbereitet ist.

„Kommen Sie, wir gehen mal in die Marketing-Abteilung, dort präsentiert Ihnen der Abteilungsleiter das Unternehmen und skizziert auch gleich die Aufgaben, die für uns in den kommenden Jahren anstehen. Dann wissen Sie ganz direkt, um was es geht."

Don Hernández führt Isabel hinaus durch einige Gänge in einen kleinen, abgedunkelten Besprechungsraum, in dem sie bereits ein älterer Herr mit eingeschaltetem Beamer und Laptop erwartet.

„Isabel, das ist Luis Rodrergo, unser Marketing-Leiter – Luis, das ist Isabel de Guideara, die Master-Studentin Marketing, von der ich Ihnen erzählt habe. Bitte lassen Sie doch mal unsere Firmenpräsentation ablaufen."

In den nächsten zwölf Minuten bekommt Isabel einen kompakten Einblick in die Geschäftstätigkeiten von LA.RACHA. Speziell auf das Geschäft mit der Windkraft geht die Präsentation dann näher ein.

Isabel erfährt, dass LA.RACHA das größte der vier großen spanischen Windanlagen-Unternehmen ist und bereits knapp 10.000 Windräder in ganz Spanien errichtet hat.

„Wenn wir in Spanien heute mehr Strom aus Windkraft haben als aus Atom-Meilern, dann ist das auch und gerade das Verdienst von LA.RACHA", formuliert Dr. Hernández nicht ohne Stolz in der Stimme.

„Jetzt wollen wir nach Europa expandieren – und dazu benötige ich gute Mitarbeiterinnen wie Sie, Isabel. Sie haben einen ausgezeichneten Master-Abschluss, Sie können Englisch, Sie sind jung und hungrig und wollen etwas bewegen. Damit konkurrieren Sie mit vielen anderen Hochschulabgängern.

Sie haben aber etwas, was Sie gegenüber den Anderen heraushebt", fährt Don Hernández fort und schaut Isabel direkt in die Augen: „Sie können Deutsch. Und ich will in Deutschland expandieren. Deshalb sind Sie für mich und das Unternehmen genau die Richtige – was halten Sie davon? Ich biete Ihnen an, das Marketing für unsere Expansion in Deutschland zu entwickeln und zu begleiten. Natürlich in enger Absprache mit Luis und mir. Die Stelle wird neu eingerichtet, hier in der Zentrale, im Marketing, und sie ist mit 40.000 €uro Jahresvergütung dotiert."

Don Hernández blickt Isabel an.

Sie ist sprachlos. Eine neu eingerichtete Stelle. In einem expandierenden Unternehmen. Und dann noch 40.000 €uro. Isabel glaubt zu träumen. Sie strahlt Dr. Hernández und Luis an, sammelt sich dann und bemerkt: „Das ist ein großartiges Angebot. Ich bin überwältigt. Das muss ich erst einmal verarbeiten und überschlafen. Und ich würde auch erst gerne mit meiner Familie und meinem Freund sprechen, bevor ich entscheide. Ich hoffe, das ist Ihnen recht."

Isabel schaut die Männer an. Don Hernández nickt und Luis nimmt eine Mappe mit Unterlagen, die er bereits zusammengestellt hat: „Nehmen Sie die Factpapers mit, dann können Sie noch etwas mehr von LA.RACHA erfahren. Vielleicht hilft es ja bei der Entscheidung. Ich hoffe, Sie sagen Ja."

„Montag erwarte ich dann Ihre Nachricht, wie Sie sich entschieden haben", bemerkt Don Hernández, fast wie nebenbei.

Er begleitet Isabel bis zu den Fahrstühlen und verabschiedet sich freudestrahlend und bestens gelaunt von Isabel und gibt ihr Grüße mit an ihren Vater. Er ist sicher, sie würde zu LA.RACHA kommen. Und er ist ebenso sicher, dass sie ein guter Einkauf werden würde.

Er hat dafür ein Näschen. Und das sagt ihm bei Isabel, dass diese junge Frau genügend Ehrgeiz und Können, aber auch genügend Unabhängigkeit und Durchsetzung haben würde, um die große Aufgabe in Angriff zu nehmen: Europa, wir kommen!

Während Don Hernández diese Gedanken durch den Kopf gehen, verlässt Isabel die Zentrale von LA.RACHA. Sie steht noch immer unter dem Eindruck des Gesprächs, vor allem aber der Person des Vorstandsvorsitzenden. Gutaussehend, ja. Verheiratet, ja. Eloquent, charmant, ja. Alles toll. Aber er war auch so unglaublich zielstrebig, visionär und ehrgeizig, dass er durch seine Persönlichkeit und sein Charisma zu beeindrucken und zu überzeugen wusste.

Was für ein Mann!

Isabel fährt sehr nachdenklich nach Hause. Martín erwartet sie bereits. Er hatte kurz zuvor seine neue Stelle als Pädagoge an einem Madrider Privat-Institut angetreten und hofft jetzt, dass Isabel rasch eine Stelle in der Hauptstadt finden würde. Ein schwieriges Unterfangen in diesen wirtschaftlich schlechten Zeiten in Spanien und halb Europa. Umso mehr Hoffnungen setzt Martín in das Vorstellungsgespräch bei LA.RACHA, ein grundsolides Unternehmen, wie er zwischenzeitlich recherchiert hat.

Er ist gespannt, was Isabel von ihrem Treffen mit Don Hernández mitbringen würde – und er staunt nicht schlecht, als er von Isabel erfährt, wie es gelaufen ist. Am meisten überrascht Martín das

Jahresgehalt von 40.000 €uro. Wesentlich mehr, als er in dem Privat-Institut bekommt. Er würde sich anstrengen müssen, wollte er das absehbar erreichen.

So ein kleinwenig frisst es in ihm, als er die Zahl hört. Doch lässt er es sich nicht anmerken und freut sich zusammen mit Isabel über dieses großartige und großzügige Angebot.

„Ich will trotzdem erst einmal darüber schlafen", sagt Isabel. „Das können wir zusammen machen", lacht Martín und zieht Isabel auf seinen Schoß, um mit ihr in einen leidenschaftlichen Kuss zu versinken. Im Hastenichtgesehen sind die beiden aus ihren Sachen heraus und ins Bett hineingeklettert und wälzen sich in gieriger Ekstase umeinander, aufeinander, ineinander, miteinander – bis zur wohligen Erschöpfung.

ZEHNDREI

Es sind die Ruhe und die Beschaulichkeit der Landschaft, die uns, Milana und mich, Milan, immer wieder nach La Peña ziehen. Hier, im Osten Spaniens, im Nationalpark des Duero, finden wir zurück zur Gelassenheit des Lebens.

In Traunsel, in Deutschland, sind wir rund um die Uhr beschäftigt. Wir jagen nach Erfolg, wir suchen Chancen und Möglichkeiten, wir hetzen von Termin zu Termin, wir kümmern uns um unser Zuhause, um unsere Kinder, um das Familienwohl, um Glück und Zufriedenheit. Und natürlich auch um Essen und Trinken, ein behagliches Nest für die Kinder, eine gute Stube für uns und viele andere Dinge. Genau, wie viele andere es auch tun. Immer in Eile. Getrieben von der Jagd nach Erfolg.

Aber hier in La Peña, in Sichtweite von „La Peña Gorda", dem dicken Felsen nahe dem Dorf, dem er den Namen gab, hier am östlichen Rande der Provinz Salamanca in der „Ramajería" genannten Landschaft, genauer gesagt in der Großgemeinde Arribes del Duero, Namensgeberin für den gleichnamigen Naturpark entlang des Duero, hier pulst die Zeit in einer anderen Gangart: Despacio. Vamos a ver!

Oder, wie wir in Deutschland sagen: immer mit der Ruhe!

Der dicke Felsen strahlt Ruhe und Gelassenheit aus. Seit Jahrmillionen, als er aus dem Bauch von Mutter Erde geboren wurde, ruht der Fels in der Region und trotzt Wind und Wetter, Sonne und Kälte, Mensch und Natur.

Er besteht aus Syenit, einem mittel- bis grobkörnigen magmatischen Tiefengestein, reich an Feldspäten, aber – im Vergleich zu Granit – arm an Quarz. Benannt nach dem altägyptischen Fundort Syene.

Syenit kommt weltweit vor; es ist hart, kann aber blank poliert werden. Daher dient Syenit einerseits als Baustein, andererseits wird es aber auch gerne von Steinmetzen verwendet, die daraus Säulen, Platten oder Sockel fertigen.

Viele Kunstwerke aus dem Altertum sind aus Syenit gefertigt.

Hier in La Peña hat Mutter Natur mit ihrem 45 Meter hohen und 70 Meter langen Syenit-Felsen ein Natur-Kunstwerk geschaffen.

Einmal bestiegen bietet das fast 70 Quadratmeter große Plateau des Felsens einen phänomenalen Rundum-Blick in die herrliche Landschaft der „Ramajería" bis hin zu den Arribes del Duero, den Ufern des Flusses Duero.

Die charakteristischen Eichen beleben die Landschaft, hin und wieder ein Stech-Wachholder, ein Olivenbaum, eine Kiefer. Und weit im Hintergrund ist Portugal zu erahnen.

Uralte Steinwälle durchziehen die teils grünen, teils schon braunen Flächen, die sich mit Waldgebieten abwechseln. Die Steinwälle erinnern an den Norden der britannischen Insel, wo es gleichfalls solch kilometerlange angehäufte Steinwälle gibt, ganz im Geiste des Gedichts „Der wackere Schwabe" von Ludwig Uhland, wo es heißt: „… viel Steine gab's, und wenig Brot …"

Eine der vier Seiten von „La Peña Gorda", dem dicken Felsen, fällt beinahe senkrecht ab. Zwei weitere sind ebenfalls kaum erklimmbar. Doch die vierte ermöglicht einen Aufstieg, auch und vor allem dank der Trittstufen und -löcher, die in das Gestein getrieben wurden.

Risse, Spalten voller Wasser und Furchen haben es einigen harten Baumsamen ermöglicht, auszutreiben und zu gedrungenen Bäumen zu wachsen. Sie krallen sich an den Felsen und sind auf Gedeih und Verderb mit ihm verbunden. Ebenso Gräser, Flechten, Büsche, die sich „La Peña Gorda" als Lebensraum erwählt haben. Immerhin, es gibt zwei Stellen auf dem Felsplateau, die sich im Winter mit Wasser füllen.

Das und der gelegentliche Regen müssen reichen.

Auch rund um den Felsen, der so abrupt in der spanischen Landschaft steht wie „Bulls Party" in Namibia oder Helgoland in der Nordsee, haben sich Bäume und Gräser, Büsche und Sträucher angesiedelt und beleben den Ort. Er strahlt erhabene Ruhe aus. Er verströmt die Gelassenheit der Zeit, in der 1000 Jahre wie ein Tag sind.

Diese Ruhe kehrt auch in uns ein, wenn wir erst einmal angekommen sind und eintauchen in die Natur, die Region, die dörfliche Gemeinschaft, die Anderheimat.

Wir, Milana, ich, Milan der Rote, und unsere Kinder, wir haben doppelte Staatsbürgerschaft, doppelte Heimat und doppelte Empfindungen.

Und hier, in La Peña, finden wir uns wieder ein in eine langsamere Gangart, die uns gelassen, zufrieden und glücklich durch den Winter begleiten wird.

La Peña ist ein kleines Dorf, das im Laufe der Zeit immer kleiner geworden ist. Der Schrumpfungsprozess ist schleichend, aber kontinuierlich.

Vor 100 Jahren waren es noch 430 Menschen, die in La Peña lebten. Heute zählen wir gerade noch 129. Und, wie vielerorts in Spanien und anderen europäischen Ländern, sind diese 129 Ausdruck des demografischen Wandels: viele Alte, die immer älter werden, kaum Junge, die zudem noch wegziehen.

Dieses Phänomen kennen wir auch aus unserer zweiten Heimat, Traunsel. Wobei sich dort die Entwicklung nicht ganz so drastisch gestaltet; immerhin hat Traunsel noch eine funktionierende Jugend-Feuerwehr.

Davon ist La Peña meilenweit entfernt. Und dennoch ist es ein liebenswertes Stückchen Heimat hier im spanischen Westen.

Das Leben hat sich verändert in den vergangenen Jahrzehnten. Lange wurden in der Landwirtschaft zahlreiche Menschen benötigt, um zu säen, zu pflegen, zu ernten, zu züchten. Heute erfüllen Maschinen diese Aufgaben – oder die Landwirtschaft wurde ganz eingestellt, weil es sich einerseits kaum noch lohnt und weil andererseits immer weniger Menschen bereit sind, die harte Arbeit zu tun.

Ein Büro-Job ist allemal bequemer als ein Arbeitstag auf einem landwirtschaftlichen Anwesen!

Und weil viele Stadtkinder und sogar deren Eltern die natürlichen Prozesse von Aussaat und Ernte, füttern und melken, aufziehen und schlachten nicht mehr kennen, ist es umso bedeutender, wenn es ihnen gezeigt wird.

Schon zum wiederholten Mal wird in La Peña daher eine Ausstellung präsentiert vom Leben, wie es früher war. Viele der Dorfbewohner und viele derer, die früher Mal hier lebten, haben Artefakte gestiftet, um diese Ausstellung zeigen zu können. Zum großen Fest der Verehrung der „Santa Isabel" Anfang Juli.

Dann kommen viele Menschen aus der gesamten Region in La Peña zusammen, um gemeinsam mit den Einwohnern und den Ehemaligen die Statue und das Bild der Heiligen in einer Prozession durch das Dorf zu tragen und sodann in einer großen Fiesta zusammen zu lachen, zu reden, zu trinken, zu tanzen, zu singen und ausgelassen und fröhlich zu sein.

Milana und ich kennen das Fest nur von den Erzählungen. Wir sind Anfang Juli immer in Traunsel, 1934 Kilometer weiter nordöstlich, und feiern dort das „Wasserfest" oder Kirchweih. Oder beides.

Hier in La Peña spielt sich das Fest auf dem Platz vor der Kapelle ab. Dort, wo sich die Calle Santa Isabel und die Calle Fuentita kreuzen, ist Raum genug für fröhliches Beisammensein. Dort, am Rande des Dorfes, links neben dem Gotteshaus, steht in der „Nacht der Kultur" eine große Bühne und Live-Musik erfüllt die Gassen und Plätze.

Das Leben braucht gelegentliche Feiertage, damit man sich freuen kann. Kraft schöpfen kann für die nächste Zeit, für den Alltag. Genau deshalb sind wir, Milana und ich, Milan der Rote, und unsere Kinder in La Peña. Immer wieder – und immer wieder gerne.

Doch nicht nur das Dorf hat seine Höhepunkte. Auch die Region. Der Wasserfall „Pozo de los Humos – Rauchender Brunnen" zwischen den Städten Pereña und Masueco de la Ribera ist beeindruckend. In zwei Stufen fällt er 150 Meter in die Tiefe und die aufsteigende Gischt hat dem Katarakt seinen Namen gegeben.

Ströme von Touristen ergießen sich zu diesem Anziehungspunkt im Naturpark; Milliarden von Fotos tragen das Bild in alle Welt.

Weiter östlich erstrecken sich riesige Weidegebiete. Dort, und in der angrenzenden Landschaft „Campo Charro", werden Kampfstiere gezüchtet, die in den „Corridas", den traditionellen spanischen Stierkämpfen, das Publikum begeistern.

Oder die bei den unblutigen, aber gleichwohl gefährlichen „Encierros", den Stierläufen, durch die Gassen getrieben werden bis in die Stierkampf-Arenen, wo junge Männer bei Schaukämpfen ihren Mut und ihre Eleganz zeigen.

Pferde haben hier ebenfalls ein Zuhause. Es gibt Fincas, die sich auf die Zucht der edlen Rosse spezialisiert haben. Auch diese Tiere werden in den Stierkampf-Arenen der Iberischen Halbinsel eingesetzt, wenn die Picadores im ersten Drittel des Stierkampfes, dem „Tercio de Varas", mit den durch die „Peto" genannte Polsterung geschützten Pferden dem Matador zur Hand gehen und den Stier mit ihren Lanzen im Nackenbereich verwunden.

Ja, es gibt sogar eine Form der Stierkämpfe, die komplett vom Pferd aus stattfindet, die sogenannte „corrida de rejones".

Leider hat auch diese paradiesische Region eine weitere martialische Seite: Jagd-Fincas.

Zumeist sind es edle Herrensitze, aufgepeppt nach Jahren des Dahindämmerns, aufmöbliert zu Herrschaftshäusern, Lodges, die den Jagdgesellschaften aus aller Herren Länder ihre speziellen „Vergnügen" bereiten.

Vor allem dem Rothuhn geht es ans Gefieder, aber auch Großwild muss um sein Leben fürchten, wenn ein neuer Schwung
von Schießwütigen aus den USA, aus Großbritannien oder aus
Deutschland eingeflogen kommt.

Diese Schießorgien beschränken sich keinesfalls auf die Gebiete
rund um die jeweiligen Fincas. Um ausgesucht große, schöne
und begehrte Trophäen zu erhalten haben die Veranstalter Verträge mit zahlreichen Naturpark-Verantwortlichen abgeschlossen
und lassen dort jagen.

Zwischen 15.000 und 25.000 €uro kostet es den Jäger, an diesem
„Vergnügen" teilzunehmen. Plus Flug nach Madrid und zurück.
Plus 150 €uro für die Leihwaffe, 100 €uro für 20 Schuss Kugel-
munition, 10 €uro für 25 Schrotpatronen, 100 €uro für das Permit
und das Veterinärzertifikat, 950 €uro je Trophäe von Dam- oder
Rothirsch oder Muffelwidder, 120 €uro extra für jeden Kahl-
wild-Abschuss. Rothühner kosten 28 €uro pro Huhn.

Empfohlenes Trinkgeld für das Hauspersonal: 50 €uro.
Immerhin!

Und nicht zu vergessen: Reiserücktritts- und Gepäckversicherung
gehen extra.

„Dank jahrzehntelanger Erfahrung des Veranstalters erwartet Sie
als passionierter Jäger eine perfekt organisierte Jagd, die auf Ihre
Wünsche, Bedürfnisse und Schießfertigkeit optimal abgestimmt
ist" – so die Werbung für diese Veranstaltungen. Einschließlich „Sightseeing- und Shopping-Tour" für mitreisende Damen.

1000, ja sogar 1200 erlegte Rothühner pro Jagd sind keine Selten-
heit. Und damit ist auch klar, weshalb das Rothuhn, das in Südeuropa einst so zahlreich verbreitet war, heute in Spanien auf der
Liste der bedrohten Tierarten steht.
Halali und Waidmannsdank!

Es ist die schier endlose Weite der Landschaft, die so anziehend wirkt. Im Hintergrund leuchtet die Spitze des „Peña de Francia", des 1.727 Meter hohen Felsens in der Bergwelt „Parque Natural de Las Batuecas-Sierra de Francia".

Der Ort ist bekannt, da ihn Miguel de Cervantes in seinem Roman „El ingenioso hidalgo Don Quixote de la Mancha" verewigte. Und der Ort ist bekannt und beliebt für seine Schwarze Madonna „Unsere Liebe Frau der Felsen von Frankreich", die im Sommer zahllose Pilger anzieht.

Im Winter ist das Gebiet wegen der großen Schneemengen nur schwer zugänglich.

Mit dem Panorama der Bergwelt am Horizont zieht sich zwischen den Felsen des Bergkammes und dem Weideland in der Ebene ein Streifen von sattem Grün. Wälder, vor allem Eichen, Pinien, Birken, Kastanien und Kiefern, aber auch Feigenbäume, Sträucher und Farne, haben sich dort wieder verbreitet.

Es war ein massives Aufforstungsprogramm, das die Spanier nach dem jahrzehntelangen Raubbau an den Wäldern inszenierten und das jetzt seine heilsame Wirkung zeigt. 200 Tierarten sind hier wieder zu finden, unter ihnen auch zahlreiche seltene – Luchs, Habichtadler, Uhu –, gefährdete oder gar vom Aussterben bedrohte Arten, wie etwa Mönchsgeier, Otter oder Steinadler.

Vor diesem einzigartigen Blick in das spanische Zentralland liegt Antonios Hazinda unweit von Matilla de los Caños del Río, an der Carretera de Vecinos inmitten weiter Felder und grasbedeckter Landschaft mit alten Eichen.

Auch hier gibt es eine Kapelle mit einer berühmten Madonna: die heilige „Jungfrau von Cueto". Der Legende nach erschien Maria einem Vater mit seinem kleinen Sohn, die beide in sengender Hitze Kühe hüteten und kein Wasser hatten.

Sie berührte den Boden und es sprudelte eine Quelle und der Junge wurde vor dem Verdursten bewahrt.

Die nur wenige Kilometer von Matilla de los Caños del Río entfernt erbaute Kapelle ist berühmt für die Wallfahrt, zu der seit dem 17. Jahrhundert jedes Jahr zu Pfingsten in der gesamten Region aufgebrochen wird.

Die Wallfahrt ist ein Fest, das den ganzen Tag lang rund um das Kirchlein gefeiert wird. Sie ist das Zentrum der Marien-Verehrung in der Provinz Salamanca.

Die Kapelle liegt, von Eichen umgeben, in der malerischen Landschaft des Campo Charro, an einem ruhigen und einsamen Platz, eben einem Cueto.

Es gibt viele solcher Cuetos in einem Land, in dem der Glaube tief verwurzelt war und ist.

Nochmals nur wenige Kilometer entfernt findet sich ein anderer heiliger Ort, der ebenfalls Ziel großer Wallfahrten ist: „La Ermita del Cristo de Cabrera".

Ein Storchennest auf dem Glockenstuhl der Kapelle beim Kloster der Karmeliterinnen von Las Veguillas begrüßt den Pilger. Im Inneren der kleinen Kirche fällt der Blick auf einen ganz ungewöhnlich dimensionierten Christus am Kreuz.

Aus dem 11. Jahrhundert stammend ist das hölzerne Bildnis zwei Meter hoch und die ausgestreckten Arme sind ebenso breit. Der Überlieferung zufolge sollte die Figur, die ein Hirte in einem hohlen Baum gefunden haben wollte, mit einem Ochsenkarren nach Llen gebracht werden.

Doch dort, wo heute die Kapelle steht, blieb der Karren stehen und ließ sich nicht mehr fortbewegen. Die Bauern nahmen es als Zeichen, dass der Santo Cristo de Cabrera dort verbleiben wollte – und sollte.

Die Legende verbreitete sich in Windeseile und es gibt seit dem 18. Jahrhundert Prozessionen zum Santo Cristo de Cabrera, der als Nothelfer gilt.

Im Spanischen Unabhängigkeitskrieg versuchten französische Soldaten, ihn zu verbrennen, doch es gelang trotz aller Anstrengungen nicht, was zur Berühmtheit der Statue Santo Cristo de Cabrera weiter beitrug.

Antonio hatte von der Legende erstmals gehört, als er zu Gast auf der benachbarten „Las Tresfuentes" Lodge war, einem feudalen und geschichtsträchtigen Anwesen, in das er zu einer Rothuhn-Jagd, einer „Ojeo", anreiste.

In dem Landhaus, das aus einer ehemaligen Stierkampffarm aus dem 18. Jahrhundert zu der feudalen Lodge umgebaut worden war, treffen sich nur ausgesuchte Personen und Persönlichkeiten: Adel, Geld-Adel, Reiche, Neu-Reiche, Snobs, Berufs-Söhne und gut situierte Bürgerliche mit guten Verbindungen in die „besseren Kreise".

Derartige Beziehungen laufen wie geschmiert.

Antonio war über einen befreundeten Geschäftspartner seines Vaters an die limitierte Einladung gelangt und hatte eigens für den Termin nochmals Schießübungen abgehalten.

Obgleich er beim Militär zu einem der besten und treffsichersten Schützen ausgebildet worden war und er auch auf vielen Jagden bereits hervorragende Treffer gesetzt hatte, wollte er auf keinen Fall durch eine Serie von Fehlschüssen das Gelächter auf sich ziehen.

Schließlich traf sich in der Finca „Las Tresfuentes" nahe dem Dörfchen Llen in der Regel nur die Crème de la Crème. Einschließlich König Juan Carlos I, der immer wieder mal und gerne zu Gast war und seiner Jagdleidenschaft frönte.

Die Finca gilt als ein Geheimtipp bei den Jägern der Oberklasse in ganz Europa und entsprechend geben sich die Herrschaften ihr Stelldichein, wenn ausgesuchte Gäste aus Politik, Wirtschaft, Adel und Geld-Adel zu einer „Monteria", einer Drückjagd mit Hunden, zusammenkommen. Oder zur Pirschjagd auf Rotwild, Damwild, Steinböcke, Mufflon und Schwarzwild. Auch der Ansitz auf Sauen ist möglich – so, wie beinahe alles an Jagd möglich gemacht wird, für die, die bezahlen.

Die Trophäen, die hier erlegt werden, befinden sich, wenn man der Eigenwerbung der Lodge und der Ausstellung im Jagdzimmer Beachtung schenkt, alle in der „Medaillenklasse".

Die besondere Attraktion sind aber die berühmten Rothuhnjagden. Zu ihnen zieht es Jahr für Jahr hunderte von zahlungskräftigen und schussfertigen Jägern aus ganz Europa.

Rothühner sind die Rebhühner des Südens. Sie leben in Portugal einschließlich Madeira, in Spanien, Italien und Südfrankreich – wenn man sie denn leben lässt.

Die roten Augen, der kräftige rote Schnabel und die rotbraunen Schwanzfedern, die beim Flug der Vögel gut zu sehen sind, haben den Tieren aus der Familie der Fasanen ihren Namen gegeben. Pfeilschnell fliegen diese etwa ein Pfund schweren Vögel mit ihrer Flügelspannweite von gut einem halben Meter.

Und obwohl das Rothuhn-Weibchen jährlich zwischen April und Juli acht bis zwölf Junge, gelegentlich auch ein paar mehr, ausbrütet und aufzieht, steht das Rothuhn auf der Liste der gefährdeten Vögel.

Was kein Wunder ist, denn die Liste der Fressfeinde ist lang: allen voran der Mensch: das Rothuhn findet sich auf vielen Speisekarten in Südeuropa und neuerdings auch in Großbritannien, wo die Vögel eigens für die Jagd gezüchtet und ausgewildert wurden.

Neben dem Menschen sind es dann noch im Wesentlichen der Fuchs, das Hermelin, der Spanische Kaiseradler, der Wanderfalke, der Uhu, der Habichtsadler und der Kolkrabe, die den Rothühnern zusetzen und sie arg dezimieren.

Doch der schlimmste aller Feinde ist der Jäger. Zwischen dem 15. August und dem 30. April ist Jagd-Saison für Rothühner und es wird zum Treiben angeblasen. Die Rothuhnjagden in dem gut 12.000 Hektar Jagdrevier der Finca „Las Tresfuentes" haben weltweit einen legendären Ruf! Schnelle Vögel als Herausforderung für adrenalingesteuerte Flinten-Profis.

Eine Jagd auf getriebene Rothühner ist auch ein Nervenkitzel, der mit hohem Aufwand vorbereitet und erlebt wird. Acht bis fünfzehn Jäger werden von mindestens ebenso vielen „Secretarios" unterstützt. Zusammen mit den Treibern sind da leicht 50 und mehr Personen beteiligt.

Die Landschaft des „Campo charro" mit ihren sanften Hügeln weist einen lockeren Baumbestand auf, meist aus Olivenbäumen, vielen Korkeichen und Büschen.

Hügel sind ideal, denn die Schützenstände sind so angelegt, dass sie sich unterhalb einer Kuppe aufreihen.

Getrieben wird von jenseits der Hügel, sodass die Hühner hoch und schnell über die Köpfe der Schützen fliegen.

Der Schütze steht hinter einem brusthohen Tarnnetz, das vom Sekretär schnell mit zwei Stangen aufgestellt wird. So können die anstreichenden Hühner den Jäger nicht sofort sehen. Außerdem erschwert das Netz zu flache Schüsse.

Solche Rothuhn-Jagden sind räumlich sehr ausgedehnt, und die Helfer treiben die Hühner aus einiger Entfernung in die Richtung der Schützen-Reihen.

Davon bekommen diese allerdings nicht so viel mit, denn sie stehen auf der anderen Seite des Hügels und schauen konzentriert hangaufwärts in den Himmel.

Das ist der Moment, den Antonio immer wieder erleben möchte: wenn das Adrenalin ins Blut schießt und der Körper in angestrengter Spannung auf den Moment wartet, dass die Vögel, schnellen Schatten gleich, über die Kuppe fliehen.

Vorbei. Antonio zuckt die Schultern und sein „Secretario" lächelt milde. Rechts und links fallen vereinzelt Schüsse. Antonio wartet gespannt. Bei den nächsten vier Hühnern bekam er zumindest schon mal die Flinte an die Schulter. Eine Treffer-Chance hatte er hier nur mit Vorhalte auf die Hügelkuppe, denn in Sekundenschnelle kamen die Hühner über den Stand und waren ebenso schnell außer Schussweite.

Da. Das nächste halbe Dutzend Hühner im Anflug. Antonio begrüßt sie mit Schrot, was allerdings erneut nicht mehr als Salut-Charakter hat.

„Mierda", murmelt er leise vor sich hin, was seinem „Secretario" erneut ein Grinsen entlockt. Jetzt muss er treffen. Antonio korrigiert das Vorhaltemaß. So etwa 20 Meter dürften es schon sein, sagt er sich.

Und tatsächlich: Nach gut einem Dutzend erfolglos verschossener Patronen dann die ersten Erfolge, die augenblicklich zur Steigerung seiner Stimmung beitragen: „Na bitte, geht doch."

Doch jetzt geht es erst richtig los: Die Treiberkette nähert sich dem Hügel und die Rothühner fliegen pfeilschnell in großer Schar über die Kuppe in Richtung des alten, langsam verfallenden „castillo de santa cruz".

Links und rechts knallt es nun ununterbrochen, und Antonios Schwesternflinten werden ziemlich heiß.

In panischer Flucht streichen jetzt die Hühner über die Stände. Auch kommen sie mal von rechts, mal von links extrem rasant an, wenn von den Nachbarständen auf die Hühner gefeuert wird und die Tiere abdrehen.

Antonio schießt nach allen Regeln der Kunst. Fehlschüsse und Treffer halten sich die Waage. Gar nicht übel.

Als die ersten Treiberfähnchen auftauchen, ist „Hahn in Ruh", und es geht ans Einsammeln der geschossenen Hühner.

Bei Antonio dauert es nicht zu lange, denn sein Dutzend Rothühner ist schnell zu Paaren zusammengebunden und in die Strecke gelegt. Seine Nachbarschützen brauchen da schon etwas länger; und beim besten Stand werden 39 Hühner gezählt.

Für das kurz danach erfolgende zweite Treiben muss nur die Seite des Tarnnetzes gewechselt werden; doch erbringt es deutlich weniger Beute.

Also Pause.
Ein exquisiter Lunch ist vorbereitet und dient den Schützen zur Stärkung und Entspannung, bevor das muntere Scheibenschießen weitergeht.

Das dritte Treiben wird aus entgegengesetzter Richtung erwartet. Und was da ankommt, ist richtig heftig: Die Rothühner streichen in großer Zahl und sehr hoch und stellen echte Herausforderungen dar. Noch schwieriger ist es bei den quer fliehenden Hühnern, die vor den Schüssen anderer Stände die Richtung wechseln.

Antonio steigert sich bei der Trefferquote und kann sogar einige flach von vorne anfliegende Rothühner erlegen. Zufriedenheit kehrt bei ihm ein, die sich beim nächsten Schießen jedoch schnell verflüchtigt: Die Vögel kommen dieses Mal direkt aus der Sonne und streichen als schwarze Pfeilschatten rasant ab.

„Kaum zu treffen", bemerkt Antonio, bevor er eine kurze Auszeit nimmt. Seine Patronentasche ist leer geschossen und sein „Secretario" muss los und aus dem Begleitfahrzeug nachladen.

Zeit für die Mittagspause.

Die Sonne steht bereits im Zenit und das Thermometer zeigt mehr als 30 Grad. Vor allem die Treiber mit ihren Hunden benötigen unbedingt eine Siesta.

Zur Freude aller wird ein „Taco" aufgefahren, ein Essen im Freien unter einem Schattendach dreier mächtiger und im Kronenbereich zusammengewachsener Korkeichen. Herrlich die Brise, die für Kühlung sorgt und die Tortillas sowie den Weißwein gleich noch einmal so gut schmecken lässt. Und die zudem dafür sorgt, dass die 37 riesigen Windräder von Iberdrola, vor deren Kulisse die Jagdgesellschaft ihrem Vergnügen nachgeht, sich munter drehen und für sauberen Strom im Netz des Königreiches Spanien sorgen.

Zwei Stunden später beginnt das letzte Treiben des Tages. Und das hatte es noch einmal so richtig in sich. Das Buschland und die erst vor wenigen Jahren gepflanzten Olivenbäume bieten den Rothühnern beste Verstecke. Genau dort wird jetzt durchgedrückt und es setzt ein munteres Schießen ein.

Auch Antonio ist bestens dabei und seine zufriedene Miene lässt darauf schließen, dass er gute Abschüsse hat. Im schnellen Wechsel hebt er die Schwesterflinten und legt auf die Hühner an, die jetzt kaum mehr Flucht-Chancen haben.

Erst als „Hahn in Ruh" ertönt und die Nachlese mit den Labrador-Retrievern abgeschlossen ist, ist das Überleben der wenigen übrig gebliebenen Rothühner vorerst gesichert.

Eine imposante Strecke von 894 Vögeln, paarweise gebunden, wird nach einer „merienda", einer „spanischen Brotzeit" mit kühlem Umtrunk, gelegt. Ein ordentliches Ergebnis; die Rekord-strecke liegt seit dem Besuch einer US-amerikanischen Schieß-gruppe bei sagenhaften 1.518 Hühnern.

Antonio ist's zufrieden. Er hat zunehmend besser geschossen und ordentlich getroffen.

„Gutes Mittelfeld", wird er später seinem Bekannten Martín be-richten. Denn beim abschließenden Abendessen gibt es den Sta-tistik-Bericht. Schließlich wurde auf jedem Stand penibel Buch geführt über die verschossenen Patronen und die erlegten Hühner.

Sieger ist ein galizischer Jagdfreund mit einem Trefferverhält-nis von 1 zu 1,9. Antonio bringt es immerhin auf beachtliche 1 zu 3,8.

Den restlichen Abend verbringt er mit angeregten Gesprächen unter den Teilnehmern. Er lernt dabei einige für ihn geschäftlich sehr wichtige Leute kennen, mit denen er seine Karte austauscht und sich für ein zeitnahes Gespräch verabredet.

„Das ist einer der großen Vorteile solcher Gesellschaften", sagt Antonio zu Martín, als sie bei einem Rioja Gran Reserva zu-sammensitzen. Dieser war überraschend bei ihm hereingeschneit. Und es schien so, als bedrücke ihn etwas.

Antonio wartet ab. Er ist am Grübeln, was es wohl mit diesem unerwarteten Besuch auf sich haben könnte.

Martín kommt auch bald zum Punkt. Er erzählt von seiner Trennung und seinem anschließenden kurzen, aber heftigen Niedergang: Die Neue, mit der er seine Freundin hintergangen hatte, war alsbald auf und davon und hatte eine bessere Partie gefunden.

Er hatte dann mit einer Kollegin im Institut angebandelt, sich mit ihr jedoch zerstritten und sah sich mit einer Grabsch-Anschuldigung konfrontiert, auf die die Schulleitung mit einer Trennung reagierte. Mit anderen Worten: Er saß in der Tinte und benötigte unbedingt Geld, eine Bleibe und einen Job.

Offenbarungseid, denkt Antonio. Laut gibt er seinem Bedauern Ausdruck. Jobs habe er zwar, aber nicht für einen Pädagogen. Eine Bleibe sei für kurze Zeit möglich, im Gästehaus könne er ein, zwei Wochen überbrücken.

„Und an welche Summe hattest du so gedacht?", fragt er Martín rundheraus.

Der schluckt und lässt ein tonloses „20.000 €uro" hören. „Ich muss komplett neu anfangen", fügt er an.

Antonio denkt nach. „Ich habe diesen Bekannten, der hier in der Nähe die Lodge betreibt und jede Menge Jagd-Gäste hat. Der braucht gerade einen guten Mann, der ausländische Besuchergruppen betreut. Den könnte ich mal fragen, ob er sich mit dir mal unterhalten möchte. Bis du eine Stelle als Pädagoge gefunden hast, könnte das doch erst einmal für eine Übergangszeit etwas sein. Was hältst du davon?"

Martín schöpft Hoffnung. „Das wäre großartig", sagt er und schaut dankbar zu Antonio. „Schießen können wir ja", stellt er fest und denkt an ihre gemeinsame Zeit bei der Armee zurück. „Englisch und Französisch kann ich auch und alles Übrige lässt sich ja lernen", sagt Martín halb zu sich selber, halb an Antonios Adresse.

„Also abgemacht. Du bleibst erst einmal hier und morgen rede ich mit Joaquín Rodrigo Cazallén, dem Besitzer der Finca ‚Las Tresfuentes'. Und dann sehen wir weiter."

Martín ist voller Dankbarkeit gegenüber Antonio. Er schätzt seinen Kameraden seit den gemeinsamen Zeiten beim Militär. Damals hatten sie – nach einem etwas „holprigen" Beginn – in der „Legión Española" in Ceuta wunderbare Tage verbracht und gemeinsame Erlebnisse verbanden sie bis heute.

Antonio würde ihm helfen, davon ist Martín überzeugt.

Und wenn er erst einmal sein Leben wieder im Griff hatte, dann würde er auch bei Isabel eine zweite Chance erbitten.
Mit einem Mal schien sein Leben wieder eine Perspektive zu bekommen.

„… me ha dado la marcha, de mis pies cansados …"

ZEHNFÜNF

„Sag mal, Jan, weißt du, wie das ist mit den Greifvögeln und den Windkraftanlagen? Da geht doch nichts, oder?"

Veith Schwarz nutzt die Mitgliederversammlung der Gesellschaft für Vogelkunde und Ökologie, GVÖ, um sich schlauzumachen. Dazu stellt er sich zunächst einmal unwissend.

Jan Protesta, Vorsitzender des örtlichen Ablegers der landesweiten Gesellschaft GVÖ, fühlt sich geschmeichelt und setzt zu einer umfassenden Erklärung an: „Ja, da hast du Recht. Wo Greifvögel nisten, da könnten eigentlich keine Windräder gebaut werden. Es gibt bestimmte Radien um die Horste, die Schutzzonen sind. Deshalb müssen wir auch für jedes einzelne Vorranggebiet für Windkraft, das die Mittelbehörde im Wind-Kataster ausgewiesen hat, prüfen, ob es dort Greife gibt, welche das sind und welche Schutzzonen gelten.

Ich bin ja der Auffassung, dass die Abstände zwischen Windrädern und Horsten größer sein müssten als anderthalb Kilometer, aber das können wir momentan politisch noch nicht durchsetzen. Deshalb müssen wir jeden einzelnen Horst dokumentieren, wenn wir Windräder verhindern wollen. Weshalb fragst du denn?"

„Mich interessiert die gesetzliche Bestimmung, weil da neulich am Stammtisch drüber geredet wurde und ich wusste das nicht", mogelt sich Schwarz aus der wahrheitsgemäßen Antwort. Ihm reicht, was er gehört hat, um zu ahnen, dass es mit der „Kleinen Steige" nicht so einfach werden könnte, wie erhofft.

„Sag mal, wie ist das eigentlich, wenn die Gabelweihen, die im Winter wegfliegen, im Jahr drauf nicht wiederkommen? Ist dann ein Windrad in der alten Horstgegend möglich?"

„Leider ja", antwortet Jan Protesta und verzieht schmerzlich berührt das Gesicht. Wenn die Greife den Horst nicht wieder besetzen, gilt er als verwaist und die Schutzzone fällt. Dann können da tatsächlich Windräder hin.

Das ist eigentlich eine Sauerei, denn die Greife könnten ja im zweiten Jahr wieder ihren alten Platz belegen, aber für die Windkraft-Lobby gilt das nicht.

Neulich ist sogar ein Baum gefällt worden, auf dem ein Schwarzstorchennest war, nur weil das Windrad schon stand und der

Brutplatz bei der avifaunistischen Untersuchung angeblich nicht vorhanden war.

„Alles Schiebung", ereifert sich Jan.

Er hegt einen rechtschaffenen Hass auf die „Windkraftlobby" – ganz egal, ob die saubere Energie erzeugen oder nicht.

„Die Vögel sind wichtiger", so sein Credo. Und das sucht er mit allen Mitteln durchzusetzen.

Dazu war er vor Jahren in die GVÖ eingetreten und hatte sich in der Zwischenzeit bis zum Vorsitzenden der Regionalgruppe hochgearbeitet.

Mit großer Klappe, mit pfiffigen Aktionen, mit großem Wissen, mit reichlich Erfahrung – und mit einem Netzwerk von Informanten, Helfern, Zuträgern und Unterstützern, das sich sehen lassen konnte.

Mancher Mitarbeiter des Verfassungsschutzes wäre neidisch erblasst angesichts dieses Netzes von Zuträgern.

„Wir müssen überall dagegenhalten", sagt Jan an die Adresse von Veith Schwarz. „Also wenn du was hörst, ruf mich in jedem Fall an, dann können wir schon frühzeitig mobil machen und mit einer Aktion den Standort in die Öffentlichkeit bringen. Nichts schützt einen Greifvogel und sein Gelege mehr als ein Zeitungsbeitrag."

Veith Schwarz nickt zustimmend und wendet sich ab. Er weiß nun, wie der Hase laufen würde. Diskretion im Falle der „Kleinen Steige" ist also so wichtig wie nichts anderes. Ansonsten würde das schöne und geldträchtige Vorhaben im Hastenichtgesehen abgeblasen werden müssen. Und das will weder Veith Schwarz, noch haben die übrigen Kombattanten ein Interesse daran.

Ganz im Gegenteil!

Jan Protesta schlendert durch die Reihen der GVÖ-Mitglieder. Er sucht eine bestimmte Person. Weiblich, rothaarig, apart und ohne Zweifel mit einem Faible für ihn: Birte Oiseaux.

Die kleine, knuffige, witzige und sexy Halbfranzösin war vor kurzem zur GVÖ hinzugestoßen. Sie studiert Biologie in Oldenburg mit Schwerpunkt Ornithologie. Da war der Weg zu den Vogelschützern nicht weit.

Jan hatte sie kennengelernt und seine Hormone waren angesprungen. Er findet die Kleine einfach süß und sucht seitdem ihre Nähe. Gerne hätte er mit ihr angebandelt, doch er wusste bisher nicht so recht, wie … und ob … und überhaupt.

Birte ihrerseits fand Jan unheimlich sympathisch. Ein toller Vorsitzender, der auch noch gut aussah. Birte konnte sich gut vorstellen, mit Jan etwas anzufangen. Er müsste halt nur mal auf sie zukommen, sie würde bestimmt nicht nein sagen, so süß wie der war.

Mark Keting hätte keinen unpassenderen Augenblick wählen können, als er Jan anspricht. Dieser will gerade zielstrebig auf Birte lossteuern, als der Pressesprecher der GVÖ ihn beiseitenimmt. „Sag mal, wann wollen wir denn die Jahrespressekonferenz machen? Ich müsste dazu bald einladen. Und wo wollen wir dafür hingehen. Wenn du mich fragst, dann sollten wir das mit einer Aktion draußen verbinden, dann hätten wir gleich das richtige Umfeld und außerdem kommen die Medien lieber, wenn es richtig was zu sehen gibt.

Vielleicht kann ich sogar das Fernsehen überzeugen, und die überregionalen Büros würde ich auch der Reihe nach anrufen und mit denen sprechen", schwallt Mark Keting den Vorsitzenden zu. Der ist eigentlich gerade auf Testosteron, muss sich aber notgedrungen dem Thema des Pressesprechers widmen und sieht mit größtem Bedauern, wie sich Birte entfernt.

„Du Mark, deine Idee mit der Aktion zur Pressekonferenz finde ich gut. Bereite doch mal einen Plan vor und skizziere das Ganze mal. Und schick mir das als Email, dann schaue ich es mir an und wir legen in der nächsten Vorstandssitzung den Termin fest.

Vielleicht hast du ja einen guten Vorschlag, wann das Ganze am wirkungsvollsten wäre. In den Ferien möchte ich das eigentlich nur ungern machen. Aber zu lange sollten wir auch nicht warten, die Mitglieder waren heute schon ganz heiß drauf, dass wir besser in der Öffentlichkeit rüberkommen und mehr in den Medien erscheinen."

Mark hebt die Augenbraue. Ein untrügliches Zeichen, dass er emotional berührt ist. „Ich weiß nicht, was die wollen, wir sind noch nie so oft und so groß in den Medien gewesen wie in den vergangenen Monaten, seit ich die Pressearbeit mache", erwidert er süßsäuerlich.

„Du, das ist doch keine Kritik an dir", sagte Jan, „das ist einfach die große Erwartungshaltung, dass wir jetzt gegen die Lobby mal punkten. Vor allem gegen die Windlobby, die uns überall plattzumachen versucht.

Und die Grünen sind auch bloß noch etablierte Streamliner. Völlig eingekauft von den Windkraftleuten. In Harschfelt haben die Windradbauer gegen den Widerstand der Bürger sechs riesige Räder mitten in den Stadtwald gehämmert – und die Grünen haben das auch noch begrüßt.

Na, die werden sich noch wundern, wenn sie bei der nächsten Wahl die Klatsche kriegen", ereifert sich Jan Protesta.

„Genau", pflichtet Mark Keting bei. „Wir müssen die Aktion so setzen, dass sie maximale Medienwirkung hat und wir die Öffentlichkeit aufscheuchen, damit es mehr Gegenwind gibt. Wir können es nicht einfach nur hinnehmen, dass überall die Windräder hinkommen, weil das angeblich nötig ist für die Energie-Wende.

Alles Quatsch. Es gibt genug Flächen, die schon versaut sind und wo die Windmühlen hinkönnten, statt dafür wertvollen Wald zu roden und den Vogelschutz mit Füßen zu treten. Es ist so eine Sauerei, was da läuft."

Mark hat sich warmgeredet, doch Jan unterbricht ihn mit der Bemerkung, er müsse unbedingt noch mit Birte über die Greifvogel-Studie der Bundesregierung reden. Die suchten ein Projekt für eine Besenderung von Greifen für eine Langzeiterkundung.

„Ach ja? Besenderung?", lacht Mark, der geschnallt hat, was Jan wirklich interessiert. „Vögeln gilt eure gemeinsame Leidenshaft, gelle", grinst Mark und dreht ab. Er hat genug gehört und gesehen und stürzt sich mit Verve in seine Lieblingsbeschäftigung: Konzepte für mehr Öffentlichkeitsarbeit entwickeln. Neue Aktionen planen. Aufmerksamkeit erregen.

Ihm schwebt vor, bald in die Medienbranche einzusteigen. Vielleicht beim Film oder im Hörfunk. Oder als „Freier" auf Reportage an den Brennpunkten der Ökologie. Oder etwas in der Art. Hauptsache Action. Und Publicity. Das ist seine Welt.

ZEHNSECHS

Winter an den Ufern des Duero, dem namengebenden Fluss für den spanisch-portugiesischen Nationalpark Arranda del Duero. Milana und ich, Milan der Rote, und unsere Kinder, sind seit etlichen Wochen hier in unserer Winterresidenz im Nordwesten von Spanien.

Es ist zwar kalt, aber es ist deutlich milder als in Traunsel, in der bisweilen eiskalten und waldigen Mitte von Deutschland.

Unsere spanische Heimatregion hat großes Glück gehabt. 1994, so haben es mir Opa und Papa erzählt, erst 1994 wurde der große Plan aufgegeben, hier in der Nähe ein riesiges Kernkraftwerk zu errichten. Die spanische Regierung hatte 1983 bereits ein Moratorium verabschiedet, um den Ausstieg aus der Kernkraft einzuleiten. Zwar wurden anschließend noch die im Bau befindlichen Kraftwerke fertiggestellt, doch das geplante riesige Atomwerk Sayago wurde 1994 endgültig ad acta gelegt.

Meine Großeltern und meine Eltern waren sehr zufrieden, denn sie lebten damals in der bangen Furcht, hier, in der friedlichen und weitgehend sauberen und durch den Naturpark geschützten Landschaft „Arribes del Duero", könnte solch ein gefährliches Kraftwerk entstehen.

2006 dann beschloss die spanische Regierung den endgültigen Ausstieg aus der Kernkraft bis spätestens 2024. Seitdem ist der Anteil des aus der Atomkraft gewonnenen Stroms kontinuierlich zurückgegangen. Und gleichzeitig wurde durch Förderprogramme der Anteil der erneuerbaren Energien deutlich hochgefahren.

Heute drehen sich mehr als 20.000 Windräder in Spanien und produzieren mehr Strom, als netto aus den Kernkraftwerken gewonnen wird.

Wobei die Windräder auch nicht so unproblematisch sind, wie es auf den ersten Blick erscheint. Viele Vögel werden durch die Rotoren getötet. Viele Fledermäuse kommen durch die Windräder um.

Die Spitzen der Rotorblätter erreichen Geschwindigkeiten bis zu 400 Stundenkilometern. Bei den Rotationen entsteht Infraschall, der sich schädlich auswirken könnte.

In Dänemark führte es in einer Nerz-Farm zu grauenhaften Biss-Orgien mit mehr als 100 toten Tieren, als neue Windräder in der Nähe in Betrieb genommen wurden.

Milana und ich und auch unsere Kinder sind mit den Windrädern aufgewachsen.

Ich kann mich zwar noch gut an die Zeit erinnern, als die Landschaft noch nicht „verspargelt" war, weder hier in unserer spanischen Heimat noch in unserer Heimat in der Mitte von Deutschland. Dort stehen inzwischen auch weit mehr als 25.000 Windräder und produzieren Strom. Aber sie produzieren zugleich auch Geräusche. Hörbare Geräusche, aber auch Geräusche, die nur für ganz bestimmte Ohren wahrnehmbar sind.

Kein Licht ohne Schatten.

Und so wurde in Spanien der Beschluss, aus der Kernkraft auszusteigen, mit einer unendlichen Batterie von Windkraftanlagen, von Solarfeldern und Solar-Kraftwerken erkauft.
Ganz genau wie in Deutschland, unserer anderen Heimat.

Schon seit Jahren haben Milana und ich die heftigen Bauarbeiten beobachtet, wenn Erdbewegungen erfolgten für die Fundamente der Windräder, die heute bis zu 250 Meter hoch in den blauen Himmel über Spanien ragen. In Deutschland sind sie kein Stück kürzer und ragen auch dort über 200 Meter hoch hinein bis in des Himmels Blau. Hinzu kommen die Leitungen, die in die Erde verlegt sind oder die, als Hochspannungsleitungen an Masten hängend, über Land geführt werden.

Und trotzdem glaube ich, Milan, dass es richtig war von der spanischen Regierung, den Ausstiegs-Beschluss zu fassen.

In Deutschland, unserer zweiten Heimat, wurde der gleiche Beschluss gefasst – nur Jahre später. Und dann gleich zweimal.

Zwischendurch gab es ein „Vorwärts, wir müssen zurück", bis zur Katastrophe von Fukushima nach dem Erdbeben 2011 und dem nachfolgenden Tsunami, der aufgetürmten Flutwelle, bei der es in den Blöcken 1 bis 3 der insgesamt sechs Reaktorblöcke zu Kernschmelzen kam.

Dabei wurden große Mengen an radioaktivem Material freigesetzt und kontaminierten die gesamte umgebende Landschaft – und natürlich auch das Meer.

Die Luft, das Wasser, die Böden, Bäume und Sträucher, Tiere und alle Nahrungsmittel in der land- und meerseitigen Umgebung wurden kontaminiert.

Von alledem bleiben wir hier, im friedlichen Westen von Spanien, verschont, weil das Kernkraftwerk Sayago nicht gebaut wird. Von unserem dicken Felsen bei La Peña bis nach Sayago sind es, am Stausee Almenda vorbei, Luftlinie gerade mal 35 Kilometer – Cäsium- oder Xenon-Isotope können das bei passender Windrichtung in kürzester Zeit überwinden.

Ich mag kein Cäsium. Und kein Xenon. Und Isotope schon gleich gar nicht!

Nein, wir sind dankbar für die Entscheidung gegen Kernkraft und für erneuerbare Energien – auch angesichts der Propeller, die sich jetzt in schier ungezählter Menge zwischen unseren beiden Heimatdörfern Traunsel in der Mitte von Deutschland und La Peña in West-Spanien ausgebreitet haben. Mit riesigen Nebenwirkungen. Aber auch mit der segensreichen Wirkung von sauberem Strom aus erneuerbarer Kraftquelle.

Jetzt, im Winter, wenn der kalte Wind über „La Ramajería", wie die landwirtschaftlich geprägte, flache Region benannt ist, hinwegstreicht, drehen sich die Windräder mit Volllast. In ihrer unmittelbaren Nähe hört man das „Schui", „Schui" der

Rotorblatt-Spitzen, wenn sie mit 300 „Sachen" vorbeigerast kommen.

Wobei es Unterschiede gibt. Die Generatoren von Iberdrola haben ein anderes Geräusch als die von Gamesa. Und LA.RACHA-Windräder sind deutlich leiser als alle anderen.

Wenn man sich damit beschäftigt – und ich habe im Winter genügend Zeit, allen diesen und vielen anderen Fragen nachzugehen – dann bemerkt man sehr schnell die Unterschiede. Beispielsweise sind manche Windräder auch in größerer Entfernung noch wie Rasenmäher zu hören. Andere nicht.

Nachts kommen zum „Rasenmäher-Geräusch" noch andere Erscheinungen: Die roten Warnlichter blinken ihre Rhythmen in den dunklen Himmel als Signal für den Luftverkehr. Wer in Sichtweite der riesigen Anlagen wohnt, muss froh sein, wenn er sein Schlafzimmer nicht mit Blick auf die Anlagen hat. Denn im stickigen Sommer kommt nachts nicht nur kühlende Luft durchs Fenster, sondern auch der hellrote Widerschein der Signallampen.

Licht im Schlafzimmer ist schlecht für gesunden Schlaf. Signallicht ist noch schlechter. Es macht aggressiv.

Im Moment aber herrscht tiefster Winter. Keine Jahreszeit also, um bei offenem Fenster zu schlafen. Es sei denn, man hat ein Faible für Eiszapfen am Bettpfosten – Eiszapfen mit rhythmischem Rotlichtblinken.

Milana und ich sind von alledem verschont. Im Sichtkreis um unseren dicken Felsen „La Peña Gorda" befinden sich keine blinkenden, geräuschvollen Windräder. Nur Schnee und Glitzer, wenn der Winter die Landschaft weiß bedeckt.

Dann kehrt Friede ein in die Häuser, die sich um unsere kleine Kirche scharen. Häuser aus den Steinen der Erde, aus dem Holz der heimischen Bäume, aus dem Lehm und Mörtel der Region, Häuser aus dem, was vor Ort besteht für die Menschen, die vor Ort bestehen wollen. Und müssen. Auch dann, wenn es immer weniger werden, die hier „Feliz Navidad" feiern.

Aber wir, Milana und ich, und unsere Kinder, wir sind treu und kommen Jahr für Jahr zu unserem dicken Felsen, zu unserem Dorf La Peña, das wir ebenso lieben wie unser Dorf Traunsel in der waldigen Mitte von Deutschland, 1.934 Kilometer weiter nordöstlich von hier.

Und wo auch gerade Winter herrscht – nur viel deutscher: hart, harschig, frostig, kalt, aber klar.

„Próspero Año Nuevo."

ZEHNSIEBEN

Mit Kopfschütteln verfolgt Karlemann in den Medien die Berichterstattung über die Elefanten-Jagd des spanischen Königs Juan Carlos I – und wie er von der Journaille unisono niedergeschrieben und niedergesendet wird.

Karlemann kann die Aufregung um die Elefantenjagd des Königs nicht verstehen.

Gut, das Marketing war jetzt nicht so perfekt, mitten in der spanischen Wirtschaftskrise in Afrika auf Großwildjagd zu gehen. Das macht sich nicht so gut!
Aber andererseits sind doch die Elefanten, besonders die mit den großen und ausladenden Stoßzähnen, wundervolle Jagd-Ziele, und für jeden passionierten Jäger eine echte Herausforderung.

Und Karlemann ist passionierter Jäger. Schon seit langem juckt es ihm in der Nase, einmal an einer Rothuhn-Jagd teilzunehmen.

Karlemann hat ein solches Rothuhnjagd-Prospekt vor sich liegen. Schöne Bilder aus einer tollen Gegend mit grandiosen Aussichten auf Trophäen und auf Rothühner – Karlemann schaut voller Wehmut in die Hochglanz-Broschüre der Lodge „Las Tresfuentes" nahe Salamanca.

Alles, restlos alles in dem Blättchen sagte ihm zu – mit einer einzigen Ausnahme: der Preis. 20.000 €uro für fünf Tage, plus, plus, plus.

Das zerrte dann doch arg an einem von Karlemanns Grundzügen: Geiz.

Wenn er an den Betrag denkt, dann sträuben sich ihm die Nackenhaare. Noch mehr richten sich diese auf, wenn er bedenkt, dass er ja nicht allein fliegen kann. Seine Frau Elsbieta will mit Sicherheit mitfliegen und würde dann in Salamanca oder Madrid oder sogar in beiden Städten tagelang auf Shopping-Tour gehen. Was das kostet – Karlemann will gar nicht daran denken.

Andererseits: Rothühner jagen, das hatte er noch nicht. Das wäre mal etwas ganz Neues. Sein Spezi, Thore Ender, hatte ihn schon ein paar Mal darauf angesprochen. Und erst vor wenigen Tagen hatte er beim Ansitzen auf Rehböcke gefragt, ob er denn nicht mal Lust hätte auf einen Jagd-Ausflug zu den Rothühnern. Ender selber sei zwar auch noch nicht in Spanien auf Jagd gewesen, wolle es aber um jeden Preis einmal erleben!

Genau wie Karlemann.

Der sieht sich schon wie im Prospekt, in der erlesenen Jagd-Gesellschaft in Spanien, in dem feudalen Anwesen „Las Tresfuentes", wie es losgeht, hinaus in den „Campo Charro", mit der Flinte im Anschlag, anlegen, schießen – und treffen.

Gigantisch!

Der Blutdruck von Karlemann schießt in Sekundenbruchteilen in die Höhe: Ja, das wär's.

Wenn da nur nicht diese Kosten wären. Und seine Frau.

Karlemann beschließt, das Prospekt „Rothuhnjagd" auf Wiedervorlage zu nehmen. Vielleicht würde er in vier Wochen eine Entscheidung treffen. Heute nicht. Heute gilt es, sich auf das Wochenende vorzubereiten.

Der Ministerpräsident hat zur „Gesellschaftsjagd" eingeladen, und er, Dr. Dr. Karlemann B. Liebich, hat eine dieser persönlichen, nicht übertragbaren Einladungen zu diesem großartigen Ereignis erhalten.

Ja, politische Nibelungentreue zahlt sich eben aus.

Vier Wildschweine in Strichzeichnung zieren die Einladungskarte auf der linken Seite genau dort, wo man ansonsten eigentlich ein Bild des Ministerpräsidenten nebst Kabinett erwartet hätte. Nun ja, Abwechslung muss sein.

Rechts das Programm, das die Wildschweine erwartet: bis 8:30 Uhr Eintreffen der Jagdgäste nebst Jagdscheinkontrolle, dann Begrüßung, Aufbruch zur Jagd.

Punkt 10:00 Uhr Beginn des Treibens. Bis 13:00 Uhr wird's getrieben, dann ist Ende, so genanntes „Hahn in Ruh".

Um 15:00 Uhr wird die Strecke gelegt – ab da haben die Wildsauen wieder Normalpuls.

Während die überlebenden Schwarzkittel sich nahe der Tränke suhlen, beginnt für ihre Jäger „Die heiße Schlacht am kalten Buffet"; und damit der zweitwichtigste Teil der Gesellschaftsjagd, nämlich die bekannte „Gesprächsrunde mit dem Ministerpräsidenten im ‚goldenen Speisesaal' im Residenzhotel".

Die Exzellenzen und Prominenzen aus Politik und Wirtschaft nebst Entourage stehen in kleinen Grüppchen mit gewichtiger Gestik und Mimik zusammen und talken small. Einige andere stecken leise tuschelnd die Köpfe zusammen und bepispeln Dinge, die das Licht der Öffentlichkeit lieber scheuen.

Hier werden Aufträge angebahnt, Verbindungen geknüpft, Beziehungen geflochten, Techtel gemechtelt, Gerüchte gestreut, Netzwerke verdichtet, Kontaktdaten ausgetauscht, Flagge gezeigt.

Und das alles mit staatstragender Miene, bis der Alkohol seine entkrampfende Wirkung zeigt und die Gespräche lockerer, dafür die Zoten zotiger werden. Auf hohem Niveau, versteht sich.

Nein, die Gesellschaftsjagd des Ministerpräsidenten macht ihrem Namen und ihrem Ruf alle Ehre. Hier werden Leute auf die Gesellschaft gehetzt, die sich beim Abschuss wehrloser Tiere schon vielfach Meriten erworben haben.

Karlemann parliert durch die Reihen. Den einen oder anderen kennt er schon von Parteitagen. Einige kennt er aus den Entscheidungsebenen der Staatskanzlei, der Ministerien, der Regierungspräsidien und Mittelbehörden, des Landkreistages, der Ausschüsse und Arbeitskreise. Andere wird er hier gleich treffen, wieder andere werden ihn noch kennenlernen.

Karlemann fehlen etwa zehn Zentimeter in der Höhe. Und auch an der Größe hapert es. Hinzu kommt, dass er vor ein paar Tagen bei einem Buffet Pech und einen kleinen Knochen im Fingerfood hatte, an dem seine Schneidezahn-Brücke zerschellte.

Er hat jetzt zwar ein Provisorium im Mund, aber das rutscht gelegentlich weg und Karlemann muss höllisch aufpassen, dass er seine vierten Zähne bei sich behält und sie nicht in der Suppe des Staatssekretärs versenkt, der neben ihm kaut, schaut und redet.

Im Laufe des Abends hat sich Karlemann durch verschiedene Gruppen gearbeitet und will eigentlich langsam zu seinem Dienstwagen abrücken, als der Ministerpräsident zielsicher auf ihn zukommt.

„Mein lieber Karlemann, ich hab' schon gehört, du hast heute ordentlich abgeräumt. Waidmannsheil!"

Karlemann strahlt und wächst augenblicklich um die fehlenden zehn Zentimeter. Artig bedankt er sich bei seinem Ministerpräsidenten für das virtuelle Fleißsternchen im Jagdheft.

Doch der Smalltalk ist nur der Einstieg in ein ernsteres Thema, das der Ministerpräsident bei seinem Parteifreund abladen will.

„Ich hatte da neulich Gäste aus Spanien. Ein aufstrebendes Unternehmen. Die Leumstädter Freunde hatten mir die zugeführt, die haben eine Partnerschaft mit der Rotwein-Region. Und da kommt wohl der Chef von dem Unternehmen her, das bei uns groß in die Windkraft einsteigen will. Hast du nicht ein paar geeignete Flächen, auf denen sich die Spanier ansiedeln können? Das muss natürlich vorsichtig gemacht werden, damit wir keine Konkurrenzsituation mit unseren eigenen Firmen bekommen. Aber grundsätzlich finde ich das sehr interessant, denn die wollen sich hier ansiedeln, die Anlagen auch bei uns im Land bauen und anschließend natürlich auch hier aufstellen. Könntest du dir da was vorstellen?"

Karlemann ist hoch erfreut. Er hatte seit Amtsantritt ein großes Industriegebiet als Schlepplast, in dem sich so gar nichts rührt. Seit Jahren herrscht dort Stillstand – und seit dem Ausstieg aus der

Kernkraft und der Umwandlung des heimischen Energiemarktes war auch der einzige, an einer Ansiedelung halbwegs interessierte russische Investor für ein Gaskraftwerk wieder abgesprungen.

Karlemann hatte es mit großer Sorge gesehen, denn natürlich würde ihm ein solcher Misserfolg ans Bein gebunden. Da käme ein großer Windkraft-Investor gerade recht.

„Das lässt sich ohne Frage was machen", sagt er an die Adresse des MP. „Wer ist denn da Ansprechpartner?"

„Ich gebe dir mal das Kärtchen von der Firma. Die heißt ‚LA. RACHA', das soll angeblich ‚Windböe' bedeuten. Ich kann kein Spanisch, aber wenn du dich drum kümmerst, dann kannst du natürlich mit der Unterstützung von meinen Mitarbeitern rechnen."

„Ich setze mich in den nächsten Tagen mit denen mal in Verbindung – und ich halt' dich dann auch auf dem Laufenden, was daraus geworden ist", verspricht Karlemann, bevor der MP zur nächsten Gruppe wechselte.

Karlemann frohlockt innerlich: erst die herrliche Jagd, bei der er mächtig geschossen und gut getroffen hatte. Dann die guten Häppchen und die neuen Kontakte, und jetzt sogar noch die Chance auf eine Firmenansiedelung – besser konnte eine solche Gesellschaftsjagd doch gar nicht laufen.

Sicher, es hatte im Vorfeld schon jede Menge kritische Stimmen gegeben. Das Fernsehen war vor Ort gewesen und hatte Teilnehmer interviewt und einen äußerst kritischen Beitrag gesendet. Aber das war nur neidgesteuert. Das nahm Karlemann nicht weiter ernst. Außerdem war er ja hier in Südhessen – und das war für seine Wahlen bei ihm zu Hause nicht relevant.

Hauptsache, die Jagd war gut, die Strecke war groß, die Schnittchen waren lecker und die Kontakte frisch. Viel mehr interessiert ihn heute nicht mehr, als er zu seinem Dienstwagen geht und nach Hause fährt. Bis er in Traunsel ankommen wird, wird seine Frau schon schlafen.

Dann hatte auch er „Hahn in Ruh".

ZEHNACHT

Zwei Tage und gefühlte vierzig Telefonate später ruft Karlemann seinen Freund Bisshaus an und verabredet sich mit ihm. „Wir müssen unbedingt reden", so Karlemann. „Das Vorhaben könnte schneller was werden, als wir gedacht hatten."

Schon wenige Stunden später am Abend sitzen Karlemann und Herbert Bisshaus im Weinkeller in Traunsel zusammen und beratschlagten über „ihre" Windräder.

„Die genehmigungsrechtlichen Voraussetzungen sind gar nicht so schlimm", stellt Karlemann fest. „Ich habe heute lange mit den Experten bei der Mittelbehörde gesprochen und mich schlaugemacht. Bei mir im Haus kann ich ja schlecht nachfragen. Da werden die ganzen Sozis sofort hellhörig und ich kriege im Rat des Kreises noch dumme Nachfragen. Außerdem hätte das ‚Geschmäckle', wenn rauskommt, dass ich das Amt in meiner eigenen Sache befrage und beschäftige. Ich muss da ganz vorsichtig sein."

Ja, so kennt Herbert seinen Amigo. Immer ängstlich, immer gestrichen volle Hosen, wenn auch nur der Hauch einer Chance auf etwas Gegenwind besteht. Dann kneift er gerne das Schwänzchen ein und verschwindet im Gebüsch.

Damit hat Herbert Bisshaus aber schon gerechnet. Deshalb greift er sofort die Idee von Karlemann auf, eine Gesellschaft zur Vermarktung der „Kleinen Steige" mit ihm als Geschäftsführer zu gründen. „Wir sollten die Vermarktungs-GmbH schnellstens gründen", sagt er zu Karlemann. „Dann bist du aus der Schusslinie und ich kann als Bauunternehmer und als Geschäftsführer alle erforderlichen Schritte unternehmen, ohne dass immer gleich mit dem Finger auf dich gezeigt wird. Wir müssen nur die anderen davon überzeugen, dass das besser ist", sagt Bisshaus.

Karlemann beißt sofort an. „Genau das ist ja meine Idee, das müssen wir unbedingt beschleunigen. Die Frage ist, ob wir das Projekt so lange unter Verschluss halten können. Es wissen schon so viele Leute davon – und da gilt der alte Grundsatz: ‚Jeder schwätzt'", bemerkt er.

„Das kriege ich hin", beruhigt ihn Herbert Bisshaus. „Viel mehr Sorgen machen mir die genehmigungsrechtlichen Fragen und die Frage nach den Greifvögeln. Wenn wir da tatsächlich einen Horst von Gabelweihen haben, dann gelten doch bestimmt Sicherheitszonen oder so ein Quatsch."

„Ich habe das alles schon recherchiert", sagt Karlemann mit vorgeschobener Brust. Das Zucken in seiner Schulter verrät, wie stolz er auf sich selber und wie aufgeregt er ist. Schon in der Schulzeit hatte immer seine Schulter gezuckt und jeder sah ihm an, dass gleich der Satz kommt: „Herr Lehrer, ich weiß was."

„Also: Die Anzahl der Windräder ist entscheidend für das Genehmigungsverfahren nach dem Bundesimmissionsschutz-Gesetz, BImSchG genannt. Wenn es höchstens zwei Windräder sind, dann braucht es dafür eine Einzelgenehmigung; und für deren Erteilung wäre mein Bauamt berechtigt.

Weil wir aber mehr Windräder auf der ‚Kleine Steige' haben wollen, ist die Mittelbehörde für die Genehmigung zuständig.

Die genehmigt nämlich Windparks mit 6 bis 19 Windenergie-anlagen. Und sie prüft auch in dem speziellen Fall alle Fragen zur Umwelt-Verträglichkeit.

Wenn er dabei zu dem Ergebnis kommt, dass es für unsere ‚Kleinen Steige' keine Pflicht zu einer Umwelt-Verträglichkeits-Prüfung gäbe, dann könnte das ‚Vereinfachte Verfahren' ohne Öffentlich-keitsbeteiligung nach Bundes-Immissionsschutz-Gesetz greifen. Also nur ein Genehmigungsverfahren mit Einschaltung der Träger öffentlicher Belange und Behörden. Das wäre mir das Liebste – und das wäre auch das Einfachste", resümiert Karlemann.

„Ich fürchte allerdings, dass uns dieser verfluchte Horst von den Greifvögeln in die Quere kommen kann. Wenn es da tatsäch-lich so einen Horst gibt, dann gelten die landesplanerischen Ab-standsempfehlungen für die Regionalplanung zur Ausweisung von Windenergiegebieten der Bund-Länder Initiative Windenergie."

„Und was heißt das jetzt ganz konkret?", will Herbert Bisshaus wissen.

„Das bedeutet, dass der Mindestabstand zu dem verfluchten Horst 1.200 Meter beträgt, oder sogar zehnfache Windrad-Höhe. Und außerdem müssen die Haupt-Einflugschneisen der Viecher frei-gehalten werden", erläutert der Kreisrat. „Ich hab' noch nie viel von Greifvögeln gehalten – aber jetzt fang' ich an zu verstehen, weshalb manche Leute die Raubvögel hassen."

„Na ja, ganz so schlimm ist es ja wohl nicht", beschwichtigt Biss-haus. „Und außerdem weißt du als Jäger ja schon genau, was man da machen kann …" Bisshaus lässt den Satz im Raum stehen und Karlemann schaut ihn wissend an.

„Das werden wir dann schon hinkriegen", stellt er fest und widmet sich wieder seinem Weinglas. Sie sind sich einig, sie würden das Problem mit den Gabelweihen unkonventionell und gründlich beseitigen. Es wäre ja wohl ein Hohn, wenn zwei vermaledeite Vögel ihren schönen Plan zum Gelddrucken zunichtemachen würden. Nein, das würden sie nicht zulassen.

„Ich habe übrigens einen möglichen Investor für das Projekt in Aussicht", nimmt Karlemann das Gespräch wieder auf.

„Wie jetzt – einen Investor für die ‚Kleine Steige', der dort die Windräder hinstellen will? Das wäre ja wirklich ein Ding", staunt Bisshaus nicht schlecht.

„Ich war doch vor ein paar Tagen auf der Gesellschaftsjagd des Ministerpräsidenten. Eine tolle Jagd, sage ich dir. Ich habe geschossen wie schon lange nicht mehr und die Treffer waren exorbitant. Wir haben eine Strecke gelegt, dagegen ist die historische „Jagdgesellschaft im Wermsdorfer Wald" gar nichts, schwärmt Karlemann.

„Und abends dann beim Kesseltreiben ist der Ministerpräsident auf mich zugekommen und hat mich gefragt, ob wir nicht ein spanisches Windkraft-Unternehmen betreuen könnten. Die wollen nicht nur Windräder aufstellen, die wollen sie auch hier produzieren.

Ich konnte es kaum glauben – damit hat der MP bei mir natürlich eine offene Türe eingerannt. Ich habe doch das große Industriegebiet in der Aue, in dem nichts los ist und das schon seit Jahren vor sich hindämmert. Nur tote Hose, keine Investoren in Sicht und die Russen mit ihrem Gaskraftwerk sind auch wieder abgesprungen. Vielleicht lassen sich ja die Spanier dorthin locken. Und dann könnten sie doch auch gleich für uns die Windräder auf der ‚Kleinen Steige' aufstellen. Das wäre optimal. Wenn das klappt, hätte ich den großen Wurf gesetzt und die Nörgler im Rat des Kreises würden endlich Ruh' geben müssen", grinst Karlemann.

„Könntest du mal versuchen, ob du etwas über diese spanische Firma herausfindest. In deinen Bau-Kreisen weiß man vielleicht etwas. Ich starte noch über die Sparkasse eine Überprüfung, damit wir das Risiko einer weiteren Pleite gering halten. Ich kann nicht noch eine Bauruine in dem Industriegelände gebrauchen."

Karlemann gibt eine Kopie der Karte des Unternehmens, die er vom Ministerpräsident bekommen hatte, an Herbert Bisshaus.

Der studiert sie sofort:

LA.RACHA, Corporación Tecnológica Española, Fabricación e instalación de aerogeneradores, Don Hernández Monrique de Taray y Gorzon, CEO, Av. De la Union Europea, 28850 Madrid.

einschließlich Telefon, Fax und Email. Damit kann man etwas anfangen, denkt Bisshaus und geht schon im Geiste einige Möglichkeiten durch, sich diskret, aber wirkungsvoll über die Firma schlauzumachen.

Ein solides Windkraft-Unternehmen, das können sie gebrauchen – und keine windige Scheinfirma, die nur abräumen will. Davon, so weiß Bisshaus, stehen öfter großkotzige Wagen auf dem Parkplatz des Amtes und ebensolche Männer versuchen, bei Karlemann zu landen.

Bisher war noch alles gut gegangen. Und wenn es nach Karlemann geht, dann sollte das auch so bleiben. Dumm nur, dass außer diesen „Windeiern" auch keine anderen Interessenten für das Industriegebiet zu finden waren.

Und der Kreisrat besitzt nicht die nötige Eloquenz und weltmännische Gewandtheit, um wirkungsvoll Werbung für die Region zu machen. Er drückt sich lieber in Parteikreisen herum, wo er bekannt ist und viele kennt, oder auf „Drückjagden", und weniger auf Messen und in unbekannten Gefilden von Industrie, Handel und Wirtschaft, wo es letzten Endes darauf ankam, nicht nur Bauch, sondern voll umfänglich Köpfchen zu haben.

„‚LA.RACHA' soll übrigens auf Deutsch ‚Windböe' heißen", wirft Karlemann in den Raum. „Das könnten wir gut gebrauchen, wenn es eine kräftige Böe ist, die nur bläst und nicht stürmt. Dann brummen die Windräder am besten und werfen den meisten Profit ab."

„Bis dahin ist es noch ein schwieriger Weg", erwidert Bisshaus.

„Das Wichtigste ist, dass wir die Gesellschaft gründen, dass die Beteiligten die Klappe halten und dass wir die Vögel wegbekommen. Die drei Aufgaben müssen wir als Nächstes angehen."

Karlemann und sein Freund trinken den Rest des spanischen Rotweins, den der Hausherr bezeichnenderweise aus seinem Flaschen-Sammelsurium geklaubt hatte, und verabschieden sich, um getrennt die besprochenen Aufgaben abzuarbeiten.

Ihnen steht noch jede Menge Arbeit bevor, bis zum ersten Mal €uros „klingeln" würde – falls überhaupt.

Wenn da nur diese verfluchten Greifvögel nicht wären …

ZEHNNEUN

„Weiß jemand was davon, dass bei Traunsel Windräder gebaut werden sollen?"

Der Chefredakteur der Lokalzeitung „Der Neue Tag", Friedemann Scharfe, blickt in die Runde seiner Mitarbeiter.

Allgemeines Kopfschütteln:

Einzig Claudia Swahrdran, langjährige Redakteurin mit langen Ohren in den Dörfern des Verbreitungsgebietes, rümpft Nase und Stirn und meldet sich zu Wort: „Ich war neulich bei der Drückjagd im Staatswald dabei und beim Kesseltreiben im Gasthaus in Traunsel, da saßen der Kreisrat und ein paar spezielle Freunde und Nachbarn von ihm am Tisch und haben die Köpfe zusammengesteckt. Ich hab' zwar nicht viel verstanden, weil der Schwengel Hans mich zugetextet hat, aber da ging es meiner Ansicht nach um Windräder für ein Flurstück ‚Kleine Steige'. Weiß jemand, wo das ist?"

„Kleine Steige? – das ist nicht weit von Traunsel weg Richtung Westen, das liegt oben am Hügel. Das kann gut sein, dass es da ordentlich bläst. Und weil die Gemeinde keine Vorrang-Gebiete für Windkraft ausgewiesen hat, könnte man da problemlos die Spargel hinstellen", bemerkt Scharfe.

Scharfe kennt alles und jeden. Er ist seit drei Jahrzehnten Mitarbeiter und Chef der Lokalredaktion und hört schon das Gras wachsen, bevor es selber etwas davon weiß.

Er hat schon viel erlebt in dieser Region, die einmal politisch so durchgängig rot gefärbt war wie weiland die Flagge der Sowjetunion. In den vergangenen Jahren hatte es allerdings politische Bewegung gegeben. Ein paar „Schwarze" hatten Erfolge erzielt, waren wieder gegangen und hatten erneut angesetzt. Geblieben ist Scharfe – als Redaktionsleiter und als „graue Eminenz" im Hintergrund, wobei es ein tiefrot schimmerndes Grau ist, das Scharfe besitzt. Sozusagen bereits mit der Muttermilch aufgesogen.

„Hör mal, Gundi, dann kümmer' dich doch mal um das Thema. Und versuch' mal rauszukriegen, ob da was dran ist und wem das Flurstück gehört. Und wer so Windräder überhaupt genehmigt. In Traunsel wohnt doch unser Dr.Dr. – und dem gehört doch ziemlich viel Land in der Gegend. Sollte mich wundern, wenn der da nicht sein Finger drin hätte", gibt Scharfe seiner Mitarbeiterin den Auftrag.

„Das wäre ein Ding", überlegt Scharfe, „wenn bei Traunsel Windräder hinsollten und der Kreisrat daran beteiligt wäre. Das hätte dann ,Geschmäckle'" – und damit wäre es genau nach dem Geschmack des Chefredakteurs, der gerne Mal wider den Stachel löckte und ,denen da oben' in die Parade schreibt.

Claudia Swahrdran greift zum Telefon. Als Erstes muss sie wissen, wo genau das Gelände liegt und wem es gehört. Das Bürgermeisteramt von Nirgenshüsen ist wie immer auskunftsfreudig und schon kurz darauf weiß die Redakteurin von der Erbengemeinschaft und aus wem sich diese zusammensetzt.

Datenschutz auf dem Dorf – das ist Auslegungssache.

Weiter kommt sie allerdings nicht. Ein Anruf im Kreisamt bringt kein Ergebnis. Im Gegenteil, der Pressesprecher dementiert heftig, dass der Kreisrat mit Windrädern etwas zu tun habe. „Für solche Genehmigungen ist die Mittelbehörde zuständig", sagt er. Das ist zwar die Wahrheit, aber nicht die ganze Wahrheit.

In der Mittelbehörde wiederum weiß man nichts von einem Windkraftgebiet „Kleine Steige" bei Traunsel „und es liegt auch kein Antrag vor, dort Windräder zu errichten", sagt der dortige Pressesprecher. Das Forstamt winkt genauso ab, ebenso der regionale Stromversorger: überall nur Fehlanzeige.

Frustriert trottet Claudia Swahrdran zu ihrem Chef: „Nichts zu machen, es ist niemandem etwas bekannt über Windkraft bei Traunsel. Das Gebiet ,Kleine Steige' gehört einer Erbengemeinschaft und der Kreisrat ist einer der Anteilseigner, aber es gibt weder eine Bauvoranfrage noch einen Bauantrag noch irgendwelche anderen Informationen, die darauf schließen lassen, dass dort jemand Windräder plant."

Schwankzeile zuckt die Schultern „Entweder es ist nichts dran an dem Gerücht – oder die halten alle so dicht, dass wir nichts erfahren", sagt sie an die Adresse von Chefredakteur Scharfe. Der lässt sich seine Enttäuschung nicht anmerken und gibt Swahrdran einen anderen Auftrag mit der Recherche zu einem Unfall mit zwei Verletzten.

Aber tief in seinem Inneren sagt ihm eine undefinierte Stimme, dass das Thema „Kleine Steige" und Windkraft noch ganz groß werden könnte.

Und er soll recht behalten. Wie so oft.

ZWANZIG

„Komm", haucht Isabel, und Antonio versinkt zwischen ihren weit geöffneten Schenkeln. Ihre Körper finden zueinander, als Antonio sich sanft auf Isabel legt und ihre Lebensmitten mit einander eins werden.

Im Rhythmus der Lust nähern sie sich unaufhaltsam dem Hö-hepunkt, jeder für sich und doch gemeinsam, miteinander, anei-nander, ineinander. Ihre Haut reibt sich, sie spüren, wie der an-dere Lust gibt und Lust empfängt, wie ihr Atem schneller wird, der Puls hochschnellt, die Leidenschaft sich steigert bis zur Gier nach Erlösung, Erfüllung.

Es ist ein Fest der Sinne und der Sinnlichkeit, das Isabel und Antonio miteinander feiern, während sie sich nackt und begierig zum Höhepunkt bringen.

Sechs Stunden zuvor hatten sie sich getroffen. Antonio und Isabel hatten schon unzählige Male telefoniert, seit sie sich in den Pyrenäen kennengelernt hatten. Und sie hatten am Telefon sehr intensiv geplaudert, waren einander nahegekommen und hatten zärtliche Worte und liebevolle Gedanken ausgetauscht.

Bis Isabel kurz entschlossen Antonio fragte, ob er nicht Lust hätte, mit ihr gemeinsam ein Konzert zu besuchen. Sie sei ein großer Flamenco-Fan und liebe die Musik und die Performance von Miguel Poveda.

„Ich habe zwei Karten für seine Tour und wollte eigentlich eine Freundin fragen, ob sie mitkommt. Aber mir wäre es natürlich sehr lieb, wenn du Zeit und Lust hättest. Wir könnten uns in El Ejido treffen. Ich bin ohnedies vor Ort, weil ich ein solar-technisches Kraftwerk in der Sierra Nevada besichtige, in dessen Nähe wir eine ganze Batterie von Windrädern haben. Es ist sozusagen ‚Weiterbildung‘, damit ich mit der Technik und den Abläufen beim Betrieb von Windparks vertraut bin", erklärte sie.

Antonio sagte begeistert zu angesichts der verlockenden Aus-sicht, mit Isabel einen Abend zu verbringen. Und wer weiß, ob sich nicht noch mehr entwickeln würde.

Es ist ein wundervoller Abend. Isabel hat im Gran Hotel Victoria bereits Zimmer reserviert, ebenso einen Tisch in der „Bodega del Jamón", und als Antonio ankommt, strahlt sie ihn an und sie begrüßen sich, als ob sie ein frisch verliebtes Paar wären. Sind sie ja auch, nur haben sie es noch nicht besiegelt.

Pünktlich um 21:00 Uhr stehen die beiden in der Einlass-Schlange für das Konzert im ausverkauften „Auditorio" von El Ejido, der 85.000 Einwohner zählenden Stadt inmitten riesiger Gemüse-Farmen.

Südlich der Sierra Nevada, dem höchsten spanischen Gebirge, glänzen kilometerweit bis zum Horizont spiegelnde Folien in der Sonne. Es ist dies Europas größter agrarindustriell genutzter

„Wintergarten" und die meisten Menschen der Region sind vom Gemüseanbau direkt oder indirekt abhängig.

Rund drei Millionen Tonnen Tomaten, Paprika, Gurken, Auberginen, Bohnen, Zucchini oder Melonen werden Jahr für Jahr in den Treibhäusern produziert. Das hat zwar zu bescheidenem Wohlstand geführt, und auch dazu, dass immer wieder bekannte Künstler und Gruppen hier Station machten.

Aber der Preis war und ist hoch: 36.000 Hektar der zum Anbau genutzten Treibhäuser sind mit Plastik überzogen, was der Region auch den Beinamen „mar del plástico", Plastikmeer, eingebracht hat.

Es ist die weltweit größte Anbaufläche unter Folie. Und durch den großen Wasserverbrauch einerseits sowie die Millionen Liter Pestizide andererseits ist die ökologische Situation sehr schlecht und das Grundwasser teilweise schon vergiftet.

Doch daran denken jetzt weder Isabel noch Antonio noch die anderen Flamenco-Begeisterten am Eingang des „Auditorio".

Sie wollen hinein in das Konzert des angesagten Künstlers Miguel Poveda, dem bekannten und beliebten Flamenco-Star.

Seine Konzert-Tour ist bereits seit Wochen restlos ausverkauft und Isabel hatte die Karten höchstpersönlich von Don Hernández erhalten mit der Bemerkung, sie solle sich mit einem Freund oder einer Freundin einen schönen Abend machen. Er selber könne leider nicht und auch seine Frau habe an dem Abend schon eine anderweitige Verpflichtung. Da er aber wisse, dass sie in der Nähe den Termin habe, solle sie die Karten doch nutzen.

Und nun sitzen sie zusammen mit tausend anderen Flamenco-Fans im großen Saal und erleben eine Performance der ganz besonderen Art.

Angekündigt als „un viaje por el flamenco, la poesía y la copla", eine Reise durch den Flamenco, die Poesie und den Gesang, verzaubert Miguel Poveda sein Auditorium.

Begleitet und gefordert durch Juan Gómez Chicuelo an der Gitarre schafft es der Künstler, aus ganz unterschiedlichen Ansätzen ein begeisterndes Konzert zu formen, das Leidenschaft weckt und das Herz entzündet.

Im ersten Teil präsentiert er den klassischen, festlichen Flamenco: traditionellen Gesang und Tänze voll innerer Hingabe, wie Seguirilla, Soleá, Bergbau-Lieder, Flamenco aus Cadíz und Jerez de la Frontera, Las Cantiñas, Las Bulerías. Und beim Tangos de Triana nimmt Antonio Isabels Hand und lächelt sie an.

Frischer, fruchtiger, halbtrockener Freixenet erfrischt die beiden in der Pause. Sie sind sich einig: ein herausragendes Konzert eines genauso herausragenden Künstlers, der sein Publikum zu verzaubern weiß. Phänomenal.

Sie schauen einander tief in die Augen und nur der Gong, der zur Fortsetzung des Konzerts mahnt, verhindert den ersten Kuss der beiden, deren Gefühle unaufhaltsam zueinander neigen. Noch gibt es diese unausgesprochene Schranke zwischen ihnen, von der sie aber beide ahnen, dass sie sie nicht mehr lange voneinander abhalten wird Schon im Thermalbad von Panticosa hatte es heftig gefunkt zwischen ihnen, doch damals war Isabel noch nicht bereit, sich einer neuen Liebe zu öffnen und zu widmen. Aber jetzt, jetzt sieht alles ganz anders aus. Zeit heilt Wunden. Zeit erzeugt Sehnsucht. Zeit beflügelt Fantasie und Vorstellung, Wunsch und Traum.

Im zweiten Teil des Konzerts, in dem Miguel Poveda von Joan Albert Amargós am Klavier begleitet wird, ist es dann ganz selbstverständlich, dass Antonio wieder Isabels Hand hält und sie liebevoll drückt. Ihre Schultern treffen sich, suchen den anderen. Kein geeigneter Raum für einen leidenschaftlichen Kuss, wohl aber ein Ambiente für Zuneigung und Hinwendung.

Beide empfinden beides.

Und die Lieder von Miguel Poveda tun das ihre, um ihre Gefühle zum Höhenflug ansetzen zu lassen.

Engumschlungen treten sie den Heimweg an, dreihundert Meter, erst durch die Calle Hermanos Lirola, dann den Bulevar de el Ejido entlang bis zum Hotel. Sie sind sich unausgesprochen einig: Es würde eine leidenschaftliche Begegnung werden, zu der sie gerade mit dem Fahrstuhl unterwegs sind.

Leidenschaftlich, wild, lustvoll. Mit der animalischen Gier, die nach sexueller Befriedigung schreit und sich im gemeinsamen Höhepunkt ergießt.

Sanft streicheln Antonios Hände über die samtweichen Brüste von Isabel, während sie, eng aneinandergeschmiegt, den abflachenden Wellen ihrer Ekstase nachfühlten. Isabel hat ihren Kopf auf seiner Schulter liegen, streichelt zärtlich über seinen flachen Bauch. Auch unausgesprochen reden sie miteinander und bezeugen sich, wie sehr sie die Vereinigung genossen, wie sehr sie sich nacheinander gesehnt haben.

„Du hast so schöne weiche Haut und so herrlich dralle Brüste. Ich könnte sie die ganze Zeit küssen und streicheln", sagt Antonio in einer Aufwallung neuer Lust. „Du fühlst dich auch so toll an", bemerkt Isabel. „Ich glaube, ich könnte mich daran gewöhnen. Ich möchte nur nicht betrogen, hintergangen oder getäuscht werden. Das hatte ich schon, das brauche ich nicht mehr", fügt Isabel in einem Anflug von Bedenken, schlechter Erfahrung und Zweifeln an.

Antonio schaut ihr in die Augen. Seine Lippen treffen ihre, sie verschmelzen miteinander in einem zärtlichen Kuss. „Ich kann dir nicht versprechen, dass es für immer und ewig so sein wird, aber ich verspreche dir, dich zu lieben und zu achten, mit Liebe und Respekt, und fürsorglich mit dir umzugehen, wenn wir ein Paar sind"

Isabel schaut ihn an. „Ich verspreche Exklusivität – ich erwarte sie aber auch. Keine Nebenfrau, keine Liebschaften, kein Betrug. Ich möchte mich auf meinen Partner verlassen können. Ich bin oft unterwegs und kann das Gefühl von Zweifel oder Eifersucht nicht gebrauchen, dann fühle ich mich schlecht und dann leidet meine Arbeit. Und dann entwickelt sich wieder so eine Abwärtsspirale, wie ich sie schon mal hatte, als mein Freund mich mit einer Bekannten betrogen hatte und ich die beiden im Bett fand."

„Ich habe es nicht vor", grinst Antonio.

„Was hast du nicht vor? Mich zu betrügen?"

„Mich erwischen zu lassen", lacht Antonio – und fängt sich einen Boxer von Isabel in die Rippen ein. „Du Schuft, ich meine das ganz ernst!"

„Ich meine es auch ganz ernst mit dir, Liebes. Ich hatte eine stürmische Zeit in meinen wilden Jahren mit wüsten Partys und heißen Feten. Das ist vorbei.

Ich hatte schon seit einiger Zeit den Wunsch, an der Seite einer Frau ein beschaulicheres Leben zu führen, zu reisen, Freunde zu treffen, zu genießen und sich aneinander zu erfreuen.

Dass ich dich getroffen habe, ist ein Wink des Schicksals. Ich wusste seit dem ersten Moment, an dem ich dich sah, dass du und ich füreinander geschaffen sind. Und dann noch die glückliche Fügung, dass wir beide frei waren und offen für eine neue Partnerschaft – so viel Glück möchte ich nicht aufs Spiel setzen."

Isabel schaut Antonio voll junger Liebe in die Augen. Dann senkt sie ihre Lippen auf seine und sucht seine Zungenspitze, während ihre Hände auf Wanderschaft gehen.

Und als Antonio kurz darauf an ihren zarten Innenschenkeln züngelt, sagt Isabel „komm", gibt sie sich erneut der begierigen Lust hin und spielt ein weiteres Mal das unendlich schöne leidenschaftliche Spiel der Liebeslust mit ihrem neuen Freund.

Nach kurzer Nacht, die sie aneinandergekuschelt in Isabels Zimmer verbrachten, wandert Antonio auf einen Sprung in sein eigenes Apartment, um sich umzuziehen und frisch zu machen.

Beim Frühstück sitzt er kurze Zeit später mit Isabel zusammen und sie besprechen die kommenden Zeiten und versuchen, ihre Pläne aufeinander abzustimmen.

Nicht ganz einfach für eine junge Liebe, sich gleich wieder zu trennen und erst mit Aussicht auf ein Wiedertreffen in vierzehn Tagen leben zu müssen. Doch so wurde es.

„Ich bin noch bis morgen in der Region. Ich fahre nachher gleich rauf nach La Calahorra, einmal quer durch den ‚Parque Nacional de Sierra Nevada'. Es soll eine grandiose Strecke sein und ich bin schon ganz gespannt darauf. Und die alte Festung aus dem 16. Jahrhundert soll auch ein toller Blickfang sein. Auf der Nordseite liegen dann in der Ebene die drei Blöcke des solartechnischen Kraftwerks ‚Andasol'. Eine gigantische Anlage. War schon mal insolvent, ist aber in Betrieb. An der sind auch deutsche Firmen beteiligt und du weißt ja, dass ich für LA.RACHA in Deutschland akquirieren soll. Und außerdem haben wir auch noch ein gigantisches Feld von Windrädern, die ich auch noch besichtige und mir die Strom-Produktion erklären lasse", berichtet Isabel.

„Ich bin schon ganz gespannt auf die Berge der Sierra Nevada. Ich war noch nie dort und habe nur ein paar Fotos gesehen, auf

denen der Mulhacén-Gipfel auf seinen 3.482 Metern schneebe-
deckt war. Es soll dort riesige Steineichen- und Ahorn-Wälder
geben, und außerdem weite Rasenflächen, auf denen Enzian
wachsen soll. Na ja, ich werde es ja in wenigen Stunden sehen",
freut sich Isabel. „Außerdem bin ich schon ganz gespannt, was
ich von der Filmkulisse noch zu sehen bekomme."

„Filmkulisse?", fragt Antonio.

„Ja, bei La Calahorra ist doch 1968 der berühmte Western von
Sergio Leone gedreht worden. Warte mal, der hieß …" Isabel
denkt scharf nach.

„Ja, jetzt weiß ich's wieder: ‚Hasta que llegó su hora – Spiel mir
‚das Lied vom Tod' mit Charles Bronson. Oh, für den habe ich
als Teenager so geschwärmt und mir vorgestellt, er würde mich
so ansehen wie Claudia Cardinale, als ich den Film das erste Mal
gesehen hatte. Der Film ist da oben gedreht worden, an einer
stillgelegten Eisenbahnstrecke und auch noch in der Wüste von
Tabernas. Schade, dass du nicht mit kannst und dass wir uns nur
so kurz sehen können", bedauert sie.

„Ja, wirklich schade", erwidert Antonio, „wenn ich das früher
gewusst hätte, hätte ich versucht, den Termin heute Abend zu
verlegen. Es kommt einer der Granden im Sanfermines-Komitee
zu mir auf die Hazienda. Da geht es um die Stiere, die durch
Pamplona getrieben werden. Den kann ich leider nicht umbuchen,
so gerne ich es würde", bedauert Antonio.

„Außerdem habe ich überraschenden Besuch eines alten Kameraden aus meiner Zeit bei der Legion. Der arme Kerl hat gerade
seine Beziehung zerschossen und ist von seiner Ex rausgeworfen worden. Und außerdem ist ihm auch noch gekündigt worden, weil er angeblich eine Kollegin belästigt haben soll. Also
die klassische A-Karte: keine Bleibe, kein Job, kein Geld. Und
er hat mich um Hilfe gebeten. Ich kann ja schlecht einen al-

ten Kameraden hängen lassen", sagt Antonio. „Ich werde heute Abend mal sehen, ob ich ihn nicht auf der Finca ‚Las Tresfuentes' unterbringen kann."

„Meinst du die Lodge ‚Las Tresfuentes'? Da, wo immer die berühmt-berüchtigten Jagdgesellschaften zusammenkommen", fragt Isabel.

„Ja, genau", antwortet Antonio. „Joaquín Rodrigo Cazallen ist der Besitzer. Wir sind Nachbarn, meine Hazienda ist gleich nebenan in der Nähe von Matilla de los Caños del Río. Woher kennst du die Lodge?"

Da erzählt Isabel ein klein wenig aus ihrer Familiengeschichte, in der es über viele Generationen Bauhandwerker gegeben hat. Ihr Urgroßvater hatte am Wiederaufbau und der Rekonstruktion vieler alter Gebäude mitgewirkt, weil er sich als Restaurator und Bewahrer alter Handwerks-Techniken einen guten Ruf erworben hatte. „Es gibt bei mir zu Hause ein Foto, das zeigt meinen Urgroßvater vor der Baustelle von ‚Las Tresfuentes'. Das war doch mal eine Stierkampf-Farm, wenn ich s noch richtig weiß, oder?", fragt Isabel.

„Ganz genau – und heute ist es eine Lodge und ein Treffpunkt für Jagdgesellschaften von Reichen und Prominenten oder von ausländischen Jägern mit Geld. Ich war auch schon mal zu einer Rothuhn-Jagd eingeladen", erzählt Antonio.

„Auf der Finca ist auch des Öfteren unser König Juan Carlos Gast gewesen und hat mitgeschossen. Der ist ja ein Jagd-Verrückter, sonst hätte er auch nicht den Elefanten in Afrika erlegt, der ihm so viel Ärger gemacht hat", gibt Antonio zum Besten.

„Das geht ja auch gar nicht", hält Isabel mit ihrer Meinung nicht hinterm Berg. „Als König hat er Vorbildfunktion und da kann er nicht mal eben auf Großwild-Jagd gehen.

Und dann ausgerechnet noch Elefanten. Die Dickhäuter sind Sympathieträger und werden von vielen Menschen geliebt. Die weinen, wenn sie sehen, wie ein Elefant erschossen in der Savanne liegt", gibt Isabel zu bedenken. „Außerdem ist es sehr ungeschickt, gerade in diesen Zeiten auf Elefantenjagd zu gehen, wo es mit der Wirtschaft nicht so toll läuft."

„Ich hoffe ja nur, dass LA.RACHA mit der Expansion in Deutschland und Europa weiter vorankommt, dann ist nämlich mein Job langfristig gesichert", fügt sie an und lächelt Antonio verliebt in die Augen. Der beugt sich zu ihr und küsst seine schöne Freundin mit Leidenschaft, bevor sie sich für lange Wochen nicht mehr würden sehen können.

„Jagd geht immer", nimmt Antonio den Faden wieder auf, „es gibt genügend Verrückte, die für Rothühner und Muffelwild und ein paar Hirsche immense Summen bezahlen. Und ich hoffe, dass es auch noch lange den ‚Sanfermines' geben wird und die Stierkämpfe, dann ist nämlich auch mein Geschäft gesichert. Heute Abend weiß ich mehr. Drück' mir die Daumen, dass es ein erfolgreiches Treffen wird, dann laufen beim ‚Sanfermines' im nächsten Jahr gleich zwei Stiere von mir durch Pamplona.

Und ich kann dann auch mal meine Fühler zu dir nach Logroño ausstrecken. Dort beim Stierkampf könnte doch auch sehr gut der eine oder andere meiner Kampfstiere in der Corrida auftreten, oder?" Antonio blinzelt Isabel an.

„Ich freu' mich riesig, wenn wir uns übernächstes Wochenende wiedersehen, Liebes", fügt Antonio an. Und Isabel nickt mit leuchtenden Augen.
„Soll ich zu dir nach Madrid kommen oder möchtest du dein erstes Wochenende auf meiner Finca verbringen?", fragt er.

Isabel überlegt, kommt aber zu keinem Entschluss angesichts ihrer Terminlage. Daher beschließen sie, diese Entscheidung zu vertagen und sich telefonisch zu verabreden, wann sie und wo sie sich treffen werden.

Mit einem leidenschaftlichen Kuss, der gut und gern auch der Beginn einer erneuten zärtlichen Vereinigung hätte sein können, verabschieden sich die zwei Frischverliebten und fahren in entgegengesetzte Richtungen davon.

Voller Glück und voller Sehnsucht.

ZWANZIGEINS

Frühling ist Reisezeit für Milana und mich, Milan, genannt der Rote. Wir kehren zurück in unsere erste Heimat. Deutschland.

In der waldigen Mitte, umgeben von den Erhebungen des Kupferberger Höhenzuges, wartet unser kleines Dorf Traunsel auf uns. Es ist schön, wieder nach Hause zu kommen. Es ist ein wunderbares Gefühl, zu wissen, wann man daheim ist.

Wir kommen in unsere erste Heimat Traunsel aus unserer zweiten, La Peña im spanischen Westen, nahe der portugiesischen Grenze. Auch dort ist Heimat für uns. Wie Wechselstrom zieht es uns mal hierher, mal dorthin. Und an beiden Enden wartet auf uns ein Dorf, eine Gemeinschaft, ein Leben in Frieden und Freiheit.

Im Winter heißt es bei uns: „Feliz Navidad", das spanische Wort für „Frohe Weihnachten". Im Frühling grüßen wir mit „Frohe Ostern" und genießen die wunderbaren Osterbräuche, die sich hier in Traunsel und der gesamten Region seit Jahrhunderten ausgebildet und erhalten haben. Wie so viele andere Bräuche und Gewohnheiten auch.

„Im Märzen der Bauer die Rösslein anspannt" – das Bild aus vergangenen Zeiten wird heute nur noch im Kindergarten hochgehalten und schallt aus vieler Kinder Mund. Die Zeiten für Rösslein sind hier, in der waldigen und – für Landwirte noch schlimmer – bergigen Mitte Deutschlands allerdings schon lange vorbei. Sehr lange.

„Im Märzen der Bauer den Traktor abschmiert" müsste es wohl eher lauten. Und mit eben diesen gut abgeschmierten Traktoren sind die Landwirte in unserer Heimat unterwegs.

Die Felder werden bereitet für die Früchte. Viel Mais und Raps, aber auch Gerste, Roggen und jede Menge Weizen und, nicht zu vergessen Triticale und Rüben sind die häufigsten Nutzpflanzen der Region.

Früher, bevor der große Zaun wegkam, gab es viele kleine Felder mit ganz unterschiedlichen Pflanzen.

Mein Großvater und mein Vater haben es noch erlebt. Doch seit dem – wie sie sagen – „Mauerfall" hat sich Vieles verändert. Der Druck der LPG hat dazu geführt, dass das frühere Klein-Klein quasi über Nacht verschwunden ist. Gab es bis zur – wie sie es nannten – „Wende" noch anderthalbtausend und mehr lokale Klein- und Feierabend-Bauern, so sind es heute nur noch ein paar Hundert Großbauern, die in der Region und von der Region leben können. 300 Hektar und mehr – darunter geht gar nichts, hat neulich ein Nachbar erzählt. Denn der Druck im Markt ist extrem: Milch für 25 Cent den Liter, Rinder-Rouladen für fünf bis acht €uro das Kilo, Schweineschnitzel für drei bis sieben €uro das Kilo, von Hähnchen- der Gänsepreisen ganz zu schweigen – wie soll der Landwirt davon leben können?

Die naturnahe Kulturlandschaft hier in Traunsel, in der Großgemeinde Nirgenshüsen, inmitten einer der waldreichsten Regionen
Deutschlands, ist maßgeblich geprägt von der Arbeit der Bauern
seit hunderten von Jahren. Und jetzt wird alles anders.

Ich halte sehr viel von dem Gedanken des italienischen Schrift-
stellers Giuseppe Tomasi di Lampedusa, der in seinem Stück „Der
Leopard" sagen ließ: „Wenn wir wollen, dass alles bleibt, wie es
ist, dann ist nötig, dass alles sich verändert."

Und genau das geschieht gerade.

Am deutlichsten wird diese Veränderung, wenn man offenen
Auges durch die Landschaft schaut. Allüberall auf den Kuppen
und Spitzen sieht man Windrad an Windrad. Blitzen die Rotoren
in der Sonne. Am häufigsten in Deutschland, aber besonders
viele auch in Spanien.

Milana und ich haben es seit einigen Jahren hautnah miterlebt,
wie die „Spargel" aus dem Boden geschossen sind. Sie sollen – in
Deutschland wie auch in Spanien – die Atomkraft ersetzen, aus
der auszusteigen beide Länder beschlossen haben. Spanien etwas
früher, Deutschland etwas später, dafür eiliger.

Und seitdem schießen die Windräder an allen Ecken aus dem
Boden, wo immer sich ein leises Lüftchen auftut.

Schön sind sie nicht. Aber auch Kernkraftwerke schauen nicht
besonders sexy aus. Ungefährlich sind die Windräder auch nicht.
Zumindest nicht für Vögel und Fledermäuse.

Doch auch ganze Dörfer fühlen sich von Windrädern belästigt.
Das Geräusch, das sie verursachen, kann einem auf die Nerven
gehen. Je nachdem, wie der Wind steht, hört man das schrille
Surren ähnlich einem Rasenmäher mal lauter, mal leiser – oder
eben gar nicht. Natürlich nicht an jedem Standort. Es kommt

immer auf die Entfernung an. Niemand stört sich an Windrädern, die man nicht hört und nicht sieht!

Nur: Gibt es die?

Wir hier in Traunsel haben keine Windräder in der näheren Umgebung. Wind haben wir hier. Photovoltaik gibt es reichlich, gelegentlich auch die eine oder andere Solaranlage –, aber Windräder drehen sich anderenorts. Das ist gut so. Und ginge es nach Milana und mir, Milan, dann würde das auch so bleiben.

Unser Dörfchen ist beschaulich und ruhig und unaufgeregt. Durch die Jahrhunderte hindurch und über alle Schrecken hinweg haben sich die Bewohner durchgesetzt. Bis zum Hier und Heute. Und wir mit ihnen.

Wenn die uralte Sage vom „Schwester-Kleeblatt vom See" schon das Gruseligste ist, was es im kollektiven Gedächtnis in Traunsel gibt, dann kann es nur ein friedfertiger Flecken Erde sein.

Die erste Überlieferung berichtet, dass vor vielen Jahren Mädchen in der Spinnstube bei dem reichen Dorfbauer saßen, und auch ein paar Buben waren zugegen, als die Türe sich öffnete und drei weiß gekleidete Jungfrauen von großer Schönheit hereintraten, jede ein Spinnrad in der Hand. Sittsam begrüßten sie die Gesellschaft und fragten, ob sie als friedliche Nachbarinnen wohl an der Unterhaltung teilnehmen dürften?

Augenblicklich ward es den unbekannten Nachbarinnen zugestanden; und bald schnurrten ihre Rädchen mit den anderen um die Wette.

Als die Jungfrauen freundlich sprachen und mit ihren klaren blauen Augen offen blickten, verlor sich allmählich die Scheu und bald gewann der harmlose Frohsinn.

Von nun an fehlten die drei Fremden in keiner Spinnstube mehr. Aber mit dem Glockenschlag elf nahmen sie Kunkel und Hanf zusammen und eilten fort; und es half kein Bitten, kein Zureden, noch länger zu verweilen.

Niemand wusste, woher sie kamen, noch wohin sie gingen, doch raunte man im Dorf, es seien Fräulein aus dem See und bald nannte man sie „das Schwester-Kleeblatt vom See".

Seit sie aber die Spinnstube besuchten, fanden sich Mädchen und Burschen noch einmal so gern bei diesen Zusammenkünften ein; denn die Seejungfern wussten ihnen viele hübsche Geschichten vorzutragen. Und außerdem brachten die Spinnerinnen jedes Mal vollere Spulen und feineren Faden nach Hause als ehedem.

Der Sohn des reichen Dorfbauern fand an den Seejungfern großes Wohlgefallen und verlor an eine sein Herz. Darum kam er auf den Gedanken, eines Abends die hölzerne Wanduhr um eine Stunde zurückzustellen.

Gedacht, getan. Unter Scherzen und Lachen verging die Zeit; dann schlug es elf – statt Mitternacht. Die drei schönen Jungfrauen nahmen ihr Spinngeräte und entfernten sich wie gewöhnlich.

Am Morgen darauf gingen Dorfbewohner am See vorüber, da vernahmen sie aus der Tiefe ein seltsames Wimmern und Stöhnen und auf der Oberfläche schwammen große tiefrote Blutflecken.

Der junge Hofbauer war in derselben Nacht schon schwer erkrankt und nach drei Tagen eine Leiche. Die drei Schwestern aber wurden nie wieder gesehen.

Diese Geschichten wird im Dorf seit Menschengedenken erzählt. Auch Milana und ich kennen die alte Sage und haben uns an ihr amüsiert.

Allerdings soll es einen wahren Kern in der Überlieferung geben: In unregelmäßigen Abständen färbte sich der kleine See tatsächlich intensiv rot. Schon in der Kirchenchronik von 1406 ist es so notiert und wurde als böses Omen gedeutet. Vor ein paar Jahren war es das bisher letzte Mal zu sehen.

Doch inzwischen wissen wir und alle Bürger von Traunsel, dass die „Burgunderblutalge" für die Rotfärbung verantwortlich ist. Die Burgunderblutalge oder Planktothrix rubescens ist eigentlich gar keine Alge, sondern ein Cyanobakterium. Doch Cyanobakterien sind wie die Pflanzen ebenfalls zur Photosynthese imstande. Als Farbstoff, der das Licht absorbiert, dient bei der Burgunderblutalge neben dem grünen Chlorophyll auch das rote Phykoerythrin, das ihr die typische Farbe gibt. Der rote Farbstoff ermöglicht, das grüne Licht effizient zu nutzen, das fast als einziges noch in die Tiefe vordringt, in der sie normalerweise lebt. Bei ganz bestimmten Umweltbedingungen gibt es sehr viele „Burgunderblutalgen" und dann schaut der See blutrot aus. Ein ganz außergewöhnlicher Anblick, den Milana und ich erleben durften.

Von mir aus kann bei uns in Traunsel alles so schön und gut bleiben, wie es bisher war.

Das ist übrigens auch die gemeinhin geäußerte Ansicht der Bürger, die in Traunsel leben. Und in den Nachbardörfern. „Uns geht's doch gut" – das ist das Credo der Menschen dieser Region.

Arbeitsam sind die Menschen. Arbeitsam und gottesfürchtig. Jedenfalls sonntags. Wobei sie den Herrgott weniger fürchten, als respektieren. Protestanten eben.

Ganz anders als in unserer zweiten Heimat, in La Peña.

Während dort der Glaube tief in den Menschen, quasi kurz vor den Genen, verankert ist, weiß das kollektive Gedächtnis der

Menschen hier in Traunsel und Umgebung noch sehr genau den Unterschied von katholisch zu evangelisch zu bewahren.

Hier, in der deutschen Mitte von Europa, begann die Reformation. Nur wenige Kilometer östlich von Traunsel schlug Martin Luther die Thesen an wider die Sünden der Kirche und ihrer Repräsentanten, wider den Ablass-Handel, wider die ganzen ekelhaften Auswüchse der verweltlichten und machtbesessenen Hierarchie in Papistenweiß, Purpur und Kardinalsrot.

Luther selber war auch in der Region, in der Milana und ich gerade leben, wenn auch ein paar Kilometer weit weg.

500 Jahre ist das her – selbst aus unserer uralten Familie erinnert keine Erzählung mehr an jene ferne Zeit. Und doch hat unsere Familie auch damals schon hier in Traunsel und Umgebung gelebt, genau wie die vielen andere Bewohner der Region, die sehr sesshaft sind. Vorausgesetzt, sie finden Arbeit und Auskommen für sich und ihre Familien.

Beherrschendes Bauwerk der Ansiedelungen im weiten Umkreis war früher zweifellos die Burg Abiesberg, auch kurz Abiesburg genannt. Eine aus dem 14. Jahrhundert stammende Burganlage, die ihrerseits bereits auf Vorgängerbauten errichtet wurde. Sie steht auf 375 Metern Höhe und überragt so weite Teile ihres Umlandes. Die Herren von Holtzborn, ein weitverzweigtes und vielfach in bedeutenden Stellungen des Staates aktives Adelsgeschlecht, hatten – und haben – hier seit fast 700 Jahren den Stammsitz, was in den Urkunden aus dem späten Mittelalter belegt ist.

Aber nicht nur die Herren von Holtzborn, auch wir, Milana und ich, Milan der Rote, haben seit langen Jahrhunderten unseren Stammsitz hier in der deutschen Mitte von Europa.

Auch wenn es keine altehrwürdige Urkunde über unser Geschlecht gibt, so sind wir doch seit vielen, sehr vielen Generationen Teil der

Landschaft, Teil der Natur, Teil des Lebens und der Geschichte der Region und unseres Dorfes!

Traunsel, das Dorf, hat eine tausendjährige Tradition. Es gibt eine päpstliche Urkunde aus dem Jahr 1095, in dem das Dorf als Klosterbesitz erwähnt ist. Daran wird aber auch offenbar, dass es das Dorf schon länger gegeben hat als seine erste, sozusagen offizielle Erwähnung.

Auch die Ursprünge der kleinen Kirche stammen aus dem Mittelalter, obgleich davon heute so gut wie nichts mehr zu sehen ist.

Das Kirchlein war ursprünglich eine dem Heiligen Martin von Tours geweihte mittelalterliche Kapelle. Im Zuge der Christianisierung in Germanien breitete sich die Martins-Verehrung aus, neue Kirchen wurden meist ihm geweiht, sodass heute noch Martinskirchen als die jeweils ältesten in ihrer Region gelten.

In Traunsel allerdings wurde die heutige, eher schlichte Saalkirche mit ihrem Fachwerk über dem massiven Unterbau erst in der zweiten Hälfte des 17. Jahrhunderts auf den alten Fundamenten errichtet, wobei alte Teile eingearbeitet wurden.

Auf 120 Quadratmetern versammelt sich heute das verlorene Häuflein Gläubiger; es sei denn, es steht eines der großen christlichen Feste an, dann wird die Kirche voll.

Es ist tatsächlich so, wie mein Großvater immer sagte mit Blick auf den Kirchenbesuch: „Wenn sie alle kommen, gehen sie nicht alle rein. Nur wenn sie nicht alle kommen, gehen sie alle rein!"

Völlig aus dem Blick geraten ist der Heilige Martin, der erste Kirchenpatron. Namensgeber für Martin Luther.

Gut, es gibt den Martinsbraten. Und den Martinsumzug der Kinder. Aber auch der ist in Gefahr. Gottlose, Atheisten, Linke, Islam-Eiferer, Grüne oder einfach nur dumme Menschen haben gefordert, den Martins-Tag umzubenennen in „Sonne-Mond-und-Sterne-Tag".

Spinnerei? Einerseits ja, gepaart mit Geltungsbedürfnis. Andererseits aber auch nein, zeigt es doch, wie weit die Distanz in weiten Teilen der Bevölkerung von unseren christlichen Wurzeln bereits fortgeschritten ist. Eine Erosion, die das gesamte christliche Abendland gefährdet.

St. Martin war ein Samariter. Er teilte mit Bedürftigen. Er half den Armen. Er wird auch diesen „Armen im Geiste" helfen, den Martinstag als das zu begreifen, was er ist: ein Tag der Besinnung auf Werte, ein Tag der Hilfe und Unterstützung, ein Tag der Nächstenliebe.

Genau dazu sollen unsere Kinder erzogen werden. Das sehen Milana und ich ganz sicher so!

Auch dafür war es wichtig, dass der große Zaun gefallen ist, hat mein Vater mir eingeschärft. Dahinter hatte Kirche auf Dauer keinen Platz, wurde immer weiter beschnitten und bedrängt.

Ich selber bin ein Nach-Wende-Kind, ebenso Milana, meine wunderschöne und liebenswerte Frau und Gefährtin, die Mutter meiner Kinder.

Wir kennen nicht mehr die Sperranlagen, die Hunde an den Laufleinen, die Selbstschuss-Apparate, die Minenfelder und all die anderen barbarischen Anlagen, die Menschen daran hindern sollten, in die Freiheit zu gelangen. Freiheit, wie wir sie meinen.

Freiheit, das ist ja immer auch Interpretation. Ich bin so frei, mich bei Facebook zu outen. Dass ich damit aber zugleich stückchenweise meine Freiheit abgebe, mich der kollektiven Überwachung preisgebe, mich reglementieren und gängeln lasse, das habe ich mit Freiheit dann doch nicht gemeint.

Aussteigen bei Facebook geht aber auch nicht. Einmal angemeldet bin ich dort bis zum Ende der Speichermedien verortet.

„Die Freiheit, die geht baden, dank – der Einrichtung der Datenbank", hatte mein Vater seinerzeit einen Sponti-Spruch der Vor-1984er-Ära zitiert.

Heute weiß ich, was er damit gemeint haben muss: Facebook, Twitter, Google, Amazon, Ebay und Co, die ganzen US-amerikanischen Datenkrallen, die Bausteine sind zur angestrebten Weltherrschaft.

Einschließlich TTIP, das vermeintliche „Freihandels-Abkommen", der hochoffizielle Angriff auf die Errungenschaften der so zerfaserten und zersplitterten und zerstrittenen Europäer.

Ich kann gar nicht so viel essen, wie ich kotzen muss. Man wird zum Wut-Bürger!

Das zarte Grün des Frühlings versöhnt immer wieder. Die Natur atmet durch, sammelt Kraft und erblüht.

Es ist ein ums andere Mal ein erhabener Anblick, einen sich entfaltenden Buchenwald zu sehen, eine Waldlandschaft, in der hellgrün die Lärchen ihre Nadeln austreiben lassen inmitten der immergrünen dunklen Fichten- und Kiefernbestände.

Das ist der Moment, in dem ich weiß, weshalb ich nach dem Winter mit Milana, meiner schönen Frau, nach Traunsel zurückkehre.

„Ich freue mich sehr, Sie, verehrte Frau de Guideará, hier bei uns in Deutschland begrüßen zu können. Es ist mir eine große Freude, dass Sie hier sind. Und umso mehr freue ich mich, weil Sie unsere Einladung angenommen haben."

Karlemann ist sichtlich aufgeregt. Wie ein pummeliger Hundewelpe, bei dem das Schwänzchen mit dem ganzen Körper wackelt, scharwenzelt er um die Gästin herum, die in die erlauchte Männerrunde gekommen ist.

Zurück lagen einige Wochen intensiver Kontakte zwischen Deutschland und Spanien.

Karlemann hatte, nachdem er vom Ministerpräsidenten die Anschrift des spanischen Windkraft-Unternehmens LA.RACHA erhalten und mit Herbert Bisshaus unter vier Ohren das Vorgehen abgeklärt hatte, zunächst einen freundlichen Brief geschrieben.

Postwendend kam aus dem LA.RACHA-Hauptquartier in Madrid eine Antwort in lupenreinem Deutsch, in dem sich Signora Isabel de Guideará als Deutschlandbeauftragte vorstellte und in kurzen, aussagekräftigen Sätzen die Expansions-Pläne ihres Unternehmens und dessen Vorstandsvorsitzenden Don Hernández Monrique de Taray y Gorzon skizzierte.

Sie stellte in dem Brief auch in Aussicht, nach Deutschland zu kommen und das Unternehmen sowie seine perspektivischen Vorhaben zu erläutern.

„Da sollten wir dranbleiben", war der ebenso nüchterne wie zielgerichtete Kommentar von Herbert Bisshaus. „Wir müssen nur die Anderen unterrichten, sonst gibt es womöglich Ärger. Es soll sich keiner übergangen fühlen, nicht dass einer anfängt zu

reden oder über einen Ausstieg nachdenken will", warnte Bisshaus zugleich.

Karlemann nickte bedächtig. Er war angenehm überrascht von der
Dynamik, die in die anfänglich eher verhaltenen Überlegungen
zu den sechs Windrädern auf der „Kleine Steige" gekommen
war. Plötzlich schien sich die Entwicklung zu beschleunigen wie
ein Windrad bei auffrischendem Wind.

Bisshaus hatte umgehend die anderen Miteigentümer der Wind-
fläche „Kleine Hecke" zusammengerufen und er und Karlemann
hatten alles so weit vorbereitet, dass auch die übrigen Eigentümer sehr schnell bereit waren, eine Gesellschaft zu gründen
und Herbert Bisshaus als Geschäftsführer zu beauftragen.

Karlemann fiel ein Stein vom Herzen, als sich alle einverstanden
erklärten. Er, der Übervorsichtige, fürchtete, er könnte in den
Medien als „Amigo" dargestellt werden, wenn er als Kreisrat
einerseits und als Gesellschafter andererseits privaten Gewinn
aus einer Windkraft-Ansiedelung ziehen würde. Und nur darum ging es ihm ja.

Mit der GmbH war diese Gefahr zwar nicht aus der Welt, aber
doch deutlich geringer, sodass Karlemann wieder besser schlafen
konnte.

Die GmbH war in den vergangenen Tagen juristisch abgerundet
worden, sodass nach dem Eintrag ins Handelsregister auch formal
die „Kraft-durch-Wind-GmbH" geschäftsfähig war. Karlemanns
Beziehungen aus seinem Amt heraus und aus der Partei hatten
dabei einmal mehr geholfen.

Ein verfreundeter Parteigenosse war als ausgebuffter Jurist bekannt
und zog schon seit Jahren mal hinter, mal vor den Kulissen die
Strippen in Stadtkreis und Partei.

Ein wuseliger, kleiner juristischer Wadenbeißer, dessen politische Beliebigkeit maßgeschneidert zur vollkommenen Rückgratlosigkeit von Karlemann passte.

Dieser hatte auf Karlemanns Bitten hin im Handumdrehen den Gesellschaftsvertrag aufgesetzt und, nach Zustimmung aller Beteiligten, dessen notarielle Beurkundung vornehmen lassen.

Und mit der vor wenigen Tagen erfolgten Eintragung ins Handelsregister war die GmbH erfolgreich gegründet.

Chapeau! Jetzt könnten die Rubel anrollen.

Die Gesellschafter waren sich schnell einig: Beim Sekt zur Feier der erfolgreichen Handelsregistereintragung verabredeten sie, die Deutschland-Repräsentantin von LA.RACHA einzuladen und mit ihr grundsätzlich zum Thema Windenergie zu reden.

Und falls es sich ergeben würde, würden sie auch über eine enge Zusammenarbeit sprechen wollen, bis hin zur Errichtung der Windräder.

„Wir sind für alles offen", war die einhellige Ansicht und in einigen Augenpaaren konnte man schon verdächtige €uro-Zeichen ahnen.

So war es gekommen, dass Karlemann im Namen der „Kraft-durch-Wind-GmbH" Isabel de Guideará ebenso aufgeregt wie holprig im Kreis der Gesellschafter willkommen hieß.

Sechs Augenpaare blicken Isabel erwartungsvoll an, als sie sich in Salon drei des Steigenberger Airport Hotels in Frankfurt am Main hebt und zu einer kurzen Rede ansetzt. Man könnte eine Stecknadel, ach was, einen Wattebausch fallen hören, so angestrengt und gespannt sind die sechs Männer, die ihr an den Lippen hängen.

„Vielen Dank, dass ich Ihnen das Unternehmen LA.RACHA präsentieren darf", beginnt Isabel und richtet Grüße aus von ihrem Vorstandsvorsitzenden, der in Deutschland so freundlich empfangen worden war und mit dem Ministerpräsident über Ansiedelungen und Energiepolitik hatte sprechen können.

„La RACHA ist das größte der vier großen spanischen Windkraft-Unternehmen", referiert Isabel. „Von den gut 20.000 Windenergie-Anlagen in Spanien hat LA.RACHA mehr als die Hälfte gebaut und betreibt selber mehrere Windparks mit rund 6.000 Anlagen.

Wir leisten damit einen erheblichen Anteil zur Umstellung der spanischen Energieversorgung weg von der Atomkraft und den fossilen Brennstoffen hin zu erneuerbaren Energien. Genau wie Sie hier in Deutschland. Wir in Spanien hatten bereits Ende des vergangenen Jahrtausends den Ausstieg beschlossen, Sie in Deutschland vor wenigen Jahren. Aber das Ziel ist dasselbe: Wir wollen die erneuerbaren Energien Sonne und Wind nutzen und zugleich einen spürbaren Beitrag zur Erreichung der Klimaziele leisten.

LA.RACHA beschäftigt allein in der Windkraft-Sparte einige tausend Mitarbeiter, insgesamt hat der Konzern 18.000 Beschäftigte.

Und mich. Ich bin im Marketing von LA.RACHA tätig und eigens eingestellt worden, um unsere Pläne für Deutschland und Europa voranzubringen. Ich berichte direkt dem Vorstandsvorsitzenden Don Hernández Monrique de Taray y Gorzon, den wir alle nur Don Hernández nennen.

Seine Vision ist es, aus Spanien heraus Windkraftanlagen in Deutschland und ganz Europa zu errichten. Aber nicht nur zu errichten, sondern auch in einem eigenen Werk in Deutschland zu produzieren. Das kann als eigenes Unternehmen erfolgen, das kann aber auch ein Joint-Venture werden. Wir suchen also zweierlei in Deutschland: zum einen Standorte für unsere Windenergie-Anlagen, zum anderen ein Industriegebiet, in dem wir eine Produktionsanlage errichten können.

Deshalb war es für uns eine große Freude und eine Ehre, als über den Kontakt Ihres Herrn Ministerpräsidenten Herr Dr.Dr. B. Liebich mit uns in Kontakt trat, um über unsere Pläne und Wünsche zu sprechen. Wenn ich es richtig verstanden habe, haben Sie möglicherweise beides: eine Windkraft-Fläche und ein Industriegebiet. Das ist für uns von hohem Interesse und ich freue mich sehr, wenn wir dazu weitere Gespräche führen können."

Isabel schaut in die Runde. Was sie sieht, macht sie hoffnungsfroh: nickende Köpfe, zustimmende Mienen, leuchtende Augen. Und einen ehrerbietig-erfreuten Dr.Dr. Karlemann B. Liebich, der sie mit leuchtenden Augen in einer Art und Weise betrachtet, die Isabel gar nicht mag.

Aber was soll's, sie muss gute Miene zum B. Liebichen Spiel machen.

„Verehrte, liebe Frau Guideará, vielen herzlichen Dank für Ihre Ausführungen, die uns Ihr Unternehmen nähergebracht haben. Und natürlich auch Ihre Überlegungen für die Ausweitung Ihrer Aktivitäten."

Karlemann glitscht bereits so sehr, dass Herbert Bisshaus sich genötigt sieht, das Ganze zu übernehmen.

„Liebe Frau Guideará, wir haben in der Tat beides in unserer Region zu bieten. Ich bin Geschäftsführer der neu gegründeten ‚Kraft-durch-Wind-GmbH‘ und wir verfügen über eine geeignete Fläche, um sechs Windkraftanlagen aufzustellen.
Wir suchen nach einem Kooperationspartner, der diese Anlagen auf unserer Fläche errichten möchte. Wir können einem potenziellen Investor nicht nur die Flächen anbieten, sondern auch durch die Person von Dr.Dr. B. Liebich als Kreisrat zusagen, dass es ad-

ministrativ hervorragende Unterstützung gibt. Im Kreis ist außerdem ein Industriegebiet erschlossen, auf dem aus dem Stand heraus gebaut werden kann."

„Ich garantiere eine Teil-Baugenehmigung innerhalb von vier Wochen, wenn alle erforderlichen Unterlagen eingereicht sind", wirft Karlemann ein.

Bisshaus nickt und fährt fort: „Das Industriegebiet liegt strategisch günstig in der Nähe von zwei Autobahnen, sodass logistisch eine hervorragende Anbindung gewährleistet ist. Dr. Dr. B. Liebich hat für Sie einige Unterlagen zusammenstellen lassen, die wir Ihnen gerne mitgeben möchten, damit Sie sich schon einmal auf dem Papier einen Eindruck von diesem Industriegebiet machen können. Wir würden dann morgen eine Rundreise starten und uns sowohl das Windkraftgebiet als auch das Industriegebiet anschauen, wenn es Ihnen recht ist."

Isabel nickt. Sie kennt den Plan der kommenden Tage, den ihr Karlemann bereits vorab hat zukommen lassen. Sie hatte ihn mit Don Hernández besprochen und abgesteckt, wie weit sie Zusagen treffen kann.

„Ich hätte da mal eine Frage an unseren Gast aus Spanien", meldet sich Ansgar Steinweg zu Wort. „Ich bringe es mal auf den Punkt: Mit wie viel €uros kann man denn pro Windrad rechnen, wenn wir als Grundeigentümer die ‚Kleine Steige' zur Verfügung stellen?"

Bisshaus und Karlemann zucken zusammen. So direkt hätten sie das nicht ansprechen wollen. Doch Steinweg kennt kein „Grüß Gott". Er haut das raus, was ihm am wichtigsten ist: wie viel Geld für jeden von ihnen?

Isabel lächelt. Sie hat natürlich mit dieser Frage gerechnet – nur nicht so schnell und schon gar nicht so direkt. Sie hatte diesen

Punkt sehr lange mit Don Hernández diskutiert und eine genaue Zahl im Kopf, bis zu der sie gehen konnte.

Ihr Limit, so hatte sie mit Don Hernández verabredet, lag bei 3.500 €uro pro Windrad pro Monat, insgesamt also bei 42.000 €uro pro Jahr. Dies aber auch nur unter der Voraussetzung einer reibungslosen Baugenehmigung ohne kostenintensive Naturschutz- und Betriebsauflagen wie etwa Nacht- oder Feiertagabschaltung. Anderenfalls würde sich die Ausschüttung in 500-€uro-Schritten reduzieren.

Gespannte Erwartung füllt Salon drei des Steigenberger Airport Hotels. Wieder schauten sechs Augenpaare zu Isabel und wieder lesen sie ihr von den Lippen ab, als sie sagt: „Wir können Ihnen zwischen 2.000 und 2.500 €uro pro Windrad pro Monat anbieten!"

Ein Raum voller Stille und Atemlosigkeit. Gehofft hatten sie, gewünscht, ersehnt. Und jetzt stehen die €uros sozusagen greifbar nahe vor ihnen, Dr. Dr. Karlemann B. Liebich, Heinrich Frausker, Veith Schwarz, Ansgar Steinweg, Rudolph Brackmann und Herbert Bisshaus, allesamt Gesellschafter der „Kraft-durch-Wind-GmbH".

Bisshaus fasst sich als Erster.

„Das ist eine Verhandlungsbasis, auf der wir unbedingt weiter miteinander sprechen sollten", sagt er zu Isabel.

Isabel lächelt. „Es freut mich sehr, wenn Ihnen unsere Vorstellungen zusagen und wir zusammenkommen", erwidert sie. „Allerdings sind vorher einige schwierige Hürden zu überwinden, bei denen wir auf Ihre Unterstützung angewiesen sind und auch bauen. Ich denke an das avifaunistische Gutachten, an die Träger öffentlicher Belange und viele andere Unterlagen, die wir benötigen. Immer vorausgesetzt, es kommt zu einem Vertrag, erwarten wir Unterstützung und Hilfe bei den juristischen und administrativen Fragen.

Wenn es so umfangreiche Genehmigungen braucht wie bei uns in Spanien, dann wird es ein langer Weg", sagt Isabel mit Blick zu Bisshaus und Karlemann.

„An der Hilfe und Unterstützung wird es nicht scheitern", wirft Karlemann ein. Die Stimmung lockert sich. Die Zahl, die Isabel genannt hat, sorgt für gute Laune und Hochgefühl bei den Gesellschaftern der „Kraft-durch-Wind-GmbH".

Die Versammlung beschließt, im Nachbar-Salon bei Häppchen und Getränken weiter zu plaudern und Details anzusprechen.

Morgen, so Bisshaus, werde Isabel zusammen mit ihm und Karlemann zu einer Besichtigungsreise aufbrechen. In aller Diskretion und ohne großes Aufsehen, damit nicht vorzeitig schon Gerüchte in die Welt kämen, die das ganze Unternehmen jetzt bereits torpedieren könnten.

Daran erinnert Bisshaus alle Beteiligten nochmals eindringlich, dass einzig und allein Verschwiegenheit zum jetzigen Zeitpunkt sicherstellen kann, dass das Projekt nicht schon vorzeitig bekannt wird und in der Öffentlichkeit zu kontroversen Diskussionen führt.

„Wir wissen doch, dass unsere Vogelschützer das Gras wachsen hören", sagt Bisshaus mit Blick auf Veith Schwarz, der als Mitglied der GmbH und der Gesellschaft für Vogelkunde und Ökologie, GVÖ, auf zwei Schultern trägt.

Brutus von der Schlingenjagd. Karlemann hat sich sofort in den Welpen verguckt, als er bei einem überregional bekannten Jagdhund-Züchter vorfahren ließ. Er ist auf der Suche nach einem neuen Jagdhund, nachdem sein langjähriger vierbeiniger Jagd-Gefährte in die ewigen Jagdgründe gewechselt ist.

Besser war das für ihn, denn er hatte, sicherlich auch ausgelöst durch den langjährigen Druck und die übermächtige Dominanz seines Herrchens, Tumore entwickelt. Die unausweichliche Folge für ihn war: einschläfern.

Karlemann sah es nüchtern. Gut, das Tier hatte er lange Jahre an seiner Seite, aber in letzter Zeit hatte er sich aufsässig gezeigt, Grenzen überschritten und ihn als „Rudelführer" einige Male herausgefordert.

Die Züchtigung folgte auf dem Fuße und das Tier entwickelte, insbesondere seitdem Karlemann zu seinem Amt und damit vermeintlich auch zu Macht und Ansehen gekommen war, Abwehrreflexe und Stresssymptome. Bis zur Krebsgeschwulst.

Nun war er dahingegangen und Karlemann sucht sich spornstreichs einen neuen Jagdhund.

Ein Kopov, eine „Slowakische Schwarzwildbracke", sollte es sein. Auf keinen Fall zu hochgewachsen, denn das würde ja schon auf den ersten Blick deutlich zeigen, dass Karlemann gut 10 Zentimetern fehlen. Ganz abgesehen von der mangelnden Größe!

Schwarzwildbracken, „Slovenský kopov", sind eng verwandt mit österreichischen Bracken und Rauhhaarbracken, insbesondere aus Tirol und der Steiermark. Aber auch die Brandlbracken und die bayerischen Gebirgsschweißhunde sind Verwandte.

Slowakische Laufhunde sind mit etwa 50 Zentimetern Schulterhöhe genau richtig für einen etwas klein geratenen Mann.

Aber im Gegensatz zu Karlemann haben Schwarzwildbracken einen eleganten, elastischen Körper mit breitem Brustkorb und schlankem Bauch sowie einen klugen Ausdruck.

Der Schwanz ist im Gang abwärts, bei der Suche aufwärtsgerichtet – damit gleichen sie sich vielen Jägern an.

Und die Farbe des Slowakischen Laufhundes ist schwarz mit einem kräftigen mahagonifarbenen bis roten Brand. Ganz wie sein Herrchen.

Kein Wunder, dass Karlemann sich zielgenau zu einem Züchter Slowakischer Schwarzwildbracken fahren lässt. Dort, so ist er sicher, würde er einen würdigeren Nachfolger finden für seinen eingeschläferten Jagdhund.

Und er findet. Brutus von der Schlingenjagd. Ein Kopov-Welpe, der ihn mit großen Knopfaugen anschaut, nicht ahnend, dass sein Schicksal alles andere als eine erfreuliche Wendung zu nehmen droht.

Karlemann besieht sich den Welpen. Ein Rüde mit hervorragendem Stammbaum. Er müsste nur noch erzogen werden – und das, so ist sich Karlemann mit breitem Grinsen sicher, würde er hinbekommen: Brutus von der Schlingenjagd würde, wenn er erst einmal in den Händen von Karlemann wäre, eine gestrenge Erziehung durchlaufen.

Bei ihm herrschen Zucht und Ordnung. Und da wird sich auch der Hund dran zu halten haben.

Brutus von der Schlingenjagd wird ein Lauf- und Stöberhund werden, der aufs Wort gehorcht.

Die Aufgabe eines solchen Hundes ist es, auf großen Flächen das Wild selbstständig zu finden und es dem Schützen zuzutreiben. Eine anspruchsvolle Herausforderung an die Erziehung, da ist sich Karlemann sicher.

Zwei bis drei Jahre würde er brauchen, bis der Hund so weit sein würde. Und wenn das ohne aversive Mittel nicht zu erreichen ist, dann eben mit solchen, ist Karlemanns Grundeinstellung. Tierschutzgesetz hin oder her – der Hund muss gehorchen!

Denn eins ist klar: Ein Jagdhund ist nur dafür notwendig, um jagdlichen Erfolg herbeizuführen – und Fehler des Jägers auszubügeln. Wenn ein Jagdhund seine Aufgaben schlecht und unzuverlässig erledigt, ist er unbrauchbar. „Das wollen wir mal nicht hoffen", denkt Karlemann, als er, wild entschlossen, mit dem Züchter fachzusimpeln beginnt.

Es wird ein langes Hin und Her, was Karlemanns Fahrer mit zunehmend brummigerer Miene vom Dienstwagen aus beobachtet. Wieder einmal so ein Termin, der reinweg gar nichts mit dem Amt und mit seinen Aufgaben als Fahrer des Kreisrates zu tun hatte, überlegt der Chauffeur, der zwar erst seit wenigen Jahren Dienst tat; aber mit Karlemann nicht den ersten Kreisrat durch die Heimat fährt.

Er hatte ja schon einiges erlebt und gelegentlich plaudert er auch schon mal ein wenig aus dem Nähkästchen – aber so einen wie Dr. Dr. Karlemann B. Liebich hatte er noch nicht.

Einmal war er tagelang mit dem Kreisrat die verschiedensten Sanitär-Betriebe abgefahren, weil sich Karlemann ein neues Badezimmer in seinem Wohnhaus einbauen lassen wollte. Höchste Qualität sollte es haben – bei niedrigsten Preisen.

Da traf es sich gut, dass der Kreis, dem Karlemann gerade vorsteht, Millionen-Aufträge für Schulbauten vergibt. Da müsste es doch mit dem Teufel zugehen, wenn das Badezimmer des Kreisrats nicht „höchste Qualität zu niedrigstem Preis" erreichen würde.

Es erreichte. Und nicht nur das. Auch der neu angelegte Garten wurde „vom Feinsten". Ebenso die kleine Wasseranlage nebst Brücke. Alles fast „für lau".

„Honi soit qui mal y pense."

„Wer's Kreuz hat, segnet sich zuerst", erinnert sich der Fahrer an einen Satz seiner katholischen Mutter, Gott hab' sie selig. Damals, als Kind, hatte er ihn nicht so recht verstanden. Jetzt, bei Karlemann, weiß er mit einem Mal, was er bedeutet.

Und heute muss er hier bei den Hunden warten. Der Dr. Dr. will nach einem Köter für die Jagd gucken. Und bestimmt will er die Töle dann auch noch mitnehmen in dem schicken neuen Dienstwagen.

Der Fahrer schüttelt sich innerlich, während er weiterhin mit nach außen gezeigter stoischer Ruhe seinen Bart streichelt und auf die Rückkehr des neuen Kopov-Herrchens wartet.

Es wurde eine harte Geduldsprobe – doch als Dr. Dr. Karlemann B. Liebich nach langen Stunden schließlich gut gelaunt in den Wagen steigt, verkündet er: „Fahren Sie mich doch bitte nach Nirgenshüsen – und dann können Sie nach Hause."

Na, Danke schön aber auch, denkt sein Fahrer und gibt Gas.

ZWANZIGVIER

„Ein ganz schöner Auftrieb", kommentiert Karlemann die Versammlung, die in der kleinen Kirche in Traunsel zusammengekommen ist.

Ihm ist mulmig – und das kann man ihm auch ansehen.

Immer, wenn sein linker Mundwinkel seinem Gesicht eine leichte Schräge verleiht, fühlt sich Karlemann unwohl. Besonders schräg wird es bei ihm, wenn dieses Unwohl-Gefühl mit schlechtem Gewissen zusammenkommt.

So wie heute, als er zur Bürgerinformationsversammlung muss, hier in der kleinen Kirche von Traunsel.

Und fast alle kommen. Beinahe das ganze Dorf. Dazu noch etliche Vogelschutz-Aktivisten und ein paar „Unvermeidliche" aus den Reihen von Linken und Grünen, die immer auftauchen, wenn es gegen staatliche Ordnung und bürgerliche Tugenden wie Ordnung, Recht, Gesetz, Fleiß oder Familie geht – völlig egal, gegen was. Hauptsache dagegen.

Der Versammlung vorausgegangen war eine dramatische Entwicklung in den Tagen zuvor. Begonnen hatte es, als Veith Schwarz schon vormittags in der Gastwirtschaft von Traunsel saß und bei reichlich Bier und Schnaps kopfschüttelnd vor sich hin brabbelte.

Der Wirt hatte schon einige Male besorgt zum Stammtisch geschaut, an dem Schwarz mutterseelenallein saß und immer tiefer in den Prozenten von Klosterbräu und Williams-Birnenschnaps versank.

Wenn der Aphorismus von Wilhelm Busch galt: „Es ist ein Brauch von Alters her: Wer Sorgen hat, hat auch Likör", dann musste

Veith Schwarz unter einer schweren Sorgenlast leiden – und diese mit sich selber ausfechten.

Denn hin und wieder spuckte er Wortfetzen aus, brabbelte vor sich hin, zuckte die Schultern, schüttelte den Kopf und drehte die Hände.

Gerade, als er erneut in tiefer Verstrickung mit sich selber am Ringen ist, betritt Jan Protesta die Gastwirtschaft. Mit zielsicherem Blick erkennt er Schwarz und schätzt die Lage ein, als die sie sich darstellt: „Schwer angeschlagen, der Gute. Mal horchen, was er hat."

Gedacht, getan, Jan Protesta steuert den Stammtisch an und begrüßt Schwarz, der nur kurz aufschaut und nickt. Dann ergibt er sich wieder in sein alkoholgeschwängertes Selbstgespräch, aus dem er allerdings kurz darauf mit brutalst möglicher Ansprache gerissen wurde: „Na mein Lieber, alles klar so weit? Schaut aus, als ob du Kummer ertränken willst", textet Protesta den angeschlagenen Schwarz zu.

Der nickt nur und sucht den Blick des Wirts, um mit ungelenker Geste für beide Getränke zu ordern, die kurz darauf in Form von zwei Bier und zwei Kurzen anrollten. „Auf unsere Gabelweihen", prostet Schwarz und hebt das Glas, um mit Protesta anzustoßen. Etwas verunsichert, aber gleichwohl stößt Jan mit an und ab geht der Willy, dem ein Schluck Bier folgt.

„Was ist denn los mit unseren Gabelweihen?", fragt Protesta umgehend nach. Damit öffnet er bei Schwarz eine Schleuse, die sich in den nächsten zwei Stunden nicht mehr schließt. Eher nach und versiegte, weil der Alkohol zunächst das Denken, dann das Sprechen von Schwarz arg ramponiert.

Zum Schluss bringt Protesta seinen Vereinsbruder eingehakt und mit Schlagseite wohlbehalten nach Hause, wo er bereits von einer missmutig schauenden Frau erwartet und umgehend ins Bett gepackt wird.

Na der würde sich was anhören, morgen, wenn er wieder aufnahmefähig ist …

Dazwischen packte Schwarz aus. Es kämpfte schon seit Tagen mit sich selber. Auf der einen Seite zog der Vogelschützer in ihm an seinem Gewissen, dass er niemals einem Windrad in Nähe eines Greifhorstes zustimmen könnte.

Auf der anderen Seite sägte das Geld an seiner Standhaftigkeit, monatlich 2.500 €uro zu bekommen, wenn die Windräder sich auf der „Kleinen Steige" drehten.

Welch ein Zwiespalt tat sich in Veith Schwarz auf. Er dachte an die Tiere. Dann war alles klar: keine Windräder. Dann dachte er an seine Familie, an die Kinder, dann war klar: Windräder sichern Einkommen.

Und zwischen diesen Mühlsteinen des Gewissens wurde Veith Schwarz zerrieben, immer heftiger, immer kleiner, immer stärker.

Jan Protesta glaubte seinen Ohren nicht trauen zu können, als Veith Schwarz immer mehr ausplauderte. Seine Zunge war zwar durch den Alkohol bleischwer, doch derselbe Alkohol hatte sie auch gelockert. Und so sprudelte aus ihm der ganze Zwiespalt seines Inneren heraus, froh, hinauslaufen zu können, selbst auf die Gefahr hin, alles zu verderben. Und die Gefahr war groß.

Jan Protesta packte das blanke Entsetzen, als er gewahr wurde, wie groß die Bedrohung war, dass es auf der „Kleinen Steige" tatsächlich Windräder geben könnte.

„Das darf doch nicht wahr sein", dachte der Vorsitzende der Gesellschaft für Vogelkunde und Ökologie, GVÖ, als Veith Schwarz ihn zwischen mehreren Lagen Schnaps und Bier über den gesamten Plan aufklärte. Immer verbunden mit der inständigen Bitte, es ja geheim zu halten, denn das dürfe auf keinen Fall rauskommen. Sonst sei es schlecht für die Windräder, „weil da doch der Horst ist von den Gabelweihen".

Der Horst der Gabelweihen, genau, deshalb also hatte ihn Schwarz neulich nach den Vorschriften für Abstände von Windrädern zu Greifvögel-Horsten gefragt, dachte Protesta. Den Horst hatte er schon beinahe aus den Augen verloren, denn vor zwei Jahren lag er verlassen am Rande des kleinen Waldgebietes oberhalb von Traunsel. Und dort wollten die „Großkopfeten" von Traunsel jetzt heimlich still und leise sechs Windräder hinbauen lassen und sich die Kippen vollmachen, während die Gabelweihen, die nach zwei Jahren doch wieder da waren, zerschreddert werden oder fliehen müssen, dachte Protesta mit zunehmendem Zorn.

Er, der in sogenannten kleinen Verhältnissen aufgewachsen war, konnte sich einen klammheimlichen Neid, einen tiefsitzenden Sozialneid, nicht verkneifen.

„Aber langsam", sagte er sich, „erst einmal hören, was es sonst noch alles gibt." Protesta wandte sich wieder Veith Schwarz zu. „Habt ihr denn schon einen Investor?", fragte er ganz harmlos.

„Olala", schnalzte Schwarz mit der Zunge, „sogar eine super süße Investorin. Eine Spanierin mit schlanker Figur, drallen Möpsen und glutschwarzen Augen. Ein echtes Rasseweib. Die hat der Karlemann angeschleppt, irgendwo von einer Jagd mit dem Ministerpräsidenten. Ich weiß das auch nicht so genau. Ist ja auch egal, aber das ist schon ein tolles Weib, wir haben die in Frankfurt getroffen", ergoss es sich aus Veith Schwarz, der kurzen Glanz in seinen Augen zeigte, bevor er sich einer erneuten Lage Bier und Beschleuniger widmete.

„Der Karlemann und der Bisshaus waren mit der schon vor Ort und haben sich die ‚Kleine Steige' angeschaut. Ich weiß aber nicht, was da rausgekommen ist. Ist ja auch geheim – und du musst mir versprechen, dass du das auch für dich behältst", lallte Schwarz mehr, als dass er ausformulierte.

Jan Protesta nickte nur leise. In ihm reifte ein Plan, der alles andere als Geheimhaltung als Grundlage hatte. Im Gegenteil.

Wozu kannte er denn Claudia Swahrdran von der lokalen Presse? Mit der würde er dringend ein Gespräch führen müssen.

Aber zunächst hatte noch Veith Schwarz Vorrang. Der musste mindestens so dringend nach Hause und Jan Protesta regelte mit dem Wirt die Rechnungsfrage und versprach, Veith Schwarz zu Hause abzuliefern.
Was er dann auch tat.

„Na, den erwartet morgen aber todsicher ein Donnerwetter", denkt er noch, als er sich bei Schwarz' Frau am späten Mittag verabschiedet.

ZWANZIGFÜNF

Spornstreichs fuhr Protesta nach Hause. Schon während der Fahrt konnte er nicht an sich halten und rief Birte an, seine neue Bettgenossin und Mitstreiterin, um sie über die sich anbahnende sensationelle Katastrophe zu informieren. Sie war ebenso entsetzt wie Jan selber und sagte zu, ihrerseits alle Kanäle in Bewegung zu setzen, um eine Protestfront aufzubauen.

„Langsam, Süße", sagte Jan, „lass mich erst mit der Redakteurin reden, danach beraten wir weiter. Du kannst ja schon mal alles für eine Facebook-Aktion vorbereiten, aber bitte noch nicht abschießen, ja? Küsschen."

Jan legte auf. Hatte er sich getäuscht oder war er eben tatsächlich geblitzt worden? „Scheiße", dachte er, „das kann teuer werden. Wie schnell war ich eigentlich? – und dann noch mit Handy am Ohr. Wenn das mal gut geht", unkte es in ihm.

Er fuhr rasch nach Hause und wählte die Nummer von Claudia Swahrdran. Mit ihr verband Jan eine längere Bekanntschaft, die immer wieder mal aufgefrischt wurde, wenn es um Fragen zum Vogelschutz und zur Natur in der Region ging.

Er erreichte sie sofort, und nach ein paar Sätzen „Smalltalk" kam Jan zum Punkt: „Ist euch was bekannt von Windrädern auf der ‚Kleinen Steige' bei Nirgenshüsen?"

Schwankzeile war platt. Gerade erst, kurz nach der Vormittagsredaktionssitzung, hatte sie mit ihrem Chefredakteur über ihre Beobachtung gesprochen, dass Dr. Dr. Karlemann B. Liebich und sein Spezi Herbert Bisshaus zusammen mit einer unbekannten Schönen in Mühlsteinbach Richtung Wald gefahren waren. Ihr Chef hatte nur lakonisch bemerkt, sie solle mal dranbleiben und herauszubekommen versuchen, wer das war und warum – da schien sich das Ganze als handfeste Sensation herauszustellen.

„Es gab da neulich mal so eine Art Gerücht, ist aber im Sande verlaufen", sagte sie zu Jan.

„Na, dann kann ich heute wohl aufklären", setzte der Vogelschützer an, und berichtete der Redakteurin haarklein und genau das, was er vom trunkenen Veith Schwarz unter dem Siegel strengster Verschwiegenheit erfahren hatte.

„Das ist ja eine mittlere Sensation", frohlockte Gundula, als Jan Protesta endete.

„Langsam", sagte dieser, „wir müssen erst noch besprechen, woher ihr das habt. Ich möchte den Veith Schwarz wenn möglich da raushalten", sagte er der Reporterin.

„Ich fürchte, das wird nichts", erwiderte sie, „wenn der schon in der Kneipe geplappert hat, dann weiß das bald jeder. Und da müssen wir natürlich morgen drüber berichten. Das wird die Schlagzeile für die ganze nächste Zeit", sagte Schwankzeile.

Das war Protesta im Prinzip klar und er verabredete noch mit der Redakteurin, dass es um 17:00 Uhr eine Facebook-Veröffentlichung der Gesellschaft geben werde mit Hinweis auf die Berichterstattung der Zeitung am nächsten Tag.

Claudia Swahrdran legte auf und ließ einen Urschrei los. Sofort war sie umringt von ihren Kollegen, einschließlich Friedemann Scharfe, der augenblicklich das Kommando übernahm.

„Das wird ein ganz großes Ding. Klasse, dass du das an Land gezogen hast, Gundula. Du bleibst mal bei der Gemeinde dran, ich rede mit dem Dr. Dr. und Ingmar fährt los und schießt ein paar Fotos von der ‚Kleinen Steige'", verteilte Scharfe die Aufgaben.

„Und versuch' auch ein Foto von dem Horst zu kriegen, ich weiß nicht, ob wir die Vögel im Archiv haben", schärfte er seinem Bildreporter ein, der schon loszog.

Das war sein Ding. Darauf hatte Scharfe schon länger gelauert. Die ewigen Grinse-Bilder von Kreisrat Dr. Dr. Karlemann B. Liebich gingen ihm schon seit Längerem auf die Nerven. Keine Feier ohne den Dr. Dr.

Jetzt würden sie ihm mal auf den Zahn fühlen. Mal sehen, was er sagt und wie er sich da rauswindet, dachte Scharfe bei sich, als er zum Telefon griff, um im Kreishaus anzuläuten.

Er war kampfeslustig und wollte sich auf keinen Fall an den Pressesprecher durchschieben lassen. Dessen Aufgabe kannte er zur Genüge: abwimmeln, runterklopfen, kleinreden, wegloben, aussitzen – genau diese Aufträge seines Chefs musste der Sprecher umsetzen. Nein, das brauchte er nicht. Er, Scharfe, wollte ein Live-Gespräch mit dem Kreisrat. Tacheles!

„Basserfrau", wurde er von der Sekretärin begrüßt. „Ach der Herr Scharfe, warten Sie, ich verbinde Sie zum Presse…" Weiter kam sie nicht, denn Scharfe fuhr ihr scharf dazwischen: „Den will ich nicht – ich will augenblicklich mit dem Kreisrat persönlich reden. Und zwar über Windräder. Und wenn er nicht mit mir redet, schreibe ich ohne ihn", fügte Scharfe in aller Schärfe an.

Basserfrau war baff. Nur selten erlebte sie den Chefredakteur der kleinen Zeitung so erregt und bestimmt. „Moment, ich schau mal, wo er ist", sagte sie und nahm Rücksprache mit ihrem Chef.

Kurz darauf meldete sie Scharfe: „Der Doktor ruft Sie in spätestens einer Stunde zurück; Ihre Nummer habe er ja, hat er gesagt, schönen Gruß soll ich Ihnen ausrichten."

„Gut, eine Stunde, dann schreibe ich", war die Antwort von Scharfe und er legte auf.

Im Kreisamt herrscht augenblicklich Ober-Alarm. „Woher zum Teufel weiß dieser Hampelmann von Scharfe schon wieder was von den Windrädern?", rätselt Karlemann.

Eilig ruft er Bisshaus an und unterrichtet ihn über die neue Lage. „So ein Mist", kommentiert Bisshaus, „da muss es irgendwo ein Loch geben, anders kann ich mir das nicht erklären."

„Das ist jetzt erst einmal egal, darum kümmern wir uns später. Jetzt müssen wir unbedingt abstimmen, wie wir vorgehen. Am besten du kommst sofort zu mir", sagt Karlemann und Bisshaus fährt los.

„So eine Scheiße im Oberquadrat", tobt Karlemann, als Bisshaus sein Büro betritt. Der Doktor vermied es ansonsten tunlichst, das Sch…-Wort zu benutzen. Das hob er sich für die schweren Fälle auf. Hinter verschlossenen Türen, sozusagen. Und als „schweren Fall" betrachtet er die eingetretene Situation, wonach offenbar einer aus der Gesellschaft geplaudert hat. Anders ist es nicht zu erklären, wie die Zeitung Wind von den Windrädern hätte bekommen haben sollen.

Wir müssen die Spanier informieren, mahnt Bisshaus. „Ja richtig, warte mal, ich habe hier die Nummer von Isabel, ich rufe sie gleich mal an."

Karlemann greift zum Telefon, wählt nach Spanien, Madrid, LA.RACHA und hat tatsächlich kurze Zeit später Isabel de Guideará in der Leitung.

„Verehrte Frau de Guideará, schön, Sie zu sprechen. Ich rufe Sie an, weil es da bei uns leider ein Missgeschick gegeben hat. Die Medien wissen von unserem Zusammentreffen und ich kann eine Veröffentlichung nicht ausschließen. Ich möchte Sie nur bitten, falls Sie angerufen werden, mit aller Vorsicht vorzugehen, damit das Vorhaben nicht in Gefahr gerät. Wenn wir eine Presseerklärung abfassen und wenn wir sie herausgeben, dann sende ich sie Ihnen umgehend zu. Wollen wir so verbleiben?"

Isabel hört geduldig zu und verabredet mit Karlemann, dass LA.RACHA wenn überhaupt, dann nur auf der Grundlage des Papiers, das er übersendet, etwas mitteilt.

Beunruhigt war Isabel nicht. Weshalb auch? In Spanien gab es kaum Probleme, wenn Windräder errichtet werden sollten, im Gegenteil, in vielen Gebieten waren Menschen enttäuscht, wenn keine Windräder kamen. Denn jedes Windrad bedeutete für den Grundeigentümer ein gesichertes Grundeinkommen. In Deutschland, so dachte sie, würde es vermutlich kaum anders sein.

Wie sehr man sich doch täuschen kann.

Isabel eilt zum Büro ihres Vorstandsvorsitzenden Don Hernández Monrique de Taray y Gorzón. Er hatte sie sehr gelobt, als sie aus Deutschland zurück war und ihm brühwarm berichtete.

Lediglich die Erwähnung der Greifvögel hatte ihm ein Zucken der Augenbrauen entlockt. Im Gegensatz zu Isabel sah er dies als eine Schwierigkeit, die das gesamte Projekt würde kippen können.

Und nun steht seine schöne und ehrgeizige Deutschlandbeauftragte vor ihm und berichtet von einer sich anbahnenden Medien-Berichterstattung und ihrer Absprache mit den Deutschen. „Das war sehr gut", sagt Don Hernández, „genauso machen wir das auch. Bitte bereiten Sie doch ein entsprechendes Papier vor, wenn wir die Vorlage aus Deutschland haben. Und wenn dann jemand nachfragen sollte, senden wir einfach unsere Stellungnahme aus."

Als Isabel gerade gehen will, setzt Don Hernández noch mal an: „Die Sache mit den Greifvögeln sehe ich etwas kritisch, liebe Isabel. Ich will Ihnen auch sagen, weshalb. Spanien ist fast anderthalb mal so groß wie Deutschland, hat aber nur gut halb so viele Einwohner. Das heißt, unser Land ist viel dünner besiedelt. Da gibt es wesentlich mehr Flächen, wo Windräder niemanden stören. Nehmen Sie nur unsere Anlage bei Zariquiegui. Da haben wir auf mehr als 40.000 Quadratmetern Höhenzug den Windpark von El Perdón gebaut ohne einen einzigen Widerspruch oder gar einen Protest. In Deutschland wäre das undenkbar. Dort ist das Land viel dichter besiedelt, dort gibt es ein viel engeres Zusammentreffen von Natur, Mensch und Technik. Und es sind streitbare Menschen, die gegen Vieles zu Felde ziehen. Das gibt es auch bei uns, aber eher in den Verdichtungsräumen, nicht jedoch auf dem dünn besiedelten Land. Und wenn wir dann noch Geld und Arbeit bringen, schrumpft auch der letzte Widerstand zusammen. In Deutschland ist das komplett anders. Und vor allem dann, wenn Vögel genau da brüten, wo Windkraftanlagen errichtet werden sollen.

Liebe Isabel, ich fürchte, Sie werden hart kämpfen müssen.

In Deutschland ist Vieles anders als bei uns in Spanien. Auch deshalb, weil die Deutschen eine andere Einstellung haben zu Natur, Umwelt und Tieren als wir. Das wird am deutlichsten beim Thema Stierkampf – und es zieht sich durch viele andere Bereiche, die wir in Spanien alle viel entspannter betrachten. Greifvögel sind in Deutschland solch ein Reizthema. Und wo Greifvögel zum Thema werden, wird es auch schnell sehr hitzig. Wir müssen das beobachten und dann bewerten, liebe Isabel. Und wenn es nicht anders geht, müssen wir umdenken und umplanen.

Ich sage Ihnen das, damit wir im Weiter-Denken frei bleiben. Ich weiß, es ist Ihr erstes ‚Baby‘ – und natürlich hängen Sie sehr daran. Lassen Sie uns nüchtern betrachten, ob es etwas wird oder nicht. Und nun warte ich auf Ihr Papier", verabschiedet sie ihr Vorstandsvorsitzender.

Nachdenklich geht Isabel zurück in ihr Büro. Ja, es ist ihr „Baby", da hat Don Hernández wohl Recht, und natürlich hängt ihr Herzblut daran. Schließlich will sie Erfolg haben.

Aber erzwingen lässt es sich nicht, das weiß auch Isabel und denkt erstmals mit einem Anflug von Sorge an die „Kleine Steige".

Es hatte bisher alles reibungslos geklappt – und Isabel ist guter Hoffnung, dass es auch so weitergehen könnte.

„A todos les llega su momento de gloria."

ZWANZIGSIEBEN

Derweil liefen bei Karlemann die Köpfe heiß. Bisshaus und er hatten auf den Pressesprecher als Berater verzichtet und ihn angewiesen, bis auf Weiteres mögliche Anfragen lediglich zu sammeln und zu vertrösten.

Die beiden saßen zusammen und hatten per Telefonkonferenz den Haus-und-Hof-Anwalt von Karlemann, Mika Zúmgaertner, hinzugeschaltet. Karlemann hatte zwar gute und hoch bezahlte Juristen in seinem Hause, doch denen traute er nicht. Lieber gab er Steuergeld aus für externe juristische Beratung – und passenderweise aus derselben politischen Grundströmung!

„Ich würde auf jeden Fall nur eine schriftliche Stellungnahme abgeben", tönte es aus dem Lautsprecher.

„Und was soll da drinstehen?", fragten Karlemann und Bisshaus zurück.

„Wie viel weiß er denn schon?", kam die Gegenfrage, „danach würde ich Auskunft geben. Am besten ist es, du rufst den Schmierfink von Scharfe mal an und lässt dir seine Fragen zusenden. Dann können wir abschätzen, was der weiß und was gesagt werden muss."

„Das ist eine gute Idee", sagte Bisshaus mit Blick zu Karlemann. Der zögerte, stimmte dann aber schweren Herzens zu.

Er hasste es, in die Enge getrieben zu werden. Lieber ein Altennachmittag mit Tanzmusik und Ehrungen als ein politisches Kreuzverhör von Scharfe. Karlemann fühlte sich unwohl wie schon lange nicht mehr.

Aber gut, da musste er jetzt durch und schweren Herzens griff er zum Handy und wählte den Chefradakteur an: „B. Liebich hier, Herr Scharfe, ich grüße Sie, Was kann ich für Sie tun?" Eine meterlange Schleimspur zog sich unter dem Telefon entlang. Und versandete augenblicklich.

Aus dem Stand wurde Scharfe seinem Namen und seinem Ruf gerecht. Er wolle jetzt sofort alles zum Thema Windkraft und „Kleine Steige" wissen, und wenn er „alles" sage, dann meine er das auch. Und außerdem wolle er wissen, wer die schöne Unbekannte gewesen sei, mit der er und Bisshaus im Wald unterwegs waren und wozu.

Jedes Wort ein schwerer Treffer in der löchrigen Rüstung des Doktors. Karlemann rutschte Stück für Stück im Sessel zusammen, was Bisshaus mit Sorge bemerkte. Er wusste, dass Karlemann mit der Presse nicht unbefangen umgehen konnte. Er wusste, dass man Karlemann schnell unter Druck bekam, wenn man die Medienkeule schwang. Und er wusste, dass Karlemann gerne den Schwanz einkniff und Rückwärtsrollen einleitete, wenn es ungemütlich zu werden drohte. Das alles, so Bisshaus, sollte und durfte jetzt aber nicht passieren!

„Sie schicken mir Ihre Fragen und ich sende Ihnen dann bis 17:00 Uhr Antworten. Alles klar, ja, machen's gut", hörte Bisshaus gerade noch die Verabschiedung Karlemanns von Chefredakteur Scharfe.

„Der weiß alles", sagte Karlemann tonlos. „Angeblich von den Vogelschützern. Und angeblich hat seine Redakteurin, die Schwankzeile, uns in Mühlsteinbach zusammen mit Isabel gesehen und er will wissen, wer das war – und weshalb"

„Vogelschützer – warte mal, ist nicht unser Veith Schwarz bei der Gesellschaft für Vogelkunde und Ökologie oder wie die heißen aktiv? Es könnte doch sein, dass der geplaudert hat", mutmaßte Bisshaus. „Ich ruf' den jetzt mal an und frag' nach, dann wissen wir, woher der Gegenwind kommt", schlug Bisshaus vor.

„Davon rate ich erst mal ab", tönte es aus dem Lautsprecher. „Wenn es der Schwarz war, dann hat er bestimmt schon Gewissensbisse – und vielleicht brauchen wir ihn und seine Verbindungen noch mal", so der Rat des Anwalts. „Wir sollten uns jetzt besser auf die Fragen und deren Beantwortung konzentrieren."

Karlemann nickte dazu gerade, als die Türe aufging und die Sekretärin zwei Seiten hereinbrachte und sie dem Kreisrat aushändigte. Mit einem schnellen Blick gab er eine Seite weiter an Bisshaus und instruierte seine Mitarbeiterin, das Papier doch bitte umgehend an den Haus-und-Hof-Anwalt weiterzuleiten.

„So, was haben wir denn hier", sonderte Karlemann ab, als er zum Fragenkatalog des Chefredakteurs griff. Frage um Frage wurde er bleicher, Punkt um Punkt schwand seine Hoffnung, den Flächenbrand doch noch eindämmen und löschen zu können.

„Wie ich's mir gedacht habe – da hat jemand aus dem Nähkästchen geplaudert. Der Scharfe weiß fast alles", fasste Bisshaus für den anwaltlichen Telefon-Joker zusammen.

Dieser verkündete, dass er just im Moment ebenfalls die Fragen erhalten habe und dass er die Lage genauso sehe: vollständige Information bis auf Kleinigkeiten.

„Was jetzt?" – Karlemann platzierte die Frage im Raum. Er vergaß dabei selbstredend, dass von ihm eigentlich Antworten erwartet wurden, weniger Fragen. Doch so war es schon seit Amtsantritt, dass sich diese Fakten umgekehrt hatten, als Karlemann den Satz „Die Frage ist ..." zu seinem Standard-Repertoire erhoben hatte.

„Da bleibt nur eins", kam der Ratschlag aus dem Lautsprecher, „alles so weit wie nötig und so knapp wie möglich beantworten. Ich denke mal, dass da rein rechtlich nichts passieren kann hinsichtlich der Windräder. Das einzige Problem, das ich sehe, sind möglicherweise die beiden Gabelweihen mit ihrem Horst am Rande der ‚Kleinen Steige'. Aber wenn der Horst schon mal längere Zeit nicht belegt war, er es jetzt aber mal wieder sein soll, dann könnte das ein Problem werden. Vor allem dann, wenn die Vogelschützer beweisen können, dass der Horst noch genutzt wird."

„Ja, aber bis das entschieden ist, können sie doch den Bau verhindern, oder?", fragte Karlemann kleinmütig nach.

„Allenfalls kurzfristig", so die Antwort des Lautsprecher-Anwalts. „Wenn der Gutachter im nächsten Frühjahr feststellt, dass der Horst ‚kalt' ist – dann haben die Vogelschützer keine Handhabe mehr. Am besten wäre es, wenn man die Greifvögel, von denen die Vogelschützer sagen, dass sie da brüten wollen oder gebrütet haben, besendern lässt und nachvollzieht, wo sie leben und wo sie fliegen. Damit kann man die Vogelschützer am besten auskontern.

Es gibt da ein Forschungsprogramm des Bundes, das könnte dein Naturschutzamt mal raussuchen, Karlemann. Dann weißt du schon, was zu tun ist. Außerdem gehe ich davon aus, dass es frühestens im nächsten Jahr mit dem Bau losgehen kann, weil die Genehmigungs-Verfahren und Anhörungen Fristen vorgeben und die Vorarbeiten Zeit brauchen. Bis dahin sind die Gabelweihen zurück und wir wissen, wo sie brüten – wenn sie überhaupt wegfliegen oder überhaupt zurückkommen. In Spanien werden die Viecher auch schon mal abgeschossen."

„Besendern?", fragte Bisshaus.

„Ja", kam es aus dem Off, „dafür werden die Vögel eingefangen, bekommen GPS-Sender und man kann sie per Internet verfolgen und sehen, wo sie sich gerade aufhalten. Dadurch erhält man ein Bewegungsmuster.

Das würde ich mir für manche Kriminelle auch wünschen – haben wir aber leider nicht. Bei den Vögeln geht das sehr gut. Es kostet etwa 5.000 €uro pro Vogel. Das sollte es eurem Investor doch eigentlich wert sein, oder? Ihr solltet mal mit den Spaniern darüber reden, die sehen solche Vogelfragen viel entspannter als wir hier."

„Gute Idee", dachte Karlemann. Laut sagte er: „Das werden wir mal überlegen – aber für den Augenblick ist ja der Fragenkatalog das Problem. Die Frage ist, wie wir das abarbeiten, ohne dass es einen Aufstand gibt?"

„Am besten alle Fragen prägnant beantworten – und auch noch eine Bürgerversammlung ankündigen", schlug der Anwalt vor. Eine Idee, die sowohl bei Karlemann, als auch bei Bisshaus das Unbehagen verstärkte – andererseits aber auch eine Möglichkeit eröffnete, aus der schlechten Situation herauszukommen.

Gemeinsam machten sich die drei in den nächsten zwei Stunden daran und formulierten Antworten auf die Fragen der Zeitung. Kurz vor 17:00 Uhr ging die E-Mail an die Zeitung ab und parallel erhielt auch Isabel in der Zentrale von LA.RACHA das Papier und formulierte daraus eine kurze Erklärung für Don Hernández und LA.RACHA, die allerdings nicht abgefragt wurde.

Dafür war das Interesse in Deutschland umso größer.

Auf Facebook postete Birte um 17:00 Uhr die „Sensation" und rief zum Widerstand auf. Zeitgleich kündete die Zeitung auf ihrer

Internetseite mit einem kurzen Anreißer eine „sensationelle Enthüllung" für die Ausgabe am nächsten Morgen an und sprach von Windrädern über den Dächern des Ortsteils Traunsel von Nirgenshüsen.

Die Informations-Maschinerie lief an und am nächsten Tag fand sich eine staunende Öffentlichkeit mit den brandneuen Informationen zur Planung von sechs Windrädern bei Traunsel und einer Windkraft-Fabrikation im Industriegebiet bei Harschfelt konfrontiert.

Außerdem wurde von Kreisrat Dr. Dr. B. Liebich eine Bürger-Informations- und -frage-Veranstaltung angekündigt, zu der alle Bürgerinnen und Bürger von Traunsel eingeladen seien.

Fast alle kamen. Beinahe das ganze Dorf. Dazu noch etliche Vogelschutz-Aktivisten und ein paar „Unvermeidliche" aus den Reihen von Linken und Grünen, die immer auftauchten, wenn es gegen etwas ging – völlig egal, gegen was.

ZWANZIGACHT

Bis auf den letzten Platz gefüllt ist die Kirche von Traunsel, was Karlemann den Kommentar entlockt: „Ganz schöner Auftrieb."

Kopfnickend, mit schräg verzogenem Mundwinkel und gelegentlichem Händeschütteln drängt sich Karlemann durch die Reihen der Dorfbewohner nach vorne zum Podiumstisch, wo er in der Mitte Platz nimmt.

Neben ihm sitzt Bürgermeister Macha, auf der anderen Seite Geschäftsführer Bisshaus, daneben der Vertreter des regionalen Energieversorgungsunternehmens. Ein Stuhl ist frei, denn Karlemann erwartet noch Isabel de Guideará, seine Trumpfkarte, wie er hofft.

Sie würde mit ihrem Charme und ihrer Erscheinung schon für gute Stimmung sorgen, ist sich Karlemann sicher. Er rechnet mit ihr in spätestens einer Stunde, also dann, wenn die ersten Wogen hoffentlich abgeebbt sein würden.

Doch bis dahin geht es hoch her.

Kaum hat Karlemann begrüßt und umständlich der Kirche und dem Pfarrer für die Bereitschaft gedankt, das Gotteshaus als Versammlungsort bereitzustellen, da wird er mit Fragen, Vorwürfen, Unterstellungen und Beschimpfungen eingedeckt.

Doch wie so oft, zeigt es sich auch dieses Mal sehr rasch: Auch schwache Leute haben eine Stärke. Bei Karlemann ist es die Geduld. Sie ist zwar nicht endlos, aber schon arg strapazierfähig. Was sich in der hitzigen Debatte sehr bewährt.

Ein ums andere Mal lässt er den Bürgermeister oder Bisshaus und einige Male auch den Energieversorger die Fragen beantworten, bis es langsam ruhiger wird.

Am Ende der ersten Stunde und mit Blick auf die Uhr fasst Karlemann erstmals zusammen: „Wir haben hier also vier Komplexe: zum einen die Frage nach den Vögeln, zum anderen die Frage nach dem Lärm und dem Infraschall, zum dritten allgemeine Umwelt- und Baufragen und zum vierten die Frage nach dem Netz-Anschluss und die Versorgung des Dorfes."

Just in dem Moment, als Karlemann seine erste Zusammenfassung abschließt, betritt Isabel de Guideará die Kirche. Karlemanns Fahrer hat sie in Frankfurt abgeholt und nach Traunsel chauffiert. Schlagartig wird es still im Saal, als Isabel lächelnd vom Eingang durch das Mittelschiff bis nach vorne kommt. Karlemann reicht ihr voller Freude die Hand, dreht sich zur Versammlung, strahlt und sagt: „Ich freue mich sehr, dass wir jetzt noch Frau Isabel de Guideará begrüßen dürfen, die extra aus Spanien zu uns gekommen ist. Sie vertritt als Deutschland-Beauftragte das Unternehmen LA.RACHA, eines der großen spanischen Windkraft-Unternehmen, die in Europa regenerative Anlagen bauen. Sie wird zu den Plänen des Unternehmens etwas sagen und ich denke, das wird ganz wesentlich zur Information und auch zur Versachlichung der Diskussion beitragen."

Karlemann setzt sich.
Der Auftritt hätte nicht besser sein können. Isabel ist eine wunderschöne Frau und eine aparte Erscheinung. Beides Attribute, die ihr nicht nur bei den männlichen Teilnehmern der Veranstaltung grundsätzliche Sympathiewerte einbringen.

Mit einem ebenso herzlichen wie entwaffnenden Lächeln und in fließendem Deutsch bedankt sich Isabel artig für die Einladung und gibt ihrer Freude Ausdruck, LA.RACHA und das Projekt „Kleine Steige" präsentieren zu dürfen.

Da Karlemann für Technik hat sorgen und Beamer und Leinwand aufbauen lassen, braucht Isabel nur ihren Datenstick in den USB-Platz des PCs zu stecken und kann unmittelbar auf ihre vorbereitete Präsentation zugreifen.

Mit wachsender sprachlicher Sicherheit und sich beruhigender innerer Spannung skizziert sie die Entwicklung und die Grundzüge ihres Unternehmens LA.RACHA und präsentiert nachfolgend die anstehenden Vorhaben des Konzerns in Deutschland und Europa. Darunter natürlich auch das Projekt „Kleine Steige" gleich hier nahe von Traunsel, wo sechs Windkraftanlagen geplant würden. Mehrfach dankt Isabel dabei der Gesellschaft „Kraft-durch-Wind-GmbH" für das Angebot der Fläche „Kleine Steige" bei Traunsel für sechs Windräder und im Industriegebiet bei Hirschfeld für den Bau einer Fabrikationsanlage.

„Die Windräder bei Traunsel töten Vögel – alle Windräder töten Vögel und Fledermäuse", schallt es plötzlich aus der Ecke der Vogelschützer.

Sofort werden etliche Stimmen hörbar und es beginnt laut zu werden. Als hätte ein Schwungrad seine Maximalenergie erreicht, entlädt sich ein Gewirr vielstimmiger Proteste in der Kirche, in der es doch ansonsten eher pianissimo zugeht.

Isabel wartet, bis sich das Stimmengewirr legt und die Gemüter sich etwas beruhigen. Sie lächelt. Der Hinweis ihres Vorstandsvorsitzenden über die unterschiedlichen Mentalitäten zwischen Spanien und Deutschland, wenn es um Natur und Landschaft und speziell um Vögel und Fledermäuse geht, hat sie alarmiert. Im Internet recherchierte sie sofort alles zu diesem Thema, was sie finden konnte – und das war einiges.

Zudem konsultierte sie einen profunden Kenner der Szene in Deutschland, der ihr wertvolle Hinweise gab. Tipps, die sie nun gut umsetzen kann, hier, inmitten der widerstreitenden Versammlung in Traunsel.

Mit ihrem gewinnenden Lächeln wendet sie sich direkt in Richtung der Vogelschützer und versichert, dass ihr Unternehmen dort keine Anlagen errichten würde, wo es keine gutachterliche avifaunistische Freigabe gebe.

„Im Falle der ‚Kleinen Steige'", so Isabel weiter, „wird sich LA.RACHA besonders stark engagieren. Wir haben im Vorstand beraten und beschlossen, dem örtlichen Vogelschutzverein, ich glaube, er heißt Gesellschaft für Vogelkunde und Ökologie, GVÖ, für ein Besenderungs-Projekt der beiden Gabelweihen, die den Horst belegt haben sollen, 10.000 €uro bereitzustellen."

Volltreffer. Die Vogelschützer sind platt.

Jan Protesta, Birte Oiseaux, Mark Keting und einige andere sind sprachlos. Mit allem hatten sie gerechnet, aber nicht damit, dass das Windkraft-Unternehmen ein Besenderungs-Projekt sponsern würde. Das klang nach einem „Sechser im Lotto".

Im Saal brandet Beifall auf, nachdem alle begriffen haben, was Isabel soeben angekündigt hat. Die meisten Dorfbewohner sind es ohnedies zufrieden, nachdem sie erfahren haben, um welche Dezibel-Zahlen es überhaupt geht und was die Studien zu Infraschall sagen.

Die „Kleine Steige" liegt im Übrigen nordwestlich des Dorfes und jeder von ihnen weiß, dass es fast immer mindestens leichten Wind aus Südost gab. Also keine Alarmstimmung.

Gut – echte Schönheiten wären solche Windräder zwar nicht, aber wenn die Firma das mit den Gabelweihen als Projekt finanziert, dann wäre doch alles in Ordnung. So die sich bildende Mehrheitsmeinung im Saal, der zusehends leerer wird. Den Meisten sind Gabelweihen ohnedies unbekannt, mindestens aber gleichgültig. Da können sich doch die Vogelschützer drum kümmern.

Karlemann strahlt innerlich wie äußerlich. Seine eingangs gehegten Befürchtungen, es könne zu harschen Protesten und hartem Widerstand kommen, hat Isabel mit Charme und Können und mit einem Überraschungs-Cup aufgelöst.

Sie ist nicht nur eine Augenweide, wie Karlemann erneut sehnsuchtsvoll bemerkt, sie ist auch eine echte Könnerin. „Was ein Weib", fasst Karlemann für sich zusammen.

Nach außen schenkt er ihr ein überzeugendes Lächeln und beglückwünscht sie zu ihrem großartigen Auftritt. Ebenso Bisshaus und Bürgermeister Macha und ein paar Claqueure, für die Bisshaus gesorgt hat, die aber nicht benötigt wurden.

Artig angestellt haben sich die Vogelschützer, allen voran Jan Protesta und Birte Oiseaux, die natürlich mehr über das Besenderungs-Projekt und die Finanzierung erfahren wollen.

Isabel nimmt sie beiseite und es entwickelt sich sehr rasch ein angeregtes Gespräch, das mit einer Terminvereinbarung für eine Telefonkonferenz in den kommenden Tagen und zufriedenen Mienen bei allen Beteiligten endet.

ZWANZIGNEUN

Welch herrliches und herzergreifendes Gefühl, wieder „Daheim" zu sein. In Traunsel, mitten in Deutschland. Im zweiten Zuhause. Oder im ersten. Ganz wie wir wollen.

Immer im Frühling zieht es uns, Milana, meine Frau, und mich, Milan, den Roten, in unser deutsches Dorf am Rande des Kupferberger Höhenzuges.

Hier heißt uns alljährlich ein frühlingsfrisches Grün willkommen. Ein Grün, so zart wie junges Gras. Im weichen und schon wärmenden Licht eines neuen Tages in einem jungen Jahr ist es ein erhebender Moment, früh morgens die Waldwiesen zu sehen, die umgebenden Wälder zu beobachten, die heimischen Tiere zu erkennen und die gottgegebene herrliche Landschaft zu genießen. Wellig ist wohl die trefflichste Beschreibung für unsere Gegend rund um Traunsel. Wellig, weil der Kupferberger Höhenzug die Landschaft prägt und ihr Gestalt gibt. Von der 487 Meter hohen Kardiahöhe im Saurottenwald bis zum nur gut halb so hohen Gilding reicht die Profillinie des 115 Quadratkilometer umfassenden Gebirgszuges.

Naturräumlich besteht das Mittelgebirgchen in der Hauptsache aus dem besagten Saurottenwald, einem Buchen-Mischwald mit geringen Anteilen von Douglasien, Kiefern und Eichen. Daran schließt sich westlich das Abier Hügelland an.

Letzteres ist ein uraltes Rodungsgebiet –, was auch heute noch zu erkennen ist. Irgendwo mussten ja die Balken für die Fachwerk-bauten, die Hölzer für Gerüste, die Stämme für Verteidigungs-anlagen, Fuhr- oder Kriegsgerät und nicht zuletzt die Hölzer für Beheizung und Küche herkommen, die von unseren Vorfahren und Ahnen allenthalben benötigt wurden.

Und auch wir, die Heutigen, brauchen mehr denn je das heimi-sche Holz, das in nachhaltiger Forstwirtschaft betreut und her-angezogen wird. Bis zur Schlagreife.

Doch Holz allein war nicht das einzig Wertvolle der Region. Aus den Erzählungen der Ältesten meiner Familie weiß ich, dass es hier schon vor langer Zeit Bodenschätze gab. Kupferschiefer heißt das Material, das über Jahrhunderte hinweg abgebaut wurde. Kupferschiefer, dazu noch Kobalt, Nickelerze und Schwerspat.

Schon 1460 war der Erzabbau bekannt. 1961 endete die 600-jährige Geschichte der Gewinnung von Bodenschätzen im Kupfer-berger Höhenzug. Mein Großvater berichtete mir, da war ich noch in der Kinderstube, von der Einrichtung eines Bergbau-Museums, das die Geschichte dieses bedeutenden Wirtschafts-zweiges bewahrt.

Immerhin, in der Blüte der Abbau-Zeit, vor gut 200 Jahren, waren mindestens 3.000 Menschen in Lohn und Brot und die Region kam zu bescheidenem Wohlstand.

Heute ist das ganz anders. Genau wie wir, Milana, meine schöne Frau, und ich, sind auch die meisten Bürger auf dem Lande Pendler.

Es gibt nur wenige und zumeist spezialisierte Arbeitsplätze und so sind viele der früheren Bauernfamilien heute gezwungen, in den industriellen und gewerblichen Flächen der Städte oder in den Logistikunternehmen und Gewerbebetrieben der Region eine Arbeit anzunehmen.

Klassische Landwirte, im Vollerwerb, gibt es nur noch wenige. Spätestens mit dem Wegfall der Grenze, die ja nur einige wenige Kilometer weiter östlich verlief, begann der Druck auf die heimischen Landwirte zu wachsen.

Ohne Zonenrandförderung und mit der Konkurrenz der riesigen „Landwirtschaftlichen Produktionsgenossenschaften", LPG, aus der ehemaligen DDR, im Nacken, sahen sich die heimischen Landwirte vor eine existenzielle Entscheidung gestellt: wachsen oder aufgeben.

Einige wenige wuchsen – viele andere gaben auf.

Und nachdem Stück für Stück die Bedingungen für Nebenerwerbs- und Feierabend-Landwirte verschärft wurden und so die Kosten stetig wuchsen, gaben auch viele diese Beschäftigung auf. Mit unabsehbaren Folgen.

Es gibt noch einige Vollerwerbs-Landwirte, aber lange nicht mehr so viele wie seinerzeit. Das hat Auswirkungen auf das gesamte dörfliche Gefüge, das in den langen Jahrhunderten der Existenz des Ortes gewachsen und von Generation zu Generation weitergetragen worden ist.

Früher war es beispielsweise selbstverständlich, dass dort, wo eine Kirche stand, auch gleich daneben eine Gastwirtschaft zu finden war. Kirche und Kneipe – das waren Zwillinge. Diese Symbiose entstand während der Bauzeit, die zur Errichtung eines Gotteshauses vonnöten war. Heute werden komplette Häuser in knapp einer Woche fertiggestellt. Seinerzeit, etwa 1095, als in Traunsel das erste, romanische Kirchlein stand, und auch 680 Jahre später, als die Außenmauern der heutigen Kirche entstanden, zog sich die Bauzeit über Jahre hin. Und in der Zeit mussten die Bauleute verpflegt werden.

Das Gasthaus nahe der Kirche war also zunächst die Kantine der Bauleute und wandelte sich nach Kirchweih, also der Fertigstellung des Baus, zu einer Dorf-Gaststätte.

Wie gesagt: Es war einmal ein ehernes Gesetz, dass dort, wo eine Kirche steht, auch ein Gasthaus zu finden ist. Diese Regel gilt heute nicht mehr.

In Traunsel schlossen zwei der ursprünglich drei Gaststätten 1990. Zwölf Jahre zuvor hatte schon die Post das Dörfchen im Stich gelassen. Das war gerade mal ein Jahr nach der Schließung des letzten verbliebenen Lebensmittelladens.

Die Schule war bereits seit 1970 verwaist – die Kinder wurden seitdem mit dem Bus nach Nirgenshüsen gefahren. Oder weiter bis Santro. Einige auch bis Rottenburch. Und das alles bis heute.

Alle diese Entwicklungen wurden natürlich auch befeuert durch den zunehmenden demografischen Wandel. Nicht ausschließlich dadurch, aber auch und zunehmend.

Ich hatte lange nicht verstanden, was es mit diesem seltsamen „demografischen Wandel" auf sich hatte, bis es mir mein Vater an einem Beispiel sehr drastisch klarmachte: „Wenn deine Mama und ich nicht dich und deine beiden Schwestern hätten, sondern lieber ausgeflogen wären in die weite Welt, nur Spaß und Vergnügen gesucht und uns rumgetrieben hätten, statt Kinder großzuziehen, dann würde die Familie mit Mama und mir aussterben. Und weil das hier in Traunsel, in Nirgenshüsen, in der Region, in der Mitte, in ganz Deutschland viele so gemacht haben, statt Kinder zu bekommen, deshalb gibt es immer weniger junge

Leute. Weil obendrein die Alten immer älter werden – schau dir deinen Opa an – wandelt sich die Bevölkerung in ihrer Zusammensetzung. Das genau ist der ‚demografische Wandel‘, mein Sohn", sagte mein Vater seinerzeit.

Heute bin ich erwachsen. Und ich habe eine wundervolle Frau, Milana, mit der ich zwei wohlgeratene Kinder in diese wunderbare Welt gesetzt habe. Wir leben in einem Altbau am Rande des Dorfes, das sich in den zurückliegenden Jahren deutlich verändert hat.

Das Wasserfest von Traunsel ist beredtes Beispiel dafür. Früher war es das wichtigste und schönste gesellschaftliche Ereignis des gesamten Dorfes. Es war aus einen „Schwimmfest" entstanden, mit dem die Schulkinder ihre Schwimmfähigkeiten zeigten und an dem auch Erwachsene aus Nirgenshüsen und Santro teilnahmen.

In der Überlieferung von damals heißt es: „Sie schwammen mehrere Bahnen, was für ebenso viel Begeisterung sorgte wie das Wasserspringen. Die Schulkinder zeigten, was sie im Wassersport-Unterricht gelernt hatten. Abends verteilte man Papier-Laternen, und so beendete ein Fackel- und Laternenzug das schöne Wasserfest, das seitdem jedes Jahr wiederholt wurde." Dieses herrliche Fest gibt es leider nicht mehr. Es starb mitten im demografischen Wandel 2006.

Traunsel ist mit der Zahl seiner Einwohner zurückgegangen auf den Stand vor 1890 – und seinerzeit gab es schließlich auch kein „Wasserfest".

Was Wunder also, dass dieses einzigartige Fest, bei dem Jung und Alt, Männlein und Weiblein, Eingeborene und Fremde zusammenkamen, um zu feiern, auch nicht mehr existiert.

„Schade ist es schon", bemerkte Milana, meine liebste Gefährtin und Mutter meiner Kinder, als wir uns über unsere Sommerzeit in Traunsel unterhielten, während wir unser Zuhause aufhübschten.

Denn wie alle Jahre, wenn wir aus unserer anderen Heimat, aus
La Peña im Westen Spaniens, nahe der portugiesischen Grenze,
im Nationalpark des Duero, zurückkehren, haben wir alle Hände
voll zu tun, um unser Zuhause zu entrümpeln, zu ordnen, wohn-
lich wieder herzurichten, um uns für einen weiteren schönen
Sommer hier in Traunsel, inmitten des Kalk-und Kupfer-Berg-
landes, wohlzufühlen.

Was wir nicht ahnten, war, dass es trotz des fehlenden „Wasser-
festes" ein ereignisreicher und aufregender und wegweisender
Sommer werden sollte. Hier in Traunsel. Unserem zweiten Zuhause. Oder unserem ersten. Ganz wie wir wollen.

DREISSIG

Unter den Wenigen, die in der Kirche geblieben waren, befand
sich auch Veith Schwarz. Er hatte schlechte Tage hinter sich,
nachdem er seinen Mit-Gesellschaftern hatte eingestehen müssen,
im Suff in der Kneipe geschwätzt und alles an Jan Protesta aus-
geplaudert zu haben.

Er hatte es doppelt abbekommen, denn noch bevor Karlemann,
Bisshaus und die Übrigen bei ihm auf- und verbal auf ihn einschlugen, hatte er sich schon eine gehörige Gardinenpredigt seiner
Holden anhören müssen. Wie ein begossener Pudel hatte er es
über sich ergehen lassen, ahnend, dass es wieder mal für zwei
oder sogar drei Wochenenden nichts werden würde mit Sex.
Obwohl – das klappte bei ihm ja ohnedies nicht mehr richtig.

Und dann tauchten seine Gesellschafter der „Kraft-durch-Wind-
GmbH" auf und nahmen ihn ins Gebet.

Veith druckste gar nicht lange herum und legte einen Offenbarungseid ab, was ihn zwar nicht aus der Kritik brachte, wohl aber zur Beruhigung beitrug. Der Schaden war ohnedies nicht mehr zu reparieren gewesen.

Er seinerseits hatte abends wutschnaubend Jan Protesta aufgesucht und nur mit Mühe war es Birte und einem Bekannten gelungen, Veith Schwarz davon abzuhalten, Jan Protesta „eins in die Schnauze zu hauen", wie er lautstark und über zwei Stockwerke hörbar brüllte. „Du bist eine miese Sau, du hast mein Vertrauen missbraucht und meine Notlage schamlos ausgenutzt", warf Schwarz seinem GVÖ-Vorsitzenden vor.

Das gab dieser auch zu, behauptete aber, dass er im Interesse der Sache und vor allem im Interesse der Vögel gar nicht anders habe handeln können.

Wie auch immer, erst nach ellenlangen Beschimpfungen und fruchtlosen Diskussionen wurden die beiden Streithähne ruhiger und einigten sich schließlich auf einen Waffenstillstand, der auch während der Versammlung in der Kirche hielt.

Man kann nichts verbergen, was man unter Schnee versteckt.

Es ist nur eine leichte „Schneedecke", die den Zorn von Schwarz verbirgt. Tage später sitzt er schon wieder in der Gastwirtschaft und hat vor sich ein Bier und einen Williams stehen. Und so, wie er aussieht, konnte es unmöglich die erste Lage sein, der er sich widmet. Oder hingibt, denn seit einiger Zeit gibt sich Veith Schwarz des Öfteren der betäubenden Wirkung des Alkohols hin.

Es hadert mit seinem Schicksal, das ihn eigentlich hoch hinaus hätte tragen müssen. Seine Familie war eine der am längsten im Dorf ansässigen Sippen und in der langen Reihe seiner Vorfahren gab es zu allen Zeiten besondere gesellschaftliche Verantwortungsträger.

Der Letzte dieser „besseren Leute" war sein Vater gewesen, der damals als Dorf-Polizist an entscheidender Stelle saß. Lang, sehr lang war dies her, wie Veith mit Wehmut bemerkte. Seit dem Tode seines Vaters, seit den grandiosen Verlusten, die er in der Bankenkrise erlitten und die die Familie an den Rand des Ruins getrieben hatte, wird er im Dorf von etlichen schräg angeschaut oder ganz gemieden. Er hatte einige seiner Kumpels animiert, ihr gutes Geld in Geschäften anzulegen, die sich sehr bald als „Verrecker" herausstellten. Und so muss er neben abfälligen und bissigen Bemerkungen auch die Verachtung in den Augen einiger Dorfbewohner ertragen.

Veiths Frau ist seit dem Beinahe-Ruin auch nicht mehr die liebevolle Person, die er einmal geheiratet hatte. Im Gegenteil.

Im Streit hatte sie ihn vor gar nicht allzu langer Zeit einmal als „Versager" bezeichnet und angefügt, dass er nicht mal mehr im Bett seinen Mann stehen würde. Ein Vorwurf, der ihn ins Mark traf.

Veith durfte gar nicht daran denken, als es zum ersten Mal passierte. Da hatte seine Frau noch gelacht und ihn mit einem lockeren Spruch über die Peinlichkeit hinweggeholfen. Doch als sich die Versager häuften, schlug auch die Stimmung seiner Holden langsam um in bemitleidende Abfälligkeit.

Zumal er eine große Summe verspekuliert hatte – darin auch enthalten ein Gutteil Erbe von ihr. Ein gescheiterter Spekulant, ein Versager im Bett, ein Verräter der Pläne – Veith Schwarz bedauert sich selber immer öfter und immer stärker. Und jedes Mal, wenn er diese Phase erreicht, greift er zum Alkohol und betäubte seine Scham, seine Ängste, seine Minderwertigkeitskomplexe.

Schon hatte seine Frau ihm gedroht, dass sie ihn rauswerfen würde, wenn er weiter so viel saufe. Und diese Drohung ließ ihn erneut in ein tiefes Loch fallen, aus dem er nur mit Hilfe des Alkohols entkommen zu können glaubt. Außerdem hatte er munkeln gehört, seine Holde würde sich gelegentlich mit einem anderen Mann treffen und hätte heimlich einige Techtelmechtel.

Veith weiß zwar nichts Genaues, aber allein die Vorstellung: „meine Frau, nackt, in den Armen eines Anderen" verursacht bei ihm verzweifelte Wut, die er nur mit Hochprozentigem niederringen kann.

Veith nimmt einen Schluck Bier, kippt den Schnaps mit einer schnellen Bewegung hinterher, stellt das Glas ab und ruft dem Wirt zu: „Mach' mir noch mal dasselbe." Er würde es denen schon zeigen, sinniert Veith vor sich hin. Allen würde er es zeigen, da könnten sie sicher sein. Wenn erst mal die Windräder auf der „kleinen Steige" stehen, dann würde auch bei ihm das Geld wieder reinkommen und dann wird er es allen zeigen, die ihn heute noch verächtlich anguckten. Allen.

Und dem Lover seiner Frau würde er eins in die Fresse hau'n. Jawoll.

Eine Stunde und vier Lagen später will Veith zahlen und sich nach Hause trollen. Doch der Wirt lässt ihn nicht los. „Du fährst nicht mehr!", sagt er bestimmt. „Ich ruf jetzt deine Frau an, die soll dich holen", legt der Wirt fest.

„Nee, lass' mal, ich schaff das schon", versucht Veith mit schwerer Zunge zu beschwichtigen.

Doch der Wirt ist unerbittlich. Keinen Meter würde er den betrunkenen Veith noch fahren lassen. Und auch für zu Fuß war er eigentlich zu betrunken, als dass er sich nicht hätte Sorgen machen müssen um das Wohl dieses Zechers. Also greift der Wirt zum Telefon, informiert Veiths Frau, die auch kurze Zeit später auftaucht und – peinlich berührt – ihren volltrunkenen Ehegatten abschleppt.

„Na da ist heute Abend bestimmt noch Feuer im Busch", urteilt der Wirt, als er Veith am Arm seiner Gattin gen Heimat wanken sieht.

Wie Recht er haben sollte.

DREISSIGEINS

„Es ist ausgezeichnet gelaufen, Don Hernández. Ihre Strategie ist voll und ganz aufgegangen. Mit der Ankündigung, das Projekt zu finanzieren, hatte sich die Stimmung schlagartig gedreht. Ab dem Moment war der Knoten geplatzt." Isabel strahlt ihren Vorstandsvorsitzenden an. Sie war nach der Versammlung in der Kirche in Traunsel auf schnellstem Weg zurückgekehrt in das Hauptquartier von LA.RACHA, um Don Hernández Bericht zu erstatten. Sie wollte ihn auf jeden Fall aus erster Hand informieren und nicht auf die Berichterstattung und deren Übersetzung warten. Schließlich war es ja auch zu großen Teilen ihr Verdienst, dass diese kritische Phase der Vorbereitung für die Errichtung der ersten europäischen Windräder aus dem Hause LA.RACHA erfolgreich überstanden wurde.

Don Hernández ist bereits bestens unterrichtet. Doch das weiß Isabel nicht. Er hatte noch spät am Abend nach der Versammlung einen Anruf von Dr. Dr. Karlemann B. Liebich erhalten, der ihm in kurzen Sätzen mit holprigem Englisch vom Verlauf der Zusammenkunft berichtete und davon, dass er soeben seine Deutschlandbeauftragte wohlbehalten in Frankfurt am Flughafen abgeliefert habe.

Don Hernández war – jedenfalls, soweit er es verstehen konnte –, zufrieden mit dem Verlauf und vor allem mit der erreichten Entspannung. Das größte Problem bei diesem Telefonat war das nach Meinung von Don Hernández „grauenhafte" Englisch, das Dr. Dr. B. Liebich pflegte. Hinzu kam die durch Störungen schwierige Telefonverbindung. Doch trotz dieser Widrigkeiten hatte er verstanden, dass die Versammlung durch das Auftreten von Isabel und die Bereitschaft von LA.RACHA, ein Forschungsprojekt zu finanzieren, ein großer Erfolg geworden war.

Don Hernández hatte lange darüber gegrübelt, wie das Problem in Deutschland zufriedenstellend gelöst werden könnte. Er weiß um die Befindlichkeiten auf dem deutschen Markt für Windkraftanlagen. Ganz anders als in Spanien, wo der Ausstieg aus der Kernkraft und der Einstieg in die regenerative Energieversorgung bedächtig und – nach einer Zeit der politischen Kontroversen – letzten Endes einvernehmlich umgesetzt wurde, folgt Deutschland ganz anderen politischen Gesetzmäßigkeiten.

Lange und tiefe ideologische Gräben ziehen sich durch das politische Deutschland, wenn es um Atomkraft oder Kernkraft, um Windkraftanlagen oder Landschafts-Spargel, um sichere Versorgung zu bezahlbaren Preisen oder um Einspeise-Vergütungen ging.

Und Deutschland war – nach einem heftigen Hin und Her – erst in Folge der durch die Tsunami-Katastrophe überfluteten Kernkraftwerksanlage Fukushima in Japan eilig in den Ausstieg aus der Atomkraft eingestiegen.

Jetzt, Jahre später, als der „Wald" der Windkraftanlagen heftig zu wachsen begann, regte sich Widerstand gegen die immer größeren und leistungsstärkeren und dicht gestellten Windkraftanlagen. Für LA.RACHA kein einfaches Einstiegsszenarium.

Don Hernández war froh und stolz gewesen, als es zu ersten Kontakten mit den Deutschen kam und es recht bald vielversprechende Verbindungen nach Mitteldeutschland gab. Das Grundstück lag ideal in einem guten Windgebiet und sechs Anlagen von

LA.RACHA würden ein perfekter Einstieg in den deutschen Markt sein – wenn es da nur nicht diese Probleme mit den Vögeln gäbe.

Aus spanischer Sicht wären zwei störende Greifvögel kein allzu großes Hindernis, sinnierte Don Hernández, der über beste Kontakte in die heimische Jagdszene verfügte. Das Problem wäre in Spanien mit wenig Aufwand erledigt – aber in Deutschland? Alle Recherchen, die er in den vergangenen Tagen angestellt hatte, hatten gezeigt, dass dies ein in der Öffentlichkeit äußerst sensibler Punkt war.

Don Hernández schwante, dass es kein Spaziergang werden würde, bis seine ersten Anlagen in Deutschland ans Netz würden gehen können. Es war schon schwierig genug, für ihn als Ausländer überhaupt einen Fuß in die Türe zum deutschen Markt zu bekommen. Die Wettbewerbslage in Europa war hart und es gab zahlreiche Anbieter von Windkraft-Anlagen, auch und gerade aus Deutschland.

Jetzt hatte er endlich einen hervorragenden Kontakt und die Aussicht, tatsächlich in Deutschland erste Windräder installieren zu können – da wollte er sich auf keinen Fall durch ein paar läppische Vögel einen Strich durch seine schöne Rechnung machen lassen, dachte der Vorstandsvorsitzende von LA.RACHA. Tief in seinem Inneren sagte ihm aber etwas, dass er sich nicht zu früh freuen dürfe, es könne noch viel passieren, bevor sich die ersten Rotoren an seinen „deutschen" Windrädern drehten.

Einen Sonnenstrahl in diese skeptische Stimmungslage brachte seine Deutschlandbeauftragte, Isabel de Guideará, die, aus Deutschland zurückgekehrt, ihn über die aus ihrer Sicht „ausgezeichnet verlaufenen Sitzung in Traunsel" berichtete.

Sicherlich, seine junge Marketing-Expertin hatte mit seiner Hilfe einen guten Zwischenerfolg erzielt, aber insgesamt war das Vogel-Problem nur verschoben, nicht gelöst.

Das wusste der Don sehr genau, als er Isabel seinen Plan mit auf den Weg nach Deutschland gab, den er nach reiflicher Überlegung gefasst hatte: beschwichtigen, herunterkochen, Zeit gewinnen, weiter nachdenken, Problem lösen. In dieser Reihenfolge wollte er das Hindernis der Greifvögel aus der Welt schaffen. Und Isabel war genau die Richtige dafür: jung, frisch, elegant, herzgewinnend, offen, ehrlich.

„Isabel, ich denke, wir sollten in Deutschland eine Hand ausstrecken und den örtlichen Vogelschützern ein Angebot zur Kooperation unterbreiten", hatte er die Vorbesprechung mit ihr eingeleitet. „Wenn wir uns nicht geschmeidig zeigen, wird sich die Stimmung gegen uns drehen und dann haben wir starken Gegenwind, den wir nicht gebrauchen können.

Ich habe daher überlegt, dass wir den Vogelschützern vor Ort einen Vorschlag machen, der ihren Interessen entgegenkommt. Wenn Sie dort sind, dann bieten Sie doch an, dass LA.RACHA eine Studie des Jagd- und Zugverhaltens der beiden Greifvögel vorschlägt, anregt und unterstützt. Dazu sind wir bereit, 10.000 uro zu spenden, damit die Vogelschützer die beiden Greife mit GPS-fähigen Sendern ausstatten können.
Diese Sender liefern dann die Daten der Vögel und wir wissen sehr genau, wo sie leben, wohin sie ziehen und ob sie zurückkehren an den Standort. Denn das ist entscheidend für die Baugenehmigung für unsere sechs Windräder auf der ‚Kleinen Steige' in Traunsel."

Isabel war beeindruckt von der Weitsicht und dem Geschick, das ihr Vorstandsvorsitzender mit diesem Vorschlag bewies. Nun würde es also an ihr liegen, dieses Angebot so zu präsentieren, dass die Vogelschützer es annehmen konnten und sich die Situation vor Ort beruhigen und einvernehmlich weiter entwickeln ließ.

Es gelang ihr ausgezeichnet. Mit fundiertem Wissen und großer Kompetenz schlug sie einen Bogen von der europäischen Energieversorgung über die einzelnen Ausstiegs-Szenarien bis hin zu den geplanten Windrädern in Traunsel.

Und mit entwaffnender Offenheit ging Isabel in ihrem Kurzvortrag in der Kirche von Traunsel auch auf die Vogel-Problematik ein. Und als sie schließlich das Angebot ihres Unternehmens vortrug, ein Forschungsprojekt zu finanzieren und dabei den Vogelschützern weitgehend freie Hand zu lassen, war der Druck aus dem Kessel raus.

Als Erstes registrierte sie die Entspannung in vielen Gesichtern der Menschen, die in der kleinen Kirche zusammengekommen waren. Einige Fragen waren noch zu beantworten, insbesondere schwang bei den Vogelschützern Skepsis mit, ob dies nicht ein Versuch sein könnte, sie zu kaufen, doch diese Einzelmeinung ging unter in der um sich greifenden Zufriedenheit im Kirchenschiff. Nach und nach verließen die Teilnehmer, in kleinen Grüppchen noch etwas diskutierend, den Versammlungsort.

Isabel selber war noch eine Weile bei den Vogelschützern im Gespräch und erörterte mit großer Ernsthaftigkeit und Offenheit und mit beeindruckender Geduld auch die allerletzten Möglichkeiten, Haken oder Nickeligkeiten, die vorgetragen wurden. Schließlich, so war ihr Eindruck, siegte auch bei den Vogelschützern die Vernunft und die Freude über die Zusage und die daraus erwachsenden Möglichkeiten.

Und nach einem „Absacker" mit den Männern von „Kraft durch Wind" war es Dr. Dr. Karlemann B. Liebich höchstpersönlich, der sie durch seinen Fahrer zum Flughafenhotel in Frankfurt am Main chauffieren ließ und sie dabei wie selbstverständlich begleitete.

Im Fond des bequemen BMW der 5er Reihe sitzend plauderten die beiden ganz unbefangen über einen Mix aus beruflichen und persönlichen Themen.

Isabel erzählte von den Weinbergen ihrer Familie und von den großartigen Weinen, die aus ihren Trauben gekeltert wurden.

Karlemann lief das Wasser im Munde zusammen. Rotwein, ja das war etwas für ihn. Damit versüßte er sich schon seit Langem das Leben, von dem er schon seit vielen Jahren mehr erwartet hatte als den langweiligen Posten eines leitenden Beamten und das triste Dorfleben in einem kleinen Nest, in dem er mit dem Erbe des Anwesens seiner Vorfahren gefangen war.

Jetzt als Kreisrat und mit der Chance, etwas in die große weite Welt zu schnuppern, begann das Leben ein klein wenig mehr an Abenteuer und damit auch an Kurzweil zu gewinnen.

Rioja, die Heimat von Isabel, übte schon seit etlichen Jahren eine hohe Anziehungskraft auf Karlemann aus. Bis nach Süd-westfrankreich war er bereits gekommen –, aber Rioja war nach wie vor ein Traum.

„Wer weiß", sinnierte Karlemann mit Blick auf die überaus attraktive Isabel, würde es ihm ja nun, mit den zarten neuen Banden nach Spanien, gelingen, diesen Traum zu verwirklichen, „Und welche Hobbys haben Sie?", riss ihn die sanfte Stimme der Deutschlandbeauftragten von LA.RACHA aus seinen rotwein-farbenen Träumen.

„Ich? Oh, ja, also ich gehe sehr gerne zur Jagd. Ich habe ein eigenes Jagd-Revier und bin dort so oft wie möglich unterwegs. Früher hatte ich noch etwas mehr Zeit dafür, aber seit ich zum Kreisrat gewählt wurde, ist es doch schon weniger geworden." „Leider", hängte Karlemann an – und diesmal benutzte er das Wort nicht nur experimentell.

„Mein Freund ist auch ein leidenschaftlicher Jäger", berichtete Isabel und erntete dieserart einen weiteren bewundernden Blick von Karlemann. „Er war erst vor einiger Zeit auf Rothuhnjagd.

Er züchtet Kampfstiere in seiner Hazienda im ‚Campo Charro'
in der Nähe von Salamanca und ein Nachbar von ihm betreibt
eine Jagd-Finca, die sehr bekannt ist. Vielleicht sagt Ihnen sogar
der Name etwas: ‚Las Tresfuentes'. Dort treffen sich viele Persönlichkeiten des gesellschaftlichen Lebens von Spanien, aber auch
Gäste aus anderen Ländern, um gemeinsam zu jagen. König
Juan Carlos I war einer der prominentesten Gäste in der Lodge",
erzählte Isabel, ohne zu ahnen, was sie damit in Karlemann
auslöste.

„Rothuhnjagd" – das war noch so einer der großen Sehn-
suchträume des Dr. Dr. Karlemann B. Liebich. Leider war die
Realisierung bislang an den hohen Preisen und seinem im tiefsten
Grunde geizigen Naturell gescheitert. Und jetzt riss diese wunderschöne Frau genau diese nur mühsam mit nässendem Schorf be-
deckte Wunde auf.

„Davon träume ich schon lange", platzte es aus Karlemann heraus.
„Ich habe schon viel davon gelesen und erst neulich hatte ich ein
Prospekt von genau dieser Finca in den Händen", fuhr Karlemann
fort und der Glanz in seinen Augen signalisierte Isabel, dass sie
mit diesem Thema genau den Punkt getroffen hatte.

„Dort sollten Sie unbedingt einmal für ein paar Tage zu Gast sein
und dabei eine Rothuhn-Jagd mitmachen", stocherte die schöne
Spanierin unwissend immer weiter und tiefer in der Wunde.

„Da werde ich erst noch ein wenig ansparen müssen", versuchte
Karlemann mit einem halben Scherz aus der Befindlichkeits-
falle zu entwischen.

„Ich kann ja gerne einmal mit meinem Freund reden; er ist, wie
gesagt, als Nachbar mit dem Eigentümer von ‚Las Tresfuentes' gut
bekannt und wer weiß, vielleicht ergibt sich eine gute Gelegenheit, dass Sie an einer solchen Jagd auf einem ‚Amigo-Ticket' für
gute Freunde dabei sind", stellte Isabel in den Raum.

Insgeheim schalt sich Karlemann einen Deppen, dass er zu erkennen gegeben hatte, es läge am Geld, wenn er nicht auf der Logde einchecke.

„Es gibt Träume, die bleiben es ein Leben lang", sagte er zu Isabel, „aber eine Rothuhnjagd gehört sicherlich nicht dazu. Die werde ich mir auf jeden Fall noch gönnen, und vielleicht auf der Lodge, die im Prospekt einen ausgezeichneten Eindruck macht. Rothühner gibt es in Deutschland nicht – da ist eine Jagd auf diese schnellen Vögel schon etwas Besonderes. Und gut schmecken sollen sie auch noch", lachte der Kreisrat und Isabel stimmte ein. Sie behielt das Wissen um den Sehnsuchtstraum im Hinterkopf und beschloss, ihrem Vorstandsvorsitzenden und auch Antonio gegenüber die heimliche Leidenschaft des Dr. Dr. Karlemann B. Liebich unbedingt zu erwähnen – wer weiß, wozu dieses Wissen noch mal gut sein könnte.

Schon bald war der Flughafen Frankfurt erreicht und Isabel wurde mit vielen Komplimenten und Höflichkeitsformeln bedacht und mit herzlichsten Grüßen verabschiedet.

Der letzte Flieger nach Madrid hatte bereits um 20:40 Uhr abgehoben; und so blieben ihr noch einigen Stunden Schlaf bis zum ersten IBERIA-Flug nach Hause, der planmäßig um 7:40 Uhr aufsteigen sollte.

12:30 Uhr sitzt sie im Zimmer ihres Vorstandsvorsitzenden und berichtet ihm: „Es ist ausgezeichnet gelaufen, Don Hernández. Ihre Strategie ist voll und ganz aufgegangen."

„Hoffentlich bleibt das auch so", grübelt Don Hernández, und schenkt Isabel ein gewinnendes Lächeln.

„Da wäre noch etwas, was vielleicht einmal wichtig werden könnte", bemerkt Isabel, bevor Don Hernández das Gespräch beenden kann.

Er blickt sie fragend an.

„Dr. Dr. Karlemann B. Liebich ist begeisterter Jäger. Er hat eine eigene Jagd – aber er träumt davon, einmal an einer ‚Ojeo' teilzunehmen. Er hat das Prospekt von ‚Las Tresfuentes' schon gelesen und ist ganz vernarrt in die Idee. Aber ich glaube, er ist etwas geizig", fügt Isabel an.

Don Hernández lacht. „Gut zu wissen, liebe Isabel, das werden wir womöglich noch mal brauchen", sagt der Don, geleitet seine schöne Deutschlandbeauftragte hinaus und verabschiedet sie.

Gutgelaunt macht sich Isabel auf den Weg. Sie hat es eilig. Denn sie will sich mit Antonio treffen und brennt schon darauf, ihn wiederzusehen, diesen „wunderbaren Mann", wie sie zu sich selber sagt.

DREISSIGZWEI

Es wird ein wildes, leidenschaftliches, hemmungsloses und danach ein zärtliches, von Nähe geprägtes, inniges Wiedersehen, das Isabel und Antonio miteinander feiern.

Ohne schuldhaftes Zögern sind die beiden, nach einer ebenso heftigen wie begierigen Begrüßung, ins Bett gesunken und übereinander hergefallen.

Und kaum ist die erste Welle der Lust verebbt, brandet auch schon erneut das Begehren auf und ihre Körpermitten suchen einander, um in der Ekstase der Vereinigung Lust zu geben und Lust zu empfinden, bis zur Apotheose des Glücks.

Aneinandergeschmiegt, angekuschelt und angenehm geschwächt liegen die beiden danach im Bett, das eben noch der Altar ihrer Gelüste gewesen ist, und erfreuen sich aneinander.

Erst jetzt kommen sie dazu, einander zu berichten, was sich in der Zeit seit ihrem letzten Auseinandergehen ereignet hat.

„Erzähl", sagt Isabel, „was hat es mit deinen Kampfstieren gegeben? Am Telefon hattest du von erfolgversprechenden Verhandlungen gesprochen aber auch erwähnt, die Granden im Sanfermines-Komitee wollten noch Bedenkzeit haben. Haben sie inzwischen eine Entscheidung getroffen?"

„Oh ja, das haben sie – zumindest hörte es sich so an", strahlt Antonio sie an.

„Lass mich raten", schmunzelt Isabel, „so, wie du strahlst, sind beim nächsten ‚Encierro' in Pamplona deine Stiere mit dabei, oder?"

In der Tat, Antonios Augen blitzen, als sie seine Kampfstiere erwähnt. Und wirklich, er war in den Verhandlungen mit den Verantwortlichen aus Pamplona außerordentlich erfolgreich gewesen.

Den Ausschlag hatte sein prächtigster Stier gegeben, ein Sohn des legendären Kampfstiers „El Ratón", der in seiner Karriere drei Menschen getötet und zahlreiche Wagemutige verletzt hatte.

Er war, so die Medien in einem Nachruf, als er vor wenigen Wochen „im stattlichen Alter von knapp 13 Jahren im Gehege eines Zuchtbetriebs in der Gegend von Valencia" verstarb, der berühmteste spanische Kampfstier. Sein Name wurde in einem Atemzug genannt mit so legendären Kampfstieren wie „Barbudo", „Granadino", „Cubatisto" oder „Pañolero".

In einigen Medien wurde er auch als „Mörderstier" bezeichnet; selbst wenn er nur ein sogenannter „Straßenstier" war, der als

Attraktion auf Volksfesten und nicht in der klassischen „corrida" eingesetzt wurde.

Antonios Stier war ein direkter Nachfahre dieses 600-Kilo-Bullen. Antonio hatte ihm den Namen „El Tronido" gegeben. „Donnerschlag" – das schien ihm für diese mächtige Kampfmaschine genau der passende Name zu sein.

Noch etwas größer und noch etwas wuchtiger als sein Vater, aber mit der gleichen schwarz-weißen Zeichnung des Fells, hatte „El Tronido" beste Voraussetzungen, in der langen Reihe von herausragenden Stieren einen gewichtigen Platz einzunehmen. Denn er hatte, als Erbe seines Vaters, die besondere Art, nicht einfach blindlings loszurennen gegen alles, was sich bewegte oder sich ihm in den Weg stellte, vielmehr betrachtete er zunächst die Situation, sah dann einen Moment lang so aus, als wäge er ab, um dann gezielt anzugreifen.

Als Antonio den Granden des Sanfermines-Komitees diesen Stier präsentierte, brach staunende Begeisterung aus.

Den mussten sie haben, der würde der Star werden beim kommenden „Encierro", war sich das Komitee schnell einig.

Die Herren wollten sich zwar noch einige weitere Kandidaten anschauen, aber Antonio hatte schon während der Begutachtung der edlen Tiere und speziell von „El Tronido" das Gefühl, seine Bullen hätten überzeugt.

Wenige Tage später erhielt er einen vielversprechenden Anruf und eine dringende Einladung nach Pamplona, wo das Komitee Verträge für die kommende Saison unterzeichnen wollte.

Antonio schloss daraus, dass sein „Donnerschlag" und vermutlich ein weiterer, prächtigen Stier aus seiner Zucht beim nächsten „Encierro" in Pamplona dabei sein würden.

„Das könnte der Durchbruch werden; deshalb muss ich da auch hin", so Antonio; und neben seiner Euphorie in der Stimme meint Isabel auch ein kleinwenig Bedauern herausgehört zu haben, was ihr sehr schmeichelt.

„Ich hoffe aber, dass wir dann an ‚Sanfermines' gemeinsam den ‚Encierro' anschauen", fügt Antonio an und küsst Isabel zärtlich.

„Nach ‚Las Tresfuentes' muss ich irgendwann auch noch. Mein Nachbar, Joaquín Rodrigo Cazallen, hat Geburtstag und da möchte ich gratulieren. Bei der Gelegenheit will ich mal sehen, was mein Kamerad aus der Soldaten-Zeit macht. Ich hatte dir doch kurz von ihm erzählt, als er völlig abgebrannt bei mir aufgeschlagen war. Seine Freundin hatte ihn rausgeschmissen, weil er was mit einer Anderen angefangen hatte und dabei erwischt worden war, der Blödmann. Und seinen Job hatte er auch noch verloren, weil er von einer Kollegin gemobbt wurde. Die hatte doch glatt behauptet, er habe sie unsittlich angetatscht. Da haben sie ihn kurzerhand rausgeworfen. Ich kenne ihn schon ewig und er hat mir leidgetan. Ist halt ein alter Kamerad und da habe ich ihm mit ein bisschen Geld und einer Arbeitsvermittlung für einen Job auf der Finca ‚Las Tresfuentes' bei Joaquín geholfen. Da hatte er sich auch ganz gut angestellt und Joaquín war sehr zufrieden.

Nur ist ihm jetzt in einer Box eines der Pferde so unglücklich auf den Fuß getreten, dass er verletzt ist und mit einem Gehgips durch die Gegend humpelt. Ist doch immer wieder dasselbe", bemerkt Antonio mit einem süffisanten Lachen: „Wenn einer friert, dann soll er wenigstens auch hungern. Man könnte meinen, er hat im Moment das Pech gepachtet. Den will ich erst noch besuchen und dann fahre ich eilig nach Pamplona und hoffe, dass es dort einen guten Tag für mich gibt."

„Und wie ist es bei dir gelaufen", fragt er seine schöne und begehrenswerte Freundin und hört aufmerksam zu, als ihm Isabel von ihrem Auftrag, ihren Hoffnungen und Erwartungen berichtet.

Und natürlich erzählt sie auch von den Schwierigkeiten und Widerständen, die mit ihrem Projekt „Expansion durch Export der Windkraftanlagen von LA.RACHA nach ganz Europa und speziell nach Deutschland" verknüpft sind.

Vor allem ihre Schilderung der Probleme mit zwei Gabelweihen mutete Antonio absurd an.

Für ihn als Jäger sind zwei Raubvögel doch kein Problem. Das würde er mit seiner militärbewährten Jagdflinte „Santa Barbara FR8.308 WIN" schnell aus der Welt geschossen haben, überlegt er so bei sich, während Isabels angenehme und ruhige Stimme an sein Ohr dringt.

„In Spanien würden wir das Problem ganz schnell gelöst haben", bemerkt er.

Doch Isabels Reaktion lässt ihn aufhorchen, als sie erklärt, in Deutschland sei dies ganz anders. Da wären diese Greifvögel beinahe so etwas wie ein gottgegebenes Naturgeschenk, das beschützt und beschirmt werden müsse. Die Deutschen hätten ein vollkommen absurdes und anachronistisches Verhältnis zu Natur, Umwelt, Flora und Fauna. Und speziell zu den Gabelweihen, den „Milanos reales".

Davon gebe es nur noch 25.000 Paare, repetiert Isabel die Informationen der Vogelschützer. Und von diesen Paaren lebe gut die Hälfte in Deutschland. Und deshalb glaubten die Deutschen, eine ganz besondere Verantwortung für diese Vögel zu haben.

„Die meinen das wirklich", betont Isabel. „Hier bei uns in Spanien ist das ganz anders!"

Nein, der Plan ihres Vorstandsvorsitzenden, die Vogelschützer mit einem Projekt zu besänftigen und zu beschäftigen, um zunächst Zeit zu gewinnen, sei schon richtig, bekräftigt Isabel mit fester Stimme, gerade so, als müsse sie sich selber diese Vorgabe nochmals ins Gebetbuch schreiben.

„Es löst aber euer Problem nicht, liebste Isabel", wirft Antonio ein. „Vertagt ist nicht gelöst. Ihr solltet überlegen, ob es nicht eine Lösung gibt, wenn die Vögel Deutschland verlassen haben, wenn sie unterwegs oder hier bei uns sind. In Spanien werden jedes Jahr Raubvögel abgeschossen. Das ist doch gar nichts Besonderes."

„Ich weiß nicht", zweifelt Isabel, „ob man die Vögel so einfach abschießen sollte. Das gibt bestimmt einen Aufschrei in Deutschland. Und wenn unsere Firma damit in Verbindung gebracht würde, wäre das sehr schädlich für das Projekt und für mich. Das könnte im schlechtesten Falle sogar dazu führen, dass wir die Windräder gar nicht errichten können – und das wäre eine Katastrophe."

„Das will ja auch niemand. Aber das mit den beiden Gabelweihen würden wir hinbekommen", ist Antonio fest der Meinung. „Mein Kamerad aus den Zeiten der ‚Legión Española' schuldet mir noch einen Gefallen. Und er ist ein toller Schütze. Der hat schon bei der ‚Legion' auf hundert Meter einer Fliege die Wimpern abgeschossen", lacht Antonio.

„Die Idee liegt zwar nahe, und vielen Dank für das Angebot, aber lass' erst mal lieber; ich muss das – wenn überhaupt – erst mit Don Hernández besprechen", bittet Isabel.

Sie erhebt sich und geht Richtung Bad. Antonio schaut ihr nach, bewundert die Linien ihrer herrlich weiblichen Figur, ihre schmale Taille, ihren knackigen Hintern, ihre Brüste, die drall und lockend seine Hormone in Wallung bringen, wenn er sie mit Fingern, Händen und Lippen verwöhnt.

Ja, denkt er, welch wundervolle Frau. Eine Frau fürs Leben, fürs Herz und zusätzlich auch noch fürs Bett – nicht so, wie viele der kurzweiligen „Flachleg-Bekanntschaften", an deren Namen er sich nicht mehr erinnert.

„Isabel ist eine Frau für ein Leben mit Freude und Nähe und Lust und Liebe", gesteht er sich ein, als sie durch die Badezimmertüre aus seinem Blick entschwindet.

Antonio überdenkt ihre Schilderung und ihre Situation. Er würde ihr in jedem Falle helfen, wenn er den Eindruck bekäme, dass diese verdammten Viecher ihr Probleme bereiteten.

Er würde mit Martin sprechen und ihn dazu bringen, das Vogel-Problem zu lösen. Schnell, zielsicher und endgültig.

Wohlig erschöpft, mit dem himmlischen Bild der nackten Isabel vor Augen, nickt er ein.
Wach wird er erst wieder, als er zärtliche Küsse spürt und eindeutige Streicheleinheiten, die den Mann in ihm augenblicklich zu Leben erwecken.

Und erneut verschmelzen die beiden jungen Körper in wilder Leidenschaft miteinander.

Die Vögel-Probleme können – müssen – erst einmal warten.

DREISSIGDREI

Bei den Mitgliedern der „Gesellschaft für Vogelkunde und Öko-logie, GVÖ" schlagen die Diskussionswellen hoch an die Toleranz-mauern einiger Mitglieder.

Es gibt zwei Lager: Während die einen fundamentalistisch darauf beharren, das Angebot der „Windlobbyisten aus Spanien" sei der eindeutige und plumpe Versuch, die Vogelschützer zu „kaufen" und den Widerstand mit Geld zu brechen, sehen die anderen im Angebot des spanischen Unternehmens eine Chance, die es zu nutzen gelte. „Wenn es schon mal Geld von der Windlobby gibt, dann sollten wir es nehmen und gegen sie verwenden", ist der Kernsatz der Idee, die Jan Protesta, der GVÖ-Vorsitzende, vertritt.

Auf der anderen Seite hat sich Olga Husse-Daubner, eine beim „Interkulturellen Links-Bündnis" im „Verbrennen" von Staatsknete überaus bewanderte Links-Populistin, die bisher eher durch amouröse Schrankenlosigkeit als durch lupenreine Naturschutzarbeit aufgefallen ist, als Gegnerin des Angebots geoutet.

„Die Windkraftbranche hat von der Wirtschaft gelernt, dass Politik beeinflussbar und käuflich ist. Und das übertragen die jetzt auf die Windkraft-Gegner, auf die Umweltschützer und auch auf uns als Vogelschützer und versuchen, uns mit Geld kaputt zu kriegen. Nicht mit mir – und nicht mit uns!", schnaubt die Links-Populistin.

Fakt sei doch, so Olga Husse-Daubner weiter, dass Bürgermeister von Schutzschirm-Gemeinden oder Landräte mit Bergen von Schulden in ihren Haushalten von der Windlobby urplötzlich mit Zuschüssen für Kindergärten oder Sportvereine gelockt würden, damit die gewünschte Unterschrift unter die Baugenehmigung für einen Windpark kommt.

„Und das Angebot der spanischen Windkraft-Bauer ist genau derselbe Versuch, uns zu kaufen, damit wir mundtot werden. Das dürfen wir auf keinen Fall zulassen", ruft Olga Husse-Daubner mit rotem Kopf und überschlagender Stimme. Sie ist sichtlich erregt und hat sich ein wenig in Rage geredet, wo sie doch ansonsten kaum etwas sagt und meistens als Mitläuferin wahrgenommen wird. Gelegentlich noch als „heißer Feger".

Ganz anders heute, als sie unerwartet aus der Deckung kommt.

„Mit Vögeln kennt die sich aus – nur bei den Tieren hapert es gewaltig", raunt Mark Keting seinem Vorsitzenden zu, während Olga Husse-Daubner mit lispelnder Stimme gegen das Angebot von LA.RACHA wettert.

Protesta lächelt dünn. Die Bemerkung hilft nicht weiter, ebenso wenig ihr Inhalt. Die Rede der Gegnerin des Angebots ist nicht ungefährlich und Jan Protesta, der Vorsitzende der GVÖ, will auf keinen Fall riskieren, dass das aus seiner Sicht „hervorragende Angebot" abgelehnt wird.

Nacheinander ergreifen Veith Schwarz, Birte Oiseaux und er selber das Wort und argumentieren pro Angebot. Dabei berichtet Jan auch erstmals von der Skype-Konferenz, die sie im Nachgang der Bürgerversammlung mit Isabel de Guideará hatten. Darin war es in erster Linie um die Fragen der Abwicklung der Besenderung, der Details der Finanzierung, den Ausschluss der Einflussnahme und die Verfügbarkeit der Daten gegangen. „In allen diesen Punkten hat sich der spanische Konzern sehr kulant gezeigt: Wir erhalten das Geld vorab, müssen die Ausgaben für die Sender belegen und können über den Rest frei verfügen – falls es einen Rest gibt.

Die dazugehörigen Daten gehen sowohl uns als auch dem Konzern zu. Eine Einflussnahme des Unternehmens gibt es nicht, weder beim Kauf noch bei der Auswertung der Daten", berichtet Jan und fügt an: „Das alles wird gerade in einem Vertrag fixiert, den wir nur unterschreiben, wenn alle unsere Vorgaben enthalten sind!"

Beifall ist von etlichen Mitgliedern zu hören.

Veith ist es, der es auf den Punkt bringt, als er ausführt: „Wenn wir es laufen lassen, haben wir keinerlei Möglichkeit, mitzuwirken oder auf etwas einzuwirken. Wir sollten aber alle Möglichkeiten nutzen, um die Interessen von Natur und Umwelt, von Flora und

Fauna und damit auch von den Vögeln zu wahren und so wenigstens das Schlimmste zu verhindern. Wenn uns ein Konzern wie LA.RACHA für diesen Kampf auch noch Geld gibt, dann wären wir doch mit dem Klammerbeutel gepudert, wenn wir das Geld nicht annähmen. Vorausgesetzt, wir verkaufen uns mit der Annahme des Geldes nicht, was wir natürlich schriftlich fixieren müssen, und wir können die 10.000 €uro frei für das Besenderungs-Projekt verwenden, dann können wir sie mit den Ergebnissen in die Schranken weisen. Natürlich nur dann, wenn die Vögel auch tatsächlich den Horst auf der ‚Kleinen Steige' wieder besiedeln. Kurz und gut: Ich plädiere für Annahme des Geldes."

Der Beifall, den Veith für dieses klare Statement erntet, tut ihm gut. Vor allem nach dem Fauxpas, als er im Suff die Pläne ausposaunte. Er hat, genau wie Jan zuvor, den Knackpunkt benannt: Welchen Einfluss würde der Konzern zu nehmen versuchen, wenn er den Vogelschützern das Geld gibt? Die Konzern-Beauftragte hatte zwar zugesagt, das Unternehmen würde sich aus dem Projekt weitestgehend heraushalten – aber wie weit konnte man dem trauen?

In eben diese Kerbe schlägt auch Birte, als sie fordert, es müsse diese von Jan vorgetragene schriftliche und verbindliche Absprache geben, dass die Vogelschützer ohne Einflussnahme von außen arbeiten würden und das Forschungsprojekt verwirklichen können.

Jan Protesta ergreift nochmals das Wort und weist darauf hin, dass die Bürgerschaft von Traunsel mit dem Angebot des Konzerns offenbar das Problem als „in gute Hände gelegt" betrachtet habe.

„Ihr habt doch gesehen, dass die Versammlung zufrieden war mit diesem Angebot und der Zusage, wir, also die GVÖ, könnten das Geld ohne Auflagen und Verpflichtungen verwenden – und das sollten wir auch tun. Ich jedenfalls bin dafür und beantrage, dass wir darüber auch abstimmen."

Olga Husse-Daubner schüttelt energisch den Kopf. Sie registriert, dass die Stimmung kippt und dass die Mitglieder der Gesellschaft für Vogelkunde und Ökologie, GVÖ, drauf und dran sind, dem Konzern, wie sie sagt, „auf den Leim zu gehen – gerade so, wie Vögel den Wilderern, die diese bestialische Methode anwenden".

Als sie merkt, dass die Argumentation nicht recht zündet, legt Inga noch einen drauf: „In Wasserschutzgebieten darf nicht mal ein Parkplatz oder ein Spielplatz gebaut werden. Aber ein 3500 Tonnen schweres Stahlbeton-Fundament für ein Windrad, das dürfen die in die Erde rammen – und genau das wird auch auf der ‚Kleinen Steige' passieren, und dann gleich sechs Mal", donnert sie weiter.

Es sollte ihr und den wenigen ihrer Gefolgsleute nicht nutzen. Als es zur Abstimmung kommt, sind Olga Husse-Daubner und die Fundamentalisten deutlich in der Minderheit, was sie sichtlich frustriert.

Beinahe schon beleidigt zieht das kleine Grüppchen der an Öko-Extremisten erinnernden Vogelschützer ab, ohne allerdings in der mit Euphorie schwangeren restlichen Gruppe eine nennenswerte intellektuelle Lücke zu hinterlassen.

Die Mehrheit ist sich einig: Das Angebot des spanischen Windkraftkonzerns LA.RACHA bietet eine große Chance, ein wissenschaftliches Projekt umzusetzen und das Leben und die Zugrouten der heimischen Gabelweihen zu erforschen.

Jan Proteksa und Mark Keting werden schließlich, nachdem eheine ganze Reihe von Punkten notiert und erörtert ist, die unbedingt in einer gemeinsamen Erklärung der GVÖ und LA.RACHA auftauchen sollen, beauftragt, weiter mit dem Konzern zu sprechen und die Forderungen und Wünsche so weit wie möglich umzusetzen. Auf keinen Fall, so die Versammlung, seien die Unabhängigkeit der GVÖ und die Arbeit ohne Einflussnahme verhandelbar, lautet das Axiom, mit dem die GVÖ-Spitze in die Fortsetzung der Gespräche delegiert wird.

„Ein guter Tag für uns", kommentiert Mark Keting.

Er sollte noch zu anderen Erkenntnissen gelangen.

DREISSIGVIER

„Ist doch besser gelaufen, als befürchtet!" Karlemann ist es sehr zufrieden, als er mit Bisshaus und dem unvermeidlichen Anwalt, Mika Zumgärtner, zusammensitzt.

Manöverkritik nach der Bürgerversammlung in der Kirche ist angesagt und Besprechung der nächsten Schritte, um das Projekt weiter voranzubringen.

„Der Vorschlag, die Vögel zu besendern und das auch noch zu finanzieren, war genial", wirft der Anwalt in die kleine Runde.

Karlemann strahlt. Immerhin war er es gewesen, der diesen An-satz des Anwalts in seinem Telefonat mit Don Hernández in den Raum gestellt hatte. Und schon während des Gesprächs hatte er bemerkt, wie aus dieser zunächst recht harmlos daherkommenden Idee beim Vorstandsvorsitzenden von LA.RACHA alsbald ein fertiger Plan reifte, an dessen Ende alle Probleme mit Gabel-weihen, Greifvogel-Horsten und anderen störenden Elementen gelöst sein könnten.

Unausgesprochen waren sich die beiden einig gewesen. Jagd-brüder im Geiste benötigen keine langatmigen Erklärungen,

214

wenn sie, auf einer Wellenlänge denkend, eine jagdliche Herausforderung lösen wollen.

„Aber das Problem ist damit noch nicht aus der Welt“, fährt der Anwalt fort. „Wenn die Gabelweihen einen Sender tragen, dann kann man zwar genau verfolgen, wo sie sich und wann aufhalten, aber es ist nicht ausgeschlossen, dass sie im kommenden Jahr wieder zurückkehren und genau denselben Horst belegen. Dann wäre der Standort ‚Kleine Steige‘ für die Windkraftanlagen zunächst gestorben“, referiert Anwalt Zumgärtner weiter. „Mit den Daten aus den Sendern haben wir dann aber immer den genauen Standort der Vögel – und da könnte man dann doch …“ Bisshaus lässt unausgesprochen, was er denkt und ausdrücklich nicht ausspricht.

„Ich darf an der Stelle einmal grundsätzlich etwas zu Greifvögeln in Deutschland sagen“, setzt der Anwalt zu einem Kurzvortrag an. „Sämtliche in Deutschland heimischen Greifvögel sind streng geschützte Tierarten im Sinne von – ich hab’ mir das mal rausgeschrieben“ – Zumgärtner nestelte einen Zettel aus der Brusttasche seines Jacketts – „§ 7 Abs. 2 Nr. 14 Bundesnaturschutz-Gesetz in Verbindung mit einer EG-Verordnung zu ‚Accipitridae‘ respektive ‚Falconidae‘ – also sozusagen alle Greifvögel.
Das Gesetz untersagt jede Art der Nachstellung, etwa durch Fallen. Somit ist die Verletzung oder die Tötung von Greifvögeln eine Straftat, die mit Freiheitsstrafe bis zu fünf Jahren oder mit Geldstrafe bedroht ist. Die Tötung eines Greifvogels erfüllt außerdem immer auch den Straftatbestand des Tierschutzgesetzes: ‚Tötung eines Wirbeltieres ohne vernünftigen Grund‘. Zusätzlich kommt noch Jagdwilderei gemäß § 292 StGB oder Jagdfrevel gemäß § 38 Bundesjagdgesetz in Betracht. Ich habe mal ein paar Urteile angeschaut, die in den vergangenen Jahren bei Verstößen dieser Art gefällt wurden. In vielen Fällen gab es Geldstrafen, beispielsweise mit 50 Tagessätzen á 25 oder 40 €uro. Aber man muss natürlich immer den einzelnen Fall betrachten und untersuchen, ob die Fälle miteinander verglichen werden können. Nur zu fangen,

ohne zu töten, hat natürlich eine andere Qualität als das Ver-
giften oder das Abschießen von geschützten Vögeln.

Meine Herren", der Anwalt setzt eine gestrenge pädagogische
Miene auf, „ich kann angesichts dieser Gemengelage nur dringend
davon abraten, einen Greifvogel illegal zu fangen oder gar zu
töten. Denn ganz abgesehen von dem Straftatbestand und der
daraus erwachsenden Möglichkeit, den Jagdschein zu verlieren,
weil ein derart Verurteilter nach dem Waffengesetz als ‚unzuverlässig‘ gilt, darf man die Öffentlichkeitswirkung nicht vergessen.
Wer dabei erwischt wird, ist ‚politisch tot‘ und ‚gesellschaftlich
geächtet‘", schließt der Anwalt sichtlich zufrieden.

Sein Auditorium ist alles andere als zufrieden. Bedröppelte Gesichter bei Dr. Dr. Karlemann B. Liebich und Herbert Bisshaus.
Geahnt hatten sie es ja bereits und als passionierte Jäger wussten
sie auch im Großen und Ganzen über die rechtlichen Aspekte Bescheid, aber das alles in solch gnadenloser Deutlichkeit zu hören,
ist schon deprimierend.

Immerhin sind sie zusammengekommen, um eine Lösung zu
suchen – und zu finden. Und dabei erweisen sich die Darlegungen
des Anwalts als nur sehr bedingt hilfreich.

„Ich sehe die Lösung dieses Problems bei den Spaniern", platzt
Karlemann in die minutenlange Stille, die sich nach den juristischen
Lektionen eingestellt hat. „Bei uns ist das ausgeschlossen. Ich will
auf keinen Fall wegen so zwei dämlicher Greifvögel mein Amt
verlieren. Dann verzichte ich lieber auf die Windräder auf der
‚Kleinen Steige‘ und die Windanlagen-Fabrikation im Industriegebiet bei Harschfelt – schweren Herzens zwar, aber wenn es
nicht anders geht, dann eben", gibt sich Karlemann energisch.

„Mal sachte", beruhigt Bisshaus die Gedanken. „Es ist noch eine
ganze Weile hin, bis eine Entscheidung ansteht, ob die ‚Kleine
Steige‘ mit Windrädern bebaut werden kann. Und diese Zeit

sollte man nutzen, um Probleme zu lösen. Ich denke, die Vogel-Frage kann in Spanien viel einfacher und unkomplizierter aus der Welt geschafft werden als bei uns", grinst Bisshaus und Anwalt Zumgärtner schließt sich an.

Die beiden können überdeutlich mitverfolgen, wie es im Kopf von Karlemann arbeitet. „Don Hernández ist ebenfalls Jäger – ich denke, ich werde mit ihm die anstehenden Fragen in einem persönlichen Gespräch diskutieren. Und wenn mich nicht alles täuscht, werden wir eine für das Projekt zufriedenstellende Lösung finden können", verkündet Karlemann das Ergebnis seiner Überlegungen.

„Das Wichtigste ist", wirft der Anwalt warnend ein, „dass für den Fall des Verschwindens der Greifvögel in den Weiten des spanischen Hochlandes kein Schatten bis nach Deutschland fällt. Denn der würde mit größter Wahrscheinlichkeit zu einer unangenehmen und unschönen Diskussion in der Öffentlichkeit führen mit noch unangenehmeren Nachfragen und Ermittlungen – nicht nur durch die Behörden. Ich sage dazu nur einen Namen: Chefredakteur Friedemann Scharfe. Wir alle stehen in der Frage der ‚Windkraft auf der Kleinen Steige' seit der Versammlung in der Kirche im Fokus der Beobachtung und jeder noch so kleine Fehler kann zu politischen Turbulenzen oder gesellschaftlichen Diskussionen führen, deren Ausgang wir nicht abschätzen können. Und das will ja wohl niemand, oder?"

Die rhetorische Frage bleibt unbeantwortet im Raum stehen. Allen dreien ist klar, der Plan hängt an der Lösung des Vogel-Problems – und an dieser sauberen und dauerhaften Lösung hängt auch in Teilen ihr persönliches Wohlergehen. Allem voran das von Karlemann.

Und da ist sie wieder, die Zornes- oder Sorgenfalte, die sich immer dann auf der Stirn von Dr. Dr. Karlemann B. Liebich zeigt, wenn er emotional erregt oder nervlich angespannt ist. In diesem Falle beides, denn ihm stellt sich die Frage: „Wie kriegen wir diese verdammten Vögel weg, ohne selber Schaden zu nehmen?"

„¿Pasarán?" – „¡No pasarán!"

DREISSIGFÜNF

„Milana, schau, der Kindermörder." Mit lautem Schrei rufe ich nach meiner Frau, die einen Wurf weit hinter mir unterwegs ist. „Der Kindermörder ist da, wir müssen schnell nach Hause und unsere Kinder beschützen", schreie ich in Richtung meiner Frau. Kurz sehe ich nach ihr und registriere, dass auch sie den Kindermörder gesehen hat. Augenblicklich ist auch sie in Alarm und kommt mir, so schnell sie kann, nach.

Der Kindermörder. Alle aus unserer weitverzweigten Verwandtschaft haben von ihm gehört; einige mussten ihn bereits leidvoll kennenlernen. Er hat schon mehrere Schwerverbrechen begangen, ohne dass man seiner habhaft werden konnte. Wie oft schon wurde versucht, ihn zur Strecke zu bringen, wie oft schon schlugen diese Versuche fehl.

Auch ich war in meiner Jugend mehrere Male bedroht durch ihn, doch meinen Eltern gelang es ein ums andere Mal, mich und meine beiden Schwestern vor dem Kindermörder zu schützen.

Nicht allen Eltern war dieses Glück vergönnt. In etlichen Familien beklagten Mütter und Väter den Verlust ihrer Kinder, die von Kindermördern geholt und bestialisch umgebracht wurden. In die Trauer mischte sich ebenso oft die Wut über die Ohnmacht diesem Killer gegenüber. Und immer dann, wenn es gelang, einen dieser Kindermörder ausfindig zu machen und vor ihm zu warnen, verschwand dieser ebenso lautlos, wie er aufgetaucht war.

Nachts war die Gefahr am größten, dass der Mörder wieder zuschlug. Es war mit hochwirksamen Nachtsichtgeräten unterwegs und konnte selbst noch so geringes Restlicht nutzen, um mögliche Opfer zu erspähen. Und während die Eltern schliefen oder – aufgeweckt durch die Unruhe der Kinder – schlaftrunken aufwachten – war der Kindermörder bereits mit einem der Kleinen entkommen, um es dann – einem grausigen Ritual gleich – zu töten.

Und nun ist der Kindermörder nur wenige Meter von unserem Zuhause entfernt. Ich sehe ihn stehen und erkenne, dass er mit scharfem Blick zu unserem Zuhause schaut, wo unsere beiden Kinder, Milvus, unser Erstgeborener, und seine jüngere Schwester Milva, vergnügt spielen und auf unsere Rückkehr warten.

Milana und ich, Milan, haben die beiden alleine gelassen, um schnell etwas zu Essen zu besorgen. Wir haben ihnen – wie immer – eingeschärft, auf keinen Fall durch das Haus zu toben und schon gar nicht mit irgendwelchen Fremden zu sprechen oder sich gar mitnehmen zu lassen – aber was nutzt das schon gegen einen mit Hinterlist und teuflischen Vorsätzen ausgestatteten Triebtäter.

Eile ist geboten. Noch immer steht der gefürchtete Mörder unbeweglich und mit starr auf unser Haus ausgerichtetem Blick an einer dunklen Ecke, aus der heraus er das gesamte Umfeld und insbesondere das Zuhause von Milvus und Milva observieren kann.

Ich entschließe mich, nicht erst auf Milana zu warten, sondern den gefährlichen Mörder unversehens und aus heiterem Himmel anzugreifen. Vielleicht würde mir das Überraschungsmoment gegen den Kerl helfen, der aussieht wie ein wandelndes Kraftpaket. Geduckt zwar, aber groß und breitschultrig steht er – gut getarnt – unter einer überhängenden Hecke.

Beinahe hätte ich ihn gar nicht bemerkt und wäre arglos vorbei zu unseren Kindern zurückgekehrt, hätte nicht just in dem Moment eine aufgeregte Krähe meine Aufmerksamkeit erregt und meinen Blick zu der überhängenden Hecke gelenkt, unter der der Kindermörder lauert und die Gegend scannt. Aus den Augenwinkeln heraus ist er mir aufgefallen und hat augenblicklich Adrenalin in meine Adern schießen lassen. „Alarmstufe Rot".

Ich beschleunige meine Geschwindigkeit, mit der ich auf ihn losrase. „Gleich, gleich werde ich dich haben, du elender Kindermörder. Dann ist Schluss mit der ewigen Angst und wir können den Sommer über in Ruhe und Frieden mit unseren Kindern verleben", denke ich, als ich auf ihn zuschieße.

„Gleich, noch einen winzigen Moment, dann habe ich dich, du Widerling" – ist mein letzter Gedanke, bevor ich mit voller Wucht gegen den harten Körper des Kindermörders pralle.

Ich bemerke noch, dass etwas nicht stimmen kann, und versuche, benommen wie ich bin, vom Ort des Geschehens wegzukommen, doch ein Netz hindert mich daran. Ein Netz, dem auch Milana nicht entkommen kann, die kurz nach mir mit todesverachtendem Mut auf den Kriminellen losgegangen ist.

Ich erfasse außerdem, wie wir beide vergeblich versuchen, diesem elenden Netz, das der Täter eigens aufgestellt haben muss, zu entkommen, bevor es Nacht wird um mich herum.

Laut rufe ich nach Milana.

Milana, meiner schönen Frau, meiner Gefährtin, meiner Liebe.

Und von ganz weit entfernt höre ich ihre ebenso verzweifelten Rufe nach mir und unseren Kindern, ihr Weinen, ihr erstickendes Aufbäumen. Dann ist Nacht.

Mein letzter verzweifelter Gedanke gilt meinen Lieben, meiner Milana, meinen Kindern.

Herr hilf!

DREISSIGSECHS

„Wir haben sie – klasse Arbeit." Voller Stolz stehen die Vogel-schützer um Jan Protesta an der kleinen überhängenden Hecke ganz in der Nähe des Horstes der beiden Gabelweihen. Sicht-lich bewegt und zufrieden hält Jan Protesta zwei Säcke hoch, in denen die beiden Rotmilane sicher verwahrt sind.

Sie hatten die Tiere in den zurückliegenden Wochen aufmerk-sam beobachtet, eine Web-Kamera über dem Horst installiert und so mitverfolgt, wie Milana zwei Eier legte, weiße Eier mit einer grauen und braunen Fleckung.

Riesiger Jubel kam bei den Vogelschützern auf, als sie das Ge-lege zum ersten Mal sahen und Birte fiel Jan um den Hals und knutschte ihn wild ab. „Jetzt haben die Windräder verloren", strahlte Jan Protesta mit Birte um die Wette und die beiden funkelten sich in stillem leidenschaftlichen Einvernehmen zu.

Im Horst hatte Milana unmittelbar nach der Eiablage mit dem Ausbrüten begonnen; während der nächsten 32 Tage blieb sie quasi ununterbrochen auf den Eiern und sorgte so für eine gleich-bleibende Temperatur und damit für das Gedeihen ihrer Jungen.

Versorgt wurde sie während dieser viereinhalb Wochen von Milan, der mit nicht endender Geduld und hingebungsvoller

Fürsorge die besten Leckerbissen für Milana heranschaffte: unzählige Mäuse, reichlich Würmer, etliche aus dem Nest gefallene Amselbabys, jede Menge beste Teile von überfahrenen Waschbären, Füchsen und Hasen, die beinahe regelmäßig am Rande einer stark befahrenen Straße zu finden waren.

Dabei hätte es den fürsorglichen Milan-Mann und jungen Vater einmal um ein Haar erwischt, als er nur um Sekundenbruchteile einem vorbeifahrenden LKW entkam, wie der zufällig dahinter fahrende Pressesprecher der Vogelschützer, Mark Keting, beim abendlichen Treffen zu berichten wusste.

Die Vogelschützer der Gesellschaft für Vogelkunde und Ökologie, GVÖ, kamen nun öfter zusammen. Seit die Deutschland-Beauftragte von LA.RACHA, Isabel de Guideará, das Greifvogel-Forschungsprojekt angeregt und die Finanzierung der Besenderung der Vögel und die wissenschaftliche Begleitung zugesagt hatte, war die Mehrheit der Vogelschützer mit Begeisterung dabei.

Insbesondere seit der denkwürdigen Sitzung, bei der es heckenhoch herging und sich dann schließlich eine Mehrheit fand für die Annahme des Angebots.

Seitdem hatte der spanische Konzern alle Zusagen punktgenau eingehalten, prompt bezahlt und von weiterem Einfluss Abstand genommen. Genau dies war ja einer der Knackpunkte in der heftigen Diskussion in den Reihen der Vogelschützer gewesen.

Während die einen es als Versuch werteten, sie zu kaufen, sahen andere, und das war die große Mehrheit, in dem Angebot der Spanier eine Chance, die Vögel zu erforschen und über die Daten ihren Lebensraum zu sichern. Gegen die Windräder!

Das war lange vor der Installation der Web-Kamera. Seitdem warteten die Vogelschützer mit wachsender Ungeduld auf den richtigen Moment, um die Altvögel einfangen zu können.

Sie observierten die Familie rund um die Uhr, sahen zu beim Schlüpfen der beiden Jungen, beobachteten die aufopferungsvolle Brutpflege durch Milan und Milana, wie sie sie fütterten, das Nest sauber hielten, es ausbesserten, die Kleinen umsorgten und ihnen im wahrsten Sinne des Wortes Nestwärme gaben.

Sie wussten sehr genau, dass junge Rotmilane zu den Nesthockern gehören.

Und genau, wie es das Lehrbuch sagte, verhielten sich auch ihre beiden Milane: Das Weibchen, Milana, blieb die ersten Tage im Nest und „huderte" – was so viel bedeutet wie wärmen – ihre Jungen.

Die Fütterung der zwei Jungen im Nest übernahmen die beiden dann abwechselnd: Mal brachte Milan ein paar besonders leckere Würmer, mal hatte Milana Erfolg beim Sturzflug auf eine Maus, mal gab es Aas vom Wegesrand oder den Dorfrändern.

Es war ein ständiges Kommen und Gehen im Horst am Rande der „Kleinen Steige" nordwestlich von Traunsel.

Zogen Milan und Milana ihre Kreise am blauen Himmel und schraubten sich mit den thermischen Strömen hinauf in ungeahnte Höhen, so versetzte das Bild der imposanten Majestät am blauen Sommerhimmel den unbeschwerten Betrachter in friedliche und sorgenfreie Stimmung.

Doch beides war ebenso trügerisch wie vergänglich. Jedenfalls für die beiden Greifvögel, die nicht ahnten, dass ein ganz unglaubliches Ereignis ihre Leben für immer verändern würde. Denn an diesem Morgen sollte es passieren: Heute würden die beiden Rotmilane von einer Gruppe Vogelschützer eingefangen und besendert werden.

Jan Protesta, Birte Oiseaux, Mark Keting, Veith Schwarz, und drei weitere Vogelschützer hatten sich, mit allen notwendigen

Materialien bewaffnet, aufgemacht, um die Roten Milane zu fangen und zu besendern.

Mit dabei, aber eher im Hintergrund, war einmal mehr die Redakteurin der heimischen Zeitung, Claudia Swahrdran, die von den Vogelschützern gerne gesehen war und von ihnen mit allen zugänglichen Informationen versorgt wurde. „Volle Transparenz" nannte Mark Keting, der Pressesprecher, diese Offenheit, die in unregelmäßigen Abständen bei Dr. Dr. Karlemann B. Liebich für Blutdruck und Spontan-Akne sorgte.

Zweifellos würde auch die heutige Reportage, die sie über die laufende Aktion geplant und bei ihrem Chefredakteur Friedemann Scharfe auch schon angemeldet hatte, erneut für die wohlbekannte Zornesfalte auf der hohen Stirn des Kreisrates sorgen. Claudia Swahrdran schmunzelt bei dem Gedanken daran, während sie interessiert und aufmerksam den Vogelschützern zuschaut.

Das Einfangen von Rotmilanen ist wesentlich unkomplizierter, als es sich Laien gemeinhin ausmalen. Nicht, dass es einfach wäre, aber es ist keinesfalls so schwierig, wie man meinen sollte.

Rotmilane haben eine Reihe von Feinden, darunter Marder, Kolkraben oder Habichte. Und natürlich den Menschen. Er ist der gefährlichste Feind dieser herrlichen Greifvögel, die die heimlichen Wappentiere der Deutschen sind.

Gleich nach dem Menschen ist jedoch der Uhu der Erzfeind junger Rotmilane. Und damit auch der ihrer Eltern, die natürlich alles daran setzen, ihre Jungen zu schützen.

Die größte der in Europa lebenden Eulen ist eine sogenannte „Ansitzjägerin". „Bubo bubo", wie der wissenschaftliche Name des Uhus lautet, wird etwa 75 Zentimeter groß, fast dreieinhalb Kilogramm schwer und hat eine Flügelspannweite von rund einem Meter achtzig.

Ein lautloser Jäger, der am liebsten früh morgens in der ersten Dämmerung, oder spät abends in der letzten Tagesdämmerung zuschlägt – also dann, wenn die „Tagjäger" noch nachblind sind oder es gerade zu werden beginnen. Vor allem nach dem Schlüpfen seiner zwei bis fünf Jungen, also zwischen April und August, wenn er die hungrigen Mäuler stopfen soll, ist der Uhu bei allen Vögeln in Wald und Feld und bei vielen anderen Tieren wie Ratten, Mäusen, Igeln, Kaninchen oder kleinen Säugetieren gefürchtet.

Weil der Uhu einen besonders großen Kopf hat und weil dieser Kopf um bis zu 270 Grad drehbar ist, weil er ferner große Federohren besitzt, über große, orangerote und feststehende Augen verfügt und weil seine kräftigen befiederten Beine allein schon angsteinflößend sind, aus all diesen und einigen anderen Gründen ist der Uhu ein gefürchteter Raubvogel. Er wird von vielen anderen Vögeln „gemobbt", das heißt, wo immer ein Uhu auftaucht oder erkannt wird, herrscht im Hastenichtgehört lautes Spektakel der anderen Vögel, die damit alle Übrigen warnen.

Natürlich weiß dies auch der Uhu – und er hat sich darauf eingestellt. Deshalb ist er ja auch ein „Ansitzjäger": Beinahe bewegungslos kann er den ganzen Tag lang auf einen Ast in einem Baum im Wald sitzen und von dort aus alles beobachten, was sich bewegt. Er sieht sehr genau, wo etwa die Tauben oder die Krähen ihre Schlafplätze haben und in der Nacht holt er sie sich. Und natürlich weiß er auch um den Horst der Rotmilane und von den Jungen, die darin sitzen und auf Futter warten.

Ein Uhu, der Nachwuchs zu füttern hat, ist eine tödliche Bedrohung für die Jungen der Rotmilane. Oft wird er in der Dämmerung zum Kindsmörder, wenn er sich die jungen Milane, die jungen Tauben oder Eulenkinder holt, sie zu seinem Rupfplatz bringt, rupft und sie sodann an seine eigenen Jungen verfüttert.

Im Vogelreich ist der Uhu als Kindermörder ebenso gelitten wie bei den Menschen ein Kinderschänder und Kindsmörder: gar nicht! Er ist der Abschaum, der Auswurf und alle anderen Vögel meiden ihn. Dem Uhu seinerseits geht dies am Bürzel vorbei: „Oderint dum metuant – mögen sie hassen, solange sie fürchten." Und genau das tun sie.

Milane wissen um die Gefahr, die von den Uhus für ihre Jungen ausgeht. Daher greifen sie den Uhu ohne Umschweife und unter Todesverachtung an, wo immer sie einen solchen Vogel sehen.

Das wiederum wissen die Vogelschützer, die daher den Uhu als Lockmittel für Rotmilane benutzen, wenn sie die Greifvögel fangen wollen.

Jan Protesta, Birte und die anderen hatten bereits vor Tagen einen aus ihrer Sicht idealen Fangplatz ausgesucht: eine überhängende Hecke in Sichtweite des Horstes der Rotmilane, die am Rande der „Kleinen Steige" brüten.

Durch ihre guten Verbindungen war es Birte gelungen, eine lebensgroße Uhu-Attrappe bei einem Tier-Präparator zu organisieren. Diese war ein wichtiger Teil der Falle. Die Vogelschützer errichteten aber zunächst eine Netz-Wand, in der sich die Vögel verfangen sollten – natürlich ohne sich zu verletzen. Dazu wurden die Netze mit langen Gummibändern befestigt. Dann musste nur noch die Uhu-Attrappe platziert werden und die Falle war gestellt.

Die Vogelschützer arbeiten zügig. Sie wissen, dass Milan und Milana gerade unterwegs sind, um neues Futter für die ewig hungrigen Schnäbel ihrer beiden Jungen zu beschaffen. Allzu lange wird es nicht mehr dauern, bis einer zurückkommt – oder sogar beide. Konzentriert geht die Gruppe ans Werk und es dauert nur wenige Minuten, bis alles präpariert ist und die Vogelschützer sich in sichere Entfernung zurückziehen. Nun gilt es, abzuwarten.

Ihre Geduld wird auf keine lange Probe gestellt. Beide Gabelweihen sind auf dem Rückflug zu ihrem Horst, Milan, das etwas kleinere Männchen, voran, gefolgt von der etwas größeren Milana. Plötzlich lässt Milan einen Schrei hören: „Hieäähhh". Und kurz darauf noch einmal: „Hieäähhh".

Wie ein Pfeil, der, angetrieben von der starken Sehne einer Armbrust, mit Kraft und Energie und todbringender Schärfe losschnellt, so pfeilschnell und -gerade schießt auch der Rotmilan auf den vermeintlichen Uhu los.

Es gibt einen dumpfen Schlag, als der Greifvogel gegen die Holzattrappe seines Todfeindes kracht, ein Geräusch, das den Vogelschützern abseits im Versteck Phantomschmerzen bereitet. Und gleich darauf noch einmal ein solches Krachen und danach ein zweistimmiges Wimmern: „Wiiib, wiiib", das nur langsam erstirbt.

Die Vogelschützer stürmen aus ihrem Versteck und laufen zum Netz. Richtig, beide Milane haben sich in dem Vogelnetz verfangen und hängen fest. Beide versuchen, sich zu befreien. Erst als die Vogelschützer die Tiere in die Hände nehmen, verfallen die Rotmilane in die ihnen eigene Schockstarre, die sogenannte Akinese, die bereits bei jungen Rotmilanen während der Beringung zu beobachten ist. Ohne jede Regung lassen sich die beiden Altvögel in dunkle Säcke stecken, und sie ergeben sich – zunächst – in ihr Schicksal.

Das liegt im Augenblick in den Händen der Vogelschützergruppe um Jan Protesta. Sie haben die beiden Rotmilane eingefangen, um sie zu besendern, und genau das nehmen sie nun in Angriff.

Die Miniaturisierung der Technik hat in den vergangenen Jahren riesige Fortschritte gemacht. Heute ist es möglich, solarbetriebene Sendetechnik in kleinsten Einheiten zu fertigen. Etwa fünf Gramm wiegt einer der kleinsten derartigen Sender, die vor allem für die satellitengestützte Ortung von Vögeln oder Schildkröten eingesetzt werden.

Zwei solcher Sender hatten die Vogelschützer mit dem Geld der Firma LA.RACHA erworben. Einschließlich Datenübermittlung.

„Wir vertreiben hier die modernsten Satellitensender, sogenannte Plattform Transmitter Terminals, kurz PTT genannt", hatte der Berater im Firmen-Chat des Vertriebsunternehmens geschrieben. „Die sind inzwischen so winzig und leicht, dass sie schon bei so kleinen Vögeln wie einem Kuckuck eingesetzt werden können. Ein Kuckuck wiegt etwa 110 Gramm; unser leichtester PTT bringt es auf gerade mal fünf Gramm", hatte der Berater voller Stolz geschrieben, und verkündet: „Das kann sogar ein kleiner Kuckuck locker tragen. Und ertragen."

„Und wie sieht das bei Rotmilanen aus?", hatten die Vogelschützer gefragt.

„Für einen Rotmilan kann man getrost einen etwas längerlebigen PTT nehmen, der durch die Solarzellen- und Batterie-Ausstattung insgesamt etwa 22 Gramm wiegt", erklärte der Sender-Experte.

„Er deckt den Energiebedarf aus Solarmodulen und ist daher nur für Vögel geeignet, die längere Zeit in der Sonne fliegen und auch ansonsten die Zellen nicht mit ihren Federn verdecken. Das ist ganz wichtig", so der Hinweis des Elektronik-Experten im Chat, den Mark Keting im Beisein der übrigen Vogelschützer mit ihm führte.

„Unsere Sender arbeiten mit dem Satellitensystem ‚Argos', das solltet ihr euch mal im Internet ansehen", war noch der Hinweis und Ratschlag, den die Mitglieder der Gesellschaft für Vogelkunde und Ökologie, GVÖ, umgehend beherzigten.

„Hier, Leute, seht euch das hier mal an", rief Mark Keting zu den übrigen Vogelschützern, nachdem sie eine Weile durch alle möglichen Internetseiten zum Thema „Vogel-Besenderung" und „Satellitentechnik" gesurft waren. Mark hatte eine Seite „maxwissen" angeklickt, die von der Max-Planck-Gesellschaft zur Förderung der Wissenschaften e. V. angeboten wurde. Beim Stichwort „Satelliten-Telemetrie in der Vogelforschung" fand sich ein spannender Text, den die Vogelschützer aufmerksam studierten:

„Die Satelliten-Telemetrie ermöglicht es Vogelforschern (Ornithologen), die Wanderrouten und Aufenthaltsorte von Zugvögeln zu bestimmen. Mit dieser Technik können sie mittlerweile schon mehr als 50 Vogelarten weltweit, darunter Adler, Geier, Kraniche, Störche, Sturmtaucher, Schwäne oder Gänse, permanent beobachten. Dazu werden die Vögel mit kleinen Sendern ausgestattet. Diese wiegen derzeit maximal 60 Gramm. Ein Sender mit einem Gewicht von 35 Gramm macht bei einem Storch nur etwa ein Prozent seines Körpergewichts aus und beeinträchtigt ihn damit überhaupt nicht. Die Tiere tragen die kleinen kästchenförmigen Sender mit einem Mini-Rucksack aus Teflonbändern. Strom erhalten sie durch eine Batterie oder über Solarzellen. Die herausstehende Antenne putzen die Störche wie ihre Federn.

Der Sender gibt pro Minute einen Impuls ab. Dieses Signal wird von einem von fünf Satelliten, die die Erde in einer Höhe von rund 850 Kilometern umkreisen, aufgenommen. In dieser relativ niedrigen Umlaufbahn kann jeder einzelne Satellit aus dem All einen 5000 Kilometer weiten Bereich auf der Erde beobachten. Die Satelliten-Telemetrie-Technik wird von dem kommerziellen internationalen Kooperationsprogramm ‚Argos‘ (Advanced Research and Global Observation Satellite) zur Verfügung gestellt. Über die Sender erhält man die Koordinaten vom jeweiligen Standort des Vogels und weitere Informationen wie etwa die Bewegungsaktivität, die Umgebungstemperatur und die Batteriespannung. Der Satellit übermittelt die Daten dann zur Erde, wenn er die nächstgelegene, für die Telemetrie vorgesehene Bodenstation überfliegt. Von dort aus gelangen sie zum Argos-Betriebszentrum in Toulouse …"

„Toulouse?", fragte einer in die Stille hinein.

„Ja, klar, da ist die Zentrale, ‚Argos‘ ist doch ein amerikanisch-französisches Gemeinschaftsunternehmen und für Europa kommen die Satelliten-Daten halt in Toulouse an. Die werden von da aus weiterverteilt; musst nur lesen“, antwortete Mark Keting hörbar genervt und zeigte auf den Text: „Wenn alles reibungslos läuft, erhalten die Vogelexperten die Daten über die Vögel zwei bis acht Stunden, nachdem die Sender das Signal losgeschickt haben. Unter optimalen Bedingungen können die Wissenschaftler dann bis auf wenige hundert Meter genau sagen, wo sich der Vogel aufhält.“

„Perfekt“, kommentierte Jan Protesta das Gelesene. „Wir sollten die 22-Gramm-Sender bestellen. Wir müssen uns dann nur noch schlaumachen, wie die Sender den Vögeln korrekt umgelegt werden, damit sie nicht behindern oder gar verletzen. Kannst du das übernehmen, Birte?“, hatte Jan die Vogelschützerin gefragt, die freudig zustimmte.

So waren die GVÖ-Mitglieder gut präpariert zur Tat geschritten – und die Vögel waren unverletzt gefangen worden.

Birte hatte ihre Hausaufgaben mithilfe eines Experten des NABU gelöst, der ihr in Telefonaten, mit Schaubildern und Beschreibungen und mit Internet-Links das korrekte Besendern der Rotmilane nähergebracht hatte.

Den letzten Schliff erhielt sie dann, als sie bei einem Tier-Präparator einen Rotmilan in die Hand nehmen und den Sender probeweise anlegen konnte.

Dadurch fühlt sich Birte recht gut vorbereitet, auch wenn sie jetzt, wo es ernst wird, starkes Nervenflattern hat.

Vorsichtig öffnen die Vogelschützer den ersten Sack. Milana rührt sich nicht. Sie ist nach wie vor in Schockstarre und so kann Birte den ersten Sender anlegen, wobei ihre Hände ein wenig zittern und sie selber extrem angespannt ist.

Geschafft! Nach wenigen Handgriffen hat sie Milana den kleinen Sender mit den Bändern wie einen Rucksack auf den Rücken geschnallt und eingeschaltet.

Unterdessen auch Milan, der ebenfalls noch in Schockstarre verharrt, in gleicher Weise mit dem Sender berucksackt wird, nimmt Jan bereits die Vogeldaten auf: Gewicht, Körpergröße, Flügellänge, Schwanzlänge, Schnabellänge und Fangweite.

Gleiches geschieht anschließend mit Milan, und beide Vögel werden von den Vogelschützern schließlich unter der überhängenden Hecke ausgesetzt.

Langsam und bedächtig zieht sich die Gruppe zurück und verfolgte in einiger Entfernung, wie die beiden Rotmilane schon nach kurzer Zeit erste Regungen zeigen, sich zunächst etwas unsicher umschauen, kurz die Lage peilen, sich straffen und dann abheben. Majestätisch kreisen sie eine kleine Weile über dem Ort des Geschehens, gerade so, als wollten sie sich vergewissern, dass das alles nur ein böser Traum gewesen war, um dann zielstrebig zu ihrem Horst und damit zu ihren beiden Jungen zu fliegen.

Welch aufregender Tag für die Vögel.
Welch bedeutender Tag für die Vogelschützer.

DREISSIGSIEBEN

Wie ein Häufchen Elend sitzt Veith Schwarz in einer Kneipe in Quiepra. Ausweislich seines Deckels ist dies bereits die achte Lage Bier und Schnaps, mit der er seinen Schmerz und seinen Zorn ertränkt.

Nach der Versammlung der Vogelschützer, bei der er eine gute Figur gemacht und aufseiten der Mehrheit mitgestritten und gewonnen hatte, hatte es eine Weile so ausgesehen, als würde sich Veith wieder fangen.

Mit seiner Frau hatte er eine Aussprache geführt. Nun ja, es war eher andersherum, seine Frau hatte ihm eine gehörige „Gardinen-Predigt" gehalten, ihn als Waschlappen und Säufer beschimpft, sich bitterlich darüber beklagt, dass er sich so gehen ließ, für nichts mehr Interesse zeigte, Stall und Hof vernachlässigte und auffallend oft betrunken war.

Von der „toten Hose" im Bett gar nicht zu reden.

„Wenn sich das nicht bald ändert, dann bin ich die längste Zeit hier gewesen", drohte ihm seine Holde. Und ihre Miene ließ keinen Zweifel daran, dass sie der Drohung auch Taten würde folgen lassen.

Veith hatte sich die „Predigt" sehr zu Herzen genommen. Er mied fortan tunlichst die Kneipe, widmete sich wieder intensiv seinen Aufgaben in Stall und Hof und kehrte dieserart auf den Pfad der Tugenden zurück. Sogar im Bett hatte es mal wieder leidlich geklappt und alles schien wieder gut zu werden. Bis gestern.

Veith war im Nachbarort Santro unterwegs und wollte bei einem befreundeten Landwirt eine neue Melkanlage besichtigen, als ihm das Auto seiner Frau auffiel. Hatte sie nicht gesagt, sie wollte in Rottenburch einkaufen, überlegte Veith. Abrupt hielt er an. Doch während er noch nachdachte, sah er schon seine Frau zusammen mit einem weitläufigen Bekannten aus dem einzigen Café des Ortes kommen und zielstrebig den Wagen seiner Frau ansteuern. Sie lachten auf dem kurzen Weg von Café zum Fahrzeug und wie es schien, waren sie nicht nur gut bekannt, sondern auch überaus guter Dinge. Beinahe wie zwei Frischverliebte.

Als sie eingestiegen waren und abfuhren, folgte Veith ihnen mit einigem Abstand. Es ging nur ein paar Straßen weit bis auf den Parkplatz des Hotels „Bergheiliger", wo sie in einem abgelegenen Winkel den Wagen abstellten und schnurstracks im Hotel verschwanden.

Veith fühlte Messerstiche ins Herz. Seine Frau mit einem anderen Kerl. Seine Frau betrog ihn – das war glasklar. Was sonst hätten die beiden hier zu suchen?

Wut und Verzweiflung wechselten sich in Veiths Gefühlszentrum ab wie Ebbe und Flut – nur schneller. Und heftiger. Einmal wollte er ins Hotel stürmen, den Kerl von seiner Frau reißen und windelweich schlagen. Dann wieder wollte er wegfahren, zu Hause auf sie warten, um mit ihr zu reden, sie nach dem „Warum" fragen. Wenn er sich vorstellte, der Kerl läge gerade auf seiner Frau, zwischen ihren weit geöffneten Schenkeln, nackt, lustvoll – er konnte es nicht ertragen. Tränen schossen ihm in die Augen. Tränen der Verzweiflung und Tränen des Seelenschmerzes.

Veith startete seinen Wagen und fuhr nach Hause. Er wusste nicht, wo er entlanggefahren war, als er ankam. Er wusste nur, dass sein Leben nicht mehr das war, was er bis heute geführt hatte: weitgehend ruhig, gesichert, von Ausnahmen abgesehen unaufgeregt und in die Dorfgemeinschaft eingebunden.

Veith wusste, dass er an der neuen Situation nicht schuldlos war. Im Gegenteil, seine „große Fresse" und sein Wunsch, das gleiche Ansehen im Dorf zu erlangen wie weiland sein Vater und sein Großvater, hatten ihm nicht nur Freunde beschert.

Als dann die Finanzpleite kam und etliche seiner vormals besten Kumpel plötzlich ihr Geld bei Investments verloren, zu denen er ihnen geraten hatte, hatte er eine schwierige Zeit durchzustehen.

Etliche im Dorf wendeten sich von ihm ab, einige redeten nicht mehr mit ihm, andere schauten nur noch verächtlich weg, wenn er erschien. Viele andere waren nach wie vor gute Nachbarn und gute Bekannte und hatten keine Berührungsängste oder unfreundliche Gedanken.

Natürlich war das alles nicht spurlos an ihm vorübergegangen. Und auch nicht an seiner Ehe. Ja, er hatte eine Menge Fehler gemacht und sogar im Bett waren die Auswirkungen des Drucks zu bemerken gewesen – aber war das wirklich Grund genug für seine Frau, ihn zu betrügen? Mit einem Kerl im Hotel zu verschwinden und sich von ihm vögeln zu lassen? Immerhin waren sie doch verheiratet. Er, Veith Schwarz, hatte seine Frau zu keiner Zeit, bei keiner Gelegenheit betrogen.

Und Gelegenheiten hätte er wirklich schon gehabt.

Veith erinnerte sich an eine Kirchweih, als ihm seine Schwägerin, die Schwester seiner Frau, mehr als „schöne Augen" gemacht und ihn hinter dem Zelt hinter dem Toilettenwagen abgeknutscht und abgegrapscht hatte. „Ich bin schon lange scharf auf dich – und heute ganz besonders", hatte sie gesäuselt und seine Hand auf ihre dralle Brust gelegt.

Damals hatte Veith sich ihr entwunden und war an den Tisch zu seiner Frau zurückgekehrt, hatte weitergefeiert und das schamlose Angebot vergessen. Bis heute. Da fiel es ihm siedend heiß ein.

Und jetzt wusste er auch, was das Sprichwort bedeutet: „Drei Dinge kehren im Leben nicht zurück: die Tage, die du erlebt hast, die Worte, die du gesagt hast, die Chancen, die du verpasst hast."

In einer Eruption von Weltschmerz wartete er auf die Rückkehr seiner „besseren Hälfte".

Als sie kam und er sie mit dem Gesehenen konfrontierte, stritt sie nicht einmal ab, ihn betrogen zu haben. Im Gegenteil, sie drehte die Diskussion so, dass er die Schuld an ihrem Fehltritt trug, dass er ihr „Leben versaut" habe und sie es insgesamt leid sei: in diesem Dorf, in diesem Haus, an seiner Seite.

Während sich seine Frau in das Gästezimmer zurückzog, griff Veith zu seinem bewährten Tröster, dem Hochprozentigen.

Als er am nächsten Morgen erwachte, völlig verkatert, völlig verknittert und vollkommen demoralisiert, war von seiner Frau in Haus und Hof keine Spur. Es gab auch keinen Zettel und auch keine Nachricht auf seinem Handy, wohin sie gefahren war. Weit konnte sie nicht sein, sonst hätte sie Schuhe, Handtaschen, Jacken, Kleider und Wäsche mitgenommen. Das alles war aber noch da, wie er sich bei einem Rundgang überzeugte.

Völlig deprimiert war Veith nach Quiepra gefahren und sitzt jetzt beim bereits achten Bier mit Schnaps und versinkt immer tiefer in Selbstmitleid, hin und wieder unterbrochen durch Eruptionen von Zorn und Aufwallungen vermeintlicher Kraft und Stärke.

„Das wird sie mir büßen", brabbelt er vor sich hin. Und wenig später: „Wenn die sich scheiden lassen will, dann wird sie mich kennenlernen. Keinen Pfennig kriegt die, nicht einen roten Heller, diese treulose Schlampe", macht er sich Mut.

Die aufsteigende Bitternis spült er mit einem großen Schluck Bier hinunter. Und weil man Bier nicht so trocken runterwürgen soll, schüttet er einen Klaren hintennach.

„Die ganzen Jahre hab' ich gut für uns gesorgt und es war immer genug Geld da, und ein Auto hat sie und kann shoppen gehen wie sie will – und das ist der Dank", schimpft Veith weiter vor sich hin. „Lässt die sich einfach von so einem Arsch flachlegen – die hat sie wohl nicht alle", baut sich erneut der Zorn in ihm auf. „Ich nehm' noch mal das Gleiche", ruft er zum Wirt, der bereits angezapft und mit Kennerblick registriert hat, dass mal wieder ein „Pflegefall" vor seinem Tresen sitzt.

„Ärger mit der Frau?", fragt er denn auch mitfühlend, aber Veith winkt nur ab. Er hat kein Bedürfnis, sich mitzuteilen. Die schlechten Erfahrungen mit Jan Protesta sind ihm noch in Erinnerung. Nein, lieber redet er mit sich selber und hadert alleine mit Gott und der Welt, als dass er sich im Suff wieder Mal verplappert. Denn die Gefahr ist groß.

Noch größer ist der Schmerz, den es zu betäuben gilt. Zwei Stunden und sieben „Lagen" später zahlt Veith, von der Toilette zurückschwankend, seine Rechnung. Als er sich mit schwerer Zunge verabschieden will, redet ihm der Wirt ins Gewissen, auf keinen Fall mehr mit dem Auto zu fahren. Artig verspricht er es und trollt sich von dannen.

Angeschlagen, wie er ist, umrundet Veith drei Straßenecken und hat alsbald seinen Wagen gefunden. Zu allem Übel besitzt sein Oldtimer, ein US-amerikanischer Ford Mustang, keine elektronische Fernbedienung, und so ist Veith schwer bemüht, sich mit dem letzten Rest klarer Gedanken zu konzentrieren, um das Türschloss zu treffen und aufzuschließen. Mit einiger Mühe steigt er ein und nach ein paar Versuchen gelingt es ihm tatsächlich, den Wagen zu starten und loszufahren.

Vorsichtig mit nur einem Auge und – wie er glaubt – hochkonzentriert schauend, umkurvt er die Hindernisse, Kreuzungen und Biegungen in der kleinen Stadt und hat trotz aller Widrigkeiten nach einiger Zeit unfallfrei den Ortsrand erreicht. Er atmet durch und beschleunigt den mit 259 Pferdestärken ausgestatteten Fort-Mustang, den er in liebevoller Handarbeit mühsam restauriert hat. „Jetzt fahr' ich heim, und dann kann die Alte was erleben", sind seine letzten Gedanken, bevor es schwarz wird um ihn.

Er nimmt nicht mehr wahr, wie sein Wagen aus der Kurve fliegt, in die er mit extrem überhöhter Geschwindigkeit eingefahren ist.

Er merkt nicht mehr, wie er hinausgetragen wird, wie sich der Wagen mehrfach überschlägt, er gegen das Lenkrad und dann wieder zurückgeschleudert wird, wie sein Kopf gegen die A-Säule seines Mustangs kracht, wie Knochen brechen und Fleisch gequetscht und aufgerissen wird, wie Blut aus ihm läuft und wie er in mühsamster Kleinarbeit von einem Rettungstrupp aus Feuerwehrleuten, Sanitätern und Notarzt aus dem Wrack geschnitten wird, das einmal ein schnittiger Fort-Mustang gewesen ist. All dies bekommt Veith Schwarz nicht mehr mit.

Fünf Stunden lang operiert ein aus mehreren Ärzten gebildetes Team und kämpft um das Leben von Veith. Es gelingt ihnen, die Vitalfunktionen aufrechtzuerhalten und die Verletzungen des Körpers weitgehend zu versorgen. Was bleibt, ist jedoch das „apallische Syndrom".

Als Veith aus dem OP hinaus auf die Intensiv geschoben wird, kann seine von der Polizei alarmierte Frau einen ersten Blick auf ihn werfen. Dann nimmt der Arzt sie beiseite: „Ihr Mann, Frau Schwarz, ist so weit stabilisiert. Rein körperlich wird er wohl wieder gesund werden. Was uns Sorge macht, ist die schwere Schädigung seines Gehirns. Wir nennen das ‚apallisches Syndrom', im Volksmund auch als ‚Wachkoma' bekannt. Es wird durch schwerste Schädigungen des Gehirns hervorgerufen. Dabei kommt es zu einem funktionellen Ausfall der kompletten Großhirnfunktion. Gleichzeitig bleiben die Funktionen von Zwischenhirn, Hirnstamm und Rückenmark erhalten. Ihr Mann wirkt, als sei er wach, aber aller Wahrscheinlichkeit nach hat er kein Bewusstsein mehr."

„Nein" stammelt Veiths Frau. „Das darf doch nicht wahr sein. Was können Sie denn da machen? Wie lange wird das denn so bleiben? Kann er mich wenigstens hören?", überhäuft sie den Arzt mit Fragen. In gebotener Eile, aber auch mit Ruhe vermittelnder Stimme beantwortet der Neurologe ihre diese, ohne ihr jedoch wirklich Trost und Hoffnung geben zu können.

Mit tränenverschmierten Augen betritt sie anschließend das Kran-kenzimmer, in dem Veith teilnahmslos, mit offenen Augen und mit verschiedenen Verbänden und mit Schläuchen an lichtzu-ckenden und tongebenden Instrumenten angeschlossen liegt.

„Was hatte der Arzt gesagt?", versucht sie sich ins Gedächtnis zu-rückzurufen. „Nach drei Monaten ist jeder dritte Wachkoma-Patient wieder bei vollem Bewusstsein. Nach einem Jahr sind es mehr als die Hälfte. Und in Einzelfällen hat es ein Wiedererlan-gen des Bewusstseins auch nach Jahren im Wachkoma gegeben."

„Wie sollte es nun weitergehen?", fragt sie sich und blickt zu ihrem Mann. Ihr schwant, dass es ein langer und schmerzhafter Prozess werden würde. Und erstmals empfindet sie tief im Süden ihres Herzens Leere. Eine Leere, die sie auf keinen Fall mit Schuld-gedanken volllaufen lassen will. Nein, Schuld hat sie nicht am Unfall ihres Mannes. Den hat er selber verursacht.

Plötzlich erschrickt sie. Ist es tatsächlich sie selber gewesen, die die Worte des Evangelisten Johannes gesagt hat: „Wer unter euch ohne Sünde ist, der werfe den ersten Stein!"?

DREISSIGACHT

„Isabel, hier ist Liebich, Dr. Dr. Karlemann B. Liebich, aus Deutsch-land. Ich freue mich sehr, dass ich Sie erreiche, denn ich würde gerne mit Ihnen über den Fortgang unseres gemeinsamen Projekts sprechen. Hätten Sie im Moment Zeit?"

Karlemann sitzt in seinem Arbeitszimmer zu Hause bei sich in Traunsel. Dieses überaus brisante und vielleicht sogar kritische

Gespräch wollte er auf keinem Fall über seine Amtsleitung im Kreishaus führen. Zu viele Ohren, zu viele Unsicherheiten.

Daher hat er sich nach Traunsel zurückgezogen und schon seit Stunden arbeitet es unentwegt in seinem Kopf, denn Karlemann liebt Vieles, nur keine Unannehmlichkeiten oder gar unangenehme Zwänge und Gespräche.

Er neigt dazu, solche Ärgernisse lieber auszusitzen. Damit kommt er seinem politischen Idol, dem langjährigen Kanzler Helmut Kohl, sehr nahe. Und auch in der Figur hat er sich der „Birne", wie Kohl eher spöttisch in den Medien und speziell in Karikaturen veralbert wurde, schon deutlich angenähert.

Beide verbindet eine konservative Grundhaltung, gepaart mit der Beliebigkeit von Positionen „in der Mitte der Gesellschaft". Beide verbindet aber auch die Lust an gutem Essen. War „Saumagen" eines der Lieblingsgerichte des „Dicken", wie der Ex-Kanzler aus der Pfalz in Parteikreisen auch genannt wurde, so ist es beim zunehmend untersetzten Kreisrat vom Fuße des Kupferberger Höhenzuges Wildschwein-Ragout.

Oder Rehrücken. Oder Hirsch-Gulasch. Nicht zu fettig. Aber wohlschmeckend. Und nicht zu viel, aber reichlich.

Und selbstverständlich zusammen mit einem exzellenten Wein. Rot. Rubinrot mit sehr dichter, tiefer Farbe.

Und mit Noten von roten Beeren, Korinthen und Schatten-morellen. Am liebsten ein „Château Montrose", Jahrgang 2001. Leider kostet die Flasche, wie er sie aus Südfrankreich kennt, weit über 100 €uro – und da kommt dann bei Karlemann immer wieder dieser geizige Urinstinkt durch.

Also Spätburgunder, dessen Säure gut mit dem fetten Fleisch harmoniert. Und der nur 16 €uro die Flasche kostet. Mahlzeit!

Isabel bejaht Karlemanns Erkundigung und nach einer höflichen Nachfrage ihrerseits nach dem Befinden hört sie gespannt zu, was der Deutsche ihr sagen möchte.

„Wir haben in der Gesellschaft ‚Kraft durch Wind‘ zusammengesessen und uns mit unsrem Anwalt beraten. Die Frage ist" – eine der Lieblingsfloskeln Karlemanns kommt wieder zum Einsatz – „wie wir das Problem mit den Vögeln lösen können. Wir sind der Ansicht, dass die beiden Greifvögel, wenn sie denn aus ihrem spanischen Winterquartier zurückkommen sollten und wieder denselben Horst belegen, also den an der ‚Kleinen Steige‘, tatsächlich die Windräder verhindern könnten.
Rein rechtlich wäre dann nichts zu machen – und die Natur- und Vogelschützer würden uns auch noch in die Quere kommen und heftigen Protest organisieren", formuliert der Kreisrat seine Bedenken und Sorgen.

Isabel hört sehr genau zu und denkt angestrengt nach. „Was hat er gerade gesagt? ‚Wenn sie aus ihrem spanischen Winterquartier zurückkommen sollten‘…?"

Sie kombiniert blitzschnell und messerscharf: Hatte nicht auch Antonio darauf angespielt, dass das Problem mit den Vögeln in Spanien sehr viel einfacher zu lösen sei als in Deutschland?

Wenn sie es genau überdenkt, dann gibt es nur einen Schluss: Die Vögel müssten abgeschossen werden. Jäger – und Karlemann wie Antonio sind passionierte Jäger – würden damit ganz offenkundig kein Problem haben, wenn es der Sache dient.

Ihr ist bei dem Gedanken mulmig. Andererseits hängt das gesamte Projekt von LA.RACHA, also die ersten sechs Windräder, die Windkraftfabrikation und der Einstieg in den Markt für Windkraftanlagen außerhalb Spaniens, an der Verwirklichung der Planungen. Don Hernández hatte ihr sehr detailliert dargelegt, wie lange er schon nach einem Einstiegsprojekt in Deutschland gesucht hatte. Überall dort, wo es vielversprechende Windflächen gab, waren sie abgeblitzt oder aus dem Markt gedrängt worden.

Die Deutschen verteidigten ihren Heimvorteil mit allen lauteren und vor allem unlauteren Mitteln, so der Vorstandsvorsitzende von LA.RACHA. Deshalb war der Kontakt zu Karlemann und der Gesellschaft „Kraft durch Wind" so bedeutsam. Und daher sollte auch Alles unternommen werden, um zum Erfolg zu kommen. „Und mit Alles meine ich auch ALLES", hatte Don Hernández akzentuiert und betont.

Daran erinnert sich Isabel sehr genau. Auch daran, dass Don Hernández ebenfalls Jäger ist und auch schon zu Gast in der Lodge „Las Tresfuentes" gewesen war, wie er ihr erzählt hatte.

„Passt ja alles", denkt sie bei sich, während sie mit Karlemann telefoniert, der gespannt auf ihre Antwort wartet.

„Señor Liebich, wir teilen Ihre Sorgen. Don Hernández hat mit mir über genau das gleiche Problem gesprochen und er hat auch seine Sorge geäußert, das großartige Projekt könnte vielleicht an den Vögeln scheitern. Er ist der Auffassung, dass das unter allen Umständen vermieden werden sollte. Wir haben deshalb ja schon das Projekt mit den Vogelschützern gesponsert und 10.000 uro ausgelobt, um bessere Daten über die Vögel und ihr Zugverhalten und ihre Lebensumstände zu gewinnen. Jetzt müssen wir abwarten, wohin sie fliegen.

In der Zwischenzeit können wir schon alle erforderlichen Vorbereitungen treffen. Es sind, so die Erfahrung, erhebliche bürokratische und administrative Vorarbeiten notwendig – aber das wissen Sie ja viel besser als wir in Spanien. Wenn ich Don Hernández richtig interpretiere, dann bittet er Sie, in Deutschland für LA.RACHA alle notwendigen Genehmigungen aufzulisten und alle erforderlichen Vorbereitungen zu benennen und uns einen guten Anwalt zu empfehlen, damit wir die Bau-Genehmigung erlangen können. Im Gegenzug kümmern wir uns in Spanien um die Vögel."

Jetzt ist es heraus. Isabel spürt, wie ihr das Herz bis zum Hals schlägt. Wie würde Dr. Dr. Karlemann B. Liebich auf diesen sehr deutlichen Hinweis regieren?

Für einen langen Moment herrscht Schweigen in der Leitung. Isabel kann förmlich zuhören, wie Karlemann nachdenkt. Dann vernimmt sie ein Räuspern und die Stimme des Deutschen: „Ich denke, dass wir mit dieser Arbeitsteilung unser gemeinsames Ziel erreichen werden. Und zwar relativ zügig – vorausgesetzt, es gibt keine Greife in der Nähe der ins Auge gefassten Bauplätze für die sechs Windräder.

Wir können alle erforderlichen Schritte in einem Zeitplan und einem Genehmigungsraster auflisten, der Schritt für Schritt ab-zuarbeiten ist. Und wir können dafür einen versierten Fachanwalt besorgen. Außerdem verfüge ich über exzellente Beziehungen zur Genehmigungsbehörde und kann auf dem sogenannten ‚kleinen Dienstweg' Vieles bereinigen oder erledigen, ohne dass wir zu viel Zeit verlieren. Aber wie gesagt: Das funktioniert nur, wenn das erforderliche avifaunistische Gutachten keine Probleme aufzeigt."

Isabel fällt der Stein vom Herzen. Ihr deutscher Partner hat ver-standen – und er ist einverstanden. Für diesen Fall hat sie noch einen weiteren Auftrag ihres Vorstandsvorsitzenden im Gepäck.

„Wunderbar", sagt sie zu Karlemann. „Ich denke, es wird eine sehr erfolgreiche Kooperation.

Ich habe von Don Hernández noch eine Einladung an Sie aus-zusprechen, verehrter Dr. Liebich. Er würde Sie sehr gerne zu einem Wochenende nach Spanien einladen. Ich habe ihm erzählt, dass Sie Jäger sind. Er selber liebt auch die Jagd und er würde sich gerne mit Ihnen auf der Jagd-Finca ‚Las Tresfuentes‘ treffen, um alle weiteren Details und Vorgehensweisen zu besprechen – und natürlich auch, um ein paar Rothühner zu jagen. Er freut sich, wenn Sie zusagen.“

Isabel kann nicht sehen, wie sehr Karlemann ob dieser überraschenden Einladung strahlt. Sie ahnt es allerdings, als er, mit freudig erregter Stimme, spontan zusagt und ihr anbietet, ihr in kürzester Zeit zwei Wochenendtermine zu mailen, an denen es nach seinem Terminplan ginge.

Isabel stimmt zu und nach einigen weiteren Höflichkeiten verabschieden sie sich und beenden das Telefonat. An beiden Enden der Leitung herrscht „vollste Zufriedenheit“.

„Toda gran falta es un acto de egoísmo.“

DREISSIGNEUN

„Dr. Dr. Karlemann B. Liebich aus Deutschland hat mir eben in einer E-Mail das dritte und das vierte Wochenende im August als mögliche Termine für ein Treffen mit Ihnen in der Lodge ‚Las Tresfuentes‘ genannt. Wäre das für Sie auch möglich?“ Isabel sitzt bei Don Hernández im Büro und blickt in die dunklen Augen ihres Vorstandsvorsitzenden. „Schöne Augen eines schönen Mannes“, denkt sie so bei sich.

Don Hernández lächelt unergründlich. Er hat gehofft, dass der Deutsche auf das Angebot eines Treffens auf der Jagd-Lodge eingehen würde, nachdem Isabel ihm erzählte, dass er begeisterter Jäger sei und von „Las Tresfuentes“ träume.

„Zwei Tage bei Rotwein und Rothuhn, bei Jagd und bei Tisch, im Gespräch und im Anstand – da sollte es doch möglich sein, eine Verabredung zu treffen, um dieses überflüssige Problem von zwei Greifvögeln aus der Welt zu schaffen", dachte der Vorstandsvorsitzende des Unternehmens LA.RACHA und blickte voller Wohlgefallen auf seine junge und attraktive Deutschlandbeauftragte. Sie hatte sich hervorragend eingefügt in sein Marketing-Team und mit der Beauftragung der Koordinierung aller Aktivitäten in Deutschland hatte sie eine besondere Aufgabe erhalten, der sie sich mit ganzer Hingabe, aber auch mit klugem Einfühlungsvermögen widmete. Lediglich bei der Beseitigung dieses speziellen Problems der Vögel würde er ihr unter die Arme greifen müssen, war sich der Patrón sicher. Dafür ist sie nicht recht geeignet – aber eine schnelle, gründliche und „saubere" Lösung würde mit Sicherheit dafür sorgen, dass Isabel das Projekt zu einem erfolgreichen Abschluss und damit zu einem großen Durchbruch seiner Firma würde führen können.

„Isabel, ich wäre Ihnen sehr verbunden, wenn Sie für das letzte Wochenende im August in der Lodge alle notwendigen Vorbereitungen und Reservierungen vornehmen könnten. Sagen Sie Joaquín, also Señor Rodrigo Cazallen, dem Besitzer der Finca ‚Las Tresfuentes' einen herzlichen Gruß von mir – und dass ich mich sehr freue, wenn ich mit meinen Gästen bei ihm an dem Wochenende schießen kann."

„Die Lodge ‚Las Tresfuentes' ist mir bekannt, Don Hernández", platzt es aus Isabel heraus. Der Patrón schaut vom Terminplaner seines Smartphones hoch und ist einigermaßen überrascht. „So", sagt er mehr fragend als feststellend.

„Ja", sprudelt es aus Isabel, „mein Urgroßvater war Restaurator und hatte am Wiederaufbau und der Rekonstruktion mitgewirkt. Bei mir zu Hause hängt ein Foto, das ihn vor der Baustelle von ‚Las Tresfuentes' zeigt. Das war mal eine Stierkampf-Farm, und mein Freund züchtet gleich neben der Lodge Kampfstiere auf seiner Finca in der Nähe von Matilla de los Caños del Río."

Deutlich überrascht sagt Don Hernández : „Das würde bedeuten, dass Antonio Gollardi Readolo Ihr Freund ist?"

„Ja", erwidert Isabel und schaut ihrerseits fragend in die Augen ihres Chefs. „Kennen Sie Antonio?"

„In der Tat kennen wir uns", lächelt Don Hernández. „Ich habe ihn bei einer Rothuhn-Jagd genau dort auf der Lodge kennengelernt und wir haben eine sehr angenehme Zeit verbracht. Als Jäger findet man ja schnell ein gemeinsames Gesprächsthema, aber mit Antonio war es etwas mehr. Wir haben uns wirklich ausgezeichnet unterhalten, hatten sofort einen Draht zueinander und es wäre mir eine große Freude, wenn Sie und Antonio an dem Wochenende mit dabei sind, wenn der Deutsche auf die Lodge kommt. Bitte reden Sie doch mit Antonio und richten ihm herzliche Grüße aus und dass ich mich sehr freuen würde, wenn er gemeinsam mit Ihnen Gast von LA.RACHA in ‚Las Tresfuentes' sein würde. Wer weiß, vielleicht kann Antonio einen Beitrag leisten bei der Lösung unseres Problems mit den Vögeln in Deutschland. Ich bin nämlich nicht gewillt, nur wegen zweier Vögel den Erfolg unserer Arbeit im wahrsten Sinne des Wortes ‚davonfliegen' zu sehen", merkt der Patrón an.

Isabel registriert die Veränderung im Tonfall ihres Vorstandsvorsitzenden. War seine Stimme bei der Erwähnung Antonios und der Einladung zur Lodge noch weich und melodisch gewesen, so ändert sie sich abrupt in harsch und rau, als es um die Vögel und das Problem bei der Frage der Windkraftanlagen in Deutschland geht.

Nein, so geht es Isabel durch den Kopf, ihr Patrón war nicht gewillt, die Windräder kampflos zwei Greifvögeln zu opfern. Eher würde er es umdrehen, daran hat sie jetzt keinen Zweifel mehr. Vermutlich reift bereits ein Plan in seinem Kopf – oder er hat ihn bereits seit einiger Zeit und löst eben die letzten Fragen der Umsetzung.

„Hoffentlich geht alles gut", überlegt Isabel und lächelt Don Hernández zu.

„Ich kümmere mich um das Wochenende auf der Lodge und ich denke, es wird alles zur Zufriedenheit aller vorbereitet sein. Und herzlichen Dank für die Einladung; ich kann im Moment nur meine Zusage geben, werde aber umgehend mit Antonio sprechen und ich hoffe sehr, dass es ihm auch möglich sein wird, dabei zu sein. Ich denke mal, er wird es einrichten, wenn es irgendwie möglich ist – immerhin ist er begeisterter Jäger. Und vielleicht hat er ja inzwischen auch die Zusage aus Pamplona, dass beim ‚Sanfermines' Stiere aus seiner Zucht laufen. Dann ist er bestimmt noch mal so gerne mit von der Jagd-Partie."

„So?", fragt Don Hernández. „Das ist ja großartig. Ich habe Anfang Juli ein Treffen mit einem Kunden in der Nähe von Pamplona und wollte die Gelegenheit nutzen, um mit meiner Frau zusammen endlich mal ‚Sanfermines' zu erleben und den ‚Encierro' zu sehen. Wir hatten das schon einige Male vor, aber geklappt hat es bisher noch nicht. Dieses Jahr aber bietet es sich an, wenn ich ohnedies einen Termin in der Region Navarra habe. Ich drücke ihm mal kräftig die Daumen, dass es mit seinen Toros klappt – dann haben wir gleich noch einen Grund mehr, uns den Stierlauf anzuschauen."

„Antonio hat an der ‚Curva de Mercaderes' die Möglichkeit, von einem Balkon aus den Stierlauf zu verfolgen. Wir hatten vor ein paar Tagen darüber gesprochen und er hat angeboten, dass Sie und Ihre Frau gerne als Gäste willkommen sind und wir gemeinsam den ‚Encierre' anschauen. Es ist eine der exponiertesten Lagen überhaupt, weil man an der Stelle die Stiere vom Rathausplatz durch die Engstelle kommen sehen kann, und sie dann durch die Kurve in der ‚Calle de la Estafeta' weiterlaufen sieht, bis sie kurz vor der Arena verschwinden. Ich würde mich sehr freuen, wenn Sie zusagen", betont Isabel.

Don Hernández lächelt sie freundlich an und sagt begeistert zu. Sie unterhalten sich noch ein wenig über Pamplona und das Fest, bevor Isabel in ihr Büro zurückkehrt und sich an die Arbeit macht.

Als Erstes unterrichtet sie Antonio von der Zusage des Patróns, der mit seiner Frau und ihnen zusammen vom Balkon des Hauses „Calle de los Mercaderes 23" den Stierlauf anschauen möchte. Antonio ist sehr angetan von der Zusage.

Noch mehr erfreut ihn die Einladung auf die Lodge „Las Tresfuentes" und das geplante Rothuhnschießen.

„Für dein Vogelproblem finden wir dann auch noch eine passende Lösung", versichert ihr Antonio. „Mach' dir keine Sorgen", gibt er ihr noch mit und wirft ihr ein virtuelles Küsschen durch die Telefonleitung zu.

„Del dicho al hecho hay un gran trecho."

VIERZIG

„Welch prachtvolle Stiere. Und der mächtige schwarze mit den kleinen weißen Flecken an den Flanken gefällt mir am besten. Der ist eine Kampfmaschine und sieht richtig edel aus!"

Don Hernández Monrique de Taray y Gorzón, der Vorstandsvorsitzende der Windkraftfirma LA.RACHA, schaut mit Bewunderung und Feuer in den Augen auf das Schauspiel, das sich ihm in der Straße unter dem Balkon bietet.

Gemeinsam mit seiner Frau Marie-Asunción sowie seiner Deutschland-Beauftragten, Isabel de Guideará, und deren Freund Antonio Gollardi Readolo verfolgt er begeistert den „Encierro", den weltberühmten Stierlauf durch die Straßen von Pamplona.

Abertausende Menschen säumen die 825 Meter lange Strecke, beginnend am Tor der „Corrales de Santo Domingo" zwischen dem Fluss Arga und dem Kultusministerium der Provinz Navarra.

Von dort durch die „Calle de Santo Domingo", vorbei am Navarra Landesmuseum geht es bis hin zur ersten gefährlichen Kurve, wenn die Laufstrecke am Dominikaner-Konvent „Santo Domingo" und dem Rathaus von Pamplona entlang und um die „Plaza Consistorial" herum in die „Calle Mercaderes" einbiegt, die im ersten Teil besonders eng ist.

Sie weitet sich erst wieder auf vor der Landesbank Navarra, um dann mit der scharfen Einbiegung in die „Calle de la Estafeta" die gefährlichste Stelle der gesamten Strecke zu bilden: die „Curva de Mercaderes".

Von dort aus geht es für lange Meter geradeaus, vorbei am legendären „Gran Hotel La Perla" und am eindrucksvollen Gebäude der Caixa-Bank und entlang zahlreicher Bars, Restaurants und Geschäfte und auch vorbei am Denkmal von Ernest Hemingway am platanenbestandenen Eingangsplatz der Stierkampfarena von Pamplona, dem Ziel des „Encierro".

Don Hernández und die drei anderen haben aber keinen Blick für Geschäfte, Bars oder Gebäude entlang der Straßenränder. Ihre Aufmerksamkeit gilt in erster Linie den 12 Tieren, die gerade durch die gefährliche Kurve laufen und in die lange Straße einbiegen.

Sechs rot-bunte Ochsen mit großen Glocken, weitere sechs schwarze Kampfstiere – mehr als acht Tonnen Muskeln und Fell, Hörner und Hufen laufen im Pulk und begleitet von hunderten rennender, schreiender, weiß gekleideter Männer – sowie einigen wenigen Frauen.

Wie eine Welle hatten die vier Beobachter des Spektakels die Tiere und die Läufer anbranden sehen, verfolgten das Einbiegen in die gefährlich rutschige und enge „Curva de Mercaderes" und beobachten jetzt, wie sich die geballte Masse Tier und Mensch rasch Richtung Ziel bewegt.

Welch ein Schauspiel, das sich den beiden Paaren auf dem Balkon des Hauses „Calle de los Mercaderes 23" und den vielen tausenden anderen Schaulustigen des „Encierro" bietet.

Antonio hatte den Balkon für Isabel und ihren Vorstandsvorsitzenden sowie dessen Frau hergerichtet. Das Haus gehört seiner Familie und es ist seit langen Jahren vermietet. Für „Sanfermines" allerdings hat er eine besondere Vereinbarung mit seiner „Madrina", seiner heiß geliebten Patentante Guillelmina, die im ersten Stock des Hauses lebt.

Sie hat nichts übrig für „den Rummel", wie sie das Volksfest eher abfällig als spöttisch bezeichnete, bei dem ihrer Ansicht nach doch nur „getrunken und gesündigt wird".

Schon seit langen Jahren flieht sie regelmäßig aus ihrer Wohnung und aus der Stadt und verbringt die ersten drei Wochen des Juli bei ihrer besten Freundin in Andalusien, wo es zu dieser Jahreszeit zwar schon etwas wärmer, aber gerade noch erträglich ist.

Ein Glücksfall für Antonio.
Das Haus hat eine exponierte Lage an der „Curva de Mercaderes" und vom Balkon aus kann man den Stierlauf über eine große Strecke verfolgen.

Schon als Heranwachsender hatte Antonio mit seiner Lieblings- und Patentante vereinbart, dass er während ihrer Abwesenheit auf die Wohnung Obacht geben würde und er sie im Gegenzug dafür bei „Sanfermines" mit „ein paar Freunden" zum Anschauen des „Encierro" nutzen dürfte.

„Aber es wird mir keine Unordnung gemacht", hatte seine Tante augenzwinkernd und mit Blick auf die hübschen Begleiterinnen ihres Neffen verfügt.

Nein, Unordnung hatte Antonio nie gemacht, wohl aber Herzen erobert und gebrochen und so manchen Liter Wein genossen. Mit der Wohnung verband er angenehmste Erinnerungen, die er aber fest in Kopf und Herz verwahrte.

Und vom Balkon aus hatte er schon zahlreiche Stierläufe mitverfolgt und hatte manches Spektakel, bisweilen aber auch manches Unglück gesehen.

Die exponierte Lage bietet einen einmaligen Blick auf das größte Ereignis, das die Stadt seit beinahe 700 Jahren zu bieten hat: Nach rechts blickend kann man die „Calle Mercaderes" fast komplett überschauen und sieht, wenn die Läufer und die Stiere durch die zunächst enge, dann aufgeweitete Straße herangelaufen kommen. Man kann hautnah mitverfolgen, welch wagemutige Männer es riskieren, genau an diesen besonders gefährlichen Stellen an der Seite der Stiere zu laufen. Oder welche beinahe selbstmörderischen Aktionen einige der Läufer vollziehen, um ins Bild zu kommen, wenn der „Encierre" im Fernsehen übertragen wird.

Antonio erinnert sich an sensationelle Szenen, die sich in den vergangenen Jahren immer wieder mal beim „Encierro" vor allem in „Calle und Curva Mercaderes" abgespielt haben.

Die meisten der überwiegend einheimischen Stierläufer sind weiß gekleidet und tragen rote Halstücher als Erinnerung an die Enthauptung des Heiligen Firmin sowie rote Schärpen. Leicht davon zu unterscheiden sind die – leider vielfach angetrunkenen – Touristen, die sich auf die Strecke wagen.

Leider. Denn sie interessieren sich in vielen Fällen nicht für die wenigen, aber lebenswichtigen Regeln, die für den „Encierro" in Pamplona gelten: Niemand darf beim Stierlauf stehen bleiben oder rückwärts laufen. Weder schwangere Frauen noch Kinder dürfen teilnehmen. Selfies sind verboten.

Die Polizei versucht, diese Regeln durchzusetzen, und entfernt offensichtlich alkoholisierte Teilnehmer. Trotzdem werden jedes Jahr zahlreiche Mitläufer verletzt. Seit 1924 wurden 15 Menschen beim Stierlauf getötet.

Die Stiere und die sie begleitenden Ochsen sind bis zu 25 Stundenkilometer schnell und die Läufer können nur kurze Zeit Schritt halten und müssen zudem Obacht geben, wollen sie nicht Gefahr laufen, von den Hörnern aufgespießt oder von den massigen Tieren überrannt zu werden.

In der „Curva" kommt es durch den rutschigen Straßenbelag immer wieder mal zu Stürzen und einmal sah Antonio, wie ein Knäuel Läufer von einem taumelnden Stier, der ausgerutscht war, in das Holzgatter gedrückt wurde.

Aber Gott sei Dank rappelten sich alle wieder mehr oder wenigen unverletzt auf und folgten dem Pulk, der unbeeindruckt weiter Richtung Arena unterwegs war.

Nur gut zweieinhalb Minuten dauert es, bis die Stiere in Begleitung der Ochsen die Arena erreicht haben – ein kurzes, aber unglaublich erregendes Vergnügen. „Beinahe wie Sex", hatte Antonio einmal sinniert. „Aber nur ‚beinahe'."

Damals war der Plan in ihm gereift, Stiere, edle spanische Kampfstiere zu züchten, und sie einem Millionen-Publikum bei diesem „Encierro" und bei vielen anderen zu präsentieren.

Stiere, wie sie edler nicht sein konnten, war das Zuchtziel, das Antonio anstrebte.

Er hatte viel Geld investiert – und bei dem Kälbchen, das aus dem Samen des berühmten „El Ratón" entstammte, hatte er von Beginn an ein gutes Gefühl. Eine Eingebung, die nicht trog. Der Kleine wuchs und gedieh prächtig und jetzt, in seinem fünften Jahr, hatte Antonio mit „El Tronido" erstmals einen Zenit erreicht, von dem er immer geträumt hatte.

Und heute nun steht er mit Isabel, ihrem Vorstandsvorsitzenden und dessen aparter Frau auf dem Balkon seiner „Madrina" und verfolgt den „Encierro" mit ganz anderen Augen: Zum ersten Mal ist einer seiner edlen Kampfstiere mit dabei; ist ausgewählt worden aus dem Heer der vorgestellten Stiere aus ganz Spanien und hat sich durchgesetzt gegen die großartigsten Toros der bekanntesten Stierzüchter des Landes.

Antonio war in Jubel ausgebrochen, als er, von den Granden des Festes nach Pamplona geladen, den Vertrag über den Einsatz seiner beiden besten Kampfstiere erhielt und unterzeichnete. Darauf hatte er hingearbeitet. Dazu hatte er so viel Fleiß und Geld und Arbeit in seine Stierzucht investiert. Und jetzt konnte er den Lohn dieser Arbeit einfahren.

„Der Stier, der Ihnen so gut gefällt, verehrter Don Hernández, stammt aus meiner Zucht. Es ist mein Kampfstier ‚El Tronido'. Er ist der stärkste und klügste aller meiner Stiere. Sein Vater war der unvergessene ‚El Ratón' …"

„Etwa der berühmte ‚El Ratón', der – ich glaube – drei Menschen getötet und viele andere verletzt hat?"

„Genau der", antwortet Antonio, „das ist der Vater von meinem ‚Donnerschlag', der da hinten läuft und gleich in die Arena einbiegen wird. Wir können ihn heute Mittag zusammen ansehen, wenn

Sie mögen. Um 11:00 Uhr beginnt in der Arena der ,Concurso recortadores con toros'. Ich habe Karten und wenn Sie Lust dazu haben, sehen wir uns die Schaukämpfe gemeinsam an, dann können wir ,El Tronido' und die anderen Prachtstiere hautnah erleben."

„Sehr gerne", nimmt Don Hernández das Angebot an. „Vielen Dank für die überaus großzügige Einladung. Mein Büro hatte keine Karten mehr bekommen, denn der Schaukampf ist schon seit Längerem ausverkauft. Ich freue mich, wenn es jetzt doch noch gelingt, denn meine Frau und ich schauen uns viel lieber den ,Concurso recortadores' an als eine ,Corrida'."

Don Hernández ist die Freude über die Einladung anzusehen und er unterrichtet seine Frau von der Überraschung, die kurz mit ihm tuschelt. „Wir wollten heute Mittag im ,Café Iruña' eine Kleinigkeit essen", wendet sich Don Hernández an Isabel und Antonio. „Es wäre mir eine Freude und eine Ehre, wenn Sie unsere Gäste sind."

„Na dann", lacht Antonio, „können wir ja unseren Tisch zurückgeben; ich hatte nämlich auch Plätze reservieren lassen." Er blickt zu Isabel, die nickt, und mit der Zusage bedankt er sich zugleich für die Einladung.

„Wir haben zu danken", merkt Don Hernández an, „für den großartigen Platz auf Ihrem Balkon. Es war ein grandioses Ereignis, den Stierlauf verfolgen zu können, und von hier oben hat man einen solch fantastischen Blick auf den Encierro, wie ich es nicht geglaubt hätte."

Die beiden Paare trennen sich für kurze Zeit, jedoch nicht, ohne sich für 11:00 Uhr in der Arena zu verabreden, wo sie gemeinsam den Schaukampf und vor allem „El Tronido" erleben wollen.

Es wird eine „sensationelle Schau", wie Don Hernández und seine Frau ein ums andere Mal begeistert ausrufen.

Wagemutige junge Männer stellen sich ohne Waffen den Stieren, warten, bis die Kolosse losrennen, täuschen eine Seitenbewegung an, der der Stier folgt, und gehen in der Gegenbewegung in ein elegantes Hohlkreuz, durch das die Hörner des Kampfstieres um wenige Millimeter an den Rückenpartien der Wagemutigen vorbeistreichen.

Eine Art von Kampf, die ungeheuren Mut, aber auch eine große Portion Kühnheit und Erfahrung benötigt, soll der Torero unbeschadet die Arena verlassen können.

Sprünge sind die zweite große Kunst, die gezeigt wird. Frontal auf den sechshundert Kilo schweren Stier zulaufen und im rechten Moment abspringen und den Stier mit einem Salto überspringen – das zeigen die jungen kräftigen, aber eleganten Kämpfer einem begeisterten Publikum, das in Laufe der Schau seinen Liebling, den Champion, „herausklatscht".

Es gibt eine „Tour" von kühnen Stierkämpfern quer durch Portugal, Spanien, Andorra bis hin nach Südfrankreich.

Überall dort, wo die „Corrida" abgelehnt wird, feiert diese Art von Ersatz schöne Erfolge und sorgt bei großem Publikum für ähnliche Begeisterung wie anderenorts der Auftritt von Matador, Picadores und Banderilleros.

Eine gute halbe Stunde später verlassen die beiden Paare die Arena. Die Damen unterhalten sich angeregt über die Show und tauschen ihre Bewunderung über die Anmut und die Eleganz und die Kraft der Toreros aus und sind sich in ihrer Beurteilung einig: Nummer drei, ein 26-jähriger hochgewachsener glutäugiger Torero aus der Nähe von Granada, hat ihnen beiden ganz eindeutig am besten gefallen.

Aber auch die anderen Akteure waren durchaus „Sahneschnittchen", wie es Isabel ausdrückt, nicht ohne zuvor einen prüfenden Blick auf die beiden Männer hinter ihnen geworfen zu haben.

Doch Antonio und Don Hernández sind in ein Gespräch vertieft, das sich zunächst um die Stiere dreht. Vor allem deshalb, weil Antonio voller Stolz von seinem Kampfstier „El Tronido" geschwärmt und mit etwas Wehmut in der Tonlage angemerkt hatte, dass dieser „leider, leider" nicht schon der Star in den Arenen war, als der baskische Künstler Rafael Huerta das beeindruckende Kunstwerk „Monumento al Encierro" schuf, das in der Avenida Roncesvalles steht.

„Monumental" – genau so, wie es Rafael Huerta genannt hat.

„Mein ‚Tronido' hätte da wunderbar hineingepasst – leider war er da noch kein Stier. Er war nicht einmal geboren. Na gut, man kann eben nicht alles haben", zuckt Antonio die Schultern und lächelt.

„Ich hoffe, das werde ich nicht auch noch mal sagen müssen, wenn es um meine neuen Windräder in Deutschland geht", lenkt Don Hernández das Thema zu seinen aktuellen Überlegungen.

„Isabel hat mir ein ganz kleinwenig Einblick gegeben", greift Antonio das Thema auf. „Es scheint da ein Problem mit zwei Raubvögeln zu geben. Wenn Sie mich fragen, Don Hernández, dann ist das doch nicht wirklich ein Problem, oder?"

Der Patrón schmunzelt in sich hinein. Seine Einschätzung hatte ihn nicht getrogen. Isabel ist verliebt – und Verliebte erzählen sich einiges.

Und Antonio ist Jäger – der sieht das Problem mit zwei Greifvögeln gar nicht als Problem an. Vermutlich würde er es mit zwei, drei gezielten Schüssen aus der Welt schaffen.

„Die Deutschen sind sehr sensibel, wenn es um bedrohte Tiere und besonders um seltene Vögel geht. Ich persönlich glaube ja nicht, dass der ‚Milano Real', um den es in unserem Falle geht, vom Aussterben oder von der Ausrottung bedroht ist. Wenn ich auf die Jagd gehe oder wenn ich durch das Land fahre und unsere Windkraftanlagen besichtige, dann sehe ich von Herbst bis Frühjahr jede Menge der Greifvögel. Und unter unseren Windrädern liegen sie auch nicht zu tausenden tot herum, weil sie von einem Flügel der Windkraftanlage getroffen wurden. Also mein Eindruck ist, dass es sich dabei auch mal wieder um so eine typisch deutsche Hysterie handelt.

Andererseits haben sie in Deutschland eine ganze Reihe von ziemlich aggressiven und kompromisslosen Vogelkämpfern, die nicht ohne sind. Die können auch deshalb, weil sie bis zur letzten Möglichkeit den Rechtsweg nehmen und sie inzwischen ein paar Gesetze auf ihrer Seite haben, ganz schön Ärger machen und im Extremfall sogar das Aufstellen von Windrädern verhindern."

„Droht das Ihren Windrädern etwa auch?", fragt Antonio dazwischen.

„Leider ja, denn es gibt da am Rande des möglichen Bauplatzes einen alten Horst mit zwei der Greife und da haben sich schon ein paar von den Verrückten gefunden, die mit aller Härte das Aufstellen der Windkraftanlagen verhindern wollen, nur damit die zwei verdammten Vögel da nisten können."

„Isabel hat mir von Ihrem Coup erzählt, dass Sie die Vogelschützer mit einer Spende für eine Besenderung erst einmal ruhiggestellt haben – ein großartiger Schachzug, aber das kann ja wohl nur dazu führen, dass das Problem verschoben wird und nicht gelöst. So wie ich das sehe, auch nach dem, was Sie mir jetzt erzählt haben, benötigen Sie unbedingt eine Endlösung, oder?" Antonio schaut gespannt in die Augen von Don Hernández. Und er glaubt, eine Art Blitzen erkennen zu können bei der Erwähnung der „Endlösung". Er ahnt schon, dass der Vorstandsvorsitzende von LA.RACHA seine ganz eigene, zielführend finale Problembehandlung im Kopf hat.

Einen kurzen Moment lang schwankt Don Hernández, ob er Antonio einen Satz mehr sagen soll, als er dies gegenüber Isabel getan hatte. „Kann ich es wagen?", fragt sich der Herr über tausende Arbeitsplätze in Spanien.

„Die Frage ist, ob die Vögel wieder nach Deutschland zurückkehren, wenn sie hier bei uns in Spanien in ihrem Überwinterungs-Quartier sind", wirft der Patrón als Spielball ins Gespräch.

Antonio greift ihn unverzüglich auf. „Bei uns ist es für solche Vögel viel gefährlicher als anderenorts. Da kann leicht etwas passieren. Und bei den zahlreichen ‚Monterías' kann es immer wieder mal zu dem einen oder anderen Fehlschuss kommen. Das wäre nicht zum ersten Mal so", bekräftigt Antonio die unausgesprochene Lösung für das Problem.

„Ich kenne keinen Jäger, der so schießt", erwidert Don Hernández und schaut Antonio erwartungsvoll an.

„Ein alter Bekannter von mir hat beim Militär bestens geschossen, aber bei Treibjagden auf Rothühner ist er nicht so treffsicher. Der legt lieber auf Einzelziele an, die er länger ins Visier nehmen und dann umso erfolgreicher erlegen kann", bemerkt Antonio. „Ich könnte mit ihm reden; er ist finanziell etwas unter Druck und bei entsprechendem Anreiz könnte er zweifellos offen sein für eine Nebentätigkeit, die gut etwas einbringt. In einem solchen Falle eher sehr gut."

„LA.RACHA", wirft der Patrón beinahe beiläufig ein, „ist nicht nur ein Windkraft-Unternehmen, wir kommen eigentlich aus dem Hochbau und verfügen über eine große Zahl von Eigentumswohnungen in verschiedenen Regionen. Nichts Besonderes, aber für ein bis zwei Personen gerade das Richtige.

Das Problem ist natürlich immer, nicht mit unlauteren Machenschaften in Verbindung gebracht zu werden. Das ist die größte

Gefahr, denn schon beim bloßen Verdacht bleibt immer etwas hängen. Und das ist äußerst schädlich. Die Deutschen haben dafür in Sprichwort, das etwa lautet: ‚Wenn über eine dumme Sache endlich Gras gewachsen ist, kommt sicher ein Kamel gelaufen, das alles wieder runterfrisst.‘ Das kann ich natürlich auf keinen Fall riskieren.“

„Das verstehe ich sehr gut“, antwortet Antonio.

„Wie geht es eigentlich mit Ihrem Kampfstier weiter, ich meine Ihren ‚El Tronido‘? Haben Sie schon weitere Engagements?“

Antonio ist etwas überrascht von diesem plötzlichen Themenwechsel und berichtet, dass er „El Tronido“ für die Zucht verwenden und bei weiteren Schaukämpfen einsetzen wolle.

„Ich verfüge über ausgezeichnete Verbindungen zu den Veranstaltern verschiedener ‚Encierros‘ aber auch ‚Corridas‘ in ganz Spanien“, bemerkt Don Hernández – und Antonio ist schlagartig klar, in welche Richtung der Patrón mit ihm will.

„Ich könnte mich für Sie und Ihren ‚Donnerschlag‘ verwenden, wenn es Ihnen Recht wäre, verehrter Antonio“, bietet Don Hernández an und schaut seinem Begleiter fest in die Augen.

„Das wäre großartig“, erwidert Antonio. „Solch ein edler Kampfstier – das ist schon etwas ganz Anderes als ein paar lästige Vögel oder einige Rothühner.“ Beide lächeln wissend und in stiller Übereinkunft ist der Pakt geschlossen.

Sie beschleunigen ihre Schritte, um zu ihren Damen aufzuschließen, denn sie sind während des Gesprächs deutlich zurückgefallen. In den Arkaden und der Türe zum „Café Iruña“ sind sie wieder aufgerückt und gemeinsam treten die beiden Paare ein in eine Welt, die 1888 geschaffen und seitdem liebevoll und pfleglich bewahrt wurde: das Wohnzimmer von Pamplona. Belle Époque!

Als sei die Zeit stehen geblieben im Historismus, vereint mit Jugendstil und zweifellos beeinflusst von der genialen Kunst der „Modernisme" eines Antoni Gaudí, beeindruckt das „Café Iruña" den ästhetisch empfänglichen Besucher.

Marmortische, reichlich dekorierte Säulen, große goldene Spiegel, vielfarbige Ornamente und Wappen und eine lange Theke – so sah es auch schon aus, als im Eröffnungsjahr das Stromnetz der Stadt ebendort offiziell in Betrieb genommen wurde.

„Können wir jemals von etwas Gutem zu viel haben?", erkannte schon 300 Jahre zuvor Miguel de Cervantes-Saavedra.

Welch ein Farben-, Formen- und Details-Fest für das Auge des Betrachters: prächtig, ohne schwülstig zu sein, schön, ohne zu übersättigen, feudal, doch keineswegs elitär. Eine „gute Stube" in der Stadt. Und eine berühmte zudem.

Und tatsächlich, am „Rincón de Hemingway en el Café Iruña" steht Ernest Hemingway höchstpersönlich. Lässig, in der entspannten Haltung zum Aperitif am Nachmittag, einen Fuß auf dem Absatz, einen Unterarm auf dem Tresen, ist der große Dichter genau dort in Bronze und lebensgroß verewigt, wo er während seiner schriftstellerischen Recherche- und Schaffensphasen für das Werk „Fiesta" seinen Stammplatz hatte. Und sein Blick ist der eines Mannes, der weiß, es wäre besser, zu gehen; der im selben Moment jedoch eine neue Bestellung aufgibt, um nicht in Versuchung zu kommen, seiner Vernunft zu folgen.

„Sie möchten einen Tisch zurückgeben?" Der Camarero kann es kaum glauben, dass an „Sanfermines" und noch dazu zur besten Tageszeit ein Tisch im angesagtesten Restaurant der Stadt zurückgegeben wird. Denn es ist, wie er weiß, „nur höchst ausgesuchten Herrschaften" möglich, überhaupt zu diesem Anlass einen Tisch reservieren zu dürfen.

„Kein Problem", stellt er lakonisch fest und schaut unverständig den vier Personen nach, die Richtung Fenster streben zu einem Tisch mit dem „Reservado" Schild.

Die beiden Paare nehmen Platz und ihnen wird rasch die Menükarte nebst Wasser und Wein gereicht, garniert mit einigen Hinweisen durch den Kellner. Das Angebot des Lokals mit der großen Geschichte ist verführerisch und nach intensivem Studium der Möglichkeiten entscheiden sich die Damen für „Alcachofas de Navarra con jamón" als Vorspeise, wählen als Hauptgang „Dorada al horno con patatas rotas" und Isabel bestellt zum Nachtisch „Cremoso de chocolate y nata", während sich Marie-Asunción zu „Sorbete de Limón" entschließt.

Die Herren präferieren als Vorspeise „Parrillada de verdura" und während Don Hernández „Paletilla de Cordero Asada a Baja Temperatura con Patata al Horno Rellena de ali-oli de Piquillos" als Hauptgang sowie „Flan casero al Caramelo" als Nachtisch wählt, entscheidet sich Antonio für „Entrecotte de Ternera a la Plancha, Piquillos y Patatas Fritas" sowie als Nachspeise „Brownie con chocolate caliente y helado de vainilla".

Die beiden Paare unterhalten sich angeregt und amüsiert. Es herrscht ausgelassene Stimmung in diesem wundervollen Ort an der großen „Plaza de Castillo", wo gestern erst tausende Menschen in Rot und Weiß den Beginn des einwöchigen Festes feierten.

Dieser Platz, der das „Nervenzentrum" der Stadt darstellt, ist eine platanenbestandene Ruhezone und lädt ein zum Verweilen. Der Pavillon im Zentrum hält für einen Moment den Blick fest, bevor er weiter schweift und fasziniert wird von den prächtigen Häuserfassaden und dem quirligen Leben des Ortes. Ein Faszinosum, das Hemingway zu der Feststellung veranlasste: „La gente buena, si se piensa un poco en ello, ha sido siempre." Gute Menschen sind, wenn man ein wenig darüber nachdenkt, immer fröhliche Menschen. „Vita brevis, ars longa."

„Martín, schön, dich mal wiederzusehen, wie geht's dir denn? Ich hoffe, du hast den Pferdetritt gut verkraftet und kannst wieder voll arbeiten." Antonio begrüßt seinen alten Kameraden aus Soldatenzeiten, den er angerufen und zu sich gebeten hat. Er möchte mit ihm über den Plan sprechen, der Isabels Projekt betrifft – und damit auch seine Stierzucht.

Martin war überrascht, als er auf seinem Smartphone die Nummer von Antonio sah und ihn hörte. Er steht tief in der Schuld seines alten Kameraden und weiß nur zu genau, dass die Zeit kommen würde, seine Schulden zurückzahlen zu müssen.

Natürlich hatte er nicht vor, sich darum zu drücken – aber gerade jetzt kam ihm die „Einberufung", als die er den Anruf Antonios und seine Bitte um Besuch empfand, ausgesprochen ungelegen. Sein Fuß schmerzt noch immer. Auftreten ist nur äußerst vorsichtig möglich und nach wie vor benötigt er – trotz Gips-Verband – Krücken. Der Fach-Arzt, den er nach der Erst-Untersuchung und Überweisung durch den Hausarzt aufgesucht hatte, hatte einen angebrochenen Mittelfußknochen diagnostiziert und sicherheitshalber einen Unterschenkel-Gehgips angelegt.

Fakt ist, dass er nicht richtig laufen kann und dass er vier Wochen lang diesen Gehgips tragen und anschließend spezielle Übungen vornehmen soll. „Das muss gut ausgeheilt werden, damit ein schmerzfreies Auftreten und Laufen möglich bleibt", hatte der Arzt gemahnt.

Genau so erzählt es Martín auch seinem Kameraden Antonio, der offenbar aber schon Bescheid weiß. „Joaquín hat mir schon gesagt, dass du für kurze Zeit an der ‚Front', wie er die direkte Gästebetreuung nennt, ausfällst. Aber du sollst dich sehr gut im Büro machen und Joaquín ist sehr zufrieden mit dem, was du beim Marketing und bei den internen Arbeiten zur Verwaltung leistest."

„So, ist er das?" Martín schaut überrascht zu seinem Kumpel. „Ich bin wirklich sehr froh, dass er mich nach dem Unfall nicht sofort rausgeworfen hat. Ich will ja auch nicht ewig Schulden bei dir haben – aber ohne Job hätte ich halt gar keine Perspektive. Und so kann ich wenigstens ein bisschen arbeiten und wenn das stimmt, was der Arzt sagt, dann soll, wenn der Gips abkommt und ich trainiere, alles wieder so gut sein wie vor dem Unfall. So richtig glauben kann ich das noch nicht, aber was bleibt mir anderes übrig?", zuckt Martín die Schultern.

„Ich werde wohl noch ein Weilchen humpeln und üben, bis ich wieder richtig auftreten kann. Sozusagen neu laufen lernen", fügt er sarkastisch an.

„Ende August heiratet meine Schwester – und da will ich auf keinen Fall humpeln. Im Gegenteil, da ist Party angesagt mit Tanz und allem Drum und Dran, da muss ich unbedingt wieder fit sein. Joaquín hat mit für eine Woche frei gegeben und ich darf auch den Wagen nehmen. Dafür bin ich wirklich sehr dankbar. Und ich hoffe sehr, dass der Fuß bis dahin wieder belastbar ist."

„Jetzt mach' dir mal nicht so viele Sorgen", versucht Antonio die Stimmung bei seinem alten Spezi aufzuhellen. „Das Geld, das ich dir geliehen habe, kannst du auch später noch zurückzahlen. Wichtig ist, dass du wieder einsatzfähig wirst. Es warten große Aufgaben, bei denen ich dich brauche. Nach dem, was mir Joaquín über dich gesagt hast, könnte es passieren, dass ich dich für meine Finca abwerbe", lacht Antonio. „Schießt du noch so gut wie früher?"

„Ich denke schon", antwortet Martín. „Das verlernt sich ja nicht so schnell – obwohl ich schon ein bisschen Training gebrauchen könnte, damit ich wieder die alte Treffsicherheit erlange: Machacando se aprende el oficio."

„Na dann üb' mal schön", lacht Antonio. „Es könnte durchaus sein, dass ich dein ‚Adlerauge' und deine ruhige Hand gebrauchen kann. Aber vorrangig ist, dass du wieder auf die Füße kommst. Und zwar sowohl wörtlich als auch im übertragenen Sinne. Du musst wieder Struktur in dein Leben einziehen und geradeaus marschieren mit einem klaren Ziel. Meiner Meinung nach kann das nur heißen: einen guten neuen Job mit anständiger Bezahlung, eine neue Wohnung, eine neue Liebe und Bereinigung aller Altlasten, und damit meine ich Schulden und Frauen", grinst Antonio und lacht Martín an, der nach kurzem Zögern in das Lachen einstimmt.

„In der Gemütslage, in der Martín ist, kann ich nicht mit ihm über die Vögel reden", überlegt Antonio. Er hatte eigentlich vorgehabt, Martín behutsam in die Problematik der Greifvögel in Deutschland und die Auswirkung auf das Projekt von LA.RACHA und damit auch von Isabel einzuführen, doch davon nimmt er jetzt, angesichts der eher depressiven Stimmungslage bei Martín, Abstand.

Er würde es zu einem etwas späteren Zeitpunkt angehen, wenn der Heilungsprozess fortgeschritten ist und sich erste Erfolge zeigten. Dann würde auch Martíns Stimmung sicherlich wieder besser sein – und er damit offen für den Lösungsvorschlag, den Antonio dem alten Kumpel unterbreiten wollte.

„Abgemacht. Und Danke für deine Hilfe und deine Unterstützung", fügt Martín an, als Antonio ihn verabschiedet und zu seinem Wagen begleitet. Mühsam klettert Martín auf den Fahrersitz. Zum Glück war das Gefährt, das Joaquín ihm zur Verfügung gestellt hatte, ein Automatik-Wagen; um den zu fahren ist der defekte linke Fuß nicht erforderlich. Martín winkt kurz und fährt davon.

Antonio schaut dem langsam verschwindenden Wagen nach. Er sieht nicht mehr, wie sich das Gesicht von Martín zuzieht. „Du hast gut reden", grollt Martin innerlich mit dem Freund. „Dein Leben ist auf der Goldspur, mein Leben ist versaut –

und jetzt auch noch die Scheiße mit dem Fuß. Und was kann der gemeint haben mit ‚große Aufgaben, bei denen ich dich brauche‘?", grübelt Martín weiter. Nein, er wollte nicht mehr lange auf die Almosen von Antonio, Joaquín oder anderen angewiesen sein. Er wollte schnell zu Geld kommen und sich dann davonmachen und anderenorts ein angenehmes und freudenreiches Leben führen.

Den Rest des Weges bis nach „Las Tresfuentes" brütet Martín darüber, wie er schnell und möglichst ohne großes Risiko zu Geld kommen könnte. Und kurz vor der Lodge hellen sich seine Züge auf: „Ja, genau so würde er es machen", denkt er und schon formen sich in seinem Kopf Gedanken zu Plänen.

„A cada cerdo le llega el San Martín."

VIERZIGZWEI

Blauer Himmel über Rhein-Main. Ein schöner Sommertag ist angebrochen über Europas größtem Luft-Drehkreuz. Seit sechs Uhr in der Früh starten und landen die Flugzeuge aus aller Herren Länder in Frankfurt-Airport. Zur Zufriedenheit aller Geschäfts- und zur Freude aller Urlaubsreisenden. Zum Leidwesen der Menschen in Raunheim, Kelsterbach, Walldorf und anderen Städten und Dörfern rund um das Luftfahrt-Kreuz.

„Achtung bitte! Alle Passagiere, gebucht auf Lufthansa, Flug LH 1114 nach Madrid, werden zum Flugsteig A20 gebeten.
Attention please! All passengers, booked on Lufthansa, Flight LH 1114 to Madrid, are requested to gate A20."

Dr. Dr. Karlemann B. Liebich hört die Durchsage in der großen Halle des Hauptgebäudes. Schon mehrfach hat er auf die riesige Anzeigetafel geschaut und nach seinem Flug gesucht: LH 1114 nach Madrid.

Voller Vorfreude hat er seine Zeile gefunden und einige Zeit mitverfolgt, wie die sich rasant drehenden Buchstaben-Kärtchen dieses einprägsame Geräusch verursachen, das man, einmal gehört, immer wiedererkennt.

Karlemann ist bester Laune. Sehr bald schon wird er in Madrid landen und abgeholt werden. Abgeholt und zur Jagdfinca „Las Tresfuentes" gefahren werden, wohin er von Don Hernández Monrique de Taray y Gorzón, dem Vorstandsvorsitzenden des Windkraft-Unternehmens LA.RACHA, eingeladen worden ist. Dort wird er dann erstmals mit ihm zusammentreffen. Bislang hatte er nur einige Telefonate mit dem Unternehmer geführt und in erster Linie mit seiner charmanten Deutschland-Beauftragten verhandelt. Doch in wenigen Stunden schon sollten gleich zwei Wünsche von Karlemann in Erfüllung gehen: den Patrón treffen und vor allem: Rothühner schießen bei „Las Tresfuentes".

Karlemann ist aufgeregt wie weiland bei seiner Einschulung. Schon damals stellte sich allerdings ein Phänomen ein, das sich seitdem durch sein ganzes Leben zog: Wann immer er nervös oder aufgeregt wurde, verspürte er einen heftigen Drang, ein WC aufzusuchen. Und zwar plötzlich. Sonst konnte das im wahrsten Sinne des Wortes „in die Hose gehen".

Was hatten seine Eltern und er selber im Laufe der Jahre nicht alles versucht, um diese Malaise wegzubekommen? Nichts hatte gefruchtet. Weder Tabletten noch Zäpfchen, weder gute Worte noch lautes Gebrüll noch Hiebe hatten Karlemann in Kindheit und Jugend davon befreit. Im Gegenteil. Und selbst Hypnose war fehlgeschlagen. Bis heute – jetzt – spürt er den nicht zu unterdrückenden Drang, sich erleichtern zu müssen.

„Jedes Mal dasselbe" denkt Karlemann bei sich, als er Richtung Toiletten marschiert. Zwischen Traunsel und dem Flughafen Frankfurt am Main kennt Karlemann jede, wirklich jede Toilette. In beiden Richtungen. Ganz egal, wo er geht, steht oder sitzt, es zieht ihn magisch zum „stillen Örtchen".

Manche brauchen zur Bekämpfung von Nervosität nur ein paar Tropfen Baldrian, andere kauen an den Nägeln, wieder andere rauchen wie ein Schlot oder kippen ein, zwei, viele Schnäpschen, um ruhiger zu werden.

Karlemann muss müssen. Quasi manisch. Oftmals nur peinlich. Vor allem dann, wenn er auf den letzten Drücker zu einer öffentlichen Veranstaltung kommt, die ohne ihn nicht beginnen kann oder soll, und er dann, kaum dass er den Dienstwagen verlassen hat, fragt: „Wo ist denn hier die Toilette?" Von „peinlich berührt" über „hämisches Grinsen" bis zu galligen Bemerkungen á la „Manneken Pis" reicht die Palette der Reaktionen – vor allem bei denjenigen, die dieses „Ritual" immer wieder erleben müssen. Schlimm.

Aber daran zeigt es sich auch einmal mehr: Öffentliche Personen können sich kleine menschliche Schwächen kaum leisten. Selbst dann nicht, wenn sie nur psychosomatische Ursachen haben.

Wie auch immer. Karlemann kommt eiligen Fußes vom WC zurück – mit leerer Blase und vollgepibbelter Hose. In jungen Jahren hatte ihn mal ein süßes Mädel darauf angesprochen mit dem Satz: „Na, du hast aber einen starken Strahl." Woraufhin er, mit rotem Kopf, bemerkte, das sei vom Händewaschen. Damals.

Heute stimmt beides nicht mehr.

Schnurstracks steuert Karlemann auf den Check-In-Schalter der Lufthansa zu. Er muss sich sputen, denn er hat nicht nur das übliche Urlaubs-Gepäck dabei, sondern auch seine Jagdflinte.

Seine nagelneue „Bockdoppelflinte GC-Expert", ein italienisches Präzisionsgewehr aus dem Hause Antonio Zoli. Nach ewig langer Suche und einem ebenso langen Entscheidungsprozess hatte er sich dieses zwar teure, aber sehr edle Gewehr geleistet – und hier in Spanien sollte es seine „Feuertaufe" erhalten.

Als Kreisrat hatte Karlemann natürlich auch Zugriff auf seine Waffenbehörde und seine Jagd-Abteilung. Beide hatte er bemüht, als die Einladung aus Spanien ankam, den LA.RACHA-Vorstand in „Las Tresfuentes" zu treffen.

Isabel, die Mittlerin, hatte ihm mitgeteilt, dass sie auf der spanischen Seite alle erforderlichen Vorbereitungen getroffen habe, sodass er sein Gewehr ein- und ausführen könnte. Munition würde er vor Ort erhalten, hatte Isabel geschrieben.

Für die deutsche Seite hatten Karlemanns Mitarbeiter die Vorbereitungen zu treffen. Da die Mitnahme von Jagdwaffen auf Flugreisen den Sicherheitsbestimmungen der jeweiligen Fluggesellschaft unterliegt, hatten sie bei Lufthansa nachgefragt und für Karlemann die wichtigsten Bestimmungen zusammengefasst: Waffenbesitzkarte, Deutscher Jagdschein, europäischer Feuerwaffenpass und – sicherheitshalber – der Reisepass sind mitzuführen.

Die Waffe muss entladen sein – nicht unterladen, sondern leeres Magazin; sie darf nicht schussbereit sein – Kammerstängel ist zu entfernen; sie muss in einem verschlossenen Waffen-Koffer transportiert werden. Ins Handgepäck durften keine Waffenteile; ebenso wenig jedwede Messer.

Das alles hatte Karlemann akribisch umgesetzt.

Und dennoch wären seine Reisepläne um ein Haar ins Wasser gefallen: Er hatte schlichtweg vergessen, dass Auslandsreisen, wenn sie denn Dienstreisen des Kreisrates sind, von der Kreisleitung genehmigt werden müssen.

Die Kreisleitung ist ein Kollegial-Gremium aus dem Kreisrat, seiner Stellvertretung und zehn weiteren Herrschaften, streng sortiert nach Parteien. Nicht nach Sachverstand, Können oder Wissen, sondern nach Parteienproporz. Das hilft. Natürlich nur denen, die die Mehrheit haben. Wobei für den Kreisrat gilt: Wissen ist Macht. Und für die Kreisleitung gilt: Nichtwissen macht nichts.

Kollegialgremium bedeutet ferner, dass die Entscheidungen hinter verschlossenen Türen getroffen und nur die Ergebnisse nach außen getragen werden. Ohne Nennung der Einzelabstimmungen. Das jedenfalls ist die reine Lehre.

Und dieses erlauchte Gremium der zwölf Kreis-Weisen muss auch abnicken, wenn der Kreisrat oder seine Stellvertretung oder ein Mitarbeiter der Verwaltung ins Ausland reisen will, soll oder muss. Sonst ist es keine Dienstreise. Und wird dann auch nicht aus Steuergeldern bezahlt!

Um ein Haar wäre das passiert. Karlemanns Chefsekretärin, die solche Dinge sonst aus dem Effeff beherrscht, war in Urlaub. Sein wichtigster Vorbereiter und Überwacher aller die Gremien betreffender Dinge war erkrankt. Dessen Stellvertreter, der sonst Personalfragen verantwortet, war mit einem Spezialauftrag von Karlemann beschäftigt und dafür konspirativ unterwegs: Neubau einer Kfz-Zulassungsstelle, Hand in Hand mit einem heimischen Unternehmer. „Schade", dachte der Kreisrat.

So war es sein alter Parteikollege Hans-Günther Schwengel, der ihn in seiner etwas rustikal-naiven Art fragte: „Karlemann, sag mal, stimmt das, was ich gehört habe? Du willst nach Spanien fahren? Ist das wegen der Windräder oder gehst du auf Rothühner?" Und fügte im gleichen Atemzug an, also er, Schwengel, würde in der Sitzung der Kreisleitung der Reise zu hundert Prozent zustimmen.

Bei Karlemann schrillten alle Alarmglocken. Der Beschluss fehlte ja noch. In Windeseile wurde ein entsprechender Beschlussvorschlag erarbeitet und an die Mitglieder der Kreisleitung nachversendet – gerade noch innerhalb der Frist. „Begründung erfolgt mündlich" hieß es sibyllinisch anstelle einer Erläuterung zum Beschlussvorschlag.

Und so kam es, wie es Karlemann überhaupt nicht liebt: Eine kontroverse Debatte entzündete sich an der Frage, ob der Kreisrat mit dem Segen des Gremiums und damit auf Steuerzahlerkosten nach Spanien reisen dürfe oder nicht.

Die Linken und Grünen in der Kreisleitung, ausgestattet mit einer Mehrheit gegen die Konservativen und Freien, bezweifelten den „sittlichen Nährwert" des Ausflugs.

Ihnen sei zu Ohren gekommen, der Kreisrat wolle dort auf einer feudalen Lodge, wo sich nur lupenreine Kapitalisten und andere Geldsäcke und Großwildjäger und Klimawandel-Verneiner und Ausbeuter treffen, auf die Jagd gehen.

Dem widersprach der Kreisrat ebenso heftig wie seine Gefolgsleute: Es gehe um eine Ansiedelung eines Unternehmens, es gehe um den Bau von Windkraftanlagen und um die Energiewende.

„Ärgerlich", dachte Karlemann während der hitzigen Auseinandersetzung. „Woher wissen die von der Jagd?", überlegte er und schaute in die Runde. Sein Blick blieb an Schwengel Hans hängen, seinem Parteikollegen. Parteifreund würde er ihn nie nennen, denn das Wort „Freund" störte doch erheblich. Nicht umsonst heißt es: Feind – Todfeind – Parteifreund.

Hans-Günther Schwengel ist einer, der das Wasser nicht halten kann, schoss es Karlemann durch den Kopf. Und er nahm sich vor, in Zukunft noch vorsichtiger zu sein.

„Du kannst in dieser Stadt nichts verborgen halten!", erkannte Karlemann. Genau so war es!

Noch immer kabbelten sich Linke und Rechte, ohne einen Schritt voranzukommen, stellte der Kreisrat genervt fest. Instinktiv fühlte er aber, dass es falsch wäre, jetzt einzugreifen. Sollten sich doch die Truppen müde kämpfen, er, Karlemann, hatte das beste Argument auf seiner Seite.

Nach reichlich einer viertel Stunde hitziger Worte ebbte das Palaver ab und Dr. Dr. Karlemann B. Liebich fragte in die Runde, ob die Reise nun genehmigt werde – oder ob er vor die Presse treten und verkünden müsse, dass die Chance zur Ansiedelung eines Unternehmens, zur Schaffung von Arbeitsplätzen und zur Errichtung erneuerbarer Energiequellen leichtfertig vertan wurde?

Betretenes Schweigen. Und Wut in einigen Gesichtern.

Links-Grün erwirkte eine Sitzungsunterbrechung und verließ den Tagungsraum. Nach einigen Minuten kehrten die Mitglieder zurück und man schritt zur Abstimmung: Konservative und Freie stimmten für die Reisegenehmigung, Linke und Grüne enthielten sich. Damit war der Weg frei für Karlemanns Spanien-Reise.

Arriba!

Und so steht der Kreisrat nun am Check-In-Schalter der Lufthansa in Frankfurt und will Gepäck und Gewehr aufgeben. Das mit dem Gepäck geht auch sehr zügig. Ein paar hundert Gramm unter dem zulässigen Höchstgewicht brachte der Koffer auf die Waage – und schon verschwand er mit dem Förderband in die unendlichen Weiten der Koffer-Logistik.

„Jetzt noch schnell das Gewehr", freut sich Karlemann, und dann ab an eine der netten kleinen Bars.

Von wegen.

Akribisch und skeptisch mustert die Dame am Schalter zunächst das Gepäckstück, dann die dazugehörenden Papiere. Offenbar hat sie Gewehre noch nicht so oft abgefertigt. Unsicher schaut sie zunächst in den Computer, findet aber offenbar nicht das Gesuchte und greift zum Telefonhörer. Karlemanns Stirn beginnt die allseits bekannte Zornesfalte zu entwickeln. Einige lange Minuten später taucht ein Kollege der Schalterdame auf. Die beiden wispern miteinander und werfen Karlemann einige Blicke zu, die er so oder so deuten könnte: Routine oder Probleme?

Der Kollege bittet ihn, mitsamt seinem Gewehr mitzukommen. Sie verlassen gemeinsam den Check-In-Schalter und Karlemann wird in einen Nebenraum geführt und gebeten, „einen kleinen Moment" zu warten.

Endlos lange später, so erscheint es Karlemann, taucht der Kollege wieder auf, im Gefolge zweier Bewaffneter, die sich als Sicherheitskraft und Zollbeamter vorstellen. Peinlich genau werden sein Gewehr begutachtet und seine Papiere geprüft; er selber wird anschließend einer – wie er später erzählen wird – „hochnotpeinlichen Befragung" unterworfen, warum er das Gewehr und wofür mitnehmen wolle. Und ob er Munition besitze. Und wo diese Munition sei. Und wohin er wolle und weshalb. Und dann das Ganze nochmals von vorne.

Die Zornesfalte auf Karlemanns Stirn schwillt an. Ebenso sein Harndrang. Doch die Herren Sicherheit und Zoll haben Zeit, so scheint es.

Karlemann nicht. Er muss zum Flieger. Und er muss zur Toilette. Und beides muss schnell gehen, besonders Letzteres.

Während bei Karlemann der Druck steigt, unterziehen die Herren seine Papiere sowie seine nagelneue, aber zerlegte Bockdoppelflinte „GC-Expert" einer weiteren, wie sich alsbald zeigt, letzten, Inspektion, schauen sich vielsagend an und entlassen Karlemann

Richtung Flieger. Das Gewehr, so versichern sie, würde zum Gepäck gebracht.

Karlemanns Anspannung fällt ab. Doch nur für Sekunden, dann zwingt ihn sein unbeherrschbarer Blasendruck zur sofortigen Suche nach einem WC, in das er sodann schleunigst verschwindet.

Unterdessen sich Karlemann erleichtert, hört er im Hintergrund die gedämpfte Durchsage:

„Achtung bitte! Dies ist der letzte Aufruf für den Lufthansaflug LH 1114 nach Madrid. Alle Passagiere werden gebeten, sich umgehend zum Flugsteig A20 zu begeben.

Attention please! This is the last call for Lufthansa-Flight LH 1114 to Madrid. All passengers are requested to proceed to gate A20 immediately."

„Das ist mein Flug", schießt es Karlemann durch den Kopf. Die aufkeimende Panik verstärkt seine Stirnfurche und befeuert ihn beim Abschütteln. Zu dumm aber auch, dass wieder etwas auf der Hose vertropft. Egal. Jetzt hat er es eilig und da muss diese Peinlichkeit ignoriert werden. Er muss nun schleunigst zur Sicherheitskontrolle und dann Richtung Flugsteig A20. Verflixt weit noch. Und an der Sicherheitsschleuse ist reichlich Betrieb.

Da muss ein ganzer Zug angekommen sein, mutmaßt Karlemann, während er sich brav hinten anstellt und im Gänsemarsch zur Schleuse vorrückt.

Nach schier endlos anmutender Zeit ist er endlich an der Reihe. Und dann piept es auch noch, als der Körper-Scanner die reichlichen Kilos abtastet. Auch das noch. „Was kann das denn sein?", fragt sich Karlemann. Der ausdruckslos blickende Sicherheitsmann schwingt seinen Handscanner und fährt an Karlemann hoch und runter. Da, im Brustbereich, ertönt das Signal.

Augenblicklich fallen Karlemann „alle Sünden" ein. Natürlich. Sein Flachmann. Edelstahl. Mit Monogramm. Und Widmung nebst Weidmannsheil.

Ein edles Präsent eines Geschäftsfreundes, das Karlemann nach einer schwierigen „Bauplatz-Operation" erhalten hatte, als er für den parteibefreundeten Unternehmer im Hastenichtgesehen eine Baugenehmigung im Außenbereich erwirkte. Dort, wo eigentlich niemand bauen darf. Eigentlich!

Wie konnte er den nur vergessen?

Mit rotem Kopf zieht Karlemann das gute und gutgefüllte Stück aus der Innentasche. Der Sicherheitsmann schaut kurz, schüttelt den Kopf und unterrichtet Karlemann, dass er dies so nicht mitführen dürfe und es dort entsorgen solle, und deutet mit stoischer Ruhe auf einen Mülleimer.

Die Zornesfalte auf Karlemanns Stirn zeigt seinen Gemütszustand überdeutlich. Doch was nutzt es, wenn ich hier jetzt Zirkus mache, fragt er sich. Dann würde er am Ende noch den Flieger verpassen – eng wird es ohnedies schon.

Denn just in diesem Moment ertönen aus den Lautsprechern sein Name und der unerbittliche Hinweis:

„Achtung bitte! Herr Liebich, gebucht für Lufthansa-Flug LH 1114 nach Madrid, bitte kommen Sie umgehend zu Flugsteig A20. Attention please! Mr. Liebich, booked on Lufthansa-Flight LH 1114, please come immediately to the gate A20."

Schweren Herzens trennen sich die Wege von Karlemann und seinem Flachmann. Letzterer wandert in den Mülleimer, Ersterer hastet, nachdem er seinen Gürtel umgeschnallt, sein Kleingeld verstaut und seine übrigen Habseligkeiten aufgeklaubt hat, Richtung Abflug.

A20 – das wird ein harter Weg, schwant ihm. Im „Schweins-
galopp" begibt sich Karlemann auf die „Gateway" – jedenfalls
so schnell die Füße das Übergewicht nebst Handgepäck tragen.

Außer Puste kommt er an A20 an und fängt sich missbilligende
Blicke der ansonsten immer freundlichen Damen ein, die ihn
abfertigen. Kurz darauf betritt er den Flieger und macht sich
weitere „Freunde", da er am Fenster sitzt und seine Nachbarn
schon angeschnallt warten, die sich nun für ihn abschnallen, erheben, wieder setzen und anschnallen müssen.

Geschafft. „Spanien, ich komme", denkt Karlemann, als der
Flieger abhebt.

Zweidreiviertel Stunden später betritt Karlemann erstmals spanischen Boden. Er durchquert mehrere Schleusen und Gänge des
Madrider Flughafens „Adolfo Suárez" und holt sein Gepäck. Nur
sein Gewehr fehlt. Als hätte er es geahnt. Nach mehreren Versuchen
zu erfahren, wo es sein könnte und wer zuständig ist, findet Karlemann endlich zum Zoll und dort erhält er tatsächlich – nachdem
alle Papiere nochmals geprüft wurden – sein Gewehr. Isabel hatte
dafür gesorgt, dass auf spanischer Seite alle notwendigen Unterlagen
vorlagen und so kann sich Karlemann in die Ausgangshalle begeben.

„Sr. Liebich" prangt in schwarzen Lettern auf einem Schild, das
von einer jungen Frau hochgehalten wird. Zielstrebig steuert
Dr. Dr. Karlemann B. Liebich auf die junge Frau zu, die er mit
großem Wohlgefallen betrachtet.

„Guten Tag, junge Frau, ich bin Dr. Liebich – und vielen lieben
Dank, dass Sie mich erwarten", raspelt Karlemann ebenso süß
wie hölzern. Die junge Frau stellt sich als Mitarbeiterin von
LA.RACHA vor mit dem Auftrag, ihn nach „Las Tresfuentes"
zu fahren. Gemeinsam verstauen sie Karlemanns Gepäck und
besteigen den großen SUV, der losschnurrt wie ein Gepard auf
Gazellenjagd.

250 Kilometer liegen vor Karlemann und der aparten jungen Frau, die sich als Raffaela vorgestellt hat und sehr gut Deutsch spricht. Doch schon nach wenigen Flirtversuchen, die an Raffaela abperlen, als sei sie teflonbeschichtet, kämpft Karlemann auf der Autobahn Richtung Ávila mit der Müdigkeit, die ihn auch ansonsten bei seinen Dienstfahrten in seiner Heimatregion regelmäßig überfällt.

Und kurz hinter Collado Villalba ist er eingeschlafen. Kein Wunder bei der beinahe schon sedierenden Höchstgeschwindigkeit von 120 Stundenkilometern auf Spaniens Autobahnen und einer Landschaft, die zwar viele reizvolle Momente aufweist, aber gegen Karlemanns Müdigkeit keine Chance hat.

So verschläft er die herrliche „Sierra de Guadarrama", die sich etwa 60 Kilometer nordwestlich der Hauptstadt erstreckt. Sie ist Teil des „Iberischen Scheidegebirges", das über 700 Kilometer von Portugal bis zum „Sistema Iberico" reicht.

Es teilt mit seinen Höhen bis zu 2592 Meter, die der „Pico Almanzor" erreicht, das kastilische Hochland: nördlich Kastilien-Leon, südlich Kastilien-La Mancha sowie die Extremadura.

Scheidegebirge ist es deshalb, weil die Einzugsgebiete der beiden großen spanisch-portugiesischen Ströme Duero oder Douro und Tajo oder Tejo voneinander getrennt werden.

Kurz hinter den südlichen Ausläufern des Nationalparks „Parque Nacional de la Sierra de Guadarrama" steigt das Gelände an und zu früheren Zeiten musste der 1511 Meter hohe Löwenpass „Alto de los Leones" erklommen werden, wollte man die Gemeinde El Espinar und von dort aus weiter Nordkastilien erreichen.

Seit gut 50 Jahren gibt es allerdings einen mehr als drei Kilometer langen Tunnel, der die Pass-Querung ersetzt und die Autobahn „AP 6 – Autopista de Noroeste" nördlich an San Rafael, den Satellitensiedlungen „Urbanización Los Ángeles" und „Los Corzos" sowie El Espinar vorbei an der Siedlung „La Estación de El Espinar" entlangführt.

Das Gebiet ist beliebt bei den Madrilenen. Sie bevorzugen die milden Sommer in der Höhenregion zwischen 1050 und 2150 Metern.

Denn während es im Sommer in der Hauptstadt mehr als 30 Grad hat und stickig ist, sind es in El Espinar nur gut 20 Grad und damit genau richtig für die ansonsten hitzegestressten Hauptstädter. Sie tun es damit zahlreichen Störchen gleich, die sich in und rund um El Espinar angesiedelt haben. Gut 800 sollen es sein – also deutlich weniger, als „Hauptstadt-Flüchtlinge" – aber im Gegensatz zu diesen bleiben die Störche und verbringen größtenteils auch den Winter in der Region.

Der Nationalpark schützt ein fast 34.000 Hektar großes Areal und ist ein Schatz von artenreicher Flora und Fauna der Iberischen Halbinsel. Einerseits gibt es Pflanzen und Tiere, die man ansonsten aus dem Mittelmeer-Raum kennt, andererseits kommen dort auch Arten vor, die in den Alpen oder den Pyrenäen zu Hause sind. Viele von ihnen sind vom Aussterben bedroht und haben hier im Nationalpark eine Überlebens-Chance.

Wobei die Begehrlichkeiten der immer weiter auswuchernden Hauptstadt nur schwer abzuwehren sind.

Reiche Niederschläge sorgen für üppige Vegetation ebenso wie für zahlreiche Quellen und Bäche. Etliche Flüsse entspringen dort, darunter auch der Río Manzanares, der Madrid durchfließt.

An den Berghängen wachsen Hochgebirgsweiden, die für die extensive Viehhaltung genutzt werden.

Etwas tiefer finden sich einige der schönsten natürlichen Kiefernwälder Spaniens, darunter auch der im 18. Jahrhundert angelegte

„Pinar de Valsaín". Der ertragreiche Wald wird bis heute genutzt und liefert Holz für die Sägewerke vor Ort.

Talwärts finden sich zunehmend Pyrenäen-Eichen, die nicht gefällt werden dürfen. Weiter östlich im Park, dort, wo in den tieferen Regionen auch weniger Niederschlag fällt, leben Pinien, Portugiesische Eichen und Steineiche, aber auch Wacholder, Ahorn und Eiben.

In diesen naturnahen Wäldern fühlt sich eine Vielzahl zum Teil seltener Tiere heimisch, wie etwa Hirsche, Wildschweine, Rehe, Dachse, Marder, Wildkatzen, Füchse und Hasen.

Über den Baumwipfeln kreisen Kaiseradler und der Mönchsgeier. Viele Zugvögel leben vorübergehend im Nationalpark.

Tiere und Pflanzen sind aber immer wieder von Waldbränden bedroht. So vernichtete ein Feuer vor etlichen Jahren einen wertvollen Waldbestand unterhalb des Monte Abantos, keine 20 Kilometer südlich der Stelle, an der der schlafende Karlemann gerade chauffiert wird.

Vorbei geht die Fahrt an der „Ermita des Christo del Caloco", wo 1955 eine spanisch-italienische Verfilmung des Romans von José Maria Sanchez-Silva „Wunder von Marcelino" gedreht wurde.

Eingebettet in felsige Landschaft mit spärlichem Baum- und Buschbestand führt die Fernstraße bis zum Autobahndreieck südlich von Villacastín, wo Raffaela die AP 6 verlässt und auf die AP 51 wechselt, Richtung Ávila.

Hinter der Maut-Station – zwischen Villacastín und Ávila ist die A 51 gebührenpflichtig – bietet die Landschaft das gleiche eintönige Bild wie zuvor: viele Steine, viel ausgedörrtes Land, Bäume und Sträucher, gelegentliche Olivenhaine, unspektakuläre Weite. Steile Landschaftseinschnitte sind mit Stahlnetzen gesichert, braun Hinweisschilder bezeichnen Brücken, Flüsse oder Sehenswürdigkeiten.

Die Straße ist wunderbar glatt und schlaglochfrei und so kommen Raffaela und ihr schlafender Beifahrer gut voran.

Als Karlemann wenig später seine Augen wieder aufschlägt, braucht er einen Moment, um das, was er sieht, zu verarbeiten: Südlich der Autobahn, auf einem Bergkamm, dreht sich eine Armada von Rotoren. 70 Windkraftanlagen wurden dort in fünf Tranchen aufgestellt im sogenannten „Parque eólico altos".

Ein imposantes Bild, das Karlemann augenblicklich zurückholt und seine Gedanken beflügelt. Mit Raffaela beginnt er, über die Energiewende in Spanien und in Deutschland zu reden. Raffaela ist kenntnisreich und es stellt sich heraus, dass auch sie für einen Windpark von LA.RACHA die Verantwortung trägt.

Karlemann erzählt ihr vom Vorhaben bei Traunsel und Raffaela nickt ein ums andere Mal, als wisse sie Bescheid. Tut sie auch, denn ihre Erfahrungen und Kenntnisse sind notwendige Informationen für Isabel, der sie „umfassend und gerne", wie sie betont, zugearbeitet hat.

Bis zum Arroyo de la Sierra begleiten sie die Bilder der riesigen Windräder, die sich in großer Zahl friedlich am Horizont drehen. Einige stehen unbeweglich. Ein auch in Deutschland gewohnter Anblick.

1184 Meter hoch liegt Vicolozano, das, eingebettet inmitten einer weiten Hochebene, bereits ein Vorort der Provinzhauptstadt Ávila ist. Kurz dahinter verschwenkt die A 51 nach Norden und führt in großem Bogen um ein Industrie-Areal herum.

Raffaela findet ihren Weg mit traumwandlerischer Sicherheit und Gelassenheit.

Sie erklärt unterwegs markante Landschaftsmerkmale und erwähnt kurz einige Besonderheiten der Provinzstadt Ávila, wie etwa die Aufnahme der Stadt als Weltkulturerbe der UNESCO 1985. Ausschlaggebend dafür war in erster Linie die monumentale, 2500 Meter lange und komplett erhaltene romanische Stadtmauer. „Mit 88 Türmen und neun Stadttoren", so Raffaela, deren Vorfahren aus der alten christlich-muslimischen Frontstadt stammen. „Die gotische Kathedrale ist Teil der Befestigungsanlage", fügt sie an, „und der Chor der Kirche stieß durch die Stadtmauer und wurde im Halbkreis neu ummauert. Eine besondere Sehenswürdigkeit. Außerdem werden hier in Ávila auch Autos gebaut; Nissan hat hier ein Werk", fügt sie hinzu und deutet nach links. Dort ist allerdings nur der südliche Wall der in den felsigen Grund eingebetteten Autobahn zu sehen, was Karlemann sehr bedauert.

Dieserart ist ihm auch der Blick auf das Ensemble der „Universidad católica de Ávila" versperrt; lediglich kurz vor dem See „Embalse de Fuentes Claras" öffnet sich der Blick südwärts und gibt die Sicht frei auf das Areal der erst 1996 gegründeten Universität, die den Namen „Santa Teresa de Jesús de Ávila" trägt.

Sie überqueren die Seebrücke und nähern sich rasch dem Nord-West-Kreuz von Ávila, in dem die A 51, die A 50 und die N 110 zusammenkommen. Selbst hier, am Kreuz, herrscht kaum Verkehr und Karlemann kommentiert gegenüber seiner Fahrerin diese Tatsache mit der Bemerkung, so leer wünsche er sich die Autobahnen in Deutschland auch mal, wenn er es gerade eilig habe.

Raffaela wechselt rechts hinaus auf die Autobahn-Ausfahrt zur – mautfreien – A 50 Richtung Salamanca.

Diese Autobahn, die genauso neu ist wie jene, die sie gerade verlassen haben, bietet kaum mehr Abwechslung für das Auge: karge Böden, sporadisches Grün, viele Steine, weites Land, ein mit Watte getupfter stahlblauer Himmel, über dem die Sonne Spaniens lacht. Bilderbuchwetter in nichts als Gegend.

Raffaela deutet auf die Ausfahrt nach Cardeñosa. „Dort gibt es bedeutende Funde aus der Bronzezeit und von keltischen Siedlungen", erklärt sie Karlemann. Sehen kann man das Dorf ebenso wenig wie die Grabungsorte, in denen bedeutende Artefakte gefunden wurden, etwa schwarze Keramik oder Bronzespangen und andere Zeugnisse der Vergangenheit.

Als Raffaela schweigt, überfällt Karlemann erneut bleierne Müdigkeit und er nickt ein. Raffaela ist es recht – und sie hat Verständnis, denn auch sie kämpft mit der endlos langen Gleichförmigkeit der Autobahn in der ebenen, auf fast 1000 Metern liegenden Höhenlandschaft.

Vorbei an Salvadiós und Gimialcón erreicht die Fahrt den Ort Peñaranda de Bracamonte, ein kleines Städtchen, das zu Zeiten der maurischen Herrschaft und der Reconquista, der Rückeroberung Spaniens durch die Christen, Grenzstadt war und daher gibt es viele Relikte aus den Zeiten der wechselnden Herrschaften.

Als die Tochter des „Lehnsherren" und Marschalls von Kastilien, Don Alvaro Davila, den französischen Admiral und Botschafter des Königreichs Frankreich, Robert de Bracquemont, ehelichte, begann die „Herrschaft von Bracamonte", was sich bis heute im Namen der Kommune erhalten hat. Groß angeschlagen am Abfahrtsschild der A 50; wenngleich nur entfernt etwas von der Stadt in der Vorbeifahrt zu sehen ist.

Schier endlos ziehen sich die Felder rechts und links; nur in der Mitte zwischen den Fahrbahnen gibt es ein wenig Straßenbegleitgrün.

Mit 120 Stundenkilometern rauscht der SUV quasi erschütterungsfrei über die glatte Fahrbahn und sie kommen Salamanca rasch näher.

Das Dörfchen Ventosa del Río Almar bleibt linker Hand, die Ortschaft Encinas de Abajo rechter Hand zurück. „Noch gut 20 Kilometer bis zum Kreisel mit der Abfahrt auf die Landesstraße Castilia y León CL-512", denkt Raffaela und macht einen Rundblick durch alle Spiegel.

In großem Bogen umrundet die Autobahn das Dörfchen Pelabravo, führt anschließend an den Vororten Almendares und Santa Marta de Tormes sowie dem Neubaugebiet Valdelagua entlang auf einen riesigen Kreisel zu, gleich neben einem nicht minder großen Einkaufszentrum.

Karlemann schreckt hoch. Er räuspert sich und schaut unsicher zu Raffaela, die jedoch nur unergründlich lächelt.

„Wir biegen jetzt ab", und schon fährt sie auf die Ausfädelspur in den Kreisel ein, den sie an der dritten Ausfahrt wieder verlässt. Karlemann schaut interessiert Richtung Salamanca-Innenstadt, die jedoch weit hinter der Flussaue des Tormes inmitten eines Häusermeeres verborgen bleibt.

Selbst der 110 Meter hohe Nord-Turm der Doppel-Kathedrale – altes Gotteshaus, erbaut im 12. und 13. Jahrhundert, neue Kathedrale daneben erbaut von 1513 bis 1733 – ist nur mühsam zu erkennen; von der Autobahn bis ins alte Zentrum der Provinzhauptstadt sind es reichlich vier Kilometer.

Gleich nebenan steht die 1218 von den „Reyes catholicos" gegründete Universität, die zweitälteste Spaniens. Deren Fassade ist überreich mit Figuren verziert, darunter auch der berühmte Frosch auf dem Totenkopf. Sie zählt heute 40.000 Studenten.

Viel junges Volk belebt daher die alte Stadt mit ihrer berühmten Bibliothek, in der sich etwa 160.000 Bände von unschätzbarem Wert befinden. Dort haben berühmte Männer gelehrt oder studiert: Fray Luis de León, Miguel de Unamuno, Lope de Vega, Calderón de la Barca und Miguel de Cervantes sind nur einige. Und der

Dominkanerpater Francisco de Vitoria entwarf ebendort bereits im Jahre 1540 die Grundzüge des Völkerrechts.

Etwas entfernt davon befindet sich der Plaza Major, der größte und schönste Platz in ganz Spanien. Er war ein Geschenk des ersten Bourbonen-Königs Philipp V, der sich damit für die Loyalität der Bürger Salamancas im Erbfolgekrieg bedankte.

Etwa 100 Jahre jünger ist hingegen der gegenüberliegende „Mercado Central de Salamanca", eine architektonisch anspruchsvolle eiserne Markthalle, wie sie im 19. Jahrhundert gebaut wurden.

Zwischen Plaza und Universität lebt eine kleine Grünanlage. In ihr erhebt sich ein mächtiger Sockel, der ein imposantes Denkmal von Christoph Kolumbus trägt, der, den Helm in der rechten Hand vor der Brust haltend, mit ausgestrecktem linken Arm gen Amerika weist.

In diese Richtung fahren auch Raffaela und Karlemann. Am „Süd-Kreisel" heißt es Obacht geben, um nicht die vierte Abfahrt zu verpassen, die der Landesstraße CL-512. Nun sind es nur noch 24 Kilometer, die Raffaela chauffieren muss.

„Bald geschafft", denkt sie gerade, als Karlemann sie bittet, an der nächsten WC-Möglichkeit zu halten. Seine „Sextaner-Blase" setzt ihn einmal mehr unter Druck.

Er muss sich etwas gedulden. Es geht an einem großen Neubaugebiet des Dorfes Aldeatejada vorbei. Kein Wunder, dass sich der Ort in den vergangenen 100 Jahren von seiner Einwohnerzahl her verfünffachte, suchen doch viele lärm-, staub- und abgasgeplagte Städter die ruhigere Landlage. Es gibt jede Menge Neubauten, doch keine Bar oder kein Restaurant an der Straße.

Erst im alten Dorf kann Raffaela am Restaurante Oliva links rausfahren. Sie nutzt die Zeit, in der Karlemann verschwunden ist, um sich ihrerseits kurz die Beine zu vertreten. Und nachdem beide einen Espresso getrunken haben, setzen sie die Fahrt fort.

Kurz hinter Sanchoviejo biegt Raffaela links ab auf die Kreisstraße DSA 210.

Schlaglochartig verändert sich die Fahrqualität. „Ganz wie zu Hause", schießt es Karlemann durch den Kopf, als er die deutlich engere und an vielen Stellen geflickte Straße betrachtet. Der SUV schluckt viel von den Wellen und Stößen, doch alles kann auch dieser große Wagen nicht abfedern und so geht es langsamer und unruhiger weiter.

Die Landschaft ist das beständige Element. Wiesen und Felder in Grün und Gelblich-Braun, wenig Baum- oder Strauchgrün, soweit das Auge reicht. Und es reicht weit in diesem ebenen Landstrich, dem „Campo charro". Charakteristisch ist ebendieses flache, allenfalls leicht gewellte Land mit den typischen Weiden, aber auch mit Eichen, mit vielen Teichen und kleinen Bächen. Auf den Wiesen stehen Morucha-Rinder oder frei weidende iberische Schweine.

Nur zögerlich wird die Landschaft grüner. Zahlreiche Bäche sorgen für das nötige Nass. Und es wachsen mehr Bäume und Büsche. Und Kulturpflanzen, etwa Olivenbäume. Lange Wälle aus Steinen durchziehen die Weiten der Felder rechts und links der schmaler werdenden Straße. Einige der bekanntesten Züchter von Kampfstieren sind hier beheimatet. Und Pferdezüchter. Und Jäger.

Jäger, so, wie Karlemann einer ist. Zu Hause, in Traunsel, in der wunderbar sattgrünen Heimat, hat er eine eigene Jagd. Ein Areal im Wald mit nur wenig freier Fläche von Grünland oder Getreideanbau. Nein, eine Feldjagd ist nichts für ihn. Zu groß die Schäden, wenn die Sauen losmarschieren, zu hoch die Entschädigungsleistungen, zu happig die Versicherungspolice. Lieber eine Jagd im Baumbestand mit Ansitz und der Möglichkeit, Wild gezielt auf Plätzen zu stellen, wo es sicher schießbar ist. Karlemann erinnert sich an zahlreiche Abschüsse, die ihn frohlocken ließen. Einige andere hatte er lieber vergessen.

Und heute nun, in wenigen Minuten, jetzt, würde er ebendort ankommen, wohin es ihn schon so lange gezogen hatte: auf eine der berühmten spanischen Jagd-Fincas, wo es getriebene Jagden auf die pfeilschnellen Rothühner gab.

Raffaela chauffiert den schweren Wagen mit traumwandlerischer Sicherheit über die Landstraße und schon kurze Zeit später kann Karlemann rechter Hand das Eingangstor der Lodge „Las Tresfuentes" erkennen. Noch eine scharfe Abfahrt und schon passieren sie den gemauerten Zugang und fahren in das noble Areal der Lodge ein. Welch ein Gefühl. Karlemann ist ergriffen. Er hat eines seiner aktuell größten Ziele erreicht, er erfüllt sich einen seiner sehnlichsten Träume: Rothuhnjagd in Spanien.

Olé!

„Bienvenida, Señor Liebich" tönt es ihm entgegen, als er den Wagen verlässt. „Schön, dass Sie da sind. Ich hoffe, Sie hatten einen angenehmen Flug und eine gute Anfahrt."

Mit einem strahlenden Lächeln kommt Isabel auf Karlemann zu und reicht ihm die Hand, die dieser ergreift, während er seinerseits einige artige Begrüßungsworte findet. In Isabels Begleitung ist ein hochgewachsener, gutaussehender Mann von etwa Mitte 40.

„Darf ich Ihnen Don Hernández Monrique de Taray y Gorzón vorstellen, den Vorstandsvorsitzenden von LA.RACHA", sagt sie und deutet auf den Mann neben ihr. Zu ihm gewandt sagt sie: „Permítanme presentarles a Señor Liebich."

„Sehr angenehm und sehr erfreut, Sie kennenzulernen", sagt Karlemann und bietet dem Unternehmer die Hand, die dieser kräftig drückt und zu ihm erwidert: „Muy agradable, Señor Liebich, y bienvenida en España."

Für einen kurzen Moment verharren die beiden in dieser Position und schauen sich in die Augen. Dann lächeln sie wechseln übergangslos zu Englisch und klappern die sattsam bekannten Smaltalk-Themen ab: entspannte Flugreise, angenehme Fahrt im Wagen mit Raffaela, wunderbare Landschaft, erstes Mal in Spanien, herrliche Anlage, ganz herzlicher Dank für die Einladung, gespannte Erwartung der Jagd, Hoffnung auf erfolgreiche Gespräche. Es ist das übliche Ritual derjenigen, die es gewohnt sind, gesellschaftlich zu parlieren. Karlemann musste sich diese Kunst erst mühsam aneignen, hat es aber – wenngleich manchmal etwas staksig – inzwischen zu einiger Routine gebracht. Wer mit den großen Tieren pinkeln will, der muss das Bein auch hochbekommen!

Gemeinsam begibt sich die kleine Gruppe in das prachtvolle Jagdzimmer des Hauses, in dem bereits Getränke bereitstehen.

Nachdem Isabel auch Antonio Gollardi Readolo, ihren Freund, sowie Joaquín Rodrigo Cazallén, Besitzer der Finca „Las Tresfuentes", vorgestellt hat, setzt Don Hernández zu einer kleinen Begrüßungsrede an. Er gibt seiner Freude Ausdruck, dass Señor Liebich die Einladung von LA.RACHA angenommen hat und eigens nach Spanien gekommen ist, um über den weiteren Fortgang der Planungen für den Windpark bei Traunsel und die Fabrik im Industriegebiet zu sprechen.

„Und da ich weiß, dass Sie, verehrter Señor Liebich, ein erfolgreicher Jäger und hervorragender Schütze sind, habe ich Joaquín gebeten, doch für morgen eine Stöberjagd auf Rothühner vorzubereiten. Es ist mir eine große Freude, Sie dabei zu begleiten, wenn wir gemeinsam mit Antonio und ihm und einigen Jagdhunden im Campo Charro nach den schnellen Vögeln gehen. Für heute Abend ist geplant, dass wir zunächst den Aperitif nehmen, Sie dann das Haus besichtigen und das Zimmer belegen können und wir uns in einer Stunde wieder hier treffen und zum Projekt beraten. Anschließend ist ein Abendessen vorbereitet. Isabel hat, soweit ich weiß, für spanische Spezialitäten gesorgt, und dann lassen wir den Abend ausklingen mit Wein, einer guten Zigarre und Joaquíns Film vom Anwesen ‚Las Tresfuentes‘ und der Region Campo Charro. Herzlich willkommen – ich freue mich sehr, dass Sie hier sind!‘‘

Karlemann ist begeistert. Und beeindruckt. Mit überschwänglichen Worten dankt er Don Hernández für die Einladung sowie die Vorbereitung und lobt Isabel in höchsten Tönen. Er ist mit dem Programm sehr einverstanden und beim Rundgang durch das Haus und das Anwesen erkennt er, mit wie vielen Details die Lodge aufwartet, mit wie viel Sachverstand und Liebe alles eingerichtet und arrangiert wurde.

Sein Zimmer ist ausgezeichnet, und nachdem er sich etwas frisch gemacht und seine Jagdausrüstung ausgepackt hat, begibt er sich zurück ins Jagdzimmer zu Don Hernández. Die beiden ziehen sich in einen Nachbarraum zurück, um die anstehenden Fragen zum Windpark zu besprechen.

Rasch merken sie, dass sie einen „Draht" zueinander haben und ähnlich pragmatisch denken. Und so ist es nur folgerichtig, dass die beiden nach kurzer Zeit zu ihren Vornamen übergehen und das „Sie", das es in beiden Sprachen gibt, durch das vertrautere „Du" ersetzen.

Schon während ihrer Telefonate hatten die beiden eine Art stillschweigende Übereinkunft festgestellt, was die Lösung des Vogel-Problems betraf. Nun berichtet der Patrón, dass Antonio, der Freund von Isabel, die „Endlösung" der Frage übernommen habe. „Antonio war Soldat in der ‚Legión Española‘, der spanischen Fremdenlegion. Eine Elite-Einheit, deren Mitglieder auch nach der aktiven Zeit einen starken Zusammenhalt pflegen. Ein Kamerad hat sich bereit erklärt, das Problem final zu lösen. Im Gegenzug wird ihm finanziell etwas geholfen, da er in Not geraten ist.

Es soll unter allen Umständen verhindert werden, dass die beiden Vögel zurückfliegen. Am Ende besetzen sie wieder ihren Platz an unserem Baugebiet und damit wäre dann der Windpark gestorben. Das können wir uns auf keinen Fall leisten", fasst Don Hernández die Lage aus seiner Sicht zusammen.

„Ich bin ganz deiner Meinung. Die Gefahr, dass die Vögel genau wieder diesen Horst besetzen, ist relativ groß.
Andererseits ist der Standort ideal für eure Windräder. Ich habe schon mal vorgefühlt: An der Stelle sind durchaus die höheren Anlagen möglich. Damit meine ich die 199-Meter-Räder; mit der Nabenhöhe 139 Meter bei 120 Metern Rotor-Durchmesser. Und mit der Nennleistung 3050 kW. Bei uns ist es so, dass die Genehmigung von einer speziellen Behörde erteilt werden muss. Ich habe dahin beste Beziehungen. Der Chef der Behörde ist nicht nur ein Parteifreund, wir gehen auch gelegentlich zusammen auf die Jagd. Und der weiß natürlich, wie wichtig für euch dieser Windpark ist und wie wertvoll für uns die Arbeitsplätze sind, dir ihr schaffen wollt."

„Da ist ja ganz ausgezeichnet", freut sich der Patrón.

„Wir können morgen, wenn wir mit Antonio zusammen unterwegs sind, noch mal über die Lösung der Vogelfrage sprechen. Joaquín wird mit der Jagdvorbereitung beschäftigt sein und wir sind dann ungestört.

Isabel hat den Vogelschützern die Finanzierung der Sender garantiert. Aber gleichzeitig hat sie dafür gesorgt, dass wir permanenten Zugriff auf die GPS-Daten haben. Damit können wir genau sehen, wo sich die Vögel befinden. Das System gibt zwar keine Ortung auf den Meter genau, aber mit einem scharfen Fernrohr kann man die beiden Vögel leicht herausfinden. So viele davon gibt es ja nicht. Obwohl sie inzwischen erfahren hat, dass noch drei weitere Vögel aus Deutschland mit den Sendern in Spanien unterwegs sind. Allerdings sollen die ihre Winterquartiere 300 Kilometer weiter südlich haben. Insofern stören sie uns nicht."

„Ich sehe gar keine andere Lösungsmöglichkeit für die Schwierigkeit", ergänzt Karlemann. „Wir müssen nur peinlich genau darauf achten, dass wir nicht in die Schusslinie kommen. Das bedeutet, die Sender müssen abgeschaltet und beseitigt werden. Das muss sichergestellt sein und den Punkt müssen wir dann am besten morgen mit Antonio abschließend beraten. Wenn alles so läuft, wie geplant, dann könnten wir im Frühjahr schon den Spatenstich auf dem Gelände des Windparks vornehmen. Alles, was an vorbereitenden Unterlagen notwendig ist, kann von meiner Firma ‚Kraft durch Wind' bei einem Anwalt, der darauf spezialisiert ist, in Auftrag gegeben werden. Zusammen mit dem kurzen Draht in die Genehmigungsbehörde könnte das Genehmigungsverfahren rasch erfolgen. Immer vorausgesetzt, es sind alle erforderlichen Unterlagen zusammengetragen, ist eine Vorab-Genehmigung kurzfristig erreichbar. Hilfreich wäre dabei ein naturschutzfachliches Gutachten. Wenn ihr das jetzt in Auftrag gebt, dann liegt das rechtzeitig vor. Dabei müsste zunächst die Frage der avifaunistischen Beurteilung ausgeschlossen werden; die kann dann nach der Problemlösung angehängt werden."

Don Hernández hört aufmerksam zu. An manchen Stellen war das Englisch von Karlemann etwas schwer verständlich und auch einige Fachbegriffe, die er notiert hat, kennt der Patrón nicht, aber insgesamt hat er verstanden: Die Deutschen, speziell Karlemann, haben ein hohes Interesse an der Verwirklichung des Windparks und des Industriebetriebes – und das deckt sich zu hundert Prozent mit seinen Intentionen.

„Muy bueno", kommentiert er die langen Ausführungen Karlemanns. „Dann lass uns das genau so umsetzen, wie du es eben beschrieben und vorgeschlagen hast: Wir übernehmen die Lösung der Vögel-Frage; Ihr übernehmt die Vorbereitung der Baugenehmigung. Und gemeinsam führen wir das Projekt zu einem großen Erfolg", fasst er zusammen und schaut Karlemann in die Augen.

Mit einem Lächeln und getragen von innerer Übereinstimmung und inhaltlichem Konsens reichen sich die beiden Männer die Hand. Als sie ins Jagdzimmer zurückkehren, ist bereits für „la cena", das spanische Abendessen, eingedeckt.

Es wird ein ausgelassener Abend mit vielen Höflichkeiten, Charmanterien, Erzählungen, erlesenem Rotwein und Gaumenfreuden aus der spanischen Küche, in denen sich die Sonne und die Farben der Landschaft widerspiegeln.

Joaquín, der in „Las Tresfuentes" größten Wert auf eine exzellente Küche legt, hält eine kurze Tischrede, in der er besonders diesen Aspekt des Abends würdigt. Von Isabela hat er den Tipp bekommen, dass der Gast aus Deutschland gutem Essen sehr zugetan ist. Auch ohne diesen Hinweis hätte ihm ein Blick auf Karlemanns Figur genügt, um zu wissen: Hier ist ein Mann angereist, der Leckerbissen zu schätzen weiß!

Und da ist Karlemann im Campo Charro gerade richtig: Das Essen ist bodenständig und unverfälscht. Für die traditionelle spanische Küche der Region werden die Zutaten mit viel Gespür und Können und mit der Erfahrung aus Generationen sorgfältig zusammengestellt und gegart, sodass ihre Vorzüge wunderbar zur Geltung kommen.

Ein Blick in die Tischkarte lässt bei Karlemann sogleich lukullische Vorfreude aufkommen:

Codorniz escabechada con pimiento confitado – marinierte Wachtel an kandierter Paprikaschote.

Hernach:

Carrilleras de Ibérico con crema de garbanzos – iberische Schweine-
backen mit Kichererbsen.

Sodann:

Mousse de yogurt con jugo de mango – Joghurt-Mousse mit
Mangocreme.

Auf Empfehlung von Isabela gibt es dazu einen „Capellanes
Crianza 2011", einen ausdrucksstarken und kraftvollen Rotwein von feiner Eleganz aus dem emporschießenden Weinbau-
gebiet „Ribera del Duero", in dem auch Isabels Familie auf rund
50 Hektar Reben anbaut.

Und selbstverständlich Espresso.

Während der Tisch nach dem Abtragen des Geschirrs wieder
etwas gerichtet wird, offeriert Joaquín noch eine Spezialität aus
Nordspanien: Aguardiente de Orujo. Erlesener Tresterbrand.

Don Hernández blickt in die fröhliche Runde. Nur lachende und
offene und aufgeräumte Gesichter nach diesem Gaumenschmaus.
Ein gelungener Abend, und der Patrón hofft, dass dies ein gutes
Zeichen ist für den Fortgang der Dinge: morgen die Rothuhn-
Jagd, dann die Lösung des Vogel-Problems, sodann die Baugeneh-
migung und schließlich die Errichtung und Inbetriebnahme des
Windparks und der Bau der Produktionsanlage in Deutschland.

Mit dieser Referenz, da ist sich Don Hernàndez sicher, wird er im
europäischen Windkraft-Markt zu einem gewichtigen „Mitspieler"
werden. Genau dies betont er auch in seinem kurzen Toast und
erhebt sein Glas mit den Gästen und Joaquín zusammen auf eine
„wunderbare Freundschaft, die allen Stürmen standhalten soll".

Schlag zehn Uhr am nächsten Vormittag sind die Männer vor
dem Haupthaus der Lodge versammelt.

Drei Stöberhunde hat Joaquín organisiert, die von ihrem „Rudel-führer", einem seiner Nachbarn, heute geführt werden. Sie sind schon voller Vorfreude und strotzen vor Energie.

Zur Stöberjagd werden spurlaute Stöberhunde eingesetzt, die Hecken, Dickungen, Jungwald und Schilfpartien zielsicher nach Wild absuchen und es aus der Deckung heraustreiben.

Genau diese Sorte Hunde steht bereit und sie schauen ungeduldig zu den drei Jägern, die sich fertigmachen und nochmals kontrol-lieren, dass sie auch ja alles Notwendige dabeihaben. Kurz darauf besteigt die Gruppe zwei Land Rover und fährt ab.

Es sind nur etwa 14 Kilometer bis zu dem Areal, das Joaquín für diesen Jagdausflug ausgesucht hat. Es eignet sich perfekt für eine „Stöberjagd", bei der mit den Hunden Felder, Hecken und Teiche abgegangen und bejagt werden. Die Landschaft des Campo Charro ist dafür ideal: Er weiß, dass es hier ausreichend Rothühner gibt, und er ist sich sicher, dass die drei Herren, die mit Flinte und Hund auf die schnellen und scheuen Vögel gehen, sicherlich gute Jagd-erfolge haben werden.

Alles ist gut vorbereitet: Rothühner sind in größerer Zahl ansässig, da die Schonzeit erst seit vierzehn Tagen vorüber ist. Sie finden hervorragend Deckung in Büschen, Hecken und Sträuchern, die sich mit Bäumen und Steinhaufen abwechseln. Es sind keine geschlossenen Areale aus Wald oder großen Dornenhecken wie anderenorts.

Hier können sich Jäger und Hunde in breiter Linie durch die Land-schaft bewegen, bis der Hund anschlägt und in den Busch, in dem sich das Rothuhn verbirgt, eindringt. Dann sind beim Schützen höchste Konzentration und hohes Reaktionsvermögen vonnöten.

Rothühner sind schnelle Flieger und erheben sich mit erstaun-licher Geschwindigkeit aus dem Deckung gebenden Gebüsch in die Luft und versuchen, so rasch wie möglich wieder einen sicheren Platz zum Verbergen zu finden.

Jetzt gilt es für den Schützen, sein Können zu beweisen. Don Hernández hat bereits zwei Mal getroffen, ebenso Antonio. Karlemann hatte einen Fehlschuss – und das wurmt ihn in höchstem Maße.

Doch jetzt bietet sich ihm die Chance, diese Scharte auszuwetzen: „Sein" Hund steht, mit aufwärts gerichtetem Schwanz, unbeweglich und mit erhobener linker Vorderpfote vor einem dichten Busch.

Dort hält sich das Rothuhn verborgen. Sicherlich ist es ebenso aufgeregt, wie der Hund angespannt ist. Und Karlemann. Der Hundeführer gibt einige kurze Befehle. Vorsichtig umrundet der Hund den Busch, um erneut zu wittern und zu sichern. Dann beginnt er, zunächst sachte in den Busch hineinzustöbern.

Und kaum dass er ansetzt, weiter in das Versteck einzudringen, raschelt es und ein Rothuhn steigt auf.

Karlemann legt mit einer Blitzreaktion einen sauberen Blattschuss hin und der Vogel landet in einem anderen Gebüsch, sechs Meter weiter.

Offenbar wird dadurch ein weiteres Rothuhn aufgeschreckt, das versucht, das Weite zu finden. Es kommt jedoch nicht weit, denn Karlemann hat noch seinen zweiten Schuss im Lauf, den er jetzt mit großer Genauigkeit auf das Tier abfeuert. Und er trifft.

Anerkennende Rufe seiner beiden Jagdkameraden begleiten diesen großartigen Doppelerfolg, der die „Fahrkarte" vom Beginn mehr als wettmacht und den Schützen strahlen lässt.

Zweieinhalb Stunden später ist die kleine Jagdgesellschaft reif für eine Pause. Joaquin hat eine Art spanische Brotzeit vorbereiten lassen, die den Herren jetzt gut mundet. Auch die Hunde erhalten ihre Belohnungen, haben sie doch maßgeblichen Anteil an dem bisherigen Jagderfolg von 23 Rothühnern.

Die Jäger sind bester Laune und essen, trinken und lachen und lassen es sich gut gehen. Eine Jagd ist immer eine gute Gelegenheit, um miteinander ins Gespräch zu kommen oder um Bekanntschaften und Freundschaften zu vertiefen. Aber dabei unterscheidet sich die „Caza de perdices" in Spanien nicht vom „deer hunting" in England oder der „vânătoare urs" in Rumänien.

Mit 55 Rothühnern sind die Männer am Nachmittag wieder in „Las Tresfuentes". Don Hernández und Karlemann waren je 19-mal erfolgreich, auf Antonios Konto gingen 17 der schnellen Hühner. Die Männer sind es sehr zufrieden. Es war ein herrlicher, sonnendurchfluteter Tag im Campo Charro, der offenen, weiten Landschaft südwestlich von Salamanca. Es war ein sehr erfolgreicher Jagd-Tag mit großer Strecke, die im Hof der Lodge gelegt und bei der ein Erinnerungsfoto geschossen wird.

Und es war ein Tag einer Männerfreundschaft, die langfristig zum Wohle aller wirken soll.

„Cuanto más alto se sube más dura será la caída."

VIERZIGDREI

„Lange werden sie nicht mehr bleiben!" Birte Oiseaux und Jan Protesta stehen am Waldrand nahe dem Kupferberger Höhenzug und blicken in den blauen Himmel über einem lang gezogenen Tal.

Es ist Mitte September und am Himmel bietet sich ein fantastisches Schauspiel: Eine große Schar von Rotmilanen kreist über den Wiesen und Weiden.

Mit ehrfurchtgebietender Eleganz schrauben sich die schlanken Vögel mit den breiten Schwingen und dem gegabelten Federschwanz, die Thermik nutzend, hoch hinaus in den Luftraum. Ohne Flügelschlag, nur mithilfe der thermischen Aufwinde, mit leichten Veränderungen der Schwingen und mit Einsatz der gegabelten Steuerfedern vermögen es diese herrlichen Vögel, über lange Zeit hoch am Himmel zu fliegen.

„Es sind mindestens zwölf", sagt Jan, der mit gespannter Miene das Schauspiel beobachtet, während Birte neben ihm stehend mit dem Fernglas jeden einzelnen Vogel ins Visier nimmt.

„Unsere beiden sind auch dabei", bemerkt die Vogelschützerin und verfolgt den Kreis, den Milana am Himmel zieht. „Und bei den Jungvögeln meine ich, auch die beiden Kinder von unserem Pärchen zu erkennen", fügt sie an.

Sie reicht Jan das Glas, der sofort die Vogelschar scannt und an den beiden besenderten Vögeln hängen bleibt. Hin und her schwenkt das Fernglas, als er zwischen Milan und Milana abwechselt.

„Die Sender sind zu erkennen", sagt er zu seiner Freundin. „Und ich denke, sie behindern die Vögel auch nicht. Jedenfalls machen sie nicht den Eindruck, als könnten sie wegen der kleinen Päckchen auf der Schulter und den Haltegurten nicht mehr richtig gleiten und kreisen. Das war eine saubere Arbeit, mein Schatz", lobt Jan seine Freundin, setzt das Glas ab und gibt ihr einen Kuss.

„Hoffentlich kommen alle gut in Spanien an – und auch wieder zurück. Der Weg ist ja nicht ungefährlich, wenn ich an die Menge Windräder denke, die inzwischen auf der ganzen Strecke stehen."

„Es stimmt alles, was man in der Fachliteratur so lesen kann", bemerkt Jan Protesta, der Vorsitzende der Gesellschaft für Vogelkunde und Ökologie GVÖ. „Für vier bis sechs Wochen begleiten die Eltern die Jungvögel bei ihren Flugübungen. Und dann trennen sich die Wege. Die Jungen fliegen meistens in größeren Verbänden zusammen, während die Altvögel oftmals einzeln oder allenfalls in Paaren oder Kleingruppen unterwegs sind."

„Ganz genau wie bei uns", wirft Birte lachend ein. „Wir sind als Jugendliche auch immer in Horden unterwegs gewesen und wollten von den Alten auf keinen Fall was sehen. Und die waren dann auch immer als Paar unterwegs oder zusammen mit einem anderen Paar. Ist schon erstaunlich, wie viel Vogel doch in uns Menschen steckt", frotzelt die Vogelschützerin und knufft ihren Freund in die Seite.

Das Schauspiel am Himmel fängt die beiden wieder ein. Ein ums andere Mal sehen sie Sturzflüge der Vögel und sogar ein „Rückenflug" ist zu beobachten.

„Hast du das gesehen?", fragt Birte ihren Freund. „Mit dem Training der Rückenflug-Technik üben sie die Beute-Übergabe in der Luft. Der empfangende Vogel streckt seinem Partner kurz vor der Begegnung die Fänge entgegen und greift den Fleischbrocken. Einfach toll!" Birte ist begeistert von dem herrlichen Bild, das die Milane abgeben: anmutig, elegant, faszinierend.

Mit etwas Wehmut verlassen die Tierschützer das „Tal der Rotmilane". In spätestens zwei Wochen, vermutlich schon früher, vielleicht sogar schon in ein paar Tagen, werden die Gabelweihen, wie die Milane hier heißen, vom heimischen Himmel verschwunden sein. Bei günstiger Witterungsprognose und mit etwas Glück überwintern vielleicht zwei, drei Tiere in der Mitte von Deutschland. Allzu viele werden es jedoch nicht sein. Und in diesem Herbst schon gleich gar nicht, da die Meteorologen einen heftigen Wintereinbruch erwarten.

Tatsächlich sind die wundervollen Segler mit der rostbraunen Färbung und dem charakteristischen gegabelten Schwanz eine Woche später verschwunden. Von eben auf jetzt sind sie weg. In aller Herrgottsfrühe haben sie sich auf den Weg gemacht Richtung Spanien. Zu ihrem Winterquartier.

Gut 2000 Kilometer liegen zwischen Abflug in Traunsel und Ankunft in La Peña, dem Dorf am dicken Felsen im Westen der Provinz Salamanca, nahe dem Río Duero.

2000 Kilometer voll wunderbarer Natur und herrlicher Landschaft, aber auch 2000 Kilometer voller Gefahren.
Tausende von Windrädern sind in den vergangenen Jahren wie Pilze aus dem Boden geschossen, und jede einzelne Windkraftanlage ist potentiell eine tödliche Bedrohung für den Rotmilan, die Gabelweihe, die Königsweihe, den „Milan royal" wie er in Frankreich, den „Milano real", wie er in Spanien benannt ist.

Europaweit gibt es in Deutschland die meisten Windräder, gleich gefolgt von Spanien. Und genau zwischen diesen beiden Regionen pendeln zwei Mal jährlich die herrlichen Greifvögel namens Rotmilan. Die heimlichen Wappenvögel der Deutschen.

„Wir müssen die Zeit nutzen, um etwas für die Vögel zu tun", ist die Meinung von Jan Protesta, als er mit seinen Vogelschutz-Freunden zusammensitzt. Alle Rotmilane in der Umgebung und im Radius von gut 25 Kilometern sind abgeflogen, haben die zahlreichen Vogelbeobachter und Tierfreunde gemeldet.

„Was meinst du denn mit ‚etwas tun'?", fragt Mark Keting in die Runde und speziell an die Adresse des Vorsitzenden.

Der setzt zu einer längeren Erklärung an: „Ich habe ein paar Studien gelesen, wonach die Milane – und übrigens auch jede Menge Bussarde und nachts dann noch mal so viele Fledermäuse – von den Windrädern deshalb getroffen werden, weil rund um die Fundamente der Windkraftanlagen die Freiflächen immer gemäht und Büsche und Sträucher immer kurzgehalten werden. In den großen Monokulturen von Raps oder Mais oder Getreide finden die Greifvögel immer schlechter ausreichend Nahrung für sich und ihre Brut. Aber unter den Windrädern können sie optimal die Beute erspähen und natürlich auch greifen.

Die Rotoren sind dabei eine tödliche Gefahr. Sie drehen sich nur scheinbar langsam. Die Geschwindigkeit variiert natürlich je nach Windstärke; aber zwischen 80 und 400 Stundenkilometern erreichen die Rotorspitzen allemal. Und damit erwischen sie den Rotmilan, der im Sturzflug auf eine Maus niederschießt und unterwegs vom Rotorblatt getroffen wird. Das ist einfach ein logischer Vorgang. Brutal, aber logisch. Ich finde, wir sollten genau da ansetzen. Zum einen müssen die Mindestabstände von Windkraftanlagen zu Brutgebieten unbedingt erhöht werden. Was in Bayern für Menschen gilt, nämlich zehnfacher Abstand der Anlagenhöhe, das sollte auch für brütende Greife gelten, oder? Wir sollten daher an unsere heimischen Politiker gehen und sie auffordern, sich dafür einzusetzen. Und zum anderen könnten wir gemeinsam mit anderen Vogelschützern und Biologen und mit Experten von Universitäten einen Plan entwickeln, welche Anbau- und Pflegemaßnahmen unter den Windrädern ergriffen werden sollten, damit die Milane und Bussarde und vielleicht auch die Fledermäuse dort nicht mehr jagen. Was meint ihr dazu?"

Einen kurzen Moment herrscht Stille in der Runde. Bis schließlich Mark Keting, der Pressesprecher der GVÖ, die Vorschläge mit „geile Idee" kommentiert. Er sieht sich schon als Macher von Aktionsplänen mit Pressekonferenz und Fernsehpräsenz, was seinen beruflichen Zielen einer journalistischen Karriere sicherlich zuträglich wäre.

„Wir sollten unsere Abgeordneten ordentlich in die Mangel nehmen. Die dürfen sich bei dem Thema ‚Vogelmord durch Windkraft' nicht länger einfach so wegducken", wirft Olga Husse-Daubner ein. Sie hat seit ihrer Niederlage bei der Kampfabstimmung noch eine alte Rechnung offen und stichelt bei jeder Gelegenheit gegen die politisch Verantwortlichen und wirft damit dem GVÖ-Vorstand indirekt vor, „mit denen da oben zu kuscheln", wie sie es nennt.

„Der Ansatz ist gut", greift Jan Ingas Einwurf auf. „Vielleicht könnte es erfolgreich werden, wenn wir aus den Daten unserer besenderten Milane eine Karte erstellen und ihren Weg aufzeigen. Das Ganze garnieren wir mit Bildern der Vögel. Und wir laden die Politiker aus Bund und Land und vielleicht auch den Kreisrat ein, sich in einer Podiums-Diskussion zu dem Thema zu positionieren. Vorneweg muss natürlich ein Experte die Problematik erläutern. Dann könnten wir versuchen, die Verantwortlichen festzunageln auf unsere speziellen Forderungen. Wie wäre das?"

Der Vorschlag findet begeisterte Aufnahme, insbesondere bei Pressesprecher Mark Keting. Und selbst die berufskritische Inga kann sich eine Unterstützung des Vorhabens vorstellen.

So beschließen sie, für Januar eine solche Informations- und Diskussionsveranstaltung vorzubereiten, und besprechen, wer welche Aufgaben übernimmt und Kontakte knüpft.

Es wartet eine Menge Arbeit auf die Vogelschützer.

Derweil sind ihre Schützlinge, Milan und seine schöne Frau, Milana, sowie die beiden Kinder Milva und Milvus, bereits in Frankreich angekommen.

Nasskalter Gegenwind hat sie langsamer vorankommen lassen. Gleichwohl sind sie zügig unterwegs, denn sie wissen um die schönen Herbsttage, die sie in La Peña, in Sichtweite von „La Peña Gorda", dem dicken Felsen nahe dem Dorf, erwarten dürfen.

Ende September sind es noch gut 25 Grad im Westen von Spanien, in „La Ramajería", ihrer zweiten Heimat. Und mit knapp 30 Millimetern Niederschlag ist es noch recht trocken, was sich auch in der Farbe der Graslandschaft widerspiegelt. Erst in den Wintermonaten steigen die Niederschläge bis zum Doppelten, während die Temperatur auf 18 bis 10 Grad absinkt.

Aber natürlich überhaupt kein Vergleich zu Traunsel, wo es zur selben Zeit gerade mal zwischen minus fünf und plus fünf Grad sind; bei 12 bis 10 Regentagen pro Monat und nur ein bis zwei Sonnenstunden am Tag. Welch ein Unterschied!

Kein Wunder also, dass Milan, Milana, ihre Kinder und viele tausende weiterer „Pendler" es vorziehen, die kalten und nassen Monate in Deutschland zu meiden und lieber in Spanien zu überwintern.

„Es sind schon wieder mehr geworden", haben Milan und seine Frau unterwegs festgestellt, als sie „ein Meer von Windrädern" überflogen. Auf ihren Reisen beobachten sie genau, was sich alles innerhalb der wenigen Monate verändert, wenn sie ihre Eier legen und die Jungen großziehen. Oder wenn sie überwintern und auf den Frühling warten.

Jahr für Jahr haben sich die Windkraftanlagen vermehrt. Doch nicht nur das. Sie sind auch gewachsen. Enorm gewachsen. 200 bis 250 Meter ragen die Rotorspitzen in den Himmel – und damit kollidieren sie genau mit der mittleren Flughöhe der Milane, wenn diese zwischen Sommer- und Winterquartier pendeln und dabei in den für sie günstigen Luftschichten zwischen 100 und 300 Metern Höhe unterwegs sind.

Milane haben, wie alle Greife, fantastische Augen. Für Menschen ist kaum nachzuvollziehen, was die Augen eines Greifvogels leistet. Das sprichwörtliche „Adlerauge" kommt nicht von ungefähr, denn Greife können aus großer Höhe jede Maus in brillanter Schärfe erkennen. Selbst dann, wenn sie mausgraues Fell hat und auf grauem Untergrund läuft! Denn genau davon hängt das Überleben der Greifvögel ab. Und das ihrer Jungen.

Bis zu acht Mal dichter als die menschliche Netzhaut ist die der Greife mit Sehnerven besetzt. Und entsprechend besser, exakter, schärfer und reaktionsschneller ist ihr Sehen.

Ob gleißendes Sonnenlicht, ob wechselnde Verhältnisse zwischen Licht und Schatten, ob dämmrige Täler oder komplett überschattete Auen, die Milane – alle Greife – müssen jederzeit den Überblick bewahren können, wollen sie beim Beutefang nicht ständig leer ausgehen oder beim Anflug mit einem Hindernis kollidieren. Oder selber gefangen werden.
Über Jahrmillionen hat Mutter Natur die Augen der Greife zu jenem Hochleistungs-Sinnesorgan entwickelt, das es heute ist – und das ganz entscheidend war für das Überleben der Vögel bis zum Hier und Jetzt.

Doch was nutzt das beste „Adlerauge", wenn der Schnellere der Feind des Schnellen ist?

Und Rotorblätter mit Spitzengeschwindigkeiten von bis zu 400 Stundenkilometern sind „Schnellere".

Mehr als 25.000 Windräder drehen sich in Deutschland. Damit ist Deutschland Spitzenreiter in Europa – und weltweit hinter den USA und China die Nummer drei! In Spanien, viertgrößter Nutzer der Windenergie weltweit, stehen gut 20.000 Anlagen.

Das dazwischenliegende Frankreich ist mit „nur" 5.000 Windrädern bestückt. Aber dafür hat die „Grande Nation" mit 58 Reaktorblöcken in 19 Anlagen die meisten Kernkraftwerke in Europa! „Allons enfants de la Patrie ..."

Fünf dieser in Frankreich daher im Vergleich eher „seltenen" Windräder haben ihren Standort nahe Dehlingen, genau in der Einflugschneise von Milan und Milana nach Frankreich, nämlich am Nord-West-Rand des „Parc Naturel Regional des Ballons des Vosges du Nord".

Auch die zehn Windräder bei Le Haut des Ailes sowie acht weitere bei Haut de Lorraine liegen in der Zugroute der Rotmilane und sind den Alt-Vögeln schon bekannt. Für Milvus und Milva, ihre Kinder, sind sie neu; denn die Kinder ziehen erstmals nach Spanien und sind mit einer Schar Jungvögel unterwegs. Hoffentlich geht das gut!

Hinter dem Durchflug der Gabelweihen zwischen Besançon und Dijon tauchen neun Windräder am Horizont auf, die bei Portes de Côtes d'Or ihren Standort haben. Da ist Vorsicht geboten!

Bei Saint-Nicolas-des-Biefs müssen die Vögel sieben etwa 140 Meter hohen Windrädern ausweichen; bei Chemin de la Ligue sind es neuerliche acht Anlagen, die in der Flugroute stehen.

Mitten im „Parc Naturel Regional des Volcans d'Auvergne", bei Le Cezallier, haben acht Windräder ihren Standort, messen allerdings nur rund 80 Meter in der Höhe. Gleich daneben drehen sich im Doppel-Standort La Mayrand sowie Les Diagots – wenn Wind geht – 13 weitere, ebenfalls nur rund 80 Meter hohe Anlagen. Nochmals acht kommen etwas südlich bei Allanche hinzu.

Doch diese insgesamt 29 Anlagen wurden allesamt mit ihren Fundamenten tief eingegraben in den Naturpark.

Unzählige Bäume mussten gefällt werden, damit die überlangen Schwertransporter die Teile zur Montage mitten im Naturareal überhaupt anliefern konnten.

Erst im Bau befinden sich die acht neuen Anlagen, die sich bei La Luzette drehen werden. „Wieder so eine Großbaustelle für diese gefährlichen Räder", empfinden Milan und Milana diese Veränderung, die es bei ihrem Hinflug nach Traunsel noch nicht gab.

Nach den 15 Windrädern am Standort Monts de Lacaune haben die Rotmilane dann erst einmal Pause.

An Lourdes vorbei geht es über die Pyrenäen und Pamplona hinweg Richtung Logroño. Auf diesen gut 400 Kilometern ist Europa windradfrei.

Doch dann kommt es mit Macht: Auf dem Bergkamm bei El Perdón „thronen" die bekannten 40 Anlagen in Reihe. Gleich daneben, bei Aizkibel, drehen sich zusätzliche 17 Windrotoren.

Beim Weiterflug über Logroño lassen die Rotmilane eine ganze Armada von Windkraftanlagen linker Hand liegen. Erst bei Portelrubio sind es wieder sechs, bei Sierra de Bodenaya dann nochmals 12 der Räder, die in der Flugroute stehen; doch zählen sie mit 70 Metern Turmhöhe zu den kleineren Anlagen.

Kaum anders der Windpark bei Piedras del Alto. Dort drehen sich 40 Anlagen im Wind, wenn er denn weht. Auch sie sind mit maximal 65 Metern Nabenhöhe nicht die Riesen unter den Windkraftanlagen und berühren daher kaum die Flughöhe der nach La Peña am Duero fliegenden Greifvögel.

Das sieht bei den 18 Windkraftanlagen nahe Bandeleras und den 17 weiteren im benachbarten Rodera Alta ganz anders aus. Mit Nabenhöhen von rund 100 Metern ragen die Spitzen der pfeilschnellen Rotorblätter weit hinein in die Flugbahnen der Rotmilane, die fast schon zu Hause sind.

„Ich bin mal gespannt, wie weit sie noch fliegen", sagt Birte, die seit Tagen den Zug der Milane anhand der Sendedaten mitverfolgt. Auf der Europakarte sind die beiden Zugrouten von Milan und Milana farbig abgebildet. Anhand der colorierten Positionen und in Verbindung mit einer Liste können die Vogelschützer punktgenau ablesen, wann welcher Vogel an welchem Ort zwischen Traunsel und Süd-West-Spanien geflogen ist, gerastet, geschlafen hat.

Und noch fliegt.

„Wahnsinn, was die Tiere leisten", stellt Birte anerkennend fest. „Fast 2000 Kilometer in nur 13 Tagen, das ist ein Durchschnitt von gut 150 Kilometern am Tag. Bei günstigen Witterungsbedingungen können es auch schon mal mehr als 200 Kilometer als Tagesleitung werden", weiß die Vogelschützerin.

Sie hat in den vergangenen Monaten Berge von Literatur über Greifvögel im Allgemeinen und Rotmilane im Besonderen gewälzt. Jetzt sitzt sie gespannt vor dem Rechner und beobachtet, wie die Daten die Route der Milane sichtbar werden lassen.

Bald wird sie wissen, wo die beiden Gabelweihen aus dem Horst am Rande der „Kleinen Steige" in der Nähe von Traunsel ihr spanisches Winterquartier haben.

Für Milan und Milana sind es noch knapp 60 Kilometer, dann erreichen sie ihr La Peña, ihren dicken Felsen, ihre offene Weite von „La Ramajería".

Hier werden sie für die nächsten Monate leben. Und ihren Frieden finden. Fernab aller Windräder.

„La muerte es segura pero la vida no."

VIERZIGVIER

„Die Policía Nacional teilt mit: Einbruch-Serie in Kirchen und Kapellen. In den zurückliegenden Tagen wurde in mehrere Kapellen und Kirchen des Campo Charro eingebrochen. Vermutlich nachts drangen unbekannte Täter in – bisher bekannt – drei Gotteshäuser ein und entwendeten kostbare Kruzifixe, historische Statuen und sakrale Gegenstände von erheblichem Wert. In allen Fällen hebelten sie Türen oder Fenster auf und drangen so in die Gebäude ein. Aus der Kirche von San Pedro de Rozados wurden Kruzifixe und Heiligenfiguren einschließlich Madonnenstatuen sowie die Statue ‚Herz Jesu' gestohlen. Aus der Kapelle ‚Ermita de la Virgen del Cueto Salamanca' verschwanden zwei wertvolle Heiligen-Statuen; die berühmte Madonnen-Figur ‚Heilige Jungfrau von Cueto' blieb unberührt. Aus der Kirche der Heiligen Barbara in Cortos de la Sierra wurden eine Heiligen-Statue, einige sakrale Gegenstände wie Kerzenständer und Kreuze sowie zwei wertvolle Messgewänder gestohlen. Die Figur der Heiligen selber, Schutz-Patronin der Bergleute, blieb unversehrt in der Kirche zurück. Ob der Einbruch in die Kirche Santa Isabel in La Peña, und der versuchte, aber misslungene Einbruch in ‚La Ermita del Cristo de Cabrera' ebenfalls zu dieser Serie gehören, wird noch ermittelt. Die ‚Policía Nacional' bittet um Mithilfe der Bevölkerung und um Hinweise an die Dienststelle in Salamanca."

Antonio liest die Meldung im News-Abo seines Facebook-Kontos auf seinem Smartphone mit Abscheu. Er hatte schon im Radio von den Diebstählen und Einbrüchen gehört, die im engen wie weiteren Umkreis um seine Finca geschehen waren. Er schüttelt den Kopf. „Was sind das nur für gottlose Gesellen, die Kruzifixe und Statuen und sakrale Gegenstände aus den Kirchen und Kapellen raubten?", fragt er sich. Sicherlich, es gab schon mal den einen oder anderen Vorfall und auch im Campo Charro lebten nicht nur „Heilige" – aber Einbrüche in Kirchen? Das ist eine ganz neue Art von Kriminalität, die ins Mark der gläubigen und gottesfürchtigen Menschen der Region trifft. Nicht auszudenken, wenn es den Dieben gelungen wäre, das berühmte romanische Kreuz „Cristo de Cabrera" zu stehlen, an dem aber Gott sei Dank auch schon die Franzosen 1812 scheiterten mit dem Versuch, es zu verbrennen.

Antonio beschließt, die Augen offen zu halten, wenn er in der kommenden Zeit rund um seine Finca unterwegs ist.

Seine Kampfstiere entwickeln sich prächtig und seit dem „Encierro" beim „Sanfermines" in Pamplona hatte er bereits einige sehr vielversprechende Kontakte geknüpft und Nachfragen erhalten, sodass er voller Optimismus in die kommende Zeit schaut.

Wie er überhaupt geflutet ist von Glückshormonen, ausgelöst durch Isabel, seine wunderschöne, kluge, begehrenswerte und charakterstarke Freundin. Er preist sich glücklich, sie kennengelernt zu haben – und noch glücklicher war es, dass auch sie ihr Herz für ihn entdeckte und sie beide ein Paar wurden.

Auch jetzt steht bei ihm ein Termin an, der Freude bereitet: Glückwünsche zum Geburtstag überbringen.

Sein Nachbar, Joaquín Rodrigo Cazallén, Besitzer der Finca „Las Tresfuentes", hat heute seinen Ehrentag. Antonio war durch die Geburtstags-App auf seinem Handy daran erinnert worden und macht sich nun auf den Weg, um Joaquín zu gratulieren und ein kleines Präsent zu überreichen. Ausgesucht hat er ein prächtiges Horn eines Texas Longhorns, das, mit Mundstück versehen, auch als Signalhorn dienen kann. Ein hübsches Accessoire für Joaquíns umfangreiche Sammlung von Trophäen aller Art aus aller Herren Länder, mit denen einige der feudalen Zimmer in der Lodge geschmückt sind, vom Wasserbüffelkopf über Gepardenfelle, Geweihe aller Art und Größe bis hin zu mächtigen Stoßzähnen von Mammut-Bullen. Und nicht zu vergessen die unglaublich großen und edlen Achatdrusen.

Auf der Fahrt nach „Las Tresfuentes" denkt Antonio darüber nach, wie sehr sich doch die Technik und vor allem das Smartphone in kürzester Zeit in das Leben gedrängt haben. Man kann sich kaum noch daran erinnern, dass es einmal Telefonzellen und Faxgeräte gab. Und heute hat der kompakte Alleskönner namens Smartphone weite Teile des beruflichen und persönlichen Alltags erobert und verändert die Gesellschaft. An die Stelle der persönlichen Kommunikation ist in vielen Fällen das Versenden von Kurznachrichten, erst über SMS, jetzt via WhatsApp oder Facebook getreten.

Wie oft sieht man Gruppen von Teenagern zusammensitzen und jeder starrt nur auf sein Handy und tippt darauf herum. Man wendet sich kopfschüttelnd ab, überlegt Antonio – um es zu gegebener Gelegenheit in gleicher Weise zu tun.

Nun ja, einige Funktionen nimmt Antonio sehr gerne wahr. Beispielsweise seine Geburtstags-App, die ihn zuverlässig an die Ehrentage aller seiner Lieben und aller Freunde und Bekannten erinnert.

Oder die Nachrichten, die er auf sein Gerät bekommt und die ihn zeitnah informieren. Nicht zu vergessen die Navigations-Funktion, der Kompass, die Taschenlampe oder der Internet-Zugang. Jedenfalls da, wo es Empfang gibt. Na und dann natürlich die leitungsstarke Kamera, die seinen vormals genutzten Fotoapparat und nachfolgend die Digital-Kamera überflüssig gemacht hat.

Mit dem Kalender fremdelte Antonio zunächst noch ein wenig, hatte sich aber diszipliniert und war kürzlich ganz auf die Termin-verwaltung per Smartphone umgestiegen. Damit hatte der kleine Alleskönner quasi auch den letzten Rest des Analogzeitalters bei Antonio beseitigt.

„Wehe, ich verliere das Gerät", überlegt Antonio, als er im Schnell-durchlauf die digitale technische Revolution und ihre Auswirkungen auf sein Leben betrachtet. Wenn sein Handy verloren ginge, dann würde es für eine ganze Weile ausgesprochen schwierig werden, ist sich Antonio bewusst – und nimmt sich vor, alsbald mal wieder eine Datensicherung durchzuführen. Für den Fall der Fälle wäre dann wenigstens eine Basis vorhanden.

Durch das überdachte Tor in der Einfassungsmauer der Anlage fährt Antonio Richtung Haupthaus der weiträumigen und sehr gepflegten Anlage „Las Tresfuentes". Dort vermutet er den Hausherrn.

Und richtig, kaum steigt Antonio aus dem Wagen, kommt ihm auch schon sein Geburtstag feiernder Nachbar Joaquín Rodrigo Cazallén entgegen. Die beiden begrüßen sich sehr freundschaftlich und Antonio gratuliert mit herzlichen Worten, die mehr sind als reine Anlass-Floskeln.

Die beiden mochten sich vom ersten Moment an, als sie sich begegneten; was nicht nur daran liegt, dass sie ähnliche Interessen haben, sondern vielmehr auch dem großen Altersunterschied geschuldet ist. Joaquín sieht in Antonio mehr eine Art verspäteten Sohn denn einen Nachbarn und Geschäftspartner. Er hat den gut aussehenden und erfolgreichen jungen Mann in sein Herz geschlossen, und das sieht man ihm auch an.

Plaudernd und lachend betreten sie das Haus, in dem sich schon etliche Gratulanten zusammengefunden haben. Antonio begrüßt zahlreiche der Gäste, die er bereits kennt; anderen wird er vom Hausherren und Geburtstagskind vorgestellt. Eine Gesellschaft frohlicher Menschen, die das schöne Ereignis eines Geburtstags zusammengeführt hat.

Nach einigen angenehmen und erheiternden Plaudereien schlägt einer der älteren Gäste, ein graumelierter hochgewachsener Spanier mit dunklen, feurigen Augen und schlanker Statur, mit einem Löffel an ein Glas und augenblicklich ebbt die gesprächige Geräuschkulisse ab.

Gespannt schauen die Gäste nebst Jubilar zu dem Grandseigneur, der zu einer Eloge ansetzt, die ein ums andere Mal für Heiterkeitsausbrüche sorgt, denn, wie sich herausstellt, handelt es sich um einen Cousin des Geburtstagskindes, der Treffliches aus dem Leben zu berichten weiß. Sehr zur Freude aller Gäste.

Antonio schaut in die Runde der lachenden Gesichter. Erst jetzt bemerkt er, dass Martín nicht dabei ist. Er nimmt sich vor, Joaquín nach ihm zu fragen, denn er möchte nicht auf der Finca sein, ohne wenigstens „Hola, ¿qué tal?" gesagt zu haben.

Als er später Joaquín nach Martín fragt, äußert dieser sich wieder sehr lobend über dessen Mitarbeit, obgleich er noch immer durch den Unfall lädiert ist.

„Das hatte aber auch was Gutes", lacht Joaquín Antonio an, „dadurch habe ich herausgefunden, dass er im Marketing und im Office insgesamt viel besser eingesetzt ist als in den handwerklichen Bereichen auf der Lodge. Im Moment schraubt er aber an dem Wagen herum, den er von mir auf Ratenzahlung bekommen hat. Er müsste draußen im Werkstattbereich sein", weist Joaquín in Richtung Gebäude am Teich.

Dort steht ein kleiner Geländewagen mit einer großen Reihe von Scheinwerfern auf dem Dach der Fahrerkabine. Und tatsächlich trifft Antonio seinen Spezi am Wagen, als dieser, tief in den Motorraum des Wagens gebeugt, vor sich hin schimpft, da ihm offenbar ein Schraubenschlüssel aus der Hand gefallen ist. Mühsam windet sich Martín aus der Enge des Motorraumes und schaut überrascht, als er Antonio registriert.

„Hola Martín", begrüßt ihn Antonio. „Schönes Auto mit reichlich Licht. Wofür brauchst du das denn?", erkundigt er sich.

„Das war schon drauf", erklärt Martín. „Der Wagen wurde eine Zeit lang für die Jagd und für nächtliche Erkundungen genommen. Ich hab' die Lichter einfach erst mal draufgelassen. Vielleicht schraube ich sie noch ab, wenn ich sie nicht brauche", erklärt er seinem alten Kameraden.

„Und was machst du da gerade?", fragt Antonio und deutet auf den offenen Motorraum.

„Ich muss den Wagen im Schuss halten", erklärt Martín sein Tun. „Ich will damit am Donnerstag nach Sanse. Du weißt ja, meine Schwester heiratet und ich bin Trauzeuge und außerdem will ich mal schauen, was es da so an Schönen und Edlen gibt. Ich könnte mich gerne mal wieder in eine Frau vergucken; ist lange her, dass ich das letzte Mal Spaß hatte", zwinkert Martín Antonio an.

„Du willst wohin?", fragt der Freund nach.

„Nach Sanse – das ist die Kurzform von San Sebastian de los Reyes, das liegt von hier aus noch mal rund 20 Kilometer hinter Madrid. Nette kleine Stadt mit Autobahn- und Schnellbahn-Anbindung nach Madrid. Und trotzdem noch bezahlbar. Mein künftiger Schwager hat dort eine Eigentumswohnung, da leben die beiden zusammen. Und jetzt wollen sie heiraten. Samstag ist es so weit. Die Vorbereitungen laufen auf Hochtouren, wie du dir denken kannst", grinst Martín.

„Ich muss, wenn ich komme, erst noch zum ‚Convento de Santa Clara' mitten in Madrid. Der Konvent ist in der ‚Iglesia de San Pascual' und ich hole dort die Gebäckstücke ab. Das wird ein ganz schöner Schlauch, quer durch die Hauptstadt", sagt Martín und schaut gequält.

„Mein kleiner Bruder und zwei Nichten haben vor zwei Wochen die Eier im Konvent abgegeben, damit es am Samstag schönes Wetter gibt. Ich bin mal gespannt, ob der alte Brauch etwa nutzt und es nicht ganz so heiß wird. Ein paar Wolken und ein leichter Wind am Nachmittag und Abend wären toll", plaudert Martín drauflos.

Antonio hört ihm gespannt zu. Er kennt den alten spanischen Hochzeitsbrauch mit den Eiern für den Konvent der Heiligen Clara und dem schönen Wetter, das nach der Gabe folgen soll. Und er freut sich, dass Martín offenbar wieder besserer Dinge ist, und fragt ihn nach seinem Fuß. „Es ist schon deutlich besser geworden", berichtet Martín. „Ich muss halt nur aufpassen, dass mir keine der Damen beim Tanzen auf die Füße steigt", flachst er und auch Antonio muss lachen.

„Dann wünsche ich dem Brautpaar alles Liebe und alles Glück der Welt", gibt Antoni seinem Kameraden mit auf den Weg. „Und wenn du zurück bist, würde ich gerne mit dir über ein Projekt sprechen, bei dem du mir helfen kannst. Also fahr vorsichtig, du wirst gebraucht. Von mir – und auch von Joaquín, der mir gesagt hat, dass du im Marketing gute Arbeit leistest."

„Ja, das macht richtig Spaß. Und vielen Dank auch, ich werde die guten Wünsche ausrichten", sagt Martín.

Gerade als die beiden sich voneinander verabschieden, klingelt Antonios Handy. Ein kurzer Blick auf das Display und seine Augen leuchten auf: Isabel. Mit einem Hochziehen der Augenbrauen und einem kurzen Wink grüßt Antonio und eilt davon, um in Ruhe und ohne Zuhörer zu telefonieren.

Isabel begrüßt ihn mit ihrer schönen Stimme und zaubert rosarote Wolken in die Gefühlswelt des Kampfstierzüchters. Die beiden haben sich eine Weile nicht gesehen und das Telefon ist die einzige Verbindung zueinander – außer den heißen Gedanken, die sie beide immer wieder durchzucken, wenn sie aneinander denken.

Mit dem Handy an Ohr umrundet Antonio den kleinen Teich in der Anlage von „Las Tresfuentes". In der Mitte des Wassers thront auf einer kleinen Insel ein lebensgroßer Rothirsch aus Metall. An anderer Stelle im Grün der Anlage ist eine Suhle angedeutet mit einer Rotte Wildschweine, ebenfalls von Künstlerhand aus Metall geschaffen.

Sollte es tatsächlich einmal einen ahnungslosen Gast hierher verschlagen, so weiß er spätestens bei diesem Anblick, welche besonderen Arrangements die Lodge zu bieten hat.

Antonio hat kein Auge für die Metall-Tiere. Auch nicht für den Teich, den er umrundet. Er ist ganz Ohr für Isabel und die beiden erzählen sich ihre Erlebnisse und machen dann auch nicht halt vor ihren Wünschen und Sehnsüchten. Sie wollen sich so rasch wie möglich wieder in die Arme sinken, versprechen sie sich zum Abschied und senden sich beide hörbare Küsschen.

Antonio kehrt zurück, doch Martín ist bereits verschwunden.

Er geht ins Haus mit dem beruhigenden Eindruck, dass Martín offenbar langsam aus seinem Tief herausfindet. Hoffentlich! Denn dann könnte er vorsichtig mit ihm über diese verdammten Vögel reden, die seiner Isabel so viel Kopfzerbrechen bereiten; und der Firma, für die sie arbeitet, so viel Ärger verursachen.

„Ein Scharfschütze wie Martín erledigt das mit ‚links‘", ist sich Antonio sicher.

Zwei Schuss – und basta!

Drei Stunden später zeigen einiger der Geburtstagsgäste erste Schwächeanzeichen. Es geht lauter zu, es wird heftiger gelacht, es wird reichlich getrunken, geklatscht, getanzt. Gegen Mitternacht verabschiedet sich Antonio von seinem Nachbarn und dankt ihm für den schönen Abend mit gutem Essen, reichlich Getränken und vor allem mit „überaus interessanten und netten Gästen".

Antonio besteigt seinen Wagen und macht sich auf den Rückweg. Er kennt sich inzwischen gut aus in der Gegend und weiß, welche Abkürzungen und Verbindungen er nehmen kann, um schnellstmöglich zu seiner Finca bei Matilla de los Caños del Río zu gelangen.

Er fährt rechts raus und wählt den mit halbhohen Steinmauern begrenzten Verbindungs-Feldweg rüber zur „Carretera Matilla" und steuert auf dieser weiter an einem kleinen Wäldchen entlang Richtung zu Hause. „Es ist finster wie im Bärenarsch", lacht Antonio bei dem Gedanken an diesen Vergleich, den einmal ein Jagdfreund benutzte.

Plötzlich nimmt er im Vorbeifahren rechter Hand ein offen stehendes eisernes Tor wahr, das ansonsten immer verschlossen ist. Und dahinter erkennt er gedämpften Lichterschein.

Augenblicklich ist Antonio hellwach. „Hier stimmt etwas nicht", ist sein Gedanke. „Vielleicht ein Unfall? ", fragt er sich.

Geistesgegenwärtig fährt er rechts ran und bremst sachte ab. Er greift ins Handschuhfach und tastet nach der Taschenlampe, steigt aus, schließt leise die Türe und läuft die 100 Meter bis zur Toreinfahrt zurück. Vorsichtig späht er zwischen die Bäume. Im spärlichen Licht abgedeckter Lampen erkennt Antonio ein Fahrzeug und erahnt eine Person, die daran werkelt. Kein Unfall also. Gott sei Dank. Aber dennoch sehr merkwürdig.

Angestrengt schaut er hinüber zu dem schemenhaften Bild, das sich dort zeigt. Ohne Zweifel steht dort ein Geländewagen. Mit einer Batterie von Lampen auf dem Dach, die mit einer Plane abgedeckt sind und nur gedämpft Licht abgeben.

„Den Wagen kenne ich doch – das ist doch der Geländewagen von Martín", ist sich Antonio beinahe sicher.

Langsam und vorsichtig nähert er sich dem Fahrzeug. An der Ladefläche erkennt er eine Person, die Gegenstände hochhebt, mustert, prüft, einwickelt und auf dem Wagen verstaut.

Antonio wagt zwei weitere Schritte. Noch hat ihn der Unbekannte nicht entdeckt. Er sieht kräftig aus, aber Antonio hat keine Furcht. Trotzdem ist er vorsichtig, denn er kann nicht erkennen, ob die Person bewaffnet ist oder nicht.

Plötzlich dreht sich der Unbekannte ins Licht. Antonio erkennt sofort, dass es Martín ist, der sich da am Fahrzeug zu schaffen macht. Er tritt vor und leuchtet Martín mit seiner Taschenlampe an. Dieser zuckt wie zu Tode erschrocken zusammen und kann sich für einen Moment nicht rühren. Dann aber wird er aktiv und ergreift eine dicke Stange, die er wohl für alle Eventualitäten bereitgestellt hat. „Was willst du – wer bist du – was machst du hier?", kommt es aggressiv von Martín.

„Ganz langsam, Martín, ich bin es, Antonio", sagt der Angesprochene und geht erneut zwei Schritte vor, gerade so weit, dass er erkannt werden kann im funzeligen Licht der gedimmten Lichter des Wagens.

„Antonio, du? Was machst du hier?", hört er Martín fragen.

„Ich hatte das offene Tor gesehen und Licht – und ich dachte, dass etwas nicht stimmt. Und jetzt finde ich dich hier mit abgedeckten Lichtern. Ich glaube, du bist mir eine Erklärung schuldig. Was hast du da auf der Ladefläche?"

Antonio zieht mit einer raschen Bewegung die Plane beiseite, die Martín im Reflex über die Ladefläche geworfen hatte. Mit großen Augen sieht er, was auf dem Wagen liegt. Er kann es nicht fassen und schaut entgeistert auf die Gegenstände, die dort lagern, dann in Martíns Gesicht.

„Du bist also der Räuber!", stellt er voller Abscheu fest. „Du bist das also, der seit Wochen die Kirchen ausraubt. Du bist ein Schwein, Martín. Ich habe dir vertraut, ich habe dir geholfen – und du hast nichts Besseres zu tun, als unsere Kirchenschätze zu rauben? Ich fasse es nicht. Die Figuren hier kenne ich doch. Die sind doch aus der Pfarrkirche in Matilla de los Caños del Río. Das sind unbezahlbar wertvolle Kunstwerke. Die Figuren sind preisgekrönt. Das sind ‚San Isidro Labrador' und ‚Santa Agueda'. Die hat der Bildhauer Venancio Blanco geschaffen. Der stammt von hier und ist weltberühmt. Und du klaust diese Kostbarkeiten einfach aus unserer Kirche!"

Mit jedem Wort von Antonio wird Martín kleiner. Hatte er zunächst noch gedacht, er könnte ihn mit der Notlüge einer Panne ablenken, so sieht er sich jetzt mit der nackten Wahrheit konfrontiert. Zerknirscht und beschämt und sichtlich betroffen steht Martín da wie ein begossener Pudel.

Antonio ist auf hundertachtzig. Dieser Lump. Dieser undankbare verlogene Dieb. Das wird er ihm nicht durchgehen lassen, sagt sich Antonio. Doch im selben Moment fällt ihm ein, dass er Martín ja für die Aktion mit den Vögeln einsetzen will.

Dennoch: Der Raub der sakralen Kunstwerke darf nicht einfach so ungesühnt bleiben. „Was also tun?", fragt sich Antonio.

„Versteh' doch", platzt Martin hinein in diese Phase des Abwägens bei Antonio. „Bei dir habe ich Schulden, bei Joaquín habe ich Schulden, und eine richtige Perspektive habe ich auch nicht. Und in meiner Zeit in Madrid hatte ich einen Kunstsammler getroffen, mit dem war ich ins Gespräch gekommen. Der kauft sakrale Kunst – und er fragt nicht lange, woher die einzelnen Stücke sind. Mit den paar Heiligenfiguren, die ich mitgenommen habe, kann ich meine gesamten Schulden auf einen Schlag abbezahlen."

„Du bist nichts als ein elender Dieb, Martín", entfährt es Antonio mit eisiger Stimme. „Wenn du nicht mein Kamerad aus Soldatenzeiten wärst, würde ich dich jetzt ohne Zögern an die Polizei übergeben. Ich sollte das tun! Aber ich räume dir eine allerletzte Chance ein: Du bringst die Sache mit dem Diebesgut – und damit meine ich alles Diebesgut der vergangenen Tage – in Ordnung. Du gibst die Sachen vollständig und unbeschädigt zurück. Anderenfalls erstatte ich doch noch Anzeige gegen dich. Wir fahren jetzt gemeinsam zu mir und dort wirst du ein Geständnis unterschreiben, das ich bei einem Anwalt deponiere."

Ohne ein weiteres Wort dreht sich Antonio um und geht zurück zu seinem Wagen. Als er einige Minuten später den Lichterschein von Martíns Fahrzeug hinter sich sieht, gibt er Gas und beide Autos fahren zügig die wenigen Kilometer bis zum Haupthaus von Antonios Finca.

Martín verfasst dort ein umfassendes Geständnis, das Antonio an sich nimmt und wegschließt.

„Morgen erwarte ich dich um Punkt 16:00 Uhr bei mir, dann werden wir über eine Gegenleistung sprechen, die ich von dir verlange. Und jetzt verschwinde", wirft Antonio den langjährigen Kameraden aus dem Haus.

Er ist enttäuscht. Martín hat seine Hilfsbereitschaft missbraucht und seine Unterstützung und Förderung mit Undank gelohnt. Das hätte er nicht gedacht. Er war der Ansicht, er kenne seinen Kameraden, mit dem er gemeinsam „durch den Schlamm gerobbt" war und auf den er sich bei Manövern immer hatte verlassen können.

Und jetzt das.

Klaut der Blödmann doch tatsächlich die wertvollen Figuren und Bilder aus den Kirchen und Kapellen der Region. Gott sei Dank hatte er ihn noch rechtzeitig erwischt, bevor die Schätze in den verschlungenen Kanälen der Kunst-Hehler auf immer verschwunden wären.

Wenn er die Beute zurückgibt und wenn der Spezial-Auftrag erfolgreich abgeschlossen wäre, dann würde er, Antonio, das Geständnis in einigen Jahren vernichten.

Wenn nicht, wandert das Papier zur Polizei. Das ist für ihn eine klare Entscheidung. Und mehr kann – und will – Antonio auch nicht mehr für seinen früheren Kameraden tun!

Schlag 16:00 Uhr am Nachmittag fährt Martín auf der Finca von Antonio vor. Er sieht elend aus, hat unterlaufene Augen und den Blick eines Delinquenten vor der Urteilsverkündung.

Antonio kommt aus dem Haus und bittet Martín, ihn bei einem Gang zu den Weideplätzen zu begleiten.

Seine Nachrichten-App hat ihn am Vormittag bereits über den Erfolg seiner nächtlichen Auflage informiert. Dort war zu lesen gewesen:

„Die bei einer Einbruch-Serie in Kirchen und Kapellen des Campo Charro in den vergangenen zwei Wochen entwendeten sakralen Kunstwerke sind wieder aufgetaucht. Eine Joggerin fand am heutigen Morgen neben einer Maschinenhalle am ‚Camino Carillas‘ eine große Sammlung der wertvollen Gegenstände und Kunstwerke, einschließlich der offenbar kurz zuvor entwendeten Werke aus der Pfarrkirche in Matilla de los Caños del Río. Die wertvollen Gegenstände sind unbeschädigt und werden nach Abschluss der kriminaltechnischen Untersuchungen umgehend an die Kirchen zurückgegeben. Darunter ist auch die Beute aus dem Einbruch in die Kirche Santa Isabel in La Peña. Weshalb der oder die Täter die Gegenstände an der Halle deponierten, ist noch unklar. Zeugen werden gebeten, sich bei der ‚Policía Nacional‘ in Salamanca zu melden.“

„Martín“, beginnt Antonio das Gespräch, „ich glaube, du weißt, wie enttäuscht und verletzt ich bin. Ich will von dir keine Erklärung, ich will keine Entschuldigung. Dafür ist der Zug abgefahren. Ich hoffe nur für dich, dass die Polizei keine dich belastenden Hinweise oder gar Beweise findet. Sollte das der Fall sein, dann kann dir niemand mehr helfen. Was ich aber von dir erwarte, ist eine bedingungslose Unterstützung bei einer eiligen Aktion. Um was es geht, erfährst du gleich. Wenn du mir dabei gute Dienste erweist, dann bleibt mein Wissen um deine Raubzüge zusammen mit deinem Geständnis verschlossen. Und in ein paar Jahren vernichte ich das Papier. Ist das so weit klar?", fragt Antonio und schaut zu Martín.

Der nickt nur stumm und so gehen sie eine Weile sprachlos nebeneinander.

Schließlich siegt Martíns Neugierde und er fragt rundheraus, an welche Art Unterstützung er gedacht habe.

„Es gibt da ein kleines Problem mit zwei Vögeln", beginnt Antonio die Einbindung Martins in das Vorhaben. „Diese beiden Vögel sind in Deutschland ein Problem für ein spanisches Unternehmen, das sich dort ansiedeln möchte. Diese beiden Vögel, es handelt sich um ‚Milanos reales', sind ein Greifvogel-Paar, das besendert ist und von dem wir sehr genau die Positionsdaten kennen. Im Augenblick sind die Vögel noch in Deutschland, doch etwa ab Mitte September können wir sie hier erwarten. Und dann sollte das Problem rasch beseitigt werden."

Antonio schaut skeptisch zu Martín, doch der ist unergründlich ruhig und wartet auf weitere Informationen.

„Du bist einer der besten Schützen, die ich kenne. Du hast selber gesagt, dass man das so schnell nicht verlernt. Ich bin sicher, du kannst zwei solcher Vögel, die ja nicht gerade klein sind, vom Himmel holen, ohne dass es großartig auffällt.
Es ist dir ja sicherlich klar, dass ein solcher Abschuss nicht offiziell ist. Im Gegenteil. Es soll unauffällig sein und ich brauche unbedingt die beiden Sender, die an den Vögeln befestigt sind."

Erneut schweigen sich die beiden früheren Freunde an.

„Können wir uns auf dieser Basis verständigen?", fragt Antonio, der stehen geblieben ist und Martín direkt in die Augen schaut. Der hält dem Blick nur kurz stand und nickt bedächtig.

„Wenn wir dann quitt sind!" Martín pokert hoch.

Antonio denkt kurz nach. Wenn er zustimmt, würde ihn die Aktion damit 20.000 €uro und einen Freund kosten, überschlägt er den Einsatz. Jetzt mit Martín wegen des Geldes zu streiten hätte seiner Ansicht nach keinen Sinn.

Am Ende würde er die Summe doch nicht zurückzahlen. So oder so nicht: Entweder er würde vor Gericht landen und dann auch noch ihn, Antonio, mit in die Sache hineinziehen, oder er würde die Vogel-Aktion gegen ihn verwenden, um Druck auszuüben.

Antonio weiß, dass er aufpassen muss, um nicht von Martín erpressbar zu sein. Doch solange er das Geständnis besitzt, hätte auch er eine Möglichkeit, Martín daran zu erinnern. Also patt.

„Abgemacht, dann sind wir quitt. Ich streiche die Schulden, vorausgesetzt, du lieferst die beiden Sender bei mir ab. Und anschließend verschwindest du von hier und aus meinem Leben. Am besten weit weg."

Martín hält Antonio seine Hand entgegen. „Hand drauf: Ich schieße die Vögel ab und bringe die Sender, du verzichtest auf das Geld und verbrennst irgendwann das Papier und ich verschwinde aus dem Campo Charro und bleibe aus deinem Leben raus."

Gespannt schaut Martín Antonio in die Augen. Er sieht, wie der frühere Freund und Kamerad mit sich kämpft, er ahnt, welche inneren Konflikte toben, und er erkennt, dass der gute Kerl in Antonio siegt, als dieser einschlägt.

Ohne weitere Worte trennten sich die beiden.

„Cría cuervos y te sacarán los ojos."

„Ich habe ihn erwischt. Er ist getroffen. Schon seit Tagen war ich hinter ihm her. Hatte ihn verfolgt, beobachtet, ins Visier genommen. Aber immer wieder war er mir entkommen. Bis jetzt! Jetzt habe ich ihn. Er ist getroffen. Er muss getroffen sein. Ich bin sicher, dass ihn eine Kugel aus meiner Repetierbüchse ‚HW 66' erwischt hat. Ein deutsches Präzisionsgewehr.

Mit Kaliber.22 lfb habe ich auf ihn angelegt und abgedrückt. .22 lfB HV ist ein Hochgeschwindigkeitsgeschoss. Wenn es getroffen hat – und ich bin ziemlich sicher – dann muss der Vogel mit großer Wahrscheinlichkeit auch tot sein. So, wie gestern schon der andere. Das Dumme ist nur: Beide habe ich noch nicht gefunden. Weder gestern den Ersten, auf den ich geschossen hatte, noch heute, jetzt, den anderen. Verflixt. Ich muss sie beide finden, denn ich brauche die beiden Sender!"

Mit einer Mischung aus Zweifel und Zweckoptimismus durchstreift Martín die Weite der Region „La Ramajería". Antonio hatte es ihm als „leichte Aufgabe" geschildert: Zwei Greifvögel abschießen und die Sender, die sie tragen, einpacken, bei ihm abliefern – und damit wäre er seine Schulden los. Und seinen Freund, den er mit den Diebstählen in den Kirchen der Umgebung so arglistig getäuscht und hintergangen hatte.

Vor vier Tagen hatte Antonio ihn angerufen und mitgeteilt, dass die beiden gesuchten Vögel am „Dicken Felsen" bei La Peña zu finden seien. Er solle Ausschau halten nach zwei Milanen mit Sendern auf dem Rücken und sie abschießen. Martin hatte anschließend noch ein Foto eines besenderten „Milano real" per WhatsApp erhalten und konnte sich so besser orientieren.

Mit seinem Hochleitungs-Fernglas „Zeiss Conquest HD 15 x 56", das eigens für extrem weite Distanzen geeignet war und das kleinste Detail selbst in großer Entfernung gestochen scharf zeigte, war es ihm schon bald gelungen, die gesuchten Vögel am Himmel auszumachen. Sie kreisten im Himmelblau über La Peña und dem dicken Felsen „La Peña Gorda", der dem Dorf den Namen gab.

Und jetzt sucht er diese vermaledeiten Vogel-Kadaver, die irgendwo in der Weite des Gras-, Weide- und Buschlandes zwischen Salamanca und der portugiesischen Grenze liegen mussten.

Er ist sich ganz sicher, dass er beide Vögel getroffen hat. Beinahe sicher. Jedenfalls fast ganz sicher. So klein waren sie ja wirklich nicht gewesen, als dass er hätte vorbeischießen können. Oben, vor den wenigen weißen Wölkchen am sonnigen Himmel dieser fantastischen Region „La Ramajería".

Oder doch?

Martín fragt sich, weshalb beide Greife nach den Schüssen noch eine ganze Weile in der Luft taumelten. Dann sah es kurz nach einem Gleitflug aus, bevor sie abstürzten.

„Sie können noch hunderte Meter zurückgelegt haben, nachdem sie von der Kugel getroffen wurden – beispielsweise, wenn es nur Streifschüsse waren. Oder Treffer in den Schwingen. Oder ein Durchschuss durch den gegabelten Federschweif. Oder nur ein Streifschuss am Bürzel."

Es gab viele Möglichkeiten, weshalb diese verdammten Vögel nicht sofort wie Steine vom Himmel gefallen waren. Sie konnten wer-weiß-wo liegen, und jetzt brach auch noch die Dunkelheit herein.

Martin beschließt, für heute die Suche einzustellen. „Morgen ist auch noch ein Tag", sagt er sich und fährt Richtung „Las Tresfuentes".

2000 Kilometer weiter östlich, in der Nähe von Traunsel, in der Wohnung von Jan Protesta, herrscht große Aufregung. Seit gestern hat sich Milana nicht mehr bewegt. Plötzlich brach ihr Flug ab. Als sei sie wie ein Stein vom Himmel gefallen. Birte war sofort beunruhigt, als sie die Daten auswertete und den Stillstand registrierte.

Und seit einer Stunde das Gleiche bei Milan. Auch er bewegt sich nicht mehr. Es ist noch lange nicht die Zeit, zu der die Vögel ansonsten ihre Schlafplätze anfliegen und die Sender signalisieren, dass sie sich regenerieren.

Birte befürchtet Schlimmes. Sie greift zum Handy und alarmiert Jan Protesta, ihren Freund und Vorsitzenden der Vogelschützer. Er ist als Landschaftsgarten-Architekt Teilhaber einer Gartenbau-Firma in Kessla.

„Jan, da stimmt was nicht. Seit gestern gibt es keine Bewegungsdaten mehr von Milana und seit über einer Stunde rührt sich auch bei Milan nichts mehr. Ich habe ein ganz schlechtes Gefühl. Gerade so, als wären unsere Vögel tot. Was sollen wir denn jetzt machen?"

„Ich komme", verspricht Jan und eine Stunde später steht er neben seiner Freundin und starrt wie sie auf den Bildschirm und die Daten. Nichts tut sich. Die Sender übermitteln zwar nach wie vor Daten. Nur zeigen sie für die Vögel keinerlei Bewegung mehr an.

Birte stehen Tränen in den Augen. Während des ganzen Sommers hatte sie seit der Besenderung der Vögel akribisch „ihre" Milane beobachtet. Sowohl draußen, rund um die „Kleine Steige", als auch auf dem Display ihres Laptops, auf dem die Sendersignale auflaufen. Sie hatten via WebCam das Gelege beobachtet, hatten mitverfolgt, wie die Eltern die Jungen huderten, wie sie sie fütterten, wie die beiden Jungvögel erste Flügelschläge übten, wie sie erstmals den Horst verließen und wieder zurückkehrten.

Und sie hatten über die Sender ein sehr genaues Bewegungsmuster und eine Revierabgrenzung der beiden Altvögel erhalten, die wunderbar aufzeigten, dass die „Kleine Steige" auf keinen Fall mit riesigen Windrädern bebaut werden durfte. Denn dieses Aral war und ist der Lebensmittelpunkt der Gabelweihen und ihrer Jungen!

Und sie hatten sogar den Tag ihres Abfluges nachvollziehen können. Genau acht Tage, nachdem Birte und Jan die Flugübungen der zwölf Milane über dem Tal am Kupferberger Höhenzug beobachtet hatten.

Früh morgens waren Milan und Milana losgezogen Richtung Spanien. 13 Tage später waren sie dort angekommen.

Es waren Glücksmomente für die ganze Gruppe der Vogelschützer, aber allen voran für Birte, als sie erkannten, wo die Vögel ihr Winterquartier gewählt hatten: bei La Peña, im Westen Spaniens, im Nationalpark des Duero.

Sofort hatten sie im Internet alle nur denkbaren Möglichkeiten gesucht, um so viele Informationen wie möglich über die zweite Heimat „ihrer" Milane zu erhalten.

Sie hatten so Einblick bekommen in eine friedliche Idylle an einem „dicken Felsen" im Westen Spaniens, in dem Milan, Milana und ihre Kinder und viele andere Vögel einen milden Winter gut überdauern können.

Und jetzt signalisieren die Daten „Alarmstufe Rot".

Birte springt auf: „Ich fliege da hin. Ich muss wissen, was da los ist. Gleich morgen fliege ich da hin. Bitte schau doch mal im Internet nach einem Billigflieger, der mich nach Spanien bringt. Am besten nach Salamanca und, wenn das nicht geht, nach Madrid", sagt sie zu ihrem Freund, der zunächst sprachlos ist. So aufgeregt hat er Birte noch nicht erlebt.

Er versucht erst gar nicht, sie von dem Plan abzubringen.

In den zurückliegenden Monaten, seit sie zusammen waren, hatte er sehr schnell erkennen müssen, dass Birte eine ebenso kluge wie durchsetzungsfähige Frau ist.

Und in diesem speziellen Falle, da sie ein sehr inniges Verhältnis zu den beiden Greifvögeln entwickelte, die sie eigenhändig besendert hatte, schien ihm jedweder Widerspruch völlig nutzlos. In Windeseile sucht Jan einen Billigflug heraus. Die Generation Internet hat damit keine Probleme.

Da es keine Verbindung nach Salamanca gibt, druckt er das Flugdatenblatt Frankfurt am Main nach Madrid aus. Optional zwei Rückflüge in den beiden Tagen danach. Beim Blick auf die Kosten von 84,- €uro beschließt er, diese aus der Vogelschutz-Kasse zu begleichen. Ebenso die Kosten für einen Mietwagen, den Birte benötigen wird – da ist er sich sicher.

Von den 10.000 €uro, die LA.RACHA für die Besenderung und den Datentransfer bereitgestellt hatte, ist noch ein Teil übrig. Den kann man dafür gut nutzen. Er schaut nach einem Mietwagen-Service und hat Glück: Der Chat ist noch offen und so kann er für bis zu zwei Tage einen Seat Altea buchen.

Als er Birte die Flugdaten zeigt, stimmt sie sofort zu und Jan bestellt die Tickets. Wenig später hat er die Bestätigung und sendet alle notwendigen Unterlagen an Birtes Email-Adresse. So hat sie es dabei und kann es im Zweifel verwenden. Zudem druckt er die Papiere aus und gibt sie Birte, die sich rasch verabschiedet und in ihre Wohnung fährt, um ein paar Sachen zu packen und Perso und Geld bereitzulegen.

Wenig später klingelt ihr Handy. „Ich habe dir noch einen Mietwagen gebucht", verkündet ihr Jan. „Die Daten bekommst du per WhatsApp. Denk dran, dass du deinen Führerschein auch noch mitnehmen musst, sonst kannst du nicht fahren! Wie kommst du überhaupt zum Flughafen", fragt er seine Freundin. „Soll ich dich fahren?"

Richtig. Daran hatte Birte noch nicht gedacht in ihrer Aufregung. Sie ist Jan sehr dankbar, dass er ihr die Fahrt anbietet, und sagt ihm das auch. Sie verabreden, dass er sie um halb sieben in Quiebra abholt. „Das müsste reichen", zeigt er sich optimistisch, am Flughafen Frankfurt trotz der dann einsetzenden Rush-Hour pünktlich anzukommen.

In der Tat sind Birte und Jan um neun Uhr in der Abflughalle. Trotz eines kurzen Staus auf der A 5, was Birte mit großer Unruhe und Nervosität quittierte. Als es 15 Minuten später weiterging, atmete sie hörbar aus.

Auch jetzt, mit Blick auf die Abflugtafel, ist nur Jan die Ruhe in Person. Da der Check-in noch nicht geöffnet ist, steuern die beiden ein Café an und gönnen sich einen Cappuccino. Als Jan zum wiederholten Male ansetzt, um mit Birte die denkbaren Möglichkeiten und ihre Reaktionen durchzugehen, wird es Birte zu bunt. „Das hatten wir doch schon alles", wiegelt sie ab und ist ein wenig angefressen. Jan redet einfach weiter, so lange, bis Birte aufspringt und in Richtung Check-in lostrabt.

Jan folgt ihr und als sich Birte nochmals umdreht, merkt er, dass es jetzt besser ist, zu gehen. Mit einem flüchtigen Kuss verabschiedet sie sich von ihm und steuert auf den Iberia-Schalter zu, wo ihr Gepäck aufgenommen wird und sie die Bordkarte erhält.

Jan schaut ihr nach, als Birte Richtung Personen- und Passkontrolle entschwindet. So aufgewühlt und besorgt hat er seine Freundin noch nicht erlebt. Ein ganz neuer Zug an ihr. Und er weiß noch nicht so recht, ob er ihm gefällt.

„La vida es eterna en cinco minutos …"

Voller Sorge sitzt Birte im Flieger nach Spanien. Sie hat keinen Blick für die Schönheit des Himmels, durch den das Flugzeug Richtung Süden zieht; sie hat auch keinen Blick für die herrliche Draufsicht auf die Landschaft 12.000 Meter unter ihr. Sie sieht nicht das Grün der Wälder, das Blau-Braun der Flüsse, die vielen kleinen Dörfer und größeren Städte, die Berge mit den schnee-weißen Spitzen und die zahllosen Windräder, die wie Pilze aus Europas Boden geschossen sind. Vor allem bis zur französischen Grenze und dann wieder hinter den Pyrenäen.

Birtes Gedanken gelten den beiden Rotmilanen. „Ihren" beiden Gabelweihen Milan und Milana. „Nicht auszudenken, wenn den Vögeln etwas passiert ist", hadert sie mit sich selber. „Vielleicht sind ja die Sender defekt", überlegt sie und verwirft die Möglich-keit sofort. „Beide Sender defekt – das ist sehr unwahrschein-lich." Ihre Unruhe steigt.

Während des Fluges bleibt Birtes Adrenalinspiegel unverändert hoch. Unentwegt geht ihr Kopf eine Vielzahl von Möglichkeiten durch, verwirft sie wieder, um dann doch zum immer gleichen Ergebnis zu kommen: „Den Vögeln muss etwas passiert sein." Je länger sie darüber nachdenkt, desto sicherer wird sie. Birte ist den Tränen nahe.

Pünktlich um dreiviertel drei landet der Flieger. Um vier Uhr startet Birte mit dem Leihwagen, den ihr der Vermieter umständ-lich und in einem Mix aus gebrochenem Englisch und Deutsch er-klärt hat. Spätestens übermorgen um die gleiche Uhrzeit muss sie ihn wieder abliefern. Birte hört nur mit halbem Ohr zu. Sie hat es eilig. Sie will nach La Peña. So schnell wie möglich.

An der nächsten Tanke kauft Birte eine Straßenkarte. Zusammen mit der freundlichen Dame von der Tankstelle findet sie rasch die beste Verbindung Richtung Salamanca.

Zweieinhalb Stunden später umrundet sie die Provinzhauptstadt und fährt auf der Landesstraße weiter Richtung Nationalpark Duero. Dort, am Rande des Campo Charro, in „La Ramajería" oder im „Parque Natural de Arribes del Duero", müssen irgendwo „ihre" Rotmilane sein.

Über die Datenauswertung der Sender hat sie eine bis auf einen Kilometer exakte Angabe erhalten, wo genau die Sender zu finden sind. Doch einen etwa 60 Zentimeter großen Vogel in einem Gebiet von einem Quadratkilometer Fläche zu finden, ist ohne einen Spürhund eine Lotterie.

Es ist kurz vor neun, als Birte La Peña erreicht. „Zu spät für eine Suche", sagt sie sich und beschließt, ein Hotel zu suchen. Sie hat Glück, ein paar Einwohner von La Peña stehen an der Kirche zusammen und sie fragt nach einem Hotel.

„Wenige Kilometer Richtung Masueco", erhält sie als Antwort und tatsächlich, kurz vor dem Dorf findet sie das „Hostal Restaurante Santa Cruz Masueco Salamanca". Mit angeschlossener „Repsol-Tankstelle".

Birte bucht eine Übernachtung, belegt das spartanisch eingerichtete Zimmer und setzt sich dann in das Restaurant, um etwas zu essen. Auf Empfehlung des ausgesucht freundlichen Camareros nimmt sie „Arroz con pechuga de pollo" und einen trockenen Rioja.

In Gedanken ist sie bei „ihren" Vögeln. Mit Blick in die Weite von „La Ramajería" kommen Birte erste Zweifel, ob sie die Sender und die Vögel oder nur die Sender oder die Vögel überhaupt finden kann. Energisch wischt sie ihre Zweifel beiseite: Morgen wird sie der Sache auf den Grund gehen, ist sie fest entschlossen.

Nach einem guten Frühstück hat Birte am nächsten Morgen vollgetankt, ein paar Flaschen Wasser gekauft und ist zeitig unterwegs. Sie hat den Sendeort der GPS-Sender mit den übermittelten Daten so exakt wie möglich eingegrenzt.

Irgendwo westlich von Fuentes de Masueco, in der Nähe des Flusses Río de las Uces, muss der Sender von Milana sein. Seit drei Tagen sendet er unentwegt von derselben Stelle und bewegt sich nicht.

Der Sender von Milan gibt seit zwei Tagen unbewegt und unentwegt Signal von einer Stelle an einem Bogen des Flusses Rivera de la Cabeza de Iruelos. Beide Punkte sind nur wenige Kilometer vom Winterquartier der Vögel entfernt.

Birte beschließt, zuerst nach Milana zu suchen.

In Fuentes de Masueco umrundet sie die Kirche und steuert auf der Calle Pilón de la Era hinaus aus dem kleinen Dörfchen. Vorbei an großen Photovoltaik-Anlagen, die rechter Hand hinter einem Zaun auf dem Boden installiert sind. Schon kurz hinter dem letzten Haus geht ein Feldweg links ab, dem sie folgt. Nach 500 Metern nimmt sie den Feldweg rechts, der beinahe schnurgerade Richtung Fluss führt. Sie überquert einen weiteren Weg und stellt ihr Fahrzeug auf einer Freifläche ab. Von hier aus will sie das Areal systematisch durchkämmen.

Die GPS-Daten sagen ihr, dass der Sender von Milana hier in der Nähe sein muss.

Birte läuft los. Auf ihrem Tablet hat sie Google Earth geöffnet. Die Auflösung ist nicht die beste, aber andere Möglichkeiten sieht sie im Moment nicht. Sie baut auf ihre Intuition und auf Glück. Sie durchstreift das Grasland, das hier immer stärker mit Büschen, Sträuchern und Bäumen bestanden ist. Das macht es nicht leichter für sie.

Vor ihr verdichtet sich der Bewuchs mit jedem Meter, den sie läuft. „Hoffentlich liegt der Sender nicht mitten in einer dicken

Hecke", sagt Birte zu sich selber. Sie hat sich einen Stock gegriffen, mit dessen Hilfe sie verschiedentlich Sträucher bewegt oder Ranken und Zweige beiseiteschiebt.

Birte erinnert sich an die Geschichte von Sisyphos. Unwillkürlich muss sie lachen. Es ist das verzweifelte Lachen eines Verirrten, der zum ersten Mal wieder auf seine eigene Spur trifft. So ähnlich fühlt sie sich nach mehreren Stunden des Suchens.

Bis an die Uferkante des Río de las Uces war sie bereits. Und wieder zurück.

Nun läuft sie erneut Richtung Fluss.

Plötzlich irritiert sie ein Geräusch. Es klingt wie eine sehr große Hornisse. Nein. Eher wie eine kleine Nähmaschine. Oder wie ein kleiner Rasenmäher. Birte schaut sich um, kann aber nichts entdecken. Erst als sie realisiert, dass das Geräusch über ihr entsteht, schaut sie auf und erblickt eine Drohne.

Sie hält ihre Hand als Sichtschutz über die Augen und beobachtet, wie der Quadrocopter in der Luft steht und sie ganz offensichtlich beobachtet.

Birte erschrickt beinahe zu Tode, als plötzlich hinter ihr eine Männerstimme ertönt: „¿Qué haces aquí?"

Birte fährt herum und sieht sich einem Mann mit einer Steuerkonsole nebst Display in der Hand und einem umgehängten Gewehr gegenüber. „Wer sind Sie – was wollen Sie?", platzt es in dieser Schrecksekunde aus ihr heraus. Sie schaut den Unbekannten an. Der zuckt die Schultern und wechselt zum Englisch: „Where do you come from? What are you doing here?"

Birte hat sich rasch gefangen. Sie ist nicht gewillt, sich von dem martialischen Auftreten des Fremden einschüchtern zu lassen.

„Ich bin Vogelschützerin aus Deutschland und suche hier nach Rotmilanen aus meiner Heimat", klärt sie den Unbekannten in Englisch auf.

„Und was führt dich hierher?", fragt sie im Gegenzug und schaut sich den Mann näher an. Offenbar ein Spanier. Schlank, dunkelhaarig, mit dunklen Augen und einer angenehmen Erscheinung – würde da nicht das Gewehr stören. „Bist du Jäger?", fragt sie weiter. „Und weshalb hast du diese Drohne in der Luft?"

„Viele Fragen auf einmal", lacht der Unbekannte und konzentriert sich auf die Landung seiner Drohne. Als sie aufgesetzt hat und das „Nähmaschinen-Geräusch" verstummt ist, wendet sich der Unbekannte wieder Birte zu. Er lächelt sie an und Birte hat ein gutes Gefühl, dass diese Begegnung friedlich verlaufen kann. Trotz der furchteinflößenden Büchse.

„Ich bin Martín", sagt der Mann und streckt Birte seine Hand entgegen. „Und ich bin Birte", erwidert diese und beide schütteln sich die Hände.

„Ich suche nach einem waidwunden Reh", klärt Martín sie auf. „Das ist gestern angeschossen worden, wurde aber bei der Nachsuche mit Hund nicht gefunden. Der Hund ist heute schon bei der nächsten Jagd unterwegs – deshalb suche ich mit der Drohne nach dem Tier. Vermutlich ist es schon verendet. Aber ich muss versuchen, es zu finden und hier in ‚La Ramajería' ist die Drohnensuche eine effektive Methode, weißt du. Das Land ist weit und eben und gut überschaubar von oben, weil die Bäume nicht so dicht stehen wie in Wäldern. Hier wechseln sie sich ab mit Büschen und Sträuchern und Gras und vielen Steinen. Und wenn das Tier nicht gerade in einem Gebüsch liegt oder unter einer Baumkrone verborgen, dann finde ich es vermutlich mit der Drohne. Obwohl ein Hund natürlich noch besser wäre."

„Ach so. Und das Gewehr hast du dabei, um das Tier zu erschießen, falls es noch nicht ganz tot ist, oder?", fragt Birte mit
Blick auf die Büchse.

Martín sieht den skeptischen Blick. „Keine Angst, das habe ich
nur für den Notfall dabei. Du brauchst keine Bedenken zu haben",
lächelt er Birte an.

„Ich bin schon seit einigen Stunden unterwegs und wollte jetzt
eigentlich eine Pause einlegen und etwas essen und trinken. Wie
ist das bei dir? Bist du schon lange unterwegs?", fragt Martín die
Vogelschützerin.

Birte berichtet ihm, dass sie heute Morgen schon zeitig gestartet ist
und seit mehreren Stunden das Areal abschreitet in der Hoffnung,
einen Rotmilan zu finden. Auch sie habe jetzt Hunger und Durst
und wollte eine Pause machen.

„Wir könnten ja zusammen etwas essen und trinken und uns
dabei unterhalten. Wenn du magst", schlägt Martín vor. Birte
ist es recht. Ein Einheimischer, noch dazu einer, der sich in der
Weite des Landes auszukennen scheint, kann ihr sicherlich be-
hilflich sein, denkt sie und willigt ein.

Sie verabreden sich an Birtes Auto, da Martín zu erkennen gibt,
dass er den Parkplatz von ihrem Wagen kennt.

Etwas später fährt er vor und Birte folgt ihm. Auf kurzem Weg
erreichen sie das Birte wohlbekannte Restaurant „Santa Cruz
Masueco Salamanca", wo sie bereits am Abend zuvor gegessen
und die Nacht über geschlafen hat.

Bei Tisch entpuppt sich Martín als charmanter Plauderer, der es
geschickt versteht, Birte auszufragen. Doch auch die Deutsche
kitzelt so einiges aus ihm heraus, und beide haben viel Gelegenheit, miteinander zu lachen.

So entwickelt sich langsam ein Grundvertrauen, das Birte nutzt, um etwas direkter auf ihr Problem und ihre Suche zu sprechen zu kommen.

„Weißt du, Martín", setzt sie an, „ich suche keinen Milan, der fliegt oder über seinem Revier kreist. Ich suche vielmehr zwei ganz spezielle Vögel. Leider muss ich annehmen, dass sie vielleicht gar nicht mehr leben."

Martin wird hellhörig. Zwei tote Vögel – danach sucht er ebenfalls. „Du suchst tote Vögel?", fragt er scheinheilig. „Dafür kommst du extra nach Spanien, um tote Vögel zu suchen? Was willst du denn damit?"

Birte klärt ihn auf. Sie erzählt ihm, dass die Rotmilane in Deutschland in einem Gebiet leben, in dem Windräder errichtet werden sollen. Und dass man sie besendet hat, um herauszufinden, wo sie und wie sie leben und ob sie standorttreu sind. Denn wenn sie zurückkehren zu ihrem Horst in Deutschland, dann ist es aus mit den Windrad-Plänen.

Martín ist sprachlos. Die Deutsche sucht nach genau denselben Vögeln, die er abgeschossen hat und nach deren Kadaver er ebenfalls in dem Areal westlich von La Peña Ausschau hält.

Martín weiß noch nicht, ob die Anwesenheit von Birte gut ist, oder ob sie eher eine Gefahr für ihn darstellt. Eines allerdings ist im klar: Vier Augen sehen mehr als zwei.

Und wenn sie die toten Vögel erst gefunden hätten, würde sich auch eine Lösung finden, wie er an die Sender kommt. Notfalls, so beschließt Martín, müsste sich Antonio mit Fotos der toten Milane nebst Sender zufriedengeben.

„Ich glaube, sowohl deine Vögel als auch mein Reh könnten im selben Gebiet zu finden sein", sagt Martin zu der deutschen

Sucherin. „Wenn wir zusammen suchen, sind wir mit Sicherheit besser dran, als wenn wir getrennte Wege gehen, aber im selben Gebiet unterwegs sind. Was hältst du davon, wenn wir gemeinsam weitersuchen?"

Birte ist sehr erfreut über den Vorschlag. Sie hatte schon daran gedacht, ihn genau danach zu fragen. Vielleicht könnten sie ja mit der Drohne und mit zwei Suchgängern alle drei toten Tiere finden – wobei Birte sich tief im Süden ihres Herzens noch immer nicht mit dem Gedanken anfreunden will, Milan und Milana wären tatsächlich tot.

Zwei Stunden später, nachdem Martín und Birte wieder vor Ost gefahren sind und ihre Suche fortsetzten, steht Birte weinend vor den Überresten von Milana. Jeder Zweifel ist ausgeschlossen, nachdem sie die Sender-Identifikation abgeglichen hat.

Wie es aussieht, wurde der stolze schöne Vogel abgeschossen.

Martín ist der Ansicht, dass er sogar noch eine Weile gelebt haben könnte, bevor er in der Weite der „Ramajería", wie der Landstrich westlich des Campo Charro heißt, verendete.

Birte ist untröstlich. Ihre schlimmste Ahnung wurde wahr.

Sie hat nur noch einen Rest von Hoffnung und kaum noch Zweifel, dass auch Milan einem Mord zum Opfer fiel. Zu sehr glichen sich die Ereignisse, die sie im fernen Traunsel am Computer miterlebte und die sich – zumindest für Milana – jetzt auch in Spanien in traurige Wahrheit verwandelt haben.

Martín zückt sein Handy und beginnt, den toten Vogel samt Sender aus verschiedenen Perspektiven zu fotografieren. Dann bittet er Birte, den Vogel hochzuheben und ihn gut sichtbar zu halten. Von allen Seiten fotografiert er das tote Tier und macht Nahaufnahmen der Schusswunde.

Birte schluchzt heftig auf, als Martín das tote Tier in einen Beutel steckt. Schweigend marschieren sie zurück Richtung Autos, die gemeinsam an einer etwas abseits liegenden Fläche stehen. Martín verstaut den Vogel auf der Ladefläche des Wagens.

„Vielen Dank für deine Hilfe, Martín", sagt Birte und will ihren Wagen besteigen. „Ich muss weiter, den anderen Vogel suchen. Morgen Nachmittag geht mein Flieger zurück, den muss ich bekommen", bemerkt sie und will abfahren. Martín schaut durch das geöffnete Wagenfenster zu Birte: „Wenn du willst, dann helfe ich dir bei der Suche. Das Reh ist bestimmt verendet und das kann dann auch bis morgen warten", bietet er an.

„Wenn das ginge, wäre es mir eine riesige Hilfe", sagt Birte und lächelt Martín in die Augen. Der große gut aussehende Spanier ist ihr sympathisch. „Wenn Jan nicht wäre, wer weiß", schießt es ihr durch den Sinn.

Sie zeigt Martín auf dem Tablet den Punkt, von dem aus der Sender sein Signal abgibt. Der schaut es sich eine Weile an. „Ich weiß, welcher Bogen des Rivera de la Caveza de Iruelos das sein kann", macht er Birte Hoffnung. „Am besten fährst du hinter mir her", sagt er und besteigt seinen Wagen.

Hinter Fuentes de Masueco geht es über Feld- und Gemeindewege und entlang endloser Steinwälle zurück nach La Peña. Durch die Calle Santa Isabel und die Calle Fuentita fahren sie am Rande des Dorfes entlang und biegen nach drei Kilometern links in einen weiteren Feldweg ein. Einen guten Kilometer später bremst Martín ab und fährt rechts raus. Birte folgt ihm. „Wir sind hier nur etwa 250 Meter von dem Flusslauf entfernt", informiert er Birte. „Wir sollten hier beginnen. Was sagt dein Tablet?"

Das Tablet sagt nichts anderes als seit Tagen: Irgendwo hier, in der Umgebung von einem Kilometer, müsste der Sender zu finden sein – und mit ihm vermutlich auch der Vogel.

„Wir könnten zuerst mal mit der Drohne einen Überblick bekommen. Ich lasse sie mal hoch und wir schauen uns die Bilder an und wissen dann zumindest schon mal, wie die Gegend aussieht und wo wir entlanglaufen können."

Gesagt, getan. Martín lässt die Drohne aufsteigen und überfliegt das Areal bis zum nahen Ufer des Rivera de la Caveza de Iruelos. Leider ist der tote Vogel nicht zu sehen. Daher laufen die beiden los und begehen mit kurzem Abstand nebeneinander das Gelände. Am Ufer machen sie kehrt und durchsuchen den nächsten Streifen. Eine Stunde lang untersuchen sie systematisch das Areal, das mit Büschen und Bäumen bestanden ist und viele „Stein-Inseln" aufweist.

Plötzlich ruft Martín: „Birte, komm her, ich glaube, ich habe ihn gefunden."

Schnell eilt Birte hinüber zu Martín, der sich etwas abseits an einem großen Gebück über etwas beugt.

Tatsächlich, es ist ein Rotmilan. Und er trägt einen Sender. Sofort schießen Birte wieder Tränen in die Augen; obwohl sie es geahnt hat, ist der Schmerz zu groß, dass auch Milan tot ist.

Martín schießt bereits wieder Fotos. Und wie bei Milana hebt Birte die tote „Königsweihe" hoch, breitet ihre Schwingen aus und Martín fotografiert.

Als Birte anschließend die Senderdaten überprüft, ist der letzte Beweis erbracht: Es ist Milan.

Bei der Untersuchung des Kadavers stellt sich schnell heraus, dass Milan ebenfalls Opfer eines Abschusses wurde.

Die beiden packen den toten Vogel in einen Beutel und Martín verstaut diesen neben dem anderen auf der Ladefläche seines

Wagens. Beide fahren zurück zu Birtes Hotel, wo diese um eine Nacht verlängert.

Über Skype nimmt sie mit Jan Kontakt auf und berichtet ihm, dass sie beide Vögel tot aufgefunden hat. Jans Versuche, die weinende Birte zu trösten, wirken erst nach einiger Zeit. Sie erzählt ihm von der Hilfe durch Martín und der gemeinsamen Suche in der Weite des Landes.

„Tut mir leid, dass ich am Flughafen so kratzig war", bittet Birte ihren Freund um Entschuldigung. Der ist einerseits traurig über das Schicksal der Vögel und den Kummer von Birte, andererseits aber auch froh, dass sie morgen wieder zurückkommt und er sie in die Arme schließen kann – und das sagt er ihr auch.

Lange steht Birte unter der Dusche und denkt über ihre toten Milane nach. Sie ist traurig und lässt ihren Tränen freien Lauf. Einige Zeit später stößt sie wieder zu Martín, der auf der Terrasse des Restaurants auf sie gewartet und zwischenzeitlich auch einige Telefonate geführt hat. Dankbar greift sie zu dem Getränk, das Martín bestellt hat und ihr gebracht wird, als sie Platz nimmt.

Der freundliche Camarero des Hauses bringt auch gleich die Essenskarte mit und empfiehlt ihnen „conejo con patatas, buen hecho", was beide gerne nehmen. Zu dem Kaninchenbraten bestellt Martín eine Flasche trockenen Rotwein – „am besten Rioja", gibt er dem Kellner mit auf den Rückweg.

„Hat dein Handy Bluetooth?", fragt Birte und schaut Martín an. Der nickt und versteht, was Birte von ihm möchte. Er greift zu seinem Handy und stellt die Bluetooth-Funktion an. Birte tut es ihm gleich und die beiden Geräte signalisieren, dass sie Kontakt haben. Martín wählt 20 Fotos aus den beiden Serien der toten Vögel und schickt sie an Birte ab. Kurze Zeit später hört Birte den Signalton, der ihr sagt, dass die Fotos da sind. Sofort wirft sie einen prüfenden Blick auf die Dateien. Sie will später schon einige vorab an Jan senden, damit auch er sich ein erstes Bild machen kann.

„Wer macht so etwas?", fragt Birte ihren spanischen Bekannten und wechselt damit übergangslos zu ihren inneren Befindlichkeiten.

„Ich weiß es nicht", erwidert Martín. „Es waren in den vergangenen Tagen zahlreiche Jäger hier in den Revieren unterwegs. Im Campo Charro und auch hier in ‚La Ramajería' werden viele große Jagden abgehalten und viele Jäger aus ganz Europa kommen extra hier her, um auf Großwild zu gehen. Bei Drückjagden, den berühmten ‚Monterías', werden Wildschweine geschossen und bei Treibjagden Rothühner. Da kann es schon durchaus sein, dass ein Jäger auch mal auf einen Greifvogel anlegt."

„Aber gleich auf zwei Greifvögel?", zweifelt Birte. „Und ausgerechnet auf genau diese beiden Rotmilane, die einzigen weit und breit, die Sender tragen? Das glaube ich nicht!", erwidert die Vogelschützerin energisch.

Trotz aller Trauer und Verzweiflung über den Tod der beiden Milane ist ihr Kampfgeist geweckt. „Wenn ich nur wüsste, wer die Milane abgeschossen hat, dann könnte ich der Sache auf den Grund gehen."

„Was meinst du denn damit?", hakt Martín ein.

„Ich glaube, dass die Vögel abgeschossen wurden, weil sie in Deutschland dem Bau von Windrädern im Weg sind", sprudelt es aus Birte heraus. „Da, wo die Milane ihren Horst und darin gebrütet haben, genau da will nämlich euer spanisches Unternehmen LA.RACHA sechs Windräder hinstellen. Und ein paar Kilometer weiter soll ein Produktionswerk gebaut werden. Da stören die beiden Milane und ihr Horst mit dem Gelege natürlich enorm. Und wenn es um so viel Geld geht, dann schrecken die bestimmt vor nichts zurück", fügt sie mit Bitternis in der Stimme an.

Martín hört gespannt zu. Langsam wird ihm einiges klarer. Antonio hatte den Bau von Windrädern erwähnt, den Abschuss der Vögel aber als Kleinigkeit abgetan, mit der er, Martín, seine Schuld begleichen sollte. Offenbar ist doch mehr dran an der Sache, als er zunächst geglaubt hatte und ihm weisgemacht worden war.

„So ganz verstehe ich noch nicht die Zusammenhänge", wirft Martín Brite als Stichwort hin. „Warum haben die Vögel denn Sender getragen?"

Birte klärt ihn auf. Sie berichtet von den ersten Erkundungen der „Kleinen Steige" durch den Kreisrat und eine spanische Konzernbeauftragte und von den heimlichen Vorbereitungen für den Windradbau durch den Verantwortlichen in der Region und den spanischen Konzern LA.RACHA.

„Und dessen Deutschlandbeauftragte ist diese Isabel de Guideará, die hat die Finanzierung des Forschungsprojekts vorgeschlagen", so die Vogelschützerin.

Als Birte den Namen nennt, zuckt Martín zusammen. Augenblicklich reißen in ihm alle Wunden auf, die nach dem Seitensprung, dem Ertappen durch seine Freundin und dem anschließenden Rauswurf gerade mühsam am Abheilen sind.

Isabel, „seine" Isabel also, ist die neue Freundin von Antonio, schießt es Martín durch den Kopf.

Hass keimt auf in Martín. Hass auf Isabel – aber noch mehr Hass auf Antonio, den Gutmenschen, den „ewigen Gewinner", der offenbar immer alles bekommt, was er will. Jetzt sogar „seine" Isabel, die Martín ganz tief in seinem Herzen noch immer begehrt.

Birte unterbricht ihren Bericht, als sie die Veränderung in Martíns Gesicht registriert. Mit einem Mal sieht der Mann um Jahre gealtert aus und ein hässlicher Zug umspielt seinen Mund. Ein

Zug, den Birte als „tiefe Verbitterung" interpretiert. Und sie fragt sich, welches Wort von ihr wohl diese Gefühlsaufwallung und die Veränderung bewirkt haben könnte.

Einen Moment lang herrscht Schweigen. Dann hat sich Martín wieder im Griff und schaut Birte in die Augen: „Aber weshalb denn nun die Sender? Wessen Idee war das denn?", versucht er den Faden weiterzuführen.

Birte ist irritiert und entschließt sich, ihn später danach zu befragen. Sie will – sie muss – jetzt erst all das loswerden, was sich bei ihr aufgestaut hat. Und so erzählt sie von der Erbengemeinschaft und deren Zusammenschluss, von der Bürgerversammlung, vom Auftritt Isabels und von den 10.000 uro für die Besenderung und das Forschungsobjekt, von den Zweifeln bei den Vogelschützern und wie sich die Mehrheit entschieden hatte, von den Glücksmomenten beim Beobachten, wie die Jungen schlüpften und aufwuchsen, von der Besenderung und vom Abflug der Greife nach Spanien.

„Und plötzlich bewegte sich der Sender von Milana nicht mehr. Und einen Tag später war auch der von Milan bewegungslos – beide wie tot", erzählt Birte weiter.

„Und da habe ich kurz entschlossen einen Flug hierher gebucht, um die Vögel zu suchen. Ich musste einfach Gewissheit haben, sonst wäre ich geplatzt. Na und den Rest kennst du ja", schließt Birte ihren Bericht ab.

Martin ist tief bewegt. Er bewundert den Einsatz von Birte, ihr Engagement für zwei Vögel.

Zwei „Milanos reales" die er, Martín, mit gezielten Schüssen vom Himmel geholt hat. Für ein vages Versprechen. Und aufgrund einer Erpressung. Und für einen Mann, der „seine" Isabel jetzt küsst, in seine Arme schließt, mit ihr schläft, sie streichelt und mit ihr lacht – mit seiner Isabel. Martin durchflutet eine gallige Mischung aus Wehmut, Verzweiflung und Wut. Hassgetränkte Wut. Dafür würde Antonio büßen, beschließt er, während der Kellner ihnen ihre „conejo con patatas, buen hecho" serviert.

„Du glaubst also, dass die Vögel vorsätzlich abgeschossen wurden? Und wen vermutest du dahinter?", bohrt Martín weiter bei Birte nach.

Sie hat wohl bemerkt, dass der Ausdruck Martíns erneut für einen kurzen Moment wechselt, er sich aber sofort wieder in der Gewalt hat.

„Ja, genau das glaube ich. Da steckt ein eiskalter Plan dahinter. Erst lullen sie uns ein mit der Finanzierung eines Forschungsprojektes und geben uns dafür Geld. Dann bezahlen sie die Sender für die Vögel. Aber: Auf die Daten haben sie genauso Zugriff wie wir. Und mit den Positionsdaten konnten sie einen Vogelmörder beauftragen, unsere beiden Milane abzuschießen. Wenn die nämlich tot sind, dann kommen sie logischerweise nicht mehr zurück. Und ein nicht besetzter Horst ist kein Hinderungsgrund für den Bau von Windrädern. Jetzt wird mir das alles klar, was das für ein widerlicher Plan war. Und wir haben ahnungslos mitgespielt", wächst bei Birte die bittere Erkenntnis.

„War diese Isabel denn allein oder war sie in Begleitung?", fragt Martín plötzlich.

Birte ist irritiert. Sie versteht die Frage nicht und sagt das auch.

Martín wird etwas deutlicher. „War sie allein bei euch oder hatte sie ihren Mann dabei oder einen Freund?", fragt er nochmals nach.

„Soweit ich weiß, war sie allein", antwortet Birte. „Aber warum willst du das wissen? Ist das wichtig?"

„Wenn sie allein war, dann werdet ihr ein Problem haben, das alles zu beweisen", weicht Martín aus. „Dann kann der Konzern immer sagen, dass sie das alles ohne Absprache und eigenmächtig eingefädelt hat. Was habt ihr denn jetzt vor? Wollt ihr an die Öffentlichkeit gehen?"

Diese Frage hat sich Birte auch bereits gestellt. Sie will aber abwarten, was Jan und die anderen meinen und dann eine wirksame Strategie entwickeln.

„Wenn es nach mir geht, dann werden wir einen heftigen Schlag in den Medien landen. Wir werden den Konzern LA.RACHA und den Kreisrat vor Ort an den Pranger stellen und wir werden die Öffentlichkeit mobilisieren und gegen den Bau der Windräder aufbringen", ereifert sich Birte.

Martín nimmt es mit undurchdringlicher Miene zur Kenntnis. Seine Gedanken kreisen um „seine" Isabel, die ihm von Antonio weggenommen wurde. Von Antonio, diesem Playboy, diesem Nichtsnutz und Tagedieb.

Martín zwingt sich zur Ruhe. Er kennt sich gut genug, um zu wissen, dass er immer dann, wenn er heißblütig und vorschnell war in seinem Leben, auf die Schnauze gefallen ist. Das soll ihm jetzt nicht mehr passieren. Diesmal wird er mit Ruhe, mit eisiger Ruhe und mit klarem Kalkül seine Rache planen, beschließt er.

Jetzt muss er aber erst einmal hier wegkommen.

Als Birte sich kurze Zeit später entschuldigt, um zur Toilette zu gehen, nutzt Martín den Moment. Schnell schreibt er ein paar Zeilen auf Englisch an Birte auf die Rückseite der Tageskarte, legt einen 50-€uro-Schein bei und verlässt das Restaurant. Eilig besteigt er seinen Wagen; und als Birte aus ihrem Zimmer zurückkehrt, fährt Martin gerade ab.

Verwundert sieht sie den leeren Tisch und registriert ein davon-
fahrendes Auto. Als sie sich setzt, bemerkt sie den Brief und den
Geldschein. Ihr dämmert, dass es wohl Martín war, der da eben
weggefahren ist. „Geflohen", denkt sie, „ist wohl der richtigere
Ausdruck."

Die wenigen Zeilen bestätigen ihren Eindruck. Und mit Staunen
liest sie, was ihr Martín geschrieben hat:

„Liebe Birte. Bitte verzeih. Ich habe das alles nicht gewusst. Sonst
wären die Vögel noch am Leben. Ich wurde gezwungen. Doch
ich mache es wieder gut. Martín."

Was soll das heißen? „Martin ist der Vogelmörder?", überlegt
Birte. Wie im Zeitraffer geht sie ihre Erinnerung durch: Wo sie
sich trafen, wie er reagierte, wie er ihr half, obwohl er eigentlich
das Reh suchte. Suchte er tatsächlich nach einem waidwunden
Reh? Oder war das nur ein Vorwand, weil auch er eigentlich nach
den Vögeln forschte? Wollte er die Sender beseitigen?

„Die Sender – darum ging es ihm", ist sich Birte plötzlich sicher.
„Und die hat er auf seiner Ladefläche liegen. Ich habe nur die
Bilder – und da ist er nicht mal drauf zu sehen, weil ich die Vögel
gehalten habe und er fotografiert hat.

Was für ein gerissener Kerl. Was für ein ekelhafter Vogelmörder!",
denkt Birte voller Abscheu. „In was für ein Komplott bin ich –
sind wir – da nur geraten?", fragt sich die Vogelschützerin, bevor sie mit dem Geld von Martín zahlt und den Rest als Trinkgeld auf dem Tisch liegen lässt.

Sie stürzt in ihrem Zimmer an ihren Rechner, fährt ihn hoch
und nimmt mit Jan Kontakt auf. Via Skype berichtet sie ihm von
ihrem abendlichen Erlebnis mit Martín, zeigt ihm den Brief und
mutmaßt, dass dieser der Vogelmörder sei.

Über Stunden skypen die beiden und es ist weit nach Mitternacht, als sie sich verabschieden und zu Bett gehen.

Jeder in einer der beiden Heimatregionen der Vögel, die weder im blauen Himmel über „La Ramajería" und dem Campo Charro noch im blau-weißen Himmel über dem Kupferberger Höhenzug je wieder kreisen werden.

„Doppelmord an deutschem Pärchen in Spanien."

In dicken Lettern prangt die Überschrift auf tausenden von Tageszeitungen, die an diesem Morgen in den Briefkästen der Abonnenten stecken oder an den Kiosken und in den Zeitungsregalen der Geschäfte zum Kauf ausliegen.

„Milan und seine Frau Milana in Spanien erschossen – Vogelschützer erheben schwere Vorwürfe gegen Kreisrat und spanischen Windkonzern", heißt es in etwas kleineren Buchstaben, aber nicht minder reißerisch in der Unterzeile.

Darunter der Text:
„Traunsel/La Peña. Das in der Nähe von Traunsel beheimatete Gabelweihen-Pärchen ist tot. Milan und Milana wurden Opfer eines Doppelmordes, der in den vergangenen Tagen in der Nähe von La Peña im Westen Spaniens verübt wurde. Die beiden Rotmilane waren zu Jahresbeginn bekanntgeworden, weil in ihrem Lebensraum Windräder errichtet werden sollen. Sie haben ihren Horst am Rande des Gebietes ‚Kleine Steige', das einer Erbengemeinschaft aus Bürgern und Kirche in Traunsel gehört. Der spanische Wind-

kraft-Konzern LA.RACHA beabsichtigt, dort sechs gigantische Windräder von 199 Metern Höhe aufzustellen. Zudem will er eine Produktionsanlage im Industriegebiet nahe Harschfelt bauen. Angesichts der toten Vögel fordern die Vogelschützer den Rücktritt von Kreisrat Dr. Dr. Karlemann B. Liebich und Zahlungen des Konzerns LA.RACHA.

Die beiden Vögel, die jetzt tot aufgefunden wurden, waren erst vor gut zwei Woche zu ihrem Winterquartier am Duero-Fluss zwischen Spanien und Portugal aufgebrochen. Sie trugen Sender und waren Mittelpunkt eines Forschungsprojektes, das ihre Lebensgewohnheiten und ihren Lebensraum erkunden sollte. Vom Ergebnis dieser Daten war abhängig, ob die Windräder errichtet werden könnten oder nicht. Die Vogelschützer der ‚Gesellschaft für Vogelkunde und Ökologie GVÖ‘ erheben jetzt schwere Vorwürfe gegen das spanische Unternehmen LA.RACHA, dessen Deutschland-Beauftragte Isabel de Guideará, ferner gegen Kreisrat Dr. Dr. Karlemann B. Liebich, die Vermarktungsgesellschaft ‚Kraft-durch-Wind-GmbH‘ und deren Geschäftsführer Herbert Bisshaus wegen des Todes der beiden Greifvögel.

Birte Oiseaux, die die toten Vögel in Spanien fand, sagte, dass die Milane brutal ermordet worden seien, und LA.RACHA und ‚Kraft durch Wind‘ ihre Pläne jetzt ungestört umsetzen könnten. ‚Wieder einmal hat die Gier von Konzernen und Politikern dafür gesorgt, dass unschuldige Vögel sterben mussten‘, sagte sie gegenüber dieser Zeitung.

Sie vermutet zudem, dass ein spanischer Jäger namens ‚Martin‘ mit in den Mord verwickelt ist. Er hatte bei der Suche nach den Vögeln geholfen und war dann mit den Sendern verschwunden. Die Vögel waren besendert worden, nachdem sich der spanische Konzern LA.RACHA bereiterklärt hatte, 10.000 €uro für das Lebensraum-Forschungsprojekt bereitzustellen. Die GVÖ übernahm die Betreuung und konnte so das Verhalten der Greifvögel in ihrem Brut- und Lebensgebiet exakt dokumentieren.

‚Mit den Sendern sollte in der zweiten Phase geklärt werden, ob die Milane ‚reviertreu' sind, also wieder zu ihrem Horst zurückkehren und neu brüten. Das hätte das das Aus für die Windräder bedeutet. Oder aber ob sie sich anderenorts niederlassen. Dann hätten die Windräder auf der ‚Kleinen Steige' errichtet werden können', so Oiseaux.

‚Der Konzern und die Grundeigentümer hatten hohes Interesse am Tod der Vögel. Jetzt ist der Weg freigeschossen für die Windräder', so der Vorwurf der Vogelschützer. Sie fordern eine Erklärung von Kreisrat Dr. Dr. Karlemann B. Liebich, die Aufgabe der Baupläne für die Windräder und eine hohe Zahlung des spanischen Windkraft-Konzerns für ein Wiederansiedelungsprojekt von Rotmilanen an der ‚Kleinen Steige' bei Traunsel.

Kreisrat Dr. Dr. Karlemann B. Liebich war für eine Stellungnahme bislang nicht zu erreichen; ebenso wenig die Deutschlandbeauftragte von LA.RACHA, Isabel de Guideará."

Neben der reißerischen Zeile und dem Text ist ein Bild abgedruckt, das die beiden Vögel mit ihren Jungen im Horst zeigt. Daneben zwei Fotos von den toten besenderten Milanen, die von Vogelschützerin Birte Oiseaux gehalten werden.

Unter dem Text prangt ein hellblau eingefärbter Kasten mit kleinem Portraitfoto. Es zeigt den an dieser Stelle der Zeitung allseits bekannten Friedemann Scharfe, der die Titelgeschichte kommentiert:

„Noch ist unklar, wer die beiden Vögel Milan und Milana in Spanien erschossen hat. Zu unsicher ist die Faktenlage, zu wenige Beweise liegen vor.

Aber es spricht Vieles für die These der Vogelschützer, dass der Tod der Gabelweihen dem Windkraftprojekt in Traunsel zupasskommt. Ganz gleich, wer diesen Vogelmord in Auftrag gegeben und zu verantworten hat, er hatte ein großes Interesse daran, genau diese beiden Vögel zu töten.

Tausende Rotmilane ziehen Jahr für Jahr nach Spanien – ausgerechnet diese beiden wurden erschossen. Zu augenscheinlich ist, was da passierte: Ein Konzern sponsert ein Überwachungsprojekt mit GPS-Sendern. Deren Daten zeigen die Lebensräume der Vögel – sie liefern aber auch die jederzeitige und punktgenau Identifizierung für einen Schützen.

Jetzt ist Aufklärung angesagt. Kreisrat, ‚Kraft durch Wind‘ und der Konzern LA.RACHA müssen sich erklären.

Und sollte sich herausstellen, dass es Mitwisser oder sogar Auftraggeber gab, dann sind persönliche und juristische Konsequenzen unausweichlich. Nicht nur in diesem Punkt haben die Vogelschützer recht.“

Friedemann Scharfe hatte den Kommentar zu dem Beitrag seiner Redakteurin Claudia Swahrdran extra deutlich verfasst. Sie war es, die am Tag zuvor völlig überraschend von Mark Keting, dem Pressesprecher der „Gesellschaft für Vogelkunde und Ökologie GVÖ“ angerufen und zu einem Treffen gebeten wurde. Es gehe um einen Doppelmord, hatte er vieldeutig gesagt.

Claudia Swahrdran kannte den rührigen Pressesprecher als einen zwar ehrgeizigen, aber auch zuverlässigen Informanten. Wenn er sehr sibyllinisch von einem „Doppelmord“ sprach, dann musste schon etwas Besonderes los sein.

Sie informierte ihren Chefredakteur, der wenig begeistert grunzte und sie mit der Bemerkung entließ „sieh mal zu, ob da was Vernünftiges rauskommt. Aber nicht schon wieder das übliche Nestbild von den Vögeln da oben.“

Also fuhr Redakteurin Schwankzeile nach Quiepra in die Gaststätte, die ihr als Treffpunkt genannt worden war. Als sie die

Türe öffnete, war sie überrascht, wie viele Vogelschützer auf sie warteten. Eine Leinwand und ein Beamer waren aufgebaut und Birte Oiseaux schloss gerade den Laptop an. Auf der Bildfläche erschien ein grausiges Foto, das sie aber sogleich wegdrückte.

Jan Protesta begrüßte die Zeitungs-Redakteurin. Er bedankte sich, dass sie der eiligen Einladung gefolgt war, und merkte an, dass später auch noch ein Radio-Reporter und ein Fernseh-Team erwartet würden. „Donnerwetter", dachte die Redakteurin, „da muss doch was Besonderes im Busch sein."

„Wir wollten Ihnen als Erste das Drama zeigen, das sich in den vergangenen Tagen ereignet hat", eröffnete Vorsitzender Jan Protesta das Gespräch.

„Sie hatten uns damals beim Aufdecken des Geheimprojekts geglaubt. Deshalb sollten Sie auch als Erste alles wissen. Um es kurz zu machen: Unsere beiden Rotmilane aus dem Horst am Rande der ‚Kleinen Steige' sind tot. Sie sind in Spanien erschossen worden. Erst Milana, am Tag danach dann Milan.

Birte Oiseaux war in Spanien in der Nähe des kleinen Dorfes La Peña im Westen Spaniens im Nationalpark des Duero und hat die beiden Vögel erschossen aufgefunden. Die Sender waren noch an den Körpern befestigt. Sie hatte dabei Unterstützung durch einen Spanier, den sie vor Ort getroffen hatte und der in irgendeiner Weise mit dem Tod der Vögel zu tun haben muss. Sie hat Fotos mitgebracht, die eindeutig belegen, dass es unsere beiden Vögel sind und dass sie erschossen wurden.

Wir sind alle sehr traurig und betroffen und vor allem wütend über diesen feigen Doppelmord an den beiden wundervollen Greifvögeln."

Die Redakteurin blickte gespannt in die Runde. „Kann man die Fotos mal sehen?", fragte sie und Birte schaltete die Bildschirmpräsentation ein. Zwei auf drei Meter groß warf der Beamer ein Foto eines toten Milans mit Sender auf die Leinwand. Das nächste Bild war ein Zoom auf die Kennung des Senders. Dann folgten einige Bilder des toten Vogels aus verschiedenen Perspektiven und schließlich Nahaufnahmen der Schussverletzung.

Und dann eine zweite Serie mit Fotos des zweiten erschossenen Vogels: Milan.

Claudia Swahrdran war erschüttert. „Das ist ja grauenhaft", entfuhr es ihr und sie erntete allseitiges Kopfnicken. Mit Bestürzung sah sie, wie Birte Tränen über die Wangen rollten. „Wer macht denn sowas", fragte sie in die Runde.

Plötzlich redeten die Vogelschützer durcheinander. Wortfetzen wie „feige Mörder", „geldgeile Grundbesitzer", „kapitalistische Ausbeuter-Konzerne", „mordgierige Jäger" fielen und verhallten im Raum.

Jan unterbrach das babylonische Stimmengewirr. „Mark hat eine Presseinformation mit allen uns bekannten Daten, Fakten und Zahlen zusammengestellt. Die wird Ihnen eine Menge Fragen beantworten. Leider wissen wir nicht, wer der Mörder war. Wir gehen aber davon aus, dass der Mann, der Birte vor Ort geholfen hat, mehr weiß und tiefer involviert ist, als wir ahnen.

Und wir unterstellen, dass der spanische Konzern LA.RACHA im Verein mit den heimischen Grundstückseigentümern und deren Firma ‚Kraft durch Wind‘ hohes Interesse daran hat, dass die Gabelweihen nicht nach Deutschland zurückkehren sollten. Insofern kann eine Vermutung nicht ausgeschlossen werden, es gäbe da zumindest eine Interessensübereinstimmung. Wir müssen an dieser Stelle vorsichtig sein, damit wir juristisch nicht angreifbar sind", führte der GVÖ-Vorsitzende aus.

„Alle Wetter, das ist starker Tobak", kommentierte die Redakteurin den Vogelschützer. „Was davon kann ich zitieren?"

„Steht alles so oder so ähnlich in der Pressemeldung. Mark, gib doch mal bitte das Papier rüber", forderte der Vorsitzende seinen Pressemann auf.

Als Claudia Swahrdran die Meldung in der Hand hielt, begann sie zu lesen. Mit halbem Ohr war sie gleichzeitig bei den Vogelschützern, die sich darüber ausließen, was nach der Medien-Attacke geschehen könnte.

Die Presseinfo war ein Hammer, so Gundulas Eindruck. Das würde zweifellos der morgige Aufmacher werden. Sie sah schon die Schlagzeile vor sich: „Doppelmord an Rotmilanen in Spanien". Doch bis dahin war es noch lange hin. Sie musste jetzt erst noch ein wenig „Futter" bekommen.

Akribisch befragte sie Birte zu ihrem Ausflug nach Spanien und ob sie nicht ein Foto des Mannes mit dem Gewehr habe.

„Leider nein", gab Birte zu, „das hat der ganz geschickt angestellt, weil er mich die Vögel halten ließ und selber Bilder geschossen hat. Das habe ich erst später gemerkt." Aber sein Name sei „Martín", fügte Birte an.

Die Redakteurin lächelte gequält. „Ich denke mal, so heißen in Spanien tausende Männer. Das hilft nicht weiter, nicht mal mit Beschreibung. Aber ich kann es ja trotzdem erwähnen. Was sind denn jetzt eigentlich die Konsequenzen und die konkreten Forderungen?", brachte es die Redakteurin auf den Punkt.

„Wir fordern eine Erklärung des Kreisrats, der ja Miteigentümer an der ‚Kleinen Steige' ist und damit ohne jede Frage davon profitiert, wenn die Vögel tot sind und die Windräder gebaut werden können. Und sollte es sich herausstellen, dass es Verbindungen von ihm gibt zu den Geschehnissen in Spanien, dann erwarten wir den sofortigen Rücktritt des Kreisrates.

Und wir fordern von dem Windkonzern LA.RACHA eine glaubwürdige und verbindliche Erklärung, dass er mit dem Mord an den Vögeln nichts zu tun hat. Außerdem fordern wir den Verzicht auf den Bau der Windräder und die Bereitstellung von finanziellen Mitteln für ein Programm zur Ansiedelung junger Rotmilane in dem Areal. Wir denken, das ist der Konzern uns schuldig", referierte Pressesprecher Mark Keting die Forderungen der Vogelschützer.

Claudia Swahrdran hatte so ihre Zweifel, was die Konsequenzen aus dem Abschuss der Tiere in Spanien betraf. Es war nicht bewiesen, wer dahintersteckte; es war nicht einmal klar, ob der Tod der Vögel überhaupt etwas mit der Situation der „Kleinen Steige" zu tun hatte.

In der Diskussion stellte sich schnell heraus, dass die Vogelschützer selber um den Schwachpunkt ihrer Kampagne wussten, „aber wir können nicht anders", sagte der Pressesprecher. Er rutschte unruhig auf seinem Stuhl herum, denn jeden Augenblick erwartete er das Fernsehteam – und dann hatte er seinen „großen Auftritt" – natürlich zusammen mit Birte. Und den großen Fotos, die er von den toten Vögeln zeigen würde.

Die Medienmaschine war angelaufen. Zusammen mit der Kampagne über Facebook und Twitter und dem Film bei Youtube und den Fotos bei Flickr und der Pinterest-Pinnwand und Instagram und Snapchat und, und, und erhofften sie sich ein breites Echo in der Öffentlichkeit.

Tatsächlich war das Medien-Interesse dann auch enorm. Wie immer, wenn es etwas Schlimmes zu berichten gibt.

Besonders das Fernsehen ist ja darauf erpicht, möglichst täglich den alten Grundsatz zu beweisen: „Only bad news are good news!" Entsprechend fällt der Bericht am selben Abend in der Nachrichtensendung aus. Auch das Internetportal „News aus der Mitte" war mit Text und Fotos und Interview und Kommentar dabei.

Selbst die dpa rief bei den Vogelschützern an und schon kurze Zeit später lief eine 284-Wörter-Meldung über den „Ticker" und berichtet über den „Vogelmord in Spanien".

Als Claudia Swahrdran in der Redaktion ankam, war ihr Chef schon im Bilde. „Diese verfluchten Online-Medien", tobte er. Doch es nutzt nichts! Die Redaktion der Zeitung – jede Zeitungs-redaktion – muss sich diesem schnelleren Wettbewerber stellen. Wie lange noch, weiß niemand. Scharfe war jedenfalls froh, dass er nur noch wenige Jahre bis zum Ruhestand hatte.

„Versuch' mal gleich, den Kreisrat zu bekommen", sagte er zu seiner Redakteurin. „Der wird toben. Und wir drucken das dann", fügte er spöttisch an. „Leider ohne die ganzen Ähs, die er wieder stottern wird."

Der Kreisrat ist bekannt für seine gestammelte Unsicherheit im Umgang mit den Medien, wenn es kniffelig wird. Und diesmal wird es besonders eng, wenn er zu dem Vogelmord Stellung nehmen muss, ist sich Scharfe sicher.

Doch Dr. Dr. Karlemann B. Liebich war nicht erreichbar. Weder direkt am Handy noch zu Hause noch über sein Vorzimmer oder die Partei. „Wie verschluckt", kommentierte Gundula die erfolg-losen Bemühungen.
Sie war auch in Spanien bereits abgeblitzt bei dem Versuch, eine Stellungnahme von LA.RACHA zu erhalten. „Mañana" und „Señora Isabel de Guideará" war das Einzige, was sie halbwegs verstehen konnte.

„Na dann", entschied die Redakteurin nach Rücksprache mit ihrem Chefredakteur, „kommt eben der übliche Nachsatz, der gewöhnlich einen schalen Nachgeschmack verursacht: ‚Kreisrat Dr. Dr. Karlemann B. Liebich war für eine Stellungnahme bis-lang nicht zu erreichen; ebenso wenig die Deutschlandbeauf-tragte von LA.RACHA, Isabel de Guideará.'"

Für die Redakteurin war damit der nächste Arbeitstag klar vor-
programmiert: Recherche bei Kreisrat Dr. Dr. Liebich, Telefonat mit LA.RACHA, Sammeln von Stimmen und Stimmungen
und Bearbeitung aller Statements und Kommentare Dritter. Und
nicht zu vergessen „die üblichen Verdächtigen", die immer und
zu allem ihren Senf dazugeben.

„Das kann ja eine heitere Woche werden", schwante der Redakteurin. Sie sollte recht behalten!

„Wahrheit kommt mit wenigen Worten aus."

VIERZIGACHT

„Ich weise die Vorwürfe der Vogelschützer, ich hätte etwas mit
dem Abschuss der beiden Rotmilane im Westen von Spanien
zu tun, entschieden zurück! Die Vorwürfe entbehren jeglicher
Grundlage, sind durch nichts bewiesen, können auch nicht belegt
werden und dienen nur einer Kampagne gegen meine Person.

Ein solches Vorgehen der Vogelschützer ist völlig inakzeptabel!
Ich fordere die Vogelschützerinnen und Vogelschützer auf, belast-
bare Beweise und Fakten vorzulegen, die die von ihnen in den
Raum gestellten Behauptungen – die im Übrigen dem Straftat-
bestand der Verleumdung sehr nahe kommen – belegen.
Das können sie nicht!

Daher gebe ich den Bürgerinnen und Bürgern von Traunsel und
der gesamten Region mein Ehrenwort, dass ich mit dem Vogelmord in keinster Weise etwas zu tun habe!

Darüber hinaus sage ich zu, daran mitzuwirken, dass die Umstände, die zum Tod der beiden Greifvögel geführt haben, voll umfänglich und brutalstmöglich aufgeklärt werden. Der oder die Täter müssen sich definitiv dafür verantworten. Dabei erwarte ich von allen Beteiligten vollständige und jederzeitige Transparenz und uneingeschränkte Information.

Durch den Abschuss der Vögel sind allerdings auch Fakten geschaffen worden, die – bei Vorlage aller notwendigen Unterlagen – eine Bewilligung der sechs geplanten Windräder auf dem Areal ‚Kleine Steige‘ bei Traunsel wahrscheinlicher werden lassen. Diese Windräder – wenn sie denn stehen – leisten im Verbund mit den übrigen Windkraftanlagen in der Region einen wichtigen Beitrag zur Energiewende.

In Verbindung damit muss eine geplante Ansiedelung des spanischen Investors im Industriegebiet gesehen werden, die zahlreiche und hochwertige Arbeitsplätze schaffen wird. Arbeitsplätze, die dringend benötigt werden, um jungen Menschen einen anspruchsvollen und gutbezahlten Beruf zu ermöglichen, und damit Grundlage sind, in der Region zu bleiben und eine Familie zu gründen.“

Er herrscht jede Menge „Medienrummel“ bei der Pressekonferenz, zu der Kreisrat Dr. Dr. Karlemann B. Liebich die heimischen und regionalen Medienvertreter eingeladen hat.

Das Pressepapier, das er noch in der Nacht und am Vormittag gemeinsam mit seinem Anwalt und dem Geschäftsführer des Erben-Gemeinschaftsunternehmens „Kraft durch Wind“ erarbeitet hat, wird ihm quasi aus der Hand gerissen. Und kaum haben es die Pressevertreter in den Fingern, laufen auch schon die ersten Meldungen in den Online-Medien.

Derweil sitzt Karlemann, assistiert von seinem Anwalt Zúmgaertner, der Medienphalanx frontal gegenüber. Seine tiefe Stirnfurche zeigt überdeutlich, dass er in einem Gefühlsgemenge aus tiefer Verärgerung und skeptischer Furcht feststeckt.

Umständlich begrüßt er die „Damen und Herren Medienvertreterinnen und Medienvertreter" und kommt dann zum Punkt. Er referiert die bekannten Fakten von gestern, die für die Reporter und Redakteure aber eher langweilende Wirkung zeitigen. Das ändert sich erst, als er zu seinem Statement ansetzt. Einige der „Pressefuzzies", wie Karlemann sie unter Ausschluss der Öffentlichkeit gerne bezeichnet, sind erstaunt über die für seine Verhältnisse „deutlichen Worte"; andere staunen über die Chuzpe, mit der der Kreisrat das Geschäft des Investors betreibt und dem Unternehmen quasi den „roten Teppich" ausrollt.

Beide Gruppen fallen am Ende seiner Erklärung geschlossen über ihn her und bombardieren Karlemann mit Fragen über Fragen.

Mit nervöser Ruhe beantwortet er eine um die andere:

Nein, er wisse nichts über irgendwelche Machenschaften. Er habe keine Ahnung, wer geschossen habe, geschweige denn weshalb. Er kenne keine Jäger in Spanien. Er habe auch noch keine Greifvögel abgeschossen – weder in Deutschland noch in Spanien noch andernorts.

Ja, er sei Jäger, aber er gehe meistens auf Sauen. Heute nicht. Heute sei er in eine Pressekonferenz gegangen.

Ja, an der Gemeinschaftsjagd des Ministerpräsidenten habe er teilgenommen. Und geschossen. Und auch getroffen. Und ja, er sei ein zielsicherer Schütze.

Und nein, an die Ansiedelung der spanischen Firma seien keine Bedingungen geknüpft. Und auch keine Sponsor-Leistungen. Jedenfalls sei ihm nichts dergleichen bekannt.

Und außerdem habe er nun genug Fragen beantwortet; er gebe jetzt noch dem Fernsehen und den beiden Radio-Sendern und der dpa Interviews und bedanke sich für die Teilnahme. Ach ja, noch etwas: Er wünsche sich eine faire und objektive Berichterstattung.

„Was eine Meute", stellt Karlemann entnervt fest, als er mit Zúmgaertner und Bisshaus, der im Hintergrund der Pressekonferenz zugegen war, zur „Manöverkritik" zusammensitzt.

„Dein Hinweis auf die mögliche Baugenehmigung für die Windräder wird zweifellos Staub aufwirbeln", merkt der Anwalt an. „Ich hoffe, das war nicht zu weit aus dem Fenster hinausgelehnt. Das könnte aufstoßen. Andererseits: Die Vogelschützer haben nur Vorwürfe erhoben. Beweise haben sie keine vorgelegt. Das ist ihr Schwachpunkt. Und genau an der Stelle wird die ganze Kampagne scheitern. Die Journalisten brauchen Fakten. Und Beweise. Beides gibt es nicht – also ist das Thema bald wieder tot", gibt sich Zúmgaertner optimistisch.

Karlemann hofft es auch.

Der Pressekonferenz vorausgegangen war – nach einer unruhigen und kurzen Nacht – eine längere Krisensitzung, an der neben Karlemann und Herbert Bisshaus auch Anwalt Mika Zúmgaertner teilgenommen hatte.

Karlemann war explodiert: „Was fällt denen ein? Diese Verleumder! Das lasse ich mir auf keinen Fall bieten! Die glauben wohl, ich bin deren Hampelmann. Die werden sich noch wundern. Die stellen mich in der Zeitung doch so dar, als hätte ich etwas mit den toten Vögeln zu tun. Das ist eine Frechheit! Dem werde ich mit aller Schärfe entgegentreten!", hatte Karlemann gewütet. Bisshaus konnte sich nicht erinnern, den Kreisrat jemals so aufgebracht erlebt zu haben. Und auch Anwalt Zúmgaertner staunte nicht schlecht, wie scharf der ansonsten doch „weichgespülte" Dr. Dr. B. Liebich mit einem Mal sein konnte.

„Juristisch gibt es in der Presseerklärung der Vogelschützer leider kein Ansatzpunkt", erklärte der Anwalt, der den Text akribisch gelesen und bewertet hatte. „Die haben sich an den kritischen Stellen betont schwammig ausgedrückt. Und ohne einen handfesten Ansatz würde ich dringend davon abraten, die große Keule zu schwingen und mit Strafanzeige zu drohen. Das verläuft dann doch im Sande und wird am Ende als Niederlage desjenigen dargestellt, der vor Gericht gezogen ist."

„Die Firma kann da auch schlecht in die Bresche springen", gab Bisshaus als Geschäftsführer des Erben-Gemeinschaftsunternehmens „Kraft durch Wärme" von sich.

„Wir sind nur am Rande erwähnt und werden halt in einem Aufwasch in die Ecke gestellt, weil es die Erbengemeinschaft ist, die den Grund und Boden besitzt. Und weil du bei den Erben dabei bist, Karlemann."

„Ich weiß", knurrte dieser, „die wollen das zu einem politischen Skandal hochfahren und mich als Verantwortungsträger in der Region mit Dreck bewerfen. Immer frei nach dem Motto: ‚Irgendwas wird schon hängen bleiben' Das ist solch eine Sauerei. Und ich kann mich nicht in geeigneter Form dagegen wehren", sagte Karlemann und blickte seine beiden Spezies an.

„Ich würde eine Pressekonferenz einberufen und mit deutlichen Worten die Vorwürfe zurückweisen", schlug Bisshaus vor.

„Genau", schloss sich Anwalt Zúmgaertner dem Vorschlag an. „Du könntest eine solche Pressekonferenz sogar ausweiten, die Vorwürfe zurückweisen und deinerseits in die Vorderhand gehen und ankündigen, dass jetzt, nachdem klar ist, dass die Milane nicht zurückkommen können, zu erwarten ist, dass ein Bauantrag bei der Mittelbehörde gestellt wird."

So war es zu diesem „Medienrummel" gekommen, der wie ein Vulkan hochkochte.

Und dann trat genau das ein, was Anwalt Zúmgaertner sarkastisch konstatiert hatte: Nach der Aufgeregtheit ebbte das Interesse nach und nach ab und am vierten Tag „trat die Öffentlichkeit zurück".

Hilfreich dabei war auch eine Pressemitteilung von LA.RACHA, die Isabel nach Absprache mit Don Hernández und nach Abstimmung mit Deutschland per Email versendete. Darin stand im Grunde genommen das Gleiche, wie auch in der Meldung von Kreisrat Dr. Dr. Liebich zu lesen war.

Einzig die Ankündigung des spanischen Konzerns, alles zu unternehmen, um im nächsten halben Jahr, also im Frühjahr, den Spatenstich für die Windräder vornehmen zu wollen, brachte nochmals etwas „Futter" für die Diskussion, doch im Grunde genommen war das Thema „ausgelutscht", wie es Chefredakteur Scharfe bezeichnete.

Er hatte vom ersten Moment an gesehen, dass die Vogelschützer – bei allem Engagement und allem Idealismus – ihre Schwachstelle bei der Beweisführung hatten.

„Jeder schwache Beweis ist besser als eine noch so starke Behauptung", hatte Scharfe an die Adresse seiner Redakteurin gesagt. Und er sollte wieder einmal recht behalten mit seiner Vermutung, „das ist ein Rohrkrepierer, wenn die keinen Beweis bringen".

Der Oktober wird in Traunsel, am Kupferberger Höhenzug, in der gesamten Region und in vielen Teilen Deutschlands mit dem Attribut „Golden" versehen. Zu Recht.

Wenn an einem schönen Tag im Oktober die Sonnenstrahlen durch das sich färbende Laub der Bäume fallen, dann wird klar, was mit diesem „Goldenen" gemeint ist.

Vor allem beim Sonnenaufgang und nicht selten auch beim Untergang der Sonne fallen die Lichtstrahlen in die Laubdächer der Bäume und erzeugen einen einmalig schönen, eben einen goldenen Anblick.

Dieser „Goldene Oktober" folgt dem „Altweibersommer", der das warme Ausklingen des Sommers beschreibt und seinen Namen den Spinnennetzen verdankt, die von den Baldachinspinnen „geweibt", also gewebt werden und taubehangen sichtbar werden. Sie sehen dann aus wie das graue Haar „alter Weiber".

Meteorologisch ist der „Goldene Oktober" eine Schönwetterperiode in der Monatsmitte, häufig zwischen dem 10. und 20. Oktober. Vielfach bildet sich um dieses Datum herum ein stabiles Hoch über der deutschen Mitte in Europa, das für eine Weile für trockene und sonnige Witterung sorgt. Aber auch für große Temperaturunterschiede zwischen Tag und Nacht.

Es ist eine gute Zeit für ausgedehnte Wanderungen oder Spaziergänge, um in Wald und Feld den farbenprächtigen Wechsel der Laubkleider zu genießen. Und um Drachen steigen zu lassen.

Es ist die hohe Zeit für die Ernte von Feld- und Endiviensalat, von Kürbis, Rosenkohl, Mangold oder Roter Bete. Auch von Äpfeln, Birnen und den letzten Zwetschgen. Während Erstere zu leckersten Schmand- oder Streuselkuchen oder zu Kompott verarbeitet werden, beginnen Letztere ihre Metamorphose zu Mus oder Sliwowitz.

Panta rhei!

Und es ist Brunft-Zeit für die größten und beeindruckendsten geweihtragenden Tiere der Region, die Rothirsche. Mit etwas Glück kann man sie von der Abendkühle bis zum frostigen Morgen lautstark röhren hören. Mit großem Pech hat man sie vor dem Kühlergrill.

Und schließlich ist es die Zeit der „Oktoberfeste". Dieser bayerische Exportschlager hat sich im Laufe der vergangenen Jahrzehnte quer über Deutschland bis in den hohen Norden in die Küsten- regionen vorgearbeitet.

Auch in der Mitte Deutschlands hat das Bier-Fest schon Tradition. Immer in der Woche vom 15. Oktober geben sich in Karlemanns Kreisstadt die Fahrgeschäfte, die Popcorn-, Süßigkeiten- und Fischbuden, die Lebkuchen-Stände, die Losverkäufer und allerlei anderes fahrendes Volk auf dem großen Fest-Platz ein Stelldichein.

Inmitten des ganzen Trubels steht ein großes, ein sehr großes Bierzelt, das komplett in Weiß-Blau gestaltet ist. Darin tönt es an jedem Tag und in noch mehr Nächten aus vielen Kehlen: „Oans, zwoa, drei – mir sin heut' fest dabei." Und dann heißt es „hoch die Tassen", eine Kapelle spielt zünftige Blas- oder Tanzmusik, es gibt Brezl und Currywurst mit Fritten rot-weiß, es wird gelacht und geschunkelt, gesunden und getanzt, gefeiert und gestritten, versöhnt und verbrüdert, und mancherlei Techtel gemechtelt.

Ausnahmezustand herrscht in der Stadt und die Polizei hat alle Hände voll zu tun. Das Rote Kreuz ebenso. Und das Kranken- haus. Und das Taxi-Gewerbe. Und das horizontale Gewerbe. Und die Straßenreinigung.

Was im ausgehenden Winter der Karneval in Köln ist, das ist hier im Herbst das „Oktoberfest".

Karlemann liebt derartige Feierlichkeiten. Wie er überhaupt gerne aushäusig und auf Festen und Feiern unterwegs ist. „Steht irgendwo ne Feier an – dann kommt gewiss der Karlemann" hatte erst vor kurzer Zeit einer der politischen Gegner des Kreisrates unter dem Gelächter des erlauchten Auditoriums in der parlamentarischen Kreisversammlung geätzt. Karlemann war aus der Haut gefahren und hatte sich solche „billige Polemik" verboten. Damit könne man ihm nicht „ans Bein nässen", wie er sich ausdrückte.

„Du musst doch auch wirklich nicht auf jedes Fest gehen", hatte seine Frau daraufhin bemerkt. Doch das hatte andere Gründe. Eine tiefere Motivation sozusagen.

Karlemann ficht es nicht an. Tapfer stiefelt er weiter zu jeder Feier und freut sich, wenn er ans Rednerpult gehen und sich ausbreiten kann. Wenn man, wie er, weit genug weg von den Leuten redet, dann kann man auch nicht sehen, wie sie die Augen verdrehen. Nicht jeder Redner – selbst wenn er es noch so fest glaubt – ist auch ein begnadeter Rhetoriker!

Karlemanns Jahres-Feier-Höhepunkt ist zweifellos das „Oktober-fest" in der Kreisstadt. Mit Humbatäterä, mit Lichterprozession, mit Festumzug, mit Wagen für die Exzellenzen und Prominenzen, mit Festfeuerwerk und Musikgruppen und mit einem „Reserviert-Tisch" im großen Festzelt, an dem er einen festen Platz hatte. Und einen weiteren, optional für seine Frau. Oder eine Frau an seiner Seite.

In diesem Jahr hat Karlemann sogar vier Plätze mehr angemel-det. Er erwartet den Vorstandsvorsitzenden der spanischen Fir-mengruppe LA.RACHA, Don Hernández Monrique de Taray y Gorzón, der mit seiner Ehefrau Marie-Asunción und seiner Deutsch-land-Beauftragten Isabel de Guideará sowie deren Freund Antonio Gollardi Readolo zum „Oktoberfest" kommt. Er hatte sie eingeladen, als er vor wenigen Wochen auf der Jagd-Finca „Las Tresfuentes" mit dem Patrón zusammengetroffen war.

Von diesem Wochenende zehrt Karlemann noch immer: welch gediegenes Ambiente in dieser Lodge „Las Tresfuentes", welch erlesener Wein, welch kulinarische Genüsse, was ein herrlicher Abend!

Und vor allem: welch grandiose Stöberjagd auf Rothühner, bei der er wunderbar zum Schuss gekommen war. Waidmannsheil.

Das alles kann Karlemann naturgemäß nicht bieten. Dazu gibt es nicht die Möglichkeiten in seiner Heimatregion, dafür stehen nicht die finanziellen Mittel im Haushalt des Kreises bereit; ganz abgesehen davon, dass solche Ausgaben von der Opposition im Schulterschluss mit den Medien unmittelbar zu einem „Skandal" ausgewalzt würden, ging es Karlemann im Vorfeld des „Gegenbesuchs" durch den Kopf.

Also blieb nur ein Kontrastprogramm. Und da kam ihm das „Oktoberfest" gerade recht: ein typisches Fest der Region, ein Fest, das auch außerhalb Deutschlands einen gewissen Bekanntheitsgrad hatte und mit „deutsch" gleichgesetzt wurde, und ein Fest, auf dem er mit relativ bescheidenen Mitteln ereignis- und abwechslungsreiche Stunden bestreiten konnte.

Karlemann veranlasste, dass ihm von einer Mitarbeiterin ein Programm für den Besuch der Spanier „gestrickt" wurde. „Mit allem Drum und Dran – aber bezahlbar", hatte er ihr als Vorgabe und Wunsch mit auf den Weg gegeben. „Und bitte auch den Rat des Kreises an einem Abend mit einplanen." „Damit können wir eventuelle ‚unangenehme Nachfragen' besser ausstechen", sagte Karlemann und zwinkerte der Dame zu. Sie verstand sofort. Ränkeschmieden war eine ihrer großen Stärken. Und intrigieren.

Sie kam aus der Verkaufsabteilung eines Möbelhauses und hatte in Karlemanns Partei mit horizontalem Einsatz eine vertikale Karriere hingelegt. Im Gegenzug hatte Karlemann sie für ihre guten Dienste mit einer Position in seinem Kreis-Team belohnt – und sich damit einige zusätzliche Feinde und Probleme geschaffen, die er vorher nicht auf dem Plan hatte.

Als ihm kurz darauf der erste Entwurf für den Besuch der Spanier vorgelegt wurde, war er weitgehend einverstanden: Abholen der Gäste am Flughafen durch den Fahrdienst. Ankunft in Harschfelt und Einchecken im Hotel. Abends Zusammenkunft im Haus des Kreises und parlamentarischer Empfang; anschließend Einladung zum Abendessen durch den Präsidenten der Kreiskammer mit Begrüßungsreden durch diesen und einige andere.

Am Tag darauf dann Besichtigung des Bauerwartungslandes im Industriepark für die Errichtung der Produktionsanlage für Windkraftanlagen durch die spanische Firma. Danach Besuch des Areals „Kleine Steige", Empfang im Rathaus Nirgenshüsen und Mittagessen in einem Hotel in Quiepra; anschließend Besichtigung eines Hoch- und Tiefbau-Konzerns und Gespräch mit dem Geschäftsführer; einem Parteifreund des Kreisrates, der gerne beteiligt wäre an den Bauarbeiten der Spanier. Danach ein vertrauliches Gespräch Karlemann und Don Hernández – und Stadtbesichtigung für die übrigen Gäste. Abends dann Besuch des Oktoberfestes mit Händl und Bier und Brezn und Radi und Gaudi bis zum Schluss.

Tags drauf werden die spanischen Gäste wieder abreisen.

„Sehr schön", kommentierte Karlemann, dem vor allem der Oktoberfest-Abend zusagte. „Aber muss es das Hotel in Quiepra sein? Können wir nicht in Rottenburch essen gehen? Dort ist es viel angenehmer und das Essen ist auch besser", nörgelte er. „Leider nein, das Hotel ‚Zum Postillon' hat zu dem Termin eine

Busgruppe und ist ausgebucht", zerstört die Mitarbeiterin Karlemanns Wunsch. Also beugte er sich der Kraft des Faktischen und machte seinen Haken an das Programm.

Es wurde ein sehr erfolgreicher Besuch. Die Medien begleiteten Karlemann und seine Gäste während der Besichtigungen und schossen jede Menge Fotos. Vor allem die aparte Deutschlandbeauftragte von LA.RACHA war begehrter Foto-Shootingstar, aber auch Don Hernández selber, groß, attraktiv, spanisch, wurde von den Fotografen als Blickpunkt gerne genommen, selbst wenn der Kreisrat auf dem einen oder anderen Bild unvermeidlich war.

Für den Oktoberfest-Abend hatte es eine Absprache mit den Medien gegeben: Fotos zu Beginn des Festbesuches, auch noch beim Rundgang, dann aber „bitte keine weiteren Bilder, es soll ein unbeschwerter Abend werden", so die Übereinkunft, die auch tatsächlich eingehalten wurde.

„Da zeigt sich einmal mehr der mediale Unterschied zwischen Provinz und Metropole", konstatierte Karlemann: dort viele Paparazzi, denen nichts heilig ist, hier biedere Lokaljournalisten, die „die Hand nicht beißen, von der sie gefüttert werden".

Karlemann und seine Gäste nahmen Platz im großen Festzelt. Der reservierte Tisch in der Mitte war als „Insel" leicht zu finden und wurde bereits seit Stunden von der Zeltleitung und den Kellnern tapfer verteidigt gegen immer mehr und immer unwirschere Gäste, die nicht einsehen wollten, dass es einige VIP gibt – und viele andere, nämlich sie.

Als die deutsch-spanische Gruppe endlich im Zelt einlief, wurde einen kleinen Moment lang getuschelt, bevor es lautstark weiterging und die Feierlaune parallel zum Alkoholspiegel stieg.

Karlemann hatte seine Gäste emotional bereits darauf eingestimmt und Isabel gebeten, ihnen zu erklären, dass es durchaus Unterschiede gäbe zwischen Deutschland und Spanien, insbesondere beim Alkoholkonsum. Unter der heißen Sonne Spaniens ist es verpönt, sich zu betrinken. Alkohol genießt man in Maßen. Sozusagen als Genussmittel.

In Deutschland ist Bier ein Lebensmittel – und das nicht nur in Bayern. Daher gibt es eine ganze Menge Leute, die sich mit diesem „Lebensmittel" vollstopfen, bis die berauschende und betäubende Wirkung einsetzt.

„In den vergangenen Jahren ist es aber schon viel besser geworden", räumt Karlemann ein, als er, gemeinsam mit den Gästen aus Spanien, die ausgelassen feiernden Oktoberfest-Besucht beobachtet. Ein ums andere Mal weiß der Conférenzier die Menge zu animieren und mit einem vielstimmig gesungenen „Ein Prosit" zum Trinken zu bewegen.

Hinzu kommt die weiß-blau rautierte Band mit ihrer rot-weiß dekolletierten Frontsängerin mit „ordentlich Holz vor d'r Hüttn" und einer glockenklaren Stimme, die die Menge mitreißt zum Mitsingen und Mitschunkeln. „Oh, wie ist das schön …"

Karlemann und seine Gäste werden aufgesogen von der lautstarken Stimmung im Festzelt. An Unterhaltung ist nicht zu denken und so bleibt der kleinen Gruppe nur, mit zu klatschen, zu schunkeln und in die kollektive gute Laune einzufallen.

Gespräche hatten sie bereits den ganzen Tag. Karlemann hatte in das Besuchsprogramm extra eine Stunde mit Don Hernández als Vier-Augen-Gespräch einplanen lassen.

Diese Zeit hatte er genutzt, um mit ihm nach den Medienattacken die Lage zu besprechen. Sie hatten sich gegenseitig versichert, unbeirrt an den Planungen und Vorbereitungen weiterzuarbeiten; es gebe keinen Grund, etwa auf die Forderungen der Vogelschützer einzugehen. Im Gegenteil, jetzt, wo das Vogelproblem nicht mehr existierte, konnten die Planungen umso intensiver betrieben werden.

Karlemann hatte Großes im Blick. Er war vor wenigen Tagen am Rande eines Parteitages mit dem Ministerpräsidenten zusammengetroffen und hatte ihn unterrichtet.

„Sehr schön", hatte er Karlemann gelobt und ihn ermuntert: „Sieh mal zu, dass ihr das erfolgreich hinbekommt. Ich komme dann zum Spatenstich, wenn es sich terminlich machen lässt." Karlemann hatte gestrahlt. Der Ministerpräsident bei ihm, damit könnte er glänzen und Punkte sammeln für eine Wiederwahl. Deshalb wollte er unbedingt „Nägel mit Köpfen" machen und einen Termin anpeilen, zu dem ein offizieller Spatenstich vorgenommen werden könnte.

„Nach der Aufregung um die Vögel ist es sehr schnell wieder ruhig geworden", berichtete der Kreisrat seinem Gast. „Die Vogelschützer hatten zwar kräftig ausgeteilt, konnten aber nur Vermutungen äußern und nichts beweisen. Deshalb haben die Medien das Thema auch schnell wieder fallengelassen."

„In Spanien war der Abschuss der Vögel in keiner Zeitung zu lesen und auch die Radiosender haben nichts berichtet. Nur in einem kleinen Internet-Blog wurde versucht, es groß aufzuziehen. Aber das ist auch nicht gelungen. Ich denke, wir können uns jetzt auf die Realisierung konzentrieren und meine Experten erarbeiten gerade alle Unterlagen. Was wir brauchen, sind Fachleute vor Ort, die uns bei der Erlangung der Baugenehmigung helfen", erläuterte Don Hernández.

Karlemann nickte. „Ich hatte dir ja schon gesagt, dass ich da einen ganz versierten Juristen an der Hand habe. Ich habe ihn auch bereits so weit in die Materie eingeweiht, dass er sich sofort einbringen und euch in genau diesen Fragen beraten kann. Isabel hat seine Karte; ich denke, sie wird sich in Kürze mit ihm treffen und alles Notwendige besprechen. Für mich ist wichtig, dass wir bald einen Termin haben für einen offiziellen Spatenstich. Ich habe vom Ministerpräsidenten dafür eine Zusage: Er möchte gerne bei diesem Festakt dabei sein. Das würde dem Ganzen noch mehr Gewicht geben und es in den Medien noch bedeutender machen."

Der Patrón lächelte. Das war genau nach seinem Geschmack: großes Medienecho für den ersten Windpark seines Konzerns LA.RACHA außerhalb Spaniens.

Ein erster Schritt hinein in den europäischen Markt, der noch so viele Möglichkeiten und Chancen bot und den er, Don Hernández Monrique de Taray y Gorzón, Vorstandsvorsitzender des Windkraft- und Baukonzerns LA.RACHA, erobern wollte. Dios mío, ja, dafür brauchte er diesen kleinen, eitlen, übergewichtigen Strippenzieher in der Mitte von Deutschland.

Im Festzelt nähert sich die Stimmung einem erneuten Höhepunkt, als die Band, angetrieben von der feschen Sängerin, den Dauerhit anstimmt: „In München steht ein Hofbräuhaus, doch Freudenhäuser müssen raus, damit in dieser schönen Stadt das Laster keine Chance hat ..."

Aus tausend Kehlen wird der Hit mitgesungen und viele lachende Gesichter bezeugen die gute Laune, die das Lied macht und die das Bier macht und die der Schnaps macht.

Wen interessiert es noch, dass es ein Protestsong war, dieser „Skandal im Sperrbezirk", den die Spider-Murphy-Gang intonierte – Hauptsache, man kann mitsingen und es ist lustig.

Das überträgt sich auf die Gäste. Niemand, auch die Spanier nicht, kann sich dieser guten Laune entziehen und so tanzt auch Karlemanns Gruppe nach einer Stunde Festzelt auf Tischen und Bänken und ist ausgelassen, bis es zu vorgerückter Stunde zum „Kehraus" kommt.

„Was ein schöner Abend", denkt Karlemann, als er weit nach Mitternacht in Traunsel im Bett liegt.

„Was ein verrückter Abend mit verrückten Leuten", denkt Don Hernández, als er, kaum früher, den Abend rekapituliert.

FÜNFZIG

„Dieses elende Schwein – ich bring' ihn um!" Voller Hass sitzt Martín in seiner Unterkunft bei „Las Tresfuentes" inmitten des Campo Charro. Was ihm das deutsche Mädchen erzählte, hat in Martín alle alten Wunden wieder aufgerissen. Mehr noch, seit er weiß, dass Isabel, „seine" Isabel, mit Antonio zusammen ist, nagt in ihm ein tiefer, von Eifersucht und Neid befeuerter Hass.

Antonio! Der Schönling. Der Frauenheld. Der, dem das Glück in den Schoß fiel. Schon seit den ersten Tagen beim Militär war Martín derjenige gewesen, der im Schatten stand. Im übermäßigen Schatten, den Antonio warf.

Andererseits war Martín im Gefolge von Antonio und einigen anderen „Playboys", wie sie mit einem Mix aus Bewunderung und Verachtung in ihrer Einheit bei der „Legión Española", der spanischen Fremdenlegion, bezeichnet wurden, in der komfortablen Situation, privilegierte Partys besuchen und die schönsten Frauen treffen zu können.

Richtig abgefunden hatte sich Martín mit seiner Situation als „Günstling" während der Zeit in Ceuta, beim „Tercio Duque de Alba 2" zunächst nicht. Voller Missgunst beobachtete er, wie Antonio und einige wenige andere aus dem „Geldadel" die schönsten Mädchen abschleppten und sich auch ansonsten alles gönnten, was das Leben luxuriös genießen ließ.

Indessen erkannte er nach einiger Zeit die Chancen, die sich aus diesem „Windschatten" heraus wahrnehmen ließen – und er nutzte sie konsequent. Gezielt suchte er die Nähe von Antonio und erwarb sich sein Vertrauen, aus dem im Laufe der Zeit und sehr langsam eine Art Freundschaft erwuchs, die über die Militärzeit hinaus hielt.

Von Antonio abgenabelt war Martín dann aber erst, als er Isabel kennen- und lieben lernte und sie ein Paar wurden. Bis, ja bis zu jenem verhängnisvollen Tag, an dem Martín, einer Aufwallung von Lust folgend, mit einer Freundin im Bett landete und prompt von Isabel erwischt wurde.

Kein Erklären, keine Entschuldigung, kein Bitten, kein Betteln half – Isabel blieb unerbittlich und warf ihn aus ihrem Leben. „Wer mich betrügt, verdient nicht länger meine Liebe und meine Zuneigung", hatte Isabel gesagt. Und: „Wer einmal betrügt, betrügt auch immer wieder – daran habe ich keinen Zweifel, und das tue ich mir nicht an!" Und: „Ein Betrüger bekommt bei mir keine zweite Chance."

Martín wusste, dass er es vermasselt hatte. Es tat ihm unendlich leid. Und weh. Und er hätte sich schon tausend Mal ohrfeigen können für seinen Fehler. Nur nutze seine Reue nicht, denn Isabel hatte sich entschieden und es ihm in aller Deutlichkeit gesagt: Er, Martín, war ihrer nicht würdig!

Martín hatte es nicht wahrhaben wollen, dass er Isabel verloren hatte. Sein Herz trauerte der wundervollen Frau, die sie war, noch immer nach. Daran hatten auch einige schnelle Affären nichts ändern können.

Seinem anschließenden Rauswurf aus der Schule war eine Bettgeschichte mit einer Kollegin vorausgegangen. Zu spät hatte er registriert, dass diese Gespielin mehr erwartet hatte als nur Sex. Und dass sie verletzt war, als er ihr sagte, sie sei nur für die schnelle Nummer im Bett gut. Sie hatte sich furchtbar gerächt, ihn denunziert und behauptet, er habe sie sexuell belästigt und angegrabscht. Martín wurde nahegelegt, umgehend zu kündigen und die Schule zu verlassen. Anderenfalls würde Strafanzeige gestellt, wovon die Kollegin Abstand nehmen würde, wenn er die Stadt verließe und ihr nicht mehr unter die Augen käme.

Hals über Kopf war Martín geflüchtet. Eine Anzeige und eine mögliche Gerichtsverhandlung – am Ende noch eine Verurteilung – hätten das endgültige Aus für ihn bedeutet. Da war es besser, klein beizugeben und zu gehen.

So war er bei Antonio aufgeschlagen, dem Kameraden aus der Zeit in Ceuta, der „Plaza de soberanía", wie die dem spanischen Staat direkt unterstehenden Hoheitsgebiete vor Marokko benannt sind. Und dann erfuhr er durch Zufall bei der Suche nach den Sendern der Vögel, die er im Gegenzug zum Schweigen Antonios über die gestohlenen Kirchenschätze abgeschossen hatte, dass „seine" Isabel dessen neue Freundin ist.

Natürlich hatte er mitbekommen, dass Antonios neue große Liebe den Namen Isabel trug. Aber Isabel ist in Spanien ein Name wie Anna in Deutschland, nämlich sehr beliebt und daher sehr oft vergeben. Niemals hätte er geglaubt, dass Antonio ausgerechnet mit „seiner" Isabel zusammen war, seiner Liebe, seiner Sehnsucht.

Martín haderte mit sich und seinem Schicksal und seinem Leben. Sicherlich, er war kein Heiliger gewesen. Er hatte immer versucht, den Weg des geringsten Widerstandes zu nehmen und gleichwohl das Maximum zu erreichen. Gelungen war es ihm nur einmal: als er Isabel traf und ihr Herz gewann.

Es war eine Zeit der Liebe und der Harmonie und es schien, als habe sich sein Glück eingefunden. Bis zu jenem verhängnisvollen

Tag, als er, nach einigen Gläsern Sangría, mit der Bekannten im Bett landete und Isabel hereinplatzte.

Wie eine Eruption schießt das Gefühl von Ohnmacht in Martín hoch. Ohnmacht, die ein Ventil sucht. Sein ganzer Zorn, seine Wut bündeln sich zu einem Gefühl von Verbitterung, Abscheu und Feindschaft. „Denen werde ich es zeigen!", sagt er zu sich selber. „Sie sollen merken, was es heißt, ihn, Martín, zu demütigen, zu hintergehen, zu verhöhnen und zu missbrauchen", steigert er sich in eine Stimmung, die nichts Gutes verheißt.

Martín öffnet eine Flasche Rotwein, schenkt sich ein Glas ein und nimmt einen großen Schluck. In seinem Kopf verwirbeln sich die Gedanken. „Ich muss mich sortieren", diszipliniert er sich selber und beginnt, seine Gefühle und Empfindungen in Überlegungen zu kanalisieren. Und so reift in ihm langsam, aber beständig ein Plan: unheilvoll, düster und verderblich.

Am nächsten Morgen ruft Martín bei Antonio an. Er will mit ihm über die toten Vögel und die Sender reden. Und er will mit ihm nachverhandeln. Seine langen Gespräche mit Birte haben ihn zu der Erkenntnis gebracht, dass der Preis für die Sender zu niedrig ist. Antonio passt der Termin nicht so recht in seine Pläne. Und schon gar nicht passt ihm der Ton, in dem Martin mit ihm gesprochen hat.

Isabel hat angerufen und ihn überrascht. Sie ist losgefahren und will mit ihm das Wochenende auf seiner Farm verbringen – zwei Tage voller Lust und Liebe. Und diese Aussicht will sich Antonio auf keinen Fall durch Martín verderben lassen. Nur widerwillig stimmt er zu, dass sein alter Kamerad zu ihm auf die Finca kommen will.

Zwei Stunden später stehen die beiden Männer am Gatter, das die Zuchttiere abgrenzt. Friedlich grasen die herrlichen Tiere auf der Weide. Jeder Toro ein Paket aus 500 Kilo Kraft, Temperament,

Anmut und Schönheit – das sind die Attribute, die einen Kampfstier zu jener animalischen Faszination werden lassen, die in jeder „Corrida" Tausende begeistert.

Und von diesen „Kampfmaschinen" stehen hier auf der Weide neben der Finca von Antonio gerade zwölf in lockerem Verband, darunter auch „El Tronido", der beim „Encierro" in Pamplona dabei und in der Arena beim anschließenden „Concurso recortadores", dem Schau-Stierkampf mutiger, unbewaffneter Männer, einer der „Stars" war.

Hier, in ihrer Heimat, zeigen sich die Kolosse beinahe sanftmütig. Niemand reizt sie, es sind keine brünstigen Kühe in der Nähe, um die sie kämpfen müssten. Wiederkäuend stehen sie im warmen Licht des Campo Charro, jener einzigartigen Region, mit der sie eins sind.

Diesseits des Gatters geht es weniger friedlich zu. Zwischen Antonio und Martín gefriert die Luft. „Ich habe die Sender sichergestellt; aber ich denke, sie sind wesentlich mehr wert als die 20.000, die ich von dir bekommen habe", eröffnet Martin nach einer ausgesprochen frostigen Begrüßung übergangslos das Gespräch. Er ist ohne jede Frage auf Krawall gebürstet und will um jeden Preis mehr Geld und die Herausgabe seines Geständnisses erreichen.

Antonio denkt blitzschnell und scharf nach. Wenn Martín so aggressiv auftritt und derartige Forderungen stellt, dann muss er mehr wissen als das bisschen, was er, Antonio, ihm gesagt hat. Und: Wenn er das Geständnis herausgibt, hat er keine Trumpfkarte mehr gegen Martín in der Hand. Im Gegenteil, mit dessen Wissen um den Abschuss der Vögel könnte Martín versuchen, den Spieß umzudrehen und ihn zu erpressen.

Antonio muss auf Zeit spielen. Und er will herausfinden, was Martín weiß und wie es zu seiner Verhaltensänderung gekommen ist. „Was ist passiert?", fragt Antonio.

„Ich habe die Vögel abgeschossen, wie es ausgemacht war", antwortet Martín. „Aber inzwischen weiß ich, dass der Abschuss dieser beiden Vögel eine weit größere Bedeutung für dich und deine Auftraggeber hat, als du mir weismachen wolltest", giftet Martín mit Schärfe in jedem Wort.

Antonio ist von der Heftigkeit, mit der Martín auftritt, überrascht und irritiert. So hat er seinen Kameraden noch nicht erlebt. Vorsichtig fragt er weiter, wie Martín denn zu dieser Annahme komme, es habe sich ja schließlich nur um zwei Vögel gehandelt, die wegsollten.

„Nur zwei Vögel", antwortet Martín mit Bitternis in der Stimme. „Es waren zwei Vögel, die euer Windkraftprojekt in Deutschland zum Scheitern gebracht hätten, wenn sie nicht abgeschossen worden wären!", trumpft er auf. „Die Sender waren doch nur finanziert worden, damit der genaue Standort der Vögel rund um die Uhr bekannt war und der Abschuss erfolgen konnte. Euch ging es doch gar nicht um ein wissenschaftliches Forschungsprojekt –, euch ging es doch nur darum, ganz gezielt diese beiden Vögel auszuschalten, damit die sechs riesigen Windräder gebaut werden können!"

Jetzt war es raus. Martín schaut Antonio voller Überlegenheit an und lächelt schräg. Er bemerkt, wie Antonio unsicher wird, und kostet diesen Moment voll aus. Ja, er möchte es ihn schon fühlen lassen, wie es ist, in der Defensive zu sein. Jetzt würde er, Martín, es dem „Playboy mit dem goldenen Löffel im Mund" mal zeigen.

Antonio schluckt. Woher kann der das nur wissen? Oder hat er sich aus den Mosaiksteinchen, die ihm bekannt waren, ein Bild gebastelt und pokert jetzt, um möglichst viel herauszuschlagen und gut davonzukommen?

„Ich weiß nicht, wie du auf diese seltsame Idee kommst", erwidert Antonio.

„Ganz einfach", erklärt Martin und schaut siegessicher, „ich habe bei der Suche nach den Sendern eine Vogelschützerin aus Deutschland getroffen, die ebenfalls nach den Vögeln mit den Sendern suchte. Und sie hat mir die Geschichte in allen Details erzählt: Dass ein spanisches Unternehmen einen Windpark bauen will, der aber scheitert, wenn die Vögel zurückfliegen. Sie glaubt, die Vögel bekamen nur deshalb Sender, damit man sie hier in Spanien orten und abschießen kann. Was ja wohl auch stimmt, oder? Und deshalb, mein Freund, wird es Zeit, dass wir über meine Bezahlung sprechen, und darüber, dass du das von mir unterschriebene Papier herausrückst."

Jetzt wird für Antonio einiges klarer. Gleichzeitig verstärkt sich sein schlechtes Gefühl, das Martín seit jener Nacht bei ihm auslöst, in der er ihn mit den gestohlenen Kirchenschätzen erwischt hatte.

Während die beiden am Gatter zu den Stieren stehen und sich langsam, aber sicher ein Konflikt zwischen ihnen aufschaukelt, ist, von ihnen unbemerkt und nicht einsehbar, vor dem Haupthaus Isabel mit ihrem Wagen angekommen. Sie war ausgestiegen und hatte im Haus vergebens nach Antonio geschaut und suchte nun auf dem Hof.

Gerade will sie um die Hausecke Richtung Korral gehen, als sie eine Stimme hört. Eine Stimme, die sie kennt und die sie nie wieder hatte hören wollen.

Konnte das sein, dass es Martíns Stimme war?

Vorsichtig schaut Isabel um die Hausecke und sieht die beiden Männer. Sie erschrickt: Tatsächlich steht dort Martín, ihr Ex-Freund, der sie betrogen und den sie aus ihrem Leben geworfen hatte. Ihm gegenüber steht Antonio. Augenscheinlich ist es ein ernstes Gespräch, wenn nicht sogar ein Streit, interpretiert Isabel die Situation, die sie beobachtet.

Sie beschließt, unsichtbar zu bleiben und weiter zuzuhören. Leider sind es nur Bruchstücke, die an ihr Ohr gelangen, doch ist es genug, um zu verstehen, dass Martín offenbar die beiden Vögel abgeschossen und Antonio ihm dazu den Auftrag gegeben hat. Und dann geht es immer wieder um ein Papier, was Isabel jedoch nicht einzuordnen weiß.

„Martín, ich glaube, du hat immer noch nicht den Ernst deiner Lage verstanden", geht Antonio zum Gegenangriff über. Seine Stimme wird lauter, sein Ton härter, als er fortfährt: „Nicht nur, dass du unsere Kirchen ausgeraubt hast, du hast auch zwei geschützte Vögel abgeschossen. Ich habe dein Geständnis über den Kirchenraub – und du hast nichts. Nur zwei Sender. Und die beweisen im Zweifel nur eins, nämlich dass du es bist, der die Vögel getötet hat. Ich gebe dir einen guten Rat, pack deine Sachen und verschwinde aus der Region, weit weg.
Und lass dich hier nicht mehr blicken. Und vor allem sieh zu, dass du mir nicht mehr unter die Augen kommst, sonst vergesse ich alles, was uns mal verbunden hat, und packe dein Geständnis in einen Briefumschlag und sende es der ‚Policía Nacional' und warte dann nur noch auf die Meldung von deiner Verhaftung."

Voller Verachtung verzieht Antonio den Mund und blickt seinem früheren Freund so lange und scharf in die Augen, bis dieser den Blick nicht länger ertragen kann.

„Das wird dir noch leidtun", zischt Martín Antonio an und wendet sich ab. Ohne ein weiteres Wort besteigt er seinen Wagen. Mit unbändiger Wut reißt er die Türe zu und gibt Gas. Sein Plan ist misslungen. Kaltlächelnd hat Antonio ihn abblitzen lassen. „Das wirst du mir büßen", ist sein einziger Gedanke.

Mehr noch: Er hat ihn gedemütigt und ihm den Spiegel vorgehalten, in dem er, Martín, klein, elend und kriminell aussah. „Das hast du nicht umsonst gemacht – dafür wirst du bezahlen", steigert sich Martín in düstere Rage.

„Die Gelegenheit kommt, dann wird abgerechnet. Dich werde ich lehren, mich zu demütigen, mich zu missbrauchen, mich dann fallenzulassen – und mir dann auch noch die Freundin wegzunehmen. Du wirst sterben, Antonio Gollardi Readolo, und mit dir Isabel!", fasst er einen unheilvollen Plan.

Antonio ahnt davon nichts. Er schaut dem rasch davonfahrenden Wagen noch eine Weile nach. Seine Gemütslage schwankt zwischen Bedauern und Zufriedenheit, zwischen Zweifel und Gewissheit. Letzten Endes, so sein Fazit, hat er zwar einen Kameraden verloren, aber angesichts dessen Verhalten ist es kein allzu großer Verlust.

Gerade will sich Antonio seinen Stieren zuwenden, da steht Isabel vor ihm und begrüßt ihn voller Freude und mit großer Herzlichkeit. Antonio strahlt, als er sie sieht, zieht sie an sich und küsst sie leidenschaftlich.

„Der Mann, der eben abgefahren ist, war das dein Kamerad aus der ‚Legión Española‘?", fragt sie ihren Freund.

„Ja, das war Martín. Und ich denke, ich werde ihn nicht mehr wiedersehen. Ich hatte ihm geholfen, ihm Geld gegeben, ihn unterstützt bei einem neuen Job und zum Dank hat er in den Kirchen unserer Region Diebstähle begangen und sakrale Kunstwerke entwendet. Ich habe ihn dabei erwischt und habe sein Geständnis. Das war eben auch Thema unserer Auseinandersetzung und ich habe ihm den ernsten Rat gegeben, zu verschwinden und mir nicht mehr unter die Augen zu kommen."

Isabel blickt Antonio in die Augen. „Ich muss dir zu Martín etwas sagen. Wir waren mal ein Paar. Er ist derjenige, der mich betrogen hat und den ich aus meinem Leben geworfen habe."

Antonio bleibt der Mund offen stehen. „Mein Militär-Kamerad Martín ist dein Ex?", fragt er voll ungläubiger Überraschung seine Freundin. „Das ist ja ein Ding!"

„Was glaubst du, wie ich erschrocken war, als ich ihn eben bei dir habe stehen und mit dir reden sehen", antwortet Isabel. „Dabei konnte ich schon von Ferne erkennen, dass es kein angenehmes Gespräch zwischen euch war. Ihr hattet ein klein wenig Ähnlichkeit mit den Stieren im Hintergrund, bevor sie aufeinander losgehen", lacht Isabel und Antonio stimmt darin ein. Arm in Arm gehen die beiden Richtung Haus. Sie haben sich noch eine ganze Menge zu erzählen, und beide können zu dem Bild, das sie von Martín haben, aus ihrer Sicht viele Facetten beitragen.

Isabel liegt noch etwas auf dem Herzen, das sie unbedingt ansprechen will. „Als es bei euch vorher laut geworden war, da ging es doch auch um Vögel, oder?", fragt sie ihren Freund.

Dieser zögert. Er weiß nicht, wie sie reagieren wird, wenn sie erfährt, dass er den Abschuss der Vögel mit Wissen und Billigung ihres Vorstandsvorsitzenden organisiert hat. Vorsichtig fragt er zurück: „Was meinst du?"

Isabel schaut ihn fest an und fragt rundheraus: „Hatte es etwas mit den beiden besenderten Vögeln aus Deutschland zu tun, die tot aufgefunden wurden?"

Antonio nickt. „Ja, es ging um genau diese beiden Vögel. Martín hat sie abgeschossen."

Isabel ist überrascht. Damit hatte sie nicht gerechnet. „Hast du ihm den Auftrag gegeben", fragt sie ihren Freund.

Wieder nickt Antonio. „Ja, er schuldete mir eine ganze Menge Geld. Und nachdem ich auch noch das Geständnis über die Kirchen-Diebstähle hatte, war es einfach, ihn für den Auftrag zu gewinnen. Er war bei der ‚Legion' einer der besten Schützen – und hat seitdem nichts verlernt, wie wir an den Vögeln gesehen haben. Dumm war nur, dass er die Sender nicht sofort finden konnte. In der Zwischenzeit war nämlich eine Vogelschützerin aus Deutschland angereist und hatte mit ihm zusammen die Vögel gesucht – und auch gefunden. Du weißt ja, welchen Wirbel die damit bei eurem Bauplatz gemacht haben.

Aber das nutzt ihm alles nichts, er hat zwar noch die Sender, kann aber damit nichts anfangen, ohne sich verdächtig zu machen. Zu mir gibt es keine Verbindung außer der über die ‚Legión Española‘, und das ist schon ewig her. Und jetzt über Joaquín – aber beides hat mit den toten Milanen nichts zu tun. Wir brauchen uns also keine Sorgen zu machen, Liebes. Das habe ich übrigens auch deinem Vorstandsvorsitzendem gesagt, mit dem der Plan abgesprochen war. Dich hat er da ganz bewusst rausgehalten, damit du weiter völlig unbelastet und unbefangen in Deutschland operieren kannst; wobei er mit deiner Arbeit ausgesprochen zufrieden ist, mein Schatz“, sagt Antonio und küsst sie lange und voller Begierde.

Als sie wieder zu Atem kommen, ist es Isabel, die nochmals Martín erwähnt. „Ich kenne ihn, und ich habe ein schlechtes Gefühl. Wenn er sich verletzt fühlt, dann ist er zu Vielem fähig“, gibt Isabel zu bedenken. „Wir müssen aufpassen, dass er uns keinen Ärger macht oder etwas ausbrütet, um uns zu schaden. Zuzutrauen ist ihm das. Leider. Ich habe da so meine Erfahrungen und musste sogar gegen ihn vorgehen, damit er nicht länger Lügen und Verleumdungen im Netz über mich verbreitet. Ich weiß nicht, wie er reagiert, wenn er jetzt weiß, dass wir zusammen sind.“

„Ich glaube, da müssen wir uns keine allzu großen Sorgen machen“, beschwichtigt Antonio. „Er ist in keiner guten Situation, solange ich sein Geständnis habe. Und das habe ich gut verwahrt“, lacht er und streichelt Isabel sanft über den Arm.

„… mit des Geschickes Mächten
Ist kein ew’ger Bund zu flechten
und das Unglück schreitet schnell.“

„Ich danke dir für die gute Nachricht. Und ‚Waidmannsheil' für die Jagd am Wochenende."

Karlemann legt den Hörer auf. Das Gespräch mit dem Leiter der für die Genehmigung des Windparks auf der „Kleinen Steige" zuständigen Mittelbehörde war äußerst erfolgreich.

Selbstverständlich hatte das nichts, aber auch gar nichts damit zu tun, das Karlemann und der Leiter Parteifreunde sind.

Und gelegentlich zusammen zur Jagd gehen.

Und auch gemeinsam auf der „Gesellschaftsjagd des Ministerpräsidenten" dabei waren.

Und natürlich auch beim anschließenden „Kesseltreiben", das dort allerdings unter der Rubrik rangierte: „Gesprächsrunde im goldenn Speisesaal im Residenzhotel".

Was Karlemann in gute Stimmung versetzt hatte, war die Nachricht, dass die Mittelbehörde nach Bekanntwerden des Todes der beiden Vögel, die am Rande des Windpark-Gebietes gebrütet hatten, zu der Erkenntnis gelangt war, dass der Horst nicht mehr besetzt wird.

„Geh mal davon aus, dass ihr eine Baugenehmigung bekommt", hatte sein genehmigungsbehördlicher Parteispezi gesagt.

„Wenn das mal keine gute Nachricht ist", denkt Karlemann, „was dann?"

Er greift erneut zum Telefon und wählt Spanien, Madrid, LA.RA-CHA und dort die direkte Durchwahl des Vorstandsvorsitzenden. Don Hernández hebt tatsächlich selber ab und die beiden begrüßen sich herzlich, auch wenn sich am bescheidenen Englisch des Deutschen kaum etwas verbessert hat. Umständlich und mit vielen „Ähs" erklärt Karlemann seinem Geschäftsfreund den Inhalt seines Telefonats mit der genehmigenden Behörde. „Das bedeutet, wir können mit der Baugenehmigung bis Jahresende rechnen", fasst er zusammen. „Das wird für alle ein schönes Weihnachtsgeschäft", lacht Karlemann ins Telefon.

Auch der Patrón ist hocherfreut. Er hatte die Berichterstattung im Nachgang zum Tod der beiden Milane mit großer Sorge verfolgt. In seinem Vorstand hatte es Nachfragen und Diskussionen gegeben, doch er war engagiert für das Weiterverfolgen des Projektes eingetreten und nun hing ein Gutteil seiner Reputation am Erfolg dieses Engagements in Deutschland. Da kommt ihm die gute Nachricht gerade recht – und das gibt er Karlemann auch zu verstehen.

„Das bedeutet, wir können in die Detail-Planung gehen?", fragt er rundheraus und Karlemann bestätigt ihm dies. „Dann sage ich unseren Technikern, sie können vor Ort die Details erkunden für die Bauabwicklung. Vor allem die Zufahrtsfragen müssen geklärt werden, damit wir die Großteile auch vor Ort manövrieren können. Vielleicht muss da sogar noch der eine oder andere Baum weg", bemerkt der Don.

„Diese Fragen regelt mein Haus", beruhigt ihn Karlemann. „Ich hab damit bereits einen sehr kompetenten und zuverlässigen Mitarbeiter betraut. Ich sende dir seine Daten, er ist dann der Ansprechpartner für deine Leute für alle Fragen der Abwicklung. Wir sollten auch über einen Termin sprechen, zu dem wir eine öffentliche Veranstaltung mit Spatenstich und Gästen vornehmen. Mein Ministerpräsident möchte gerne dabei sein und hat mit den zweiten Freitag im März als guten Termin vorgeschlagen. Was hältst du davon?"

Karlemann hört, wie der Patrón auf seiner Tastatur etwas eingibt. Dann hört er, wie Don Hernández sagt: „Das würde passen. Dann könnte ich donnerstags anreisen und wenn Freitag der Spatenstich erfolgt, dann hätte ich noch den Samstag für eine kleine Rundreise mit meiner Frau. Und vielleicht gibt es ja in deiner Region eine schöne Abendveranstaltung, ein Ballett oder einen Zirkus oder eine Show, die wir besuchen könnten. Ich würde versuchen, dann am Sonntag gegen Mittag einen Flieger nach Madrid zu buchen, dann wären wir gegen Abend wieder zu Hause."

„Ausgezeichnet", betont Karlemann, dem der Vorschlag sehr zusagt. „Ich bereite von hier aus alles für den Spatenstich vor. Das schließt auch eine Pressekonferenz ein, die wir am besten vor Beginn des offiziellen Teils geben. Vielleicht können wir das im Rathaus vor Ort machen. Ich rede mal mit dem Bürgermeister. Und für dich und deine Frau lasse ich einen interessanten Nachmittag und einen kulturellen Abend zusammenstellen. Ich sende dir den Vorschlag dann zu und ihr könnt aussuchen, was ihr machen möchtet. Wir könnten abends auch zusammen etwas anschauen, wenn es dir recht ist."

Don Hernández ist es recht. Und er bittet Karlemann, bei den Vorbereitungen auch für Isabel und ihren Freund mit zu planen. Sein Bauverantwortlicher würde zwar ebenfalls vor Ort dabei sein, nicht aber beim Kulturprogramm.

„Wir müssen uns dann noch rechtzeitig zu einer Presseerklärung vereinbaren. Ich bin sicher, der Spatenstich wird hohes Medien-Interesse wecken. Und vielleicht werden sogar demonstrierende Vogelschützer vor Ort sein. Darauf müssen wir uns leider einstellen. Wegen der Sicherheit müssen wir uns wohl keine Sorgen machen. Wenn der Ministerpräsident kommt, dann übernimmt bei uns in Deutschland immer eine übergeordnete Polizeiorganisation die Vorarbeit und klärt die Risiken ab und ergreift auch entsprechende Maßnahmen", versichert Karlemann seinem spanischen Geschäftsfreund.

„Solche Probleme haben wir in Spanien nicht", lacht der Patrón am anderen Ende der Leitung. „Wir haben aber auch nur etwas mehr als halb so viele Einwohner wie ihr in Deutschland – und bei uns gibt es ziemlich viele Regionen, in denen niemand lebt und wo Windkraftanlagen nicht stören. Im Gegenteil, sie bringen den Grundbesitzern gutes Geld und deshalb sind sie meistens sogar gern gesehen."

„Das wünschte ich mir bei uns auch", lässt Karlemann seinen Gedanken freien Lauf. „Aber für den Spatenstich erwarte ich höchstens ein paar wenige Gegner, wenn sie überhaupt erscheinen. Seit dem Tod der Vögel ist es sehr ruhig geworden um die Gruppe. Hoffen wir mal, dass es auch so bleibt", sagt Karlemann und die beiden verabschieden sich.

Sofort greift der Kreisrat erneut zum Hörer und wählt das Vorzimmer seines Ministerpräsidenten an. Die Sekretärin weiß, wer er ist, und so kann Karlemann in kürzester Zeit den Termin absprechen und die Arbeitsteilung durchgehen: Vorbereitung, Programm, Einladung durch ihn und seine Mannschaft, anschließendes Essen durch die Firma, Sicherheitsfragen durch das Büro des Ministerpräsidenten.

„Wunderbar", denkt Karlemann und unterrichtet als Nächstes seinen Geschäftsführer „Kraft durch Wind".

Danach ruft er seinen Referenten zu sich und instruiert ihn, wann der Spatenstich erfolgen soll. „Das ist noch vertraulich", schärft er ihm ein. „Wir müssen auf jeden Fall verhindern, dass die Windkraft-Gegner zu früh von dem Spatenstich Wind bekommen. Machen Sie mal einen ersten Programm-Entwurf, dann reden wir weiter. Und bevor ich es vergesse: Fragen Sie schon mal im Hotel ‚Zum Postillon' an nach einem Doppelzimmer von Donnerstag bis Sonntag. Und ob dort am Freitag ein Mittagessen stattfinden kann mit den geladenen Gästen des Spatenstichs. Ich denke mal, dass es etwa 30 Personen sein könnten.

Und noch etwas: Der Vorstandsvorsitzende und seine Frau würden gerne am Samstag tagsüber die Region erkunden und dann abends eine kulturelle Veranstaltung besuchen. Schauen Sie doch mal, ob es da etwas Passendes gibt, vielleicht einen Zirkus oder eine Tanz-Show oder etwas in der Art. Die beiden können ja kein Deutsch, da ist ein Theaterstück nicht so das Passende."

Als Nächste ist Isabel an der Reihe. Karlemann bespricht auch mit ihr den Spatenstich und das, was er mit ihrem Vorstandsvorsitzendem vereinbart hat. Auch sie ist sehr erfreut, dass alles nach besten Möglichkeiten getan wird.

Danach ruft er seinen Anwalt an, der ihm versichert, dass die juristischen und technischen Unterlagen für den Windpark „absolut im Zeitplan" liegen und „alles gut läuft". „Na bitte, geht doch", freut sich der Kreisrat.

Schließlich hat Karlemann nur noch einen Anruf auf seiner Liste. Ein Telefonat, das einiges an Brisanz birgt. Das weiß er. Deshalb schiebt er es auch schon seit dem Moment, als er das Telefonat mit dem Patrón beendete. Aber es hat keinen Zweck, da muss er durch.

Bedächtig wählt er die Nummer eines Mitarbeiters in seinem Hause. Der Mann ist zuständig für Umwelt- und Naturschutzbelange und leitet zudem das Referat für Wasserrecht und Wasserfragen. Eine für das Genehmigungsverfahren von Windkraftanlagen ebenso wichtige wie sensible behördliche Scharnierstelle.

Ausgerechnet dieser Posten ist mit einem „Grünen" besetzt. Keinem überzeugten „Edelgrünen" aus der Abteilung „Gutmensch" mit dem Hang zu Natur und Umwelt; vielmehr mit einem linksideologisch kadergeschulten Kampf-Grünen, der gegen so ziemlich alles ist, außer gegen seinen eigenen Luxus, seinen eigenen Komfort und seinen eigenen Wohlstand.
So ein typischer Pseudo-Grüner mit dem praktizierten Glaubensbekenntnis: links reden – rechts leben. Fehlte nur noch, dass er

Porsche fährt – aber mit E10 betankt! Und grüner Umwelt-Plakette! Damit er auch in alle Innenstädte fahren kann – wenn mal wieder eine Demo gegen Umwelt- und Luftverschmutzung ansteht.

Wie „rohe Eier" behandelt Karlemann diesen Mitarbeiter, als er mit ihm über das bevorstehende Genehmigungsverfahren für den Windpark „Kleine Steige" spricht. Doch erstaunlicherweise ist der Mann heute umgänglich und geschmeidig, selbst bei den kniffeligen Fragen der Zuwegung und der Ersatzbepflanzung und einiger anderer Punkte, sodass Karlemann beinahe schon an das Gute im Menschen glauben möchte.

Als er sich gerade verabschieden will, bittet sein Mitarbeiter noch um einen Moment: „Bevor Sie es von anderer Seite erfahren, ich werde das Amt verlassen. Ich habe ein Angebot eines Anlagenbauers, der für seine geplanten Wind- und Fotovoltaik-Parks einen Experten gesucht hat; zu diesem werde ich wechseln."

Karlemann ist platt. Daher also der ganz offenkundige Paradigmenwechsel des Mannes, der vor Kurzem noch mit aller Macht gegen jedwede Zerstörung von Natur und Umwelt gekämpft hatte. „Da wünsche ich Ihnen alles Gute", hört sich Karlemann sagen, bevor er das Gespräch beendet.

„Wunderbar", freut sich der Kreisrat. Das eröffnet eine gute Chance, an der Stelle, an der bis jetzt dieser „schwierige" Mitarbeiter gesessen hat, endlich mal etwas zu bewegen – und zwar zu hundert Prozent im Sinne Karlemanns.

„Der Tag hat gut begonnen und hat sich jetzt noch verbessert", denkt der Kreisrat und widmet sich seinem Tagesgeschäft. Aktenberge erklimmen, Urlaubsanträge absegnen, Haushaltsfragen klären, Ränke schmieden, Terminkalender füllen.

„Nadie hable mal del día hasta que la noche llegue."

Wut und Hass, diese beiden Gefühle beherrschten Martin seit Wochen. „Seine" Isabel in den Armen von Antonio – er könnte platzen. Er könnte Bomben werfen. Er könnte sie umbringen. Genau: umbringen.

In den vergangenen Tagen war ihm dieser Gedanke immer öfter, immer intensiver durch den Kopf gegangen. Einmal hatte sich Martin sogar dabei ertappt, wie er – tagträumend – die beiden im Fadenkreuz seines Zielfernrohres anvisierte und abdrückte: einfach den Druckpunkt des Abzugs kraftvoll, aber konzentriert auslösen.

Er sah nicht, wie die Geschosse einschlugen. Er wollte es auch nicht sehen, wie der Kopf „seiner" Isabel zersprang und sie tödlich getroffen von ihm ging.

Und doch fokussierte sich sein Hass immer öfter, immer heftiger, immer intensiver auf Isabel und ihren Liebhaber, seinen Nachfolger, Antonio. Sein früherer Kamerad. Sein gewesener Freund!

Martín bemerkte eine Zeit lang, wie sich sein Denken veränderte. Ob er es wollte oder nicht, immer häufiger ertappte er sich bei diesen düsteren Gedanken, diesen morbiden Visionen, die ebensolche Schauer wie Befriedigungen auslösten. Dann gab er auf, dagegen anzudenken. Der Hass siegte über die Vernunft.

Hals über Kopf hatte er nach dem „finalen Gespräch" mit Antonio den Campo Charro verlassen.

Sein Versuch, den Freund aus alten Tagen zu erpressen und eine Geldsumme für das Schweigen zum Abschuss der Vögel zu erlangen, war jämmerlich gescheitert. Antonio hatte ihn auch an dieser Stelle in eine Position manövriert, die es ihm unmöglich machte, Forderungen zu stellen. So war Martín zwei Tage später mit dem Wagen von Joaquin getürmt. Und mit den verbliebenen 12.000 der 20.000 €uro, die er von Antonio erhalten hatte.

Am Rande von Madrid besaß sein jüngerer Bruder im „Camping Alpha Madrid" einen Mini-Bungalow. Diesen durfte er für eine kurze Zeit nutzen, wie ihm sein Bruder – eher widerwillig – erlaubte.

Die Geschwister waren nicht sehr „grün" miteinander, seit es wegen eines Erbes zu Zwistigkeiten gekommen war. Martín wurde der größere Anteil zugesprochen – eine Tatsache, an der sein Bruder nichts auszusetzen hatte, wohl aber dessen zänkische und geldgierige Frau, die es verstand, ihren Mann gegen seinen Bruder aufzuwiegeln.

Martín war deshalb auch gar nicht erst zu seinem Bruder gefahren, sondern hatte ein Telefongespräch vorgezogen. Und ohne sein keifendes Weib im Hintergrund war sein Bruder ein umgänglicher und auf Frieden und Ausgleich bedachter Mensch – allerdings ausgestattet mit einer gehörigen Portion Respekt, um nicht zu sagen, Angst vor seiner Ehefrau.

„Du kannst eine Weile dort unterkommen", hatte er Martín genehmigt, „aber nicht zu lange, sonst kommt meine Frau dahinter und dann ist die Hölle los. Ich rufe die Platzverwaltung an und sage Bescheid, sonst alarmieren sie die Polizei. Und wie gesagt, nur für kurze Zeit", so die Auflage.

Martín war es egal, Hauptsache er hatte erst einmal eine Bleibe. Nahe Madrid, das war wichtig, denn nur so konnte er seine Planung weiter vorantreiben: Isabel ausforschen, herausfinden, wann und wo die beste Gelegenheit sein würde, seinen Racheplan umzusetzen.

Also hatte er den kleinen Bungalow belegt. Von dort aus waren es bis zum Firmensitz von LA.RACHA in der Av. De la Union

Europea zwar 34 Kilometer, doch wenn er rechtzeitig losfuhr, wusste Martín, würde er noch vor den Staus vor Ort sein können.

Gedacht – getan. Schon am ersten Tag seiner Überwachung sah er, wie Isabel das Gebäude betrat. Auch in den kommenden Tagen kam sie zu ähnlicher Zeit und verschwand in dem Glas-Beton-Bau. Martín wusste inzwischen, dass LA.RACHA in den oberen drei Stockwerken residierte. Er sah auch, wie der Wagen von Don Hernández vorgefahren wurde, wie der Patron ausstieg und zum Eingang eilte. Und wie sein Chauffeur den Wagen in die Tiefgarage lenkte, wie er zwei Stunden später wieder vorfuhr und den Vorstandsvorsitzenden zu einem unbekannten Ziel beförderte.

Isabel verließ ihren Arbeitsplatz gewöhnlich gegen 12:00 Uhr und kehrte gegen 14:00 Uhr zurück. Des Öfteren besuchte sie zusammen mit einer zweiten Frau, eine Kollegin, wie Martín vermutete, ein Restaurant oder einen Imbiss. Nur ein einziges Mal kehrten die beiden im „La Garriga" ein, eine katalanische Spezialitäten-Bar gegenüber der Zentrale von LA.RACHA, sodass Martín sich des Öfteren dort platzierte, wenn er wartete.

An den Wochenenden war er unterwegs. Er benötigte Geld. Und er hatte sich seines Kontakts erinnert zu dem „Kunst-Sammler", der keine großen Fragen stellte und vor allen ein großes Interesse an sakraler Kunst zeigte. Martín wusste, dass es ein hohes Risiko war, aus Kirchen Figuren und Gegenstände zu entwenden, insbesondere dann, wenn man die Kirchen gewaltsam öffnete, aber er ging dieses Risiko nun bereits zum zweiten Male innerhalb weniger Wochen ein und füllte so sein schwindsüchtiges Barvermögen wieder auf.

Unter der Woche war er mit der Observierung beschäftigt. In der Bar kannte man ihn recht bald als denjenigen, der dort saß, etwas aß und trank und ansonsten über seinem Computer brütete und gelegentlich etwas schrieb. Er hatte erfolgreich verbreitet, er arbeite an einem Jagd-Buch; einer Fortsetzung eines bereits verlegten ersten Bandes, der sehr erfolgreich gewesen war. Rasch ließ das Interesse des Personals an ihm nach und schon zwei Wochen später gehörte er zum „vertrauten Bild", in dem er optisch quasi „verschwand".

Kurz vor Weihnachten kam Isabel nicht mehr zur gewohnten Zeit. Auch in den nächsten Tagen erschien sie nicht. Martín fuhr zu ihrem Wohnblock, zu dem er Isabel schon so oft gefolgt war. Er kannte den Weg mit traumwandlerischer Sicherheit.

Zwei Tage lang beobachtete er das Haus und kam zu der Überzeugung, Isabel war nicht da. Das ließ nur einen Schluss zu: Sie war im Urlaub.

Mit zwei Anrufen verifizierte er seine Vermutung: Bei LA.RACHA blitzte er sofort ab. Isabel sei nicht da, verkündete eine schnippische Angestellte; er könne seinen Namen und seine Telefonnummer hinterlassen, Isabel würde nach Rückkehr zurückrufen.

Der zweite Versuch war erfolgreich: Beim Anruf in Antonios Finca plapperte ein redseliger Mitarbeiter fröhlich aus, dass Antonio mit seiner Freundin zum Skifahren in den Urlaub abgereist sei. „Sie kommen auch erst im neuen Jahr zurück", verkündete er. Martin wünschte „Feliz Navidad" und legte auf.

Gelegenheit für ihn, nachzudenken. Einen Plan zu schmieden. Es wurde Zeit für eine Aktion, befand er. Spätestens wenn die beiden wieder zurück waren, würde er „Nägel mit Köpfen machen", beschloss Martín.

Seinem Bruder, der bereits zum wiederholten Male bei ihm anmahnte, er solle langsam den Bungalow verlassen, bevor seine Frau etwas mitbekomme, versprach er, höchstens „noch ein paar Wochen" dortzubleiben. Er habe „etwas in Aussicht", könne aber noch nichts Genaues sagen und würde ihn umgehend informieren, sobald er eine Zusage habe, versicherte Martín.

Es wurden lange Wochen. Ereignislose Wochen. Einzig sein Besuch im Camouflage-Laden „Annack – ropa militaria" bot etwas Abwechslung. Er verbrachte einen halben Tag inmitten der gesammelten Militaria, probierte Hemden, Hosen, Rucksäcke, besah sich Fernrohre und Taschen, Tarnnetze und Messer und verglich Formen, Funktionen, Ausstattungen und Preise. Schließlich entschied er sich für eine Tarnhose, einen passenden Parka, ebenso eine Tasche, eine Sturmhaube aus atmungsaktivem Stoff und packte ein Tarnnetz hinzu.

Nachdem Isabel wieder zurückgekehrt war, ging ihr Leben wie zuvor seinen gewohnten Gang. Bis zu jenem Mittwoch Mitte Februar. Martín betritt „La Garriga". Alle „seine" Tische, also jene am Fenster, sind besetzt. Einer davon allerdings mit einer Dame, die ihm sofort ins Auge fällt. Ein Bild von einer Frau – jedenfalls aus der Sicht Martíns. Er steuert den Tisch an und fragt die Dame, ob er sich dazusetzen dürfe, er wolle gerne dem Pulsieren auf der Straße zuschauen.

Sie hat nichts dagegen. Und sie hat auch nichts dagegen, mit Martín ins Gespräch zu kommen. Im Gegenteil, ganz offensichtlich gefällt ihr, was sie sieht: ein hochgewachsener, schlanker, gutaussehender Mann, etwas wuschelige Haare, dunkle Augen, Drei-Tage-Bart, und ein angenehmes Lächeln. Auch Martín ist einem Flirt nicht abgeneigt, wenngleich er nach wie vor aufmerksam den Eingang des Bürogebäudes im Auge hat.
Inés, so stellt sich die Schöne vor, ist ebenfalls Mitarbeiterin von LA.RACHA. Sie hatte eigentlich eine Verabredung mit einem Kollegen gehabt, doch dieser hatte sie schmählich versetzt. So war sie noch ein wenig sitzen geblieben, hatte einen Kaffee und ein bocadillo bestellt und findet es nun sehr angenehm, mit Martín zu plaudern. Die beiden nähern sich rasch einander an und lachen miteinander und erzählen von Gott und der Welt.

Plötzlich öffnet sich die Bürotüre gegenüber. Isabel tritt heraus und bleibt vor dem Gebäude stehen. Martín fixiert das Bild, was seiner neuen Bekannten, Inés, nicht entgeht. „Das ist unsere neue Marketing-Chefin", plappert sie los. „Die ist ja ganz eng mit dem Chef, Don Hernández. Da kommt er ja auch schon. Bestimmt fahren die beiden wieder zusammen weg. Das sieht man in letzter Zeit öfter", wirft Inés als Ball ins Gesprächsfeld.

Martín weiß, dass dies maßlos übertrieben ist, schweigt aber vorsichtshalber. Das zahlt sich aus.

„Die beiden fliegen auch demnächst zusammen nach Deutschland", fährt Inès fort, zu erzählen. „Am zweiten März-Freitag wird da der Spatenstich gemacht für unseren ersten deutschen Windpark. Isabel hat das Projekt verantwortet – und es ist offenbar tatsächlich was geworden, wenn man glauben darf, was erzählt wird."

„Am zweiten März-Freitag", hallt es in Martíns Kopf nach. In Deutschland. Seine Gedanken bauen die Informationen in Windeseile in seinen Plan ein. Er musste jetzt nur noch herausfinden, wo genau dieser Spatenstich erfolgen soll.

„Die Windräder kommen bestimmt an die See, oder? Da ist doch genug Wind, sollte man meinen", fragt er wie beiläufig seine neue Bekannte.

„Von wegen See – mitten in Deutschland ist die Baustelle. Bei einem Dorf das ‚Trasel' oder ‚Tanser' oder so ähnlich heißt. Man muss von Frankfurt noch über 100 Kilometer fahren, hat Isabel mir gesagt. Also ich denke mal: irgendwo im Nirgendwo in Deutschland", lacht Inés und legt ihre Hand auf Martíns Arm. Der weiß ihr Lachen, ihr Augenblitzen und ihre Berührungen zu deuten und schon bald verabschieden sich die zwei aus „La Garriga" und steuern die kleine Wohnung von Inés an, um ihre junge Bekanntschaft lustvoll zu vertiefen.

Als Martín nachts in seinem Bungalow zurück ist, startet er sofort eine Internet-Recherche nach dem Standort der Windräder von

LA.RACHA in Deutschland. Schon bald weiß er um den Bauplatz bei „Traunsel". Und das Übersetzungsprogramm liefert
ihm auch Informationen über das „Drama" mit den erschossenen
Vögeln.

Damit bestätigt sich für Martín einmal mehr, für welches „Spiel"
er von Antonio missbraucht wurde. Und dafür gibt es aus
seiner Sicht nur eine Strafe: Er wird Isabel und ihren Antonio
erschießen.

Martín erschrickt nicht mal mehr bei diesem Gedanken. In den
zurückliegenden Monaten hat sich sein verwirrtes Hirn täglich
damit beschäftigt.

So wurden aus ersten Fantasien alsbald sich verdichtende Vorstellungen und aus diesen dann der Plan. Ein Plan, der immer
wieder befeuert wurde durch die scheinbare Ausweglosigkeit,
in der sich Martín wähnte: Seine Isabel hatte ihn verlassen, seine Isabel lag in den Armen von Antonio, Antonio hatte ihn ausgenutzt und erpresst – und es gab keine Aussicht auf Gerechtig-
keit. Außer: Er nahm es selber in die Hand.

Martín öffnet „Google Maps". Anhand der Karte sucht er sich
eine Route. 2.118 Kilometer würde er fahren müssen, um zum
Ort seiner Rache zu gelangen.

Martín weiß um das Risiko. Immerhin würde er zwei, vielleicht
drei Tage lang unterwegs sein und dabei sein Gewehr und seine
Pistole sowie passende Munition in seinem Wagen mitführen.

Er will rechtzeitig vor Ort sein. Er muss die Umgebung erkunden. Musste herausfinden, wo der Spatenstich erfolgen soll.
Muss abschätzen, von welchem Standort aus er sein Werk voll-
enden könnte. Martíns Gedanken kreisen nur noch um diesen
Plan. Er ist wie besessen von dem hasserfüllten Wunsch, Isabel
und Antonio zu bestrafen. Koste es, was es wolle.

Sorgfältig reinigt er sein Gewehr und überprüft es. Das Gleiche macht er mit seinem Fernrohr. Und seiner Pistole. Dann legt er zwei Päckchen Munition bereit und verwahrt alles zusammen in einer Sporttasche, in die er obenauf Turnschuhe und T-Shirt und Jogginghose packt. Für einen flüchtigen Blick würde dies als Tarnung genügen, ist sich Martín sicher – bei einer intensiven Kontrolle hätte er ohnedies keine Chance mit seinen Waffen im Auto, das weiß er. So gesehen war das bisschen Tarnung ausreichend.

„Schengen" muss ihm helfen. Seit dem Wegfall der innereuropäischen Kontrollen war Vieles einfacher geworden. Für ganz normale Menschen ebenso wie für Kriminelle, ganz gleich ob sie mit Waffen, Drogen oder Menschen handelten.

Montag nach dem Berufsverkehr fährt Martín am Mini-Bungalow seines Bruders im „Camping Alpha Madrid" ab. Ein paar seiner Sachen und etwas Geld hat er zurückgelassen, zudem ein paar Zeilen für seinen Bruder, mit denen er ihm dankt und ihn bittet, ihn in Erinnerung zu behalten.

Bis zur spanisch-französischen Grenze bei Irún sind es mehr als 520 Kilometer. Er wählt die Strecke über Logroño. Der Heimatstadt „seiner" Isabel, der er in Gedanken so nahe ist. Bitter-süße Gedanken, die wechseln zwischen unbändiger Wurt und sehnsuchtsvoller Liebe – und wieder zurück.

Beim Grenzübertritt hat Martín beschleunigten Blutdruck. Doch es geht reibungslos hinüber nach Frankreich. Allerdings weiß er, dass es bis weit ins Land hinein ein Überwachungs- und Kontrollsystem gibt und fährt entsprechend angepasst und vorsichtig. „Nur kein Aufsehen erregen" ist seine Devise bei dieser Fahrt, die über insgesamt knapp 950 Kilometer geht und die er in Brive-la-Gaillarde für eine Übernachtung unterbricht.

Als er dann früh am nächsten Morgen abfährt, verbleiben noch 1.189 Kilometer bis nach Traunsel in der Mitte von Deutschland. Martin hat es nicht sonderlich eilig. Wenn er Mittwoch gegen Mittag ankommt, dann kann er sich in aller Ruhe umschauen und sich ein Hotel suchen. Vielleicht kann er sogar eine erste Erkundung des Geländes vornehmen. Mit „Google Maps", „Streetview" und mit Bildern, die es im Internet zuhauf gibt, hat er sich bereits über das Areal informiert.

Natürlich ist es etwas ganz Anderes, tatsächlich vor Ort zu stehen und die Verhältnisse in Echtzeit und mit seinen eigenen Augen zu sehen als via Internet, weiß Martín sehr genau. Aber für einen ersten Eindruck, eine Draufsicht sozusagen, reicht es allemal, was er im Netz findet.

Er hat sich einige Satelliten-Bilder ausgedruckt, auf denen die Feld- und Verbindungswege gut sichtbar sind. Sie sollen ihm helfen, sich vor Ort zurechtzufinden. Schließlich möchte er auf gar keinen Fall einer Polizeistreife begegnen oder Gefahr laufen, unverhofft in die Baustelle zu platzen oder anderweitig aufzufallen. Nein, er will so weit wie möglich unsichtbar bleiben. Dann ist seine Chance am größten, die beiden Verhassten erschießen zu können.

Am Übergang von Frankreich nach Deutschland, bei Neunburg am Rhein, wiederholt sich sein steigender Blutdruck – doch auch hier geschieht nichts. Kein Grenzer, kein Zöllner, keine Polizei, weder hüben noch drüben. Erleichtert fährt Martín weiter. Er möchte noch eine Strecke weit Richtung Frankfurt am Main kommen, bevor er sich eine Unterkunft sucht und nachmals seine Vorbereitungen durchgeht.

Im Autobahn-Motel Pfungstadt-Ost brütet Martín den ganzen Abend über seinen Karten, den Informationen zum Spatenstich und zu seinem Vorhaben. Immer wieder schaut er das Bild von Isabel an, das er bei sich trägt. Jede Pore, jede noch so kleine Wimper kennt er auswendig und sein Herz weint beim Anblick seiner großen Liebe, die jetzt in den Armen von Antonio liegt, diesem Verräter. Diesem Kameraden-Schwein! Aber deren Zeit läuft ab, steigert er sich in seine dumpfen Rachepläne, denen auch an diesem Tag sein letzter Gedanke gilt.

Martín staunt, wie voll die Autobahn am nächsten Morgen ist, obwohl er zeitig losfährt. Zwei Mal steht er im Stau, sodass er erst am Mittag in Quiepra ankommt. Auf dem Wegweiser liest er 17 Kilometer bis Nirgenshüsen. Das ist nahe genug, entscheidet er und sucht sich ein Hotel.

Nicht weit entfernt findet er einen Laden, in dem er eine Karte der Region kaufen kann – dem €uro sei Dank, dadurch gibt es keine Probleme beim Bezahlen. Aufmerksam studiert Martín die Karte und vergleicht sie mit den Ausdrucken der Satellitenbilder. Seine militärische Ausbildung kommt ihm zu Hilfe und er findet sich mühelos zurecht. Schon kurze Zeit später weiß er, wohin er will: Traunsel. Dort wird er dann weitersehen. Notfalls, so entscheidet er, wird er fragen müssen. Das wäre aber die schlechteste der Möglichkeiten, denn Deutsch kann Martín nicht. Nur Spanisch. Und etwas Englisch.

Traunsel ist rasch erreicht. Martín fährt vorsichtig. Nur nicht auffallen. Sein Nummernschild outet ihn als „Ausländer" und damit kann er auf eine gewisse Nachsicht bei Einheimischen rechnen, wenn er langsam fährt.

Doch er muss sich keine Gedanken machen, um diese Uhrzeit ist die Straße ausgestorben. Mitten im Dorf muss er sich entscheiden: geradeaus oder links ab. Er wählt links ab und durchfährt das Dörfchen bis zum letzten Haus und weiter Richtung Santro bis hinein ins nächste Dorf, das einen für ihn unverständlichen und unaussprechlichen Namen hat.

Er wendet und fährt zurück, um die andere Alternative zu nehmen. Vorbei an einem kleinen See schlängelt sich die Straße bergan und im Scheitelpunkt einer Rechtskehre, kurz vor dem Ortsausgang, erblickt er links am Straßenrand einen Arbeiter, der offensichtlich Hinweisschilder anbringt.

Martín fährt langsam vorbei und kann gerade noch „LA.RACHA" lesen. Offenbar soll die Zufahrt zum Bauplatz für die Veranstaltung ausgeschildert sein, kombiniert er. Das kommt ihm sehr gelegen.

Zielstrebig fährt er zwei Kilometer weiter bis zu einer Einmündung, wendet, wartet eine Weile, und fährt die Strecke zurück. Richtig, der Arbeiter ist verschwunden und Martin kann das Schild lesen: „Baustelle Windpark LA.RACHA".

Er versteht nur den Namen der spanischen Firma. Aber hier muss er wohl richtig sein, vermutet er. Mit einem längeren Blick auf den Plan und – vergleichend – in die Örtlichkeiten prägt er sich die Bilder ein. Dann fährt er zurück in sein Hotel. Morgen, hat er beschlossen, wird er die Feinplanung vorantreiben.

Donnerstagmorgen regnet es. Martín ist irritiert, denn damit hat er nicht gerechnet. Erst am späten Vormittag klart der Himmel auf, sodass er losfahren und seine Vorbereitungen treffen kann.

Rasch hat er Traunsel wieder erreicht und in der scharfen Kurve mit dem Hinweisschild biegt er in den Weg ein. Vorsichtig fährt er geradeaus, zwischen einer Wiese und einem Feld entlang, mit Blick auf dichten Wald, in den er kurz darauf einfährt.

150 Meter später öffnet sich der Blick und Martín sieht vor sich eine große Ackerfläche und eine Maschinenhalle. Dort sind Personen am Arbeiten. Offenbar werden gerade einige Fahnen aufgehängt, die das Logo von LA.RACHA tragen. Ein Bagger schiebt einen größeren Erdhaufen zusammen und ein Lieferwagen wird entladen. Offenbar sind Tische und Bänke vorgesehen, denn zwei Personen tragen solche in die Halle hinein.

Martín erkennt, dass er am Ort des Geschehens ist, als plötzlich jemand an sein Seitenfenster klopft. Er erschrickt, denn er hat den Mann nicht bemerkt und weiß auch nicht, wo dieser so plötzlich herkommt. Er kurbelt das Fenster ein wenig herunter und hört, was der Unbekannte sagt. Verstehen kann er ihn nicht, sodass er mit den Schultern zuckt und seinerseits in paar Sätze auf Spanisch loslässt, in denen er erklärt, er suche den Platz des Spatenstichs für die Windräder von LA.RACHA.

Der Fremde lächelt. „You are from Spain?", fragt er auf Englisch und Martin nickt. „The event ist tomorrow, not today", erklärt ihm der Fremde in holprigem Englisch. Martin nickt und erklärt seinerseits und ebenso holprig, dass er nur nach dem Weg schauen wolle. Und nach dem „Parking".

„Parking on the green north the hall", klärt ihn der Mann auf. Martín bedankt sich, nickt freundlich und fährt weiter. Langsam, sehr langsam passiert er die Maschinenhalle und die Personen, die am Arbeiten sind. Diese schauen kurz auf und interessieren sich nicht weiter für ihn. Martin bleibt auf dem Weg.

Von den Internet-Bildern ist ihm erinnerlich, dass der Feldweg im Dorf „Unaussprechlich" wieder auf die Straße und dann zurück nach Traunsel führt.

Nun weiß er beinahe genug. Zwei Dinge fehlen noch, überlegt er: ein guter Platz für einen Schuss und eine geeignete Zuwegung dorthin, sodass er nicht bemerkt wird.

Martin studiert nochmals die Pläne. Auf halber Strecke biegt ein kleiner Weg ab, der bis kurz vor das Wäldchen führt, hinter dem die Maschinenhalle steht, erkennt er. Bedächtig fährt er Richtung Traunsel. Und richtig, knapp hinter einer scharfen Kurve führt der Weg links ab und verschwindet im Gebüsch.

Ideal.

Martin biegt ab. Diesmal achtet er besonders sorgfältig darauf, dass kein Fahrzeug in der Nähe ist. Verborgen hinter dichten Sträuchern und Hecken lässt er den Wagen stehen, verschwindet im Wald und beginnt, bergan zu laufen. Weit ist es nicht. Zweihundert Meter durch den lichten Mischwald.

Vorsichtig nähert sich Martín dem Waldsaum, umsichtig darauf bedacht, kein Aufsehen zu erregen. Die unerwartete Begegnung mit dem Unbekannten, der wie aus dem Nichts aufgetaucht war, hat ihn umsichtig werden lassen.

Vor sich sieht er die Maschinenhalle. Vor der Halle treffen drei Feldwege zusammen und an dieser Stelle soll offenbar der Spatenstich stattfinden, denn genau dort ist der Erdhaufen zusammengefahren worden. Martín scannt die Lage und wendet sich nach links. Er will etwas Abstand gewinnen und braucht freies Schussfeld. Langsam und bedächtig schreitet er den Waldsaum ab.

Nach gut 50 Metern steht er unerwartet vor einem Hochsitz. „Wie für mich hingestellt", denkt er, als er den hölzernen Ansitz begutachtet. Er klettert hinauf und hat das gesamte Areal im Blick.

Plötzlich erschrickt er. An der Maschinenhalle steht der Unbekannte, der ihn vor wenigen Minuten angesprochen hat, und beobachtet mit einem Fernglas die Umgegend. Langsam schwenkt der Mann den Kopf, während er durch den Feldsteher schaut. Noch ist er nicht bis zum Hochsitz gekommen, doch Martín muss sich beeilen, will er nicht gesehen werden.

Rasch verlässt er den Holzbau und verschwindet im Wald. Er weiß nun, dass er mit noch viel größerer Vorsicht agieren muss als bisher. Und er beschließt, seine Tasche mit Gewehr und Pistole jetzt gleich an einem sicheren Ort im Wald zu verstecken. Nicht umsonst hat sich Martín im Militaria-Laden mit Tarnsachen ausgestattet. Mit Hilfe des Netzes kann er jetzt seine Tasche so perfekt verbergen, dass sie selbst geschulten Suchern nur schwer auffallen würde.

Er prägt sich den Ort besonders intensiv ein; schließlich soll die „Operation" morgen ablaufen, wie er sie geplant hat: exakt, präzise, erfolgreich.

Morgen wird er hierher zurückkehren.

Letztmalig.

FÜNFZIGDREI

„Chef, Sie müssen los." Karlemann schaut bissig zur Türe, durch die seine Sekretärin ihren Kopf gesteckt und ihn erinnert hat. Er nickt, während er weiter den Telefonhörer ans Ohr drückt und zuhört.

„Ich denke nicht, dass wir mit Zwischenfällen rechnen müssen", hört seine Mitarbeiterin noch, als sie die Türe wieder schließt. Karlemann spricht mit der Polizei, das weiß sie, schließlich hat sie ihn selber verbunden. Auf den letzten Drücker natürlich – „wie immer", denkt sie und schüttelt innerlich den Kopf.

Alles ist logisch: Wer so oft, wie der Kreisrat, verkündet, er sei in der Regel pünktlich, der ist es so gut wie nie. Und genau so wird das heute auch wieder werden, resigniert die Vorzimmerdame. Pünktlichkeit ist eben die Kunst, abzuschätzen, um wie viel zu spät man zu spät sein darf.

Derweil geht Karlemann nochmals die Veranstaltung mit seinem Polizei-Spezialisten durch. Ein stahlharter Parteifreund, der für das Sicherheitskonzept der Verbindungsbeamte zur Staatskanzlei ist. Schließlich kommt der Ministerpräsident – und da muss alles haarklein vorbereitet sein.

„Vielleicht sind ein paar von den Vogelschützern vor Ort und demonstrieren, aber ich glaube, die neigen nicht zu Gewalt. Bisher hatten sie nur friedliche Mittel gewählt – gehen wir mal davon aus, dass das auch heute so sein wird", gibt sich Karlemann optimistisch und beendet das Gespräch.

Es ist dies der Schlusspunkt unter einer Reihe von Telefonaten und Emails in den vergangenen Tagen, seit die Einladungen des spanischen Konzerns LA.RACHA zur Spatenstich-Veranstaltung ausgesendet worden waren.

Karlemanns Referent und Isabel, die Deutschland-Beauftragte, hatten in den zurückliegenden Wochen sozusagen online gearbeitet.

Karlemann, Bisshaus und Don Hernández hatten lange darüber gesprochen, unter wessen Regie die Einladung erfolgen sollte. Schließlich einigten sie sich darauf, alle drei auf der Karte vertreten zu sein: links LA.RACHA als Bauherr, mittig die „Kraft-durch-Wind-GmbH" und rechts der Kreis. Eine durchaus schwierige Geburt, zumal drei „Alpha-Tiere" mitmischten.

Immerhin, herausgekommen war eine repräsentative Einladung in Rot-Gelb, den spanischen Farben, mit dem Windrad-Logo der GmbH und dem Wappen des Kreises sowie der Einladung zum Spatenstich um 12:00 Uhr auf der „Kleinen Steige" und zum anschließenden gemeinsamen Essen im Hotel „Zum Postillon".

Dazwischen lagen die Programmpunkte, die es in sich hatten: Wer redet wann. Schließlich hatten sie sich geeinigt: Herbert Bisshaus, Geschäftsführer der „Kraft-durch-Wind-GmbH", sollte die Gäste begrüßen. Dann war der Patron vorgesehen mit einer kurzen Rede zum Engagement von LA.RACHA – inklusive Übersetzung. Danach war der Ministerpräsident als Gastredner eingeplant und Karlemann war das Schlusswort zugefallen mit Überleitung zum Spatenstich. Eine perfekte Lösung, fand der Kreisrat. Gemeinsam mit seinem verantwortlichen Referenten ging er das Programm noch mehrfach durch, fand aber nichts mehr daran auszusetzen. Auch nicht an der Einladungsliste, die mehrfach zwischen Madrid, der Staatskanzlei und Karlemanns Büro hin und her gemailt und mehrfach ergänzt und wieder zusammengestrichen worden war.

Lediglich ein Punkt hatte für Nachfragen gesorgt: Sollte die „Gesellschaft für Vogelkunde und Ökologie GVÖ" eingeladen werden oder doch nicht? Es gab böse Presseattacken und persönliche Vorwürfe, die dagegen sprachen. Es gab aber auch gute Gründe, die dafür sprachen: Aussöhnung, Vertrauensbildung, Einbindung, langfristige Kooperations-Notwendigkeit und etliches mehr. Schließlich siegte der Geist des alten chinesischen Sprichwortes: „Wenn du deinen Gegner nicht besiegen kannst, dann musst du ihn umarmen."

Die Einladung an die Vogelschützer war eine Umarmung. Eine tyrannische zumal. Und sie sorgte für heftigen Zoff innerhalb der Gesellschaft für Vogelkunde und Ökologie GVÖ: Während Jan Protesta und seine Birte Flagge zeigen und hingehen wollten, forderten alle Übrigen und allen voran Olga Husse-Daubner „markante Aktionen". Sie dachte dabei an Transparente, Sitzblockade der Zufahrtswege, Trillerpfeifen, Flugblätter und derartige Maßnahmen und erinnerte sich lebhaft an ihre Tage in Gorleben. Und Brockdorf. Und Asse II. Und Startbahn West. Und Biblis.

Hart und heftig wurde das Für und Wider diskutiert. Schließlich einigten sie sich auf einen Kompromiss: Teilnahme als Gäste nein. Hingehen und protestieren ja. Aber friedlich.

Derweil liefen die Vorbereitungen für den Spatenstich in ruhigen Bahnen. Im Auftrag von LA.RACHA übernahmen Herbert Bisshaus und der Referent des Kreisrates die Organisation vor Ort und stimmten diese Schritt für Schritt mit Isabel ab.

Schließlich sollte LA.RACHA die Kosten übernehmen, so die Vorgabe von Karlemann an seine Mitarbeiter. „Alles andere hätte

Geschmäckle", sagte er ein ums andere Mal, peinlichst darauf bedacht, nicht mal in die Nähe des Geruchs von „Vorteilsnahme im Amt" oder ähnlichen Karriere-Killern zu kommen: „Angst essen Seele auf."

Je näher der Tag rückte, desto nervöser die Stimmung, stellte Karlemanns Sekretärin fest. „Alles wie immer", sagte sie sich, die ihren Chef ja bestens kannte. Und seine Eigenarten. Und Marotten. Und Wehwehchen. Und seine spezielle Form von Wahrheit.

Plötzlich wird die Türe des Chefzimmers aufgerissen und Karlemann schießt heraus. „Ich muss los", stellt er lakonisch fest. Ein letzter Blick in seine Mappe mit den Unterlagen und schon rauscht Karlemann hinaus Richtung Ausgang, wo sein Fahrer mit dem Dienstwagen wartet mit der Bemerkung: „Vor zehn Minuten hätten wir es knapp geschafft. Jetzt müssen wir uns richtig beeilen."

Unterwegs geht Karlemann nochmals seine Unterlagen durch. Er liest zum x-ten Mal die Einladung, schaut kurz in die ergänzenden Unterlagen zum Bauvorhaben und widmet sich dann seinem Rede-Manuskript. Sein Redenschreiber hat ihm eine geschliffene Rede verfasst, die ein guter Rhetoriker für einen glänzenden Vortrag nutzen würde. Nur dumm, dass Karlemann kein „glänzender Rhetoriker" ist. Nicht mal ein guter Redner.

Bei Kaninchenausstellungen hat er keine Probleme. Da kennt er sich aus, da glänzt er mit heiteren Bemerkungen. Auch bei Rassegeflügelschauen ist er gern gesehen und gehört. Ebenso auf forst- und landwirtschaftlichen Treffen oder bei den Landfrauen.

Nur leider ist das die Minderheit der Auftritte, bei denen Karlemann sich sehen lassen muss, will er wiedergewählt werden. Und wenn er unsicher ist oder sich nicht wohlfühlt – und oftmals kommt beides zusammen – dann stammelt er bisweilen mit unendlich vielen „Ähs" und quält seine Zuhörer mit Sätzen ohne Verb und Ende.

Auch von Martin Luthers Rat „Tritt fest auf, mach's Maul auf, hör bald auf" hält er nur theoretisch etwas und traktiert seine „sehr geehrten Damen und Herren" über alle Maßen. Dass diese dann dennoch artig Beifall spenden, ist der Höflichkeit geschuldet, seltenst dem Inhalt.

Heute aber will Karlemann glänzen. Noch einmal geht er mit dem farbigen Stift seine Rede durch und verändert, streicht, fügt ein und seziert absatzweise.

Schließlich gilt es ja heute: Sein Ministerpräsident kommt, und vor dem will er zum Besten geben, dass er, Dr. Dr. Karlemann B. Liebich, den Auftrag von der Gesellschaftsjagd umgesetzt und die Spanier ins Land geholt hat.

Viva Karlemann!

Als der Kreisrat auf der „Kleinen Steige" vorfährt, sind bereits die allermeisten Gäste vor Ort.

Mit etwas Ärgernis im Blick hat Karlemann registriert, dass die Vogelschützer mit Transparenten am Weg gestanden sind und protestieren. „Kein Vogelmord für Windräder" musste er lesen. Nun gut, etwas in der Art hatte er erwartet – und solange es so friedlich bleibt, ist dagegen ja auch nichts zu sagen, denkt Karlemann in der Vorbeifahrt.

Am großen Erdhaufen, an dem später dann der symbolische Spatenstich erfolgen soll, lässt ihn sein Fahrer aussteigen. Don Hernández erwartet ihn schon und mit ihm die schöne Isabel sowie deren Freund Antonio.

Sie begrüßen sich herzlich und freuen sich gemeinsam über das ausgezeichnete Wetter und die ideale Lage des Areals und nach und nach schüttelt Karlemann allen Gästen die Hand: Kollegen aus der Kreisleitung, darunter natürlich der unvermeidliche Hans-

Günther Schwengel, Repräsentanten des Parlaments und der Gemeinde, der IHK, der Handwerkerschaft, Abgeordnete des Landtages und zahlreiche Presse-Vertreter.

Mit dabei Karlemanns „Lieblings-Redakteur" Friedemann Scharfe und seine Mitarbeiterin Claudia Swahrdran, die er besonders willkommen heißt.

„Karlemann", spricht ihn Scharfe sofort an, „können wir nachher noch ein kurzes Interview bekommen? Ich möchte dich gerne morgen mit Bild und einem Kasten zum Bericht dazustellen und ein Statement abdrucken zur Bedeutung der Ansiedelung und der Wertschöpfung für die Region."

Karlemann ist hocherfreut. „Gerne, aber wir sollten warten, bis wir im ‚Postillon' sind, da können wir bestimmt kurz einen Nebenraum belegen, wo wir ungestört sind", sagt er dem Chefredakteur zu.

„Worauf warten wir eigentlich noch?", fragt ihn Scharfe übergangslos und schaut in die Runde.

„Der MP fehlt noch", schmunzelt der Kreisrat. Und ebenso schmunzelnd kommentiert es Scharfe mit: „Wie immer". Er musste es ja wissen! In seinen 30 Jahren bei der heimischen Zeitung erlebte er aktuell den fünften Ministerpräsidenten – und alle waren in der Regel verspätet.

„Herr Ministerpräsident steht im Stau", hatte der Verbindungsbeamte der Polizei vor wenigen Minuten den Gästen mitgeteilt, und so standen die erlauchten Herrschaften ungezwungen in Grüppchen zusammen, lachten, redeten und schauten sich um.

Eine halbe Stunde später kommt Bewegung in die Versammlung. „Er ist gleich da", verkündet ein Polizeibeamter. Und tatsächlich, die schwarze Limousine kommt den Berg heraufgefahren, hält am

Spatenstich-Erdhaufen und der Ministerpräsident steigt aus dem Fond. Händeschütteln, Schulterklopfen, Entschuldigung verkünden, Nettigkeiten austauschen – das alles gehört zum Ritual derer, die es gewohnt sind, auf derartigen Veranstaltungen zu brillieren.

Karlemann strahlt. Soeben hat er Don Hernández und Isabel sowie Antonio mit dem Ministerpräsidenten bekanntgemacht und ein „hervorragend" aus dessen Munde vernommen. Respektvoll hört er seinem MP zu, wie dieser in geschmeidigem Englisch mit Don Hernández parliert und ihm von den verschlungenen Wegen berichtet, wie sein Kärtchen über die Partnerschaft von „La Rioja" mit Darmstadt bei ihm und anschließend bei Karlemann angekommen war.

„Und das ist daraus geworden", freut sich der Ministerpräsident und strahlt in die Runde. „Davon können wir gar nicht genug haben", betont er und repetiert damit offenbar einen Satz aus seiner Rede, die er gleich halten wird.

Langsam ordnen sich die Reihen und die Gäste schauen gespannt zum Rednerpult, an dem Karlemann gerade steht und das Mikrofon einschaltet. Voller Freude schaut Karlemann in die Runde, die sich hier zum Spatenstich auf der „Kleinen Steige" eingefunden hat. Wenn er bedenkt, welche Schwierigkeiten es auszuräumen gab, welche Rückschläge verarbeitet und welche Hindernisse ausgeräumt werden mussten, dann erfüllt ihn große Freude über den heutigen Tag.

Vor allem die zwei Greifvögel hätten das Vorhaben beinahe zum Scheitern gebracht, erinnert sich Karlemann und ist froh, dass inzwischen Gras über die Sache gewachsen scheint. Selbst wenn einige Vogelschützer mit Transparenten einen anderen Eindruck erwecken möchten – die Meisten blicken nach vorne.

Karlemann selber blickt kurz nach oben. In Sekundenbruchteilen erstarrt er und seine Gesichtszüge entgleisen. Schräg über ihm, im blauen Himmel über der „Kleinen Steige" kreist eine Gabel-weihe. Und genau, als Karlemann aufblickt und den Vogel sieht, ertönt das unverkennbare „Hieäähhh", das nur ein einziger Vogel hören lässt: ein Rotmilan.

Milvus. Der Sohn von Milan und Milana.

Karlemann fährt der Schrecken in die Glieder. Sekundenlang schaut er bewegungslos gen Himmel, wo der Vogel elegant und ruhig kreist. Plötzlich erwacht Karlemann aus seiner Schockstarre und er ruft laut, ohne sich des geöffneten Mikrofons bewusst zu sein, das seinen Ruf bis zum Waldrand verstärkt: „Don Hernández, was ist denn das da oben ... ich dachte, ihr hättet die Vögel abgeschossen ..."

Augenblicklich herrscht atemlose Stille.

„Was war das? Was hatte der Kreisrat eben gerufen?", fragen sich einige der erlauchten Gesellschaft. Und während die Versammelten noch versuchen, das soeben Gehörte einzuordnen, peitscht ein Schuss durch die sonnenklare Luft.

Kaum ist der Knall verklungen, schreckt ein zweiter Schuss die versammelten Gäste.

Ein Schrei ertönt. Ein markerschütternder Schrei zerreißt die bis jetzt so friedliche Szene auf der Anhöhe: Blutüberströmt liegt Isabel am Boden mit einer großen Wunde in der Brust. Und daneben liegt ihr Freund, über und über mit Blut bespritzt und mit einem großen Loch im Kopf.

Blitzartig kommt Panik auf in der Gästeschar. Schreiend die einen, angsterfüllt die anderen, laufen die Gäste auseinander.

Die meisten suchen Schutz in der Maschinenhalle oder ducken sich an die Wand. Andere lassen sich in den Graben neben dem Feldweg fallen und halten die Hände über den Kopf.

Einige haben sich zusammengekauert und umfangen sich selber mit Armen und Händen und hoffen inständig, dass dieser Albtraum vorübergeht.

Urplötzlich ist es totenstill. Angst kriecht über die Kuppe der „Kleinen Steige". Und mitten hinein in diese unerträgliche panische Erstarrung der Menschen fällt ein dritter Schuss.

„Das ist das Ende", denkt Karlemann, bevor er stürzt und das Bewusstsein verliert.

FÜNFZIGVIER

dna – deutsche news agentur – EILMELDUNG vom 14. März 2014

Schüsse und zwei Tote bei Spatenstich für Windkraft

Bei einem Spatenstich für Windräder in Mitteldeutschland sind am Mittag zwei Gäste erschossen worden. Ein Unbekannter feuerte während der Veranstaltung nahe dem Dorf Traunsel auf die Versammlung und traf zwei spanische Teilnehmer tödlich. Der als Ehrengast anwesende Ministerpräsident blieb ebenso unverletzt wie die übrigen Ehrengäste und Teilnehmer, die in Panik auseinanderliefen. Die Hintergründe des Anschlags sind noch ungeklärt. Rettungskräfte sind vor Ort. Die Polizei und Staatsanwaltschaft haben die Ermittlungen aufgenommen.

1340dna14032014 Folgt 2

dna – deutsche news agentur – EILMELDUNG 2 vom
14. März 2014

Erneuter Schuss bei Spatenstich für Windräder

Ein dritter Schuss hat beim Spatenstich für sechs Windräder
nahe dem Dorf Traunsel für erneute Panik gesorgt. Nachdem
ein Unbekannter zwei der Gäste erschossen hatte, folgte mit
kurzem Abstand ein weiterer Schuss, der nach Polizeiangaben
jedoch keinen der Gäste traf. Der Ministerpräsident war von
seinem Personenschutz bereits nach den ersten beiden Schüssen
in Sicherheit gebracht worden. Er blieb unverletzt.
Noch völlig ungeklärt sind die Hintergründe, die zu dem
Anschlag führten. Der oder die Täter sind noch unbekannt.
Rettungskräfte kümmern sich vor Ort um die traumatisierten
Gäste. Polizeibeamte durchsuchen die Umgebung.

1405dna14032014 Folgt 3

---

dna – deutsche news agentur – EILMELDUNG 3 vom
14. März 2014

Spatenstich für Windräder: Polizei findet dritten Toten

Nach den tödlichen Schüssen bei einem Spatenstich für sechs
Windräder nahe dem mitteldeutschen Dorf Traunsel hat die
Polizei einen dritten Toten gefunden. In einem Hochstand am
Rande eines nahegelegenen Wäldchens entdeckten die Beamten
eine tote Person. Ersten Informationen zufolge könnte es sich
um den Todesschützen handeln, der zwei Teilnehmer der Veranstaltung erschossen hatte. Er soll sich mit einer Pistole selbst
getötet haben. Ein Großaufgebot von Polizei und Rettungs-
kräften ist vor Ort. Die Umgebung wird akribisch abgesucht.
Psychologen kümmern sich um die traumatisierten Personen.

1433dna14032014 Folgt Hintergrund

dna – deutsche news agentur – Hintergrund – vom
14. März 2014

Drei Tote bei Spatenstich für sechs Windräder nahe dem nordosthessischen Traunsel

Zwei Gäste erschossen; mutmaßlicher Täter verübt offenbar Selbstmord

Bei einer Spatenstich-Veranstaltung für den Bau eines Windparks nahe dem mitteldeutschen Dorf Traunsel hat es am frühen Nachmittag drei Tote gegeben. Ein noch unbekannter Schütze feuerte auf die Gäste und tötete zwei Personen. Anschließend verübte er offenbar Selbstmord. Seine Leiche wurde in einem nahegelegenen Hochsitz entdeckt. Bei ihm fand man eine Pistole sowie ein Gewehr mit Zielfernrohr.

Bei den Toten soll es sich um die Deutschlandbeauftragte des Investors LA.RACHA handeln, Isabel de Guideará, und um ihren Lebensgefährten Antonio Gollardi Readolo.

Weshalb es zu dem Drama auf der offenen Fläche des neuen Windparks „Kleine Steige" kam, ist noch völlig unklar. Polizei und Staatsanwaltschaft haben die Untersuchungen aufgenommen und ermitteln in alle Richtungen.

Kurz nach Beginn der Veranstaltung, an der auch der Ministerpräsident als Ehrengast teilnahm, fielen die ersten beiden Schüsse. Sie trafen zwei junge Spanier, die sofort tot waren. Der Ministerpräsident sowie die übrigen Gäste blieben unverletzt. Es entstand eine Panik und die Menschen liefen in alle Richtungen auseinander und suchten Schutz.

Kurz darauf war ein weiterer Schuss zu hören, der erneut für Panik sorgte. Jedoch wurde zunächst kein Opfer festgestellt. Nach Ansicht der Polizei könnte es sich um den Todesschuss des Attentäters gehandelt haben, der sich selber tötete.

Im mitteldeutschen Traunsel ist der Bau von sechs 199 Meter hohen Windkraftanlagen geplant und genehmigt. Im Vorfeld des Baubeginns hatte es massiven Widerstand örtlicher

Vogelschützer gegeben. Am Rande des Windparks brütete ein Rotmilan-Pärchen, das den Bau der Anlagen verhindert hätte. Der spanische Konzern LA.RACHA, der die Windräder errichten will, hatte daraufhin einen Kompromiss mit den Vogelschützern ausgehandelt. Er finanzierte ein Besenderungsprojekt, mit dessen Hilfe die Lebensräume der Greifvögel erkundet werden sollten. Das Ergebnis hätte über Erfolg oder Scheitern der Pläne entschieden.

Allerdings wurden die beiden Rotmilane kurz nach ihrem Flug in ihr spanisches Winterquartier von Unbekannten abgeschossen. Daraufhin erteilte die Mittelbehörde einige Zeit später dem spanischen Konzern eine Baugenehmigung. Dies führte zu heftigen Vorwürfen der Vogelschützer, der Konzern habe die „Ermordung der Vögel" betrieben. LA.RACHA wie dies energisch zurück. Auch der örtliche Kreisrat, Miteigentümer der Baugrundstücke, bestritt jedwede Verwicklung in diese Machenschaften.

---

dna – deutsche news agentur – Ergänzung 1 vom
14. März 2014

Identität des Attentäters geklärt: Mörder war der Ex-Freund der Toten

Die Identität des Attentäters, der bei einem Spatenstich für sechs Windräder in der Nähe des mitteldeutschen Dorfes Traunsel zwei Menschen erschossen und sich selber getötet hatte, ist geklärt. Es handelt sich nach Aussage der Polizei um einen spanischen Bürger namens Martín, Ex-Freund der getöteten Isabel de Guideará. Er war zudem ein Kamerad des ebenfalls getöteten Antonio Gollardi Readolo aus dessen Militärzeit in einer Spezialeinheit der spanischen Armee. Ungeklärt ist noch das Motiv, das zur Tötung des spanischen Paares führte.

1854dna14032014

dna – deutsche news agentur – Ergänzung 2 vom
14. März 2014

Doppelmord bei Spatenstich: Täter mit kriminellem Hintergrund

Der Doppelmord beim Spatenstich für sechs Windräder nahe dem mitteldeutschen Dorf Traunsel war nach den Erkenntnissen der Polizei offenbar eine Eifersuchtstat. In einer Tasche des Täters wurde neben dem Gewehr und der Pistole, mit der er sich erschoss, auch ein Laptop mit persönlichen Aufzeichnungen gefunden. Daraus soll hervorgehen, dass der Täter den Anschlag schon seit längerer Zeit geplant und seine Opfer ausgespäht hatte. Hintergrund ist demnach eine „krankhafte Eifersucht", wie es ein Polizeisprecher bezeichnete.
Wie die spanische Polizei mitteilt ist der Täter kein Unbekannter. Gegen ihn wurde vor einigen Jahren wegen sexueller Belästigung ermittelt. Auch stand er im Verdacht, an Raubzügen durch Kirchen im Campo Charro und in der Nähe Madrids beteiligt gewesen zu sein.

1939dna14032014

dna – deutsche news agentur – Nachrichten vom
15. März 2014

Todesschütze auch verantwortlich für Vogelmord

Der Todesschütze von Traunsel, der am gestrigen Freitag bei
einem Windrad-Spatenstich zwei Gäste ermordete und sich
anschließend selber richtete, war offenbar auch der Mörder
von zwei Rotmilanen. Im Gepäck des Schützen wurden nach
Polizeiangaben zwei Sender für Zugvögel gefunden. Es handele
sich zweifelsfrei um die Sender der beiden Vögel, die am Rande
des geplanten Windparks brüteten.
Die örtlichen Vogelschützer hatten sie mit den Sendern ausgestattet, um ihre Lebensräume und ihr Zug- und Brutver-
halten zu erkunden. Sie waren im Herbst nach Spanien abgeflogen, wo sie normalerweise überwintern. Dort wurden
sie kurze Zeit später von einer besorgten Vogelschützerin tot
aufgefunden.
Die Vogelschützer erhoben schwere Vorwürfe gegen den Windkraft-Konzern LA.RACHA, hinter dem Abschuss der Vögel
zu stecken. Ferner forderte sie von Kreisrat Dr. Dr. Karlemann
B. Liebich, zugleich Miteigentümer des Baugrundstücks für
die Windräder, eine „eidesstattliche Versicherung", dass er
nichts mit dem Vogelmord zu tun habe.

1321dna15032014

dna – deutsche news agentur – Nachrichten vom
16. März 2014

Nach Todesschüssen bei Spatenstich: Kreisrat tritt zurück

Zwei Tage nach den tödlichen Schüssen auf zwei spanische Gäste
eines Spatenstichs für Windräder beim mitteldeutschen Dorf
Traunsel und dem anschließenden Selbstmord des Attentäters
ist der dortige Kreisrat Dr. Dr. Karlemann B. Liebich zurück-
getreten. Er wolle den Weg freimachen für eine „voll umfäng-
liche Ermittlung aller Umstände", die zu der Tat führten, be-
tonte er in einer kurzen Pressemitteilung. Dazu gehöre seines
Erachtens auch die Klärung der Frage nach den toten Vögeln.
Er sagte zu, mit den Ermittlungsbehörden zu kooperieren. Zugleich wies er die Vorwürfe der Vogelschützer „entschieden
zurück" und verwahrte sich gegen Unterstellungen, „die mit
nichts bewiesen sind".

1509dna16032014

dna – deutsche news agentur – Nachrichten vom
18. März 2014

Mord bei Windrad-Spatenstich: Verworrene Verbindungen
von Täter und Opfern

Bei dem Doppelmord beim Windrad-Spatenstich nahe dem
mitteldeutschen Dorf Traunsel und dem anschließenden Selbstmord des Täters geht die Polizei nach wie vor von Eifersucht
als Tatmotiv aus. Zudem ermittelt sie inzwischen auch wegen
möglicher Verwicklungen der Opfer in den Abschuss zweier
Rotmilane in Spanien.
Wie jetzt bekannt wurde, stammte die Tatwaffe, mit der das
spanische Paar getötet wurde, von dem männlichen Opfer.
Sie war auf ihn registriert. Wie sie in den Besitz des Täters
gelangte, ist noch ungeklärt. Möglicherweise hatte sie das
spätere Opfer dem Täter übergeben, um damit die beiden
Rotmilane abzuschießen, die den Bau der Windräder hätten
verhindern können.
Die mit Sendern ausgestatteten Vögel waren kurz nach ihrem
Rückflug in ihr spanisches Winterquartier tot aufgefunden
worden. Die spanische Polizei geht davon aus, dass der Todesschütze auch für den Vogelmord verantwortlich war. In seinem
Gepäck wurden die Sender der Vögel gefunden.

1142dna18032014

dna – deutsche news agentur – Nachrichten/Wirtschaft vom
21. März 2014

Keine Windräder bei Traunsel; spanischer Konzern gibt Ex-
pansionspläne auf

Der spanische Windkraft-Konzern LA.RACHA wird den
geplanten Windpark „Kleine Steige" beim mitteldeutschen
Dorf Traunsel nicht bauen.
Dies gab das Unternehmen heute in einer Presseerklärung bekannt. Es zog mit diesem Schritt Konsequenzen aus den Todesschüssen beim Spatenstich für sechs Windräder, bei denen die
Deutschland-Beauftragte des Unternehmens und ihr Freund
erschossen worden waren. Anschließend hatte sich der Todesschütze, ein Ex-Freund der Getöteten, selbst gerichtet.
Im Nachgang zu den Untersuchungen hatte sich herausge-
stellt, dass es offenbar einen Zusammenhang gab zwischen
Täter, Opfern und dem Tod zweier Rotmilane. Die Vögel,
die am Rande des geplanten Windparks brüteten, hätten den
Bau der Anlagen verhindern können, wenn sie ihren Horst
wieder belegt hätten. Dies wurde durch den Abschuss der Vögel in Spanien verhindert.
Als Täter verdächtigt die Polizei den Todesschützen von Traunsel. In seinen Unterlagen und Computer-Dateien gibt es Hinweise auf einen Auftragsmord an den Vögeln durch den neuen
Lebensgefährten seiner Ex-Freundin, die er jetzt bei Traunsel beide erschoss.
Wie der Konzern LA.RACHA mitteilt, will er sich komplett
aus dem Europa-Geschäft zurückziehen und sich nur noch
auf den spanischen und nordafrikanischen Markt konzentrieren. Das bedeutet auch, dass es keine Produktionsanlage für
Windkraftanlagen im Industriegebiet Harschfelt geben wird.

1147dna21032014

dna – deutsche news agentur – Nachrichten vom
27. März 2014

Staatsanwalt ermittelt gegen zurückgetretenen Kreisrat

Gegen den im Nachgang zu den Todesschüssen vom Wind-
park-Spatenstich nahe dem mitteldeutschen Dorf Traunsel
zurückgetretenen Kreisrat Dr. Dr. Karlemann B. Liebich wird
ermittelt. „Es liegt eine Anzeige vor", begründete die Staatsanwaltschaft ihren Schritt. Danach hat die örtliche „Gesellschaft für Vogelkunde und Ökologie GVÖ" Strafanzeige er-
stattet wegen „möglicher Mittäterschaft am Vogelmord in
Spanien", ferner wegen des Verdachts der „uneidlichen Falsch-
aussage" und weiterer Verdachtsmomente, die sich aus einem
Mikrofon-Mitschnitt kurz vor dem Attentat ergaben, so die
Staatsanwaltschaft.
In einer Pressemitteilung forderten die Vogelschützer den
Ex-Kreisrat auf, „endlich die Wahrheit zu sagen" und „die
Mitwisserschaft oder Mittäterschaft am Vogelmord an den
beiden Rotmilanen" zuzugeben. Der frühere Kreisrat wollte
sich gegenüber dna weder zu den Ermittlungen noch zu den
Vorwürfen äußern.

1309dna27032014

dna – deutsche news agentur – Nachrichten vom
28. März 2014

„Wunder von Rottenburch": Vogelschützer erwacht aus neun-
monatigem Koma

Ein dreiviertel Jahr lag Veith S. nach einem Autounfall im
Koma – jetzt ist er erwacht. Seine behandelnden Ärzte sprechen vom „Wunder von Rottenburch". Dort hatte er seit dem
Unfall im Sommer im Klinikum gelegen. Er war angeschlossen an Maschinen, die ihn am Leben erhielten. Was keiner
recht glauben wollte, ist jetzt eingetreten: Veith S. schlug die
Augen auf und erwachte aus seiner tiefen Bewusstlosigkeit
und kehrte ins Leben zurück.

1251dna28032014

dna – deutsche news agentur – Wirtschaft/Windkraft vom 30. März 2014

Windkraft als „Goldesel"

Bis zu 100.000 Euro Pacht pro Windrad und Jahr sind in Spitzen-Windlagen in Deutschland möglich. Zwischen 50.000 und 70.000 Euro bezeichnet die Deutsche Energie-Agentur (Dena) als „Mittelwerte".
Damit können Grundbesitzer in Deutschland höhere Erträge erzielen als in den Top-Lagen der Großstädte. Voraussetzung: Eine gute Lage im Wind und dazu eine Lage in einer „Vorrangfläche für Windenergienutzung" und eine Baugenehmigung für einen Windkraft-Betreiber.
So entwickelt sich die Windkraft zu einem modernen „Goldesel".
Das Bundeland Hessen hat besonders ehrgeizige Wind-Pläne: „In Mittelgebirgslagen gibt es reichlich windhöffige Standorte, an denen bei heutigen Nabenhöhen 2.500 Volllaststunden realistisch sind. Dort ließe sich mit 2.500 WEA à 3 MW die Hälfte des mitteldeutschen Strombedarfs decken", so der „Bundesverband Wind-Energie (BWE)" auf seinen Landes-Seiten.
Bis 2050 will das Land seinen Stromverbrauch komplett aus Erneuerbarer Energie decken, die Hälfte dazu soll die Windenergie beitragen.
Bis 2019 will die Landesregierung die installierte Windkraftleistung verdreifachen. Zurzeit stehen landesweit rund 1000 Windkraftanlagen.
Allerdings zeigt die aktuelle Entwicklung nach BWE-Aussage jedoch, dass der Windenergieausbau trotz politischen Willens vor allem aufgrund naturschutzrechtlicher Konflikte noch nicht in diesem Tempo vorankommt.

1306dna30032014

Glück und Leid – wie eng miteinander verflochten sind diese beiden Schicksalslinien des Lebens.

Birte steht an einem Aussichtspunkt am Rande des Kupferberger Höhenzuges und schaut in das „Tal der Rotmilane".

Hier hatte sie oft gemeinsam mit Jan gestanden, als Milan und Milana hoch am Himmel ihre Kreise zogen. Und sie hatten mit glühenden Herzen beobachtet, wie die jungen Gabelweihen ihre Flugübungen absolvierten, sich trainierten und sich im Spiel miteinander vorbereiteten für die große Reise in ihre zweite Heimat in Spanien.

Dort drüben war es, erinnert sie sich und blickt mit Wehmut in das Tal mit dem satten Grün der Wiesen und den braunen Acker-flächen und den Büschen und Bäumen.

Gleich gegenüber liegt die „Kleinen Steige", das Hang-Grund-stück oberhalb von Traunsel, das so plötzlich zum „Schicksals-berg" so Vieler wurde:

Zwei Menschen starben, Isabel und Antonio, weil ein durch Hass und Eifersucht getriebener Mörder ihre Liebe nicht ertragen konnte.

Ein feiger Mörder richtete sich selber.
Milan und Milana mussten sterben, weil sie der Gier von Politikern und Unternehmen im Wege waren.
Ein Mensch war über lange Zeit dem Tode näher als dem Leben – und kämpfte sich doch noch zurück.

Ein Lebensweg, gepflastert aus Macht und Gier und Korruption und Selbstgefälligkeit und Eitelkeit, bricht ab und endet abrupt vor Gericht.

Ein Konzern sitzt auf der Anklagebank.

„Und wofür das Ganze?", fragt sich Birte und schaut versonnen in die Schönheit der Landschaft.

Ein Lächeln ergreift ihr Gesicht. Dort oben, fern, vor der großen Schleierwolke, sieht sie jene unverkennbare Silhouette, die wie keine andere aus der Vielzahl der Körperformen heimischer Greife heraussticht: ein gegabelter Schwanz. Ein Königsweih.

Milans Sohn. Milvus kreist über dem Revier, das einst sein Vater in Besitz hatte, in dem er mit Milana, seiner schönen Frau, lebte und ihn, Milvus, sowie seine Schwester Milva großzog, ihn lehrte und unterwies in all den Fähigkeiten, die er benötigt, um überleben zu können. Hier bei Traunsel, in der grünen Mitte von Europa, aber auch in La Peña, im Westen Spaniens, im Nationalpark des Duero.

Überleben in einem Landstrich voller Schätze, voller Leben, voller Geschichte.

Birte genießt den herrlichen Anblick, den der Rotmilan, Kreise ziehend vor weiß-blauem Himmel, ihr bietet.

Sein Vater, seine Mutter wurden ermordet. Das konnte sie als Vogelschützerin nicht verhindern.

Doch die nächste Generation Vogelschützer wird auf Milvus' Kinder und Kindeskinder aufpassen, freut sich Birte und streichelt sanft über ihren dicken Babybauch.

„Gracias a la vida, que me ha dado tanto.
Me ha dado la risa y me ha dado el llanto,
Así yo distingo dicha de quebranto ..."

ZITATE & ÜBERSETZUNGEN

Seite 40
„A solis ortus cardine"
Vom Morgentor der Sonnenbahn
Caelius Sedulius, um 450, lateinisch-christlicher Dichter

Seite 41
„Puente de tres arcos de oro y sobre el una cabeza coronada de rey moro"
Brücke aus drei goldenen Bögen und darüber ein gekröntes Haupt eines maurischen Königs
Wappen des Roncal-Tales, 1. Viertel

Seite 93
Despacio. Vamos a ver!
Langsam. Wir werden sehen.
Spanische Redensart

Seite 109
„… me ha dado la marcha, de mis pies cansados …"
Es gab mir den Gang meiner müden Füße.
Violeta del Carmen Parra Sandoval, 1917 bis 1967, chilenische Folklore-Musikerin; Liedtext „Gracias a la vida"

Seite 119
„Próspero Año Nuevo"
Gutes Neues Jahr

Seite 164
„Honi soit qui mal y pense."
„Ein Schuft, wer Böses dabei denkt."
König Edward III. von England, 1312 bis 1377,
Stifter des Hosenband-Ordens, dessen Motto der Satz ist.

Seite 59, 176
„A todos les llega su momento de gloria."
„Jeder findet sein Glück."
Spanisches Sprichwort

Seite 218
„¿Pasarán?" – „¡No pasarán!"
Werden sie durchkommen? Sie werden nicht durchkommen!
Dolores Ibárruri Gómez, genannt La Pasionaria, 1895 bis
1989, spanische Revolutionärin und Politikerin; Schlachtruf
bei der Verteidigung Madrids im Spanischen Bürgerkrieg

Seite 243
„Toda gran falta es un acto de egoísmo."
Jeder große Fehler ist ein Akt des Egoismus.
Concepción Areal Ponte, 1820 bis 1893, spanische Schrift-
stellerin

Seite 247
„Del dicho al hecho hay un gran trecho."
Vom Wort zur Tat ist es ein langer Weg.
Spanisches Sprichwort

Seite 260
„Vita brevis, ars longa."
Das Leben ist kurz, die Kunst ist lang.
Hippokrates von Kos, etwa 460 bis um 370, Grieche, be-
rühmtester Arzt des Altertums

Seite 262

„Machacando se aprende el oficio"

Probieren geht über studieren

Spanisches Sprichwort

Seite 264

„A cada cerdo le llega el San Martín."

Jedes Schwein wird einmal geschlachtet.

Jeder Missetäter bekommt seine Strafe.

Spanisches Sprichwort

Seite 293

„Cuanto más alto se sube más dura será la caída."

Je höher man steigt, desto tiefer fällt man.

Spanisches Sprichwort

Seite 303

„La muerte es segura pero la vida no."

Der Tod ist sicher, nicht aber das Leben.

Spanisches Sprichwort

Seite 318

„Cría cuervos y te sacarán los ojos."

Züchte Raben und sie hacken dir die Augen aus.

Spanisches Sprichwort

Seite 324

„La vida es eterna en cinco minutos ..."

Das Leben ist eine Ewigkeit in fünf Minuten ...

Víctor Lidio Jara Martínez, 1932 bis 1973, chilenischer Sänger, Liedtext „Te recuerdo amanda"

Seite 351

„Wahrheit kommt mit wenigen Worten aus."

Lao-Tse, etwa 340 v. Chr., chinesischer Philosoph

Seite 376

„... mit des Geschickes Mächten Ist kein ew'ger Bund zu flechten und das Unglück schreitet schnell."

Friedrich von Schiller, 1759 bis 1805, „Das Lied von der Glocke"

Seite 382

„Nadie hable mal del día hasta que la noche llegue. "
Man soll den Tag nicht vor dem Abend loben.

Spanisches Sprichwort

Seite 417

„Gracias a la vida, que me ha dado tanto. Me ha dado la risa y me ha dado el llanto. Así yo distingo dicha de quebranto ..."
Dank an das Leben, das mir so viel gegeben hat. Es gab mir das Lachen und es gab mir das Weinen. So kann ich das Glück vom Leid unterscheiden ...

Violeta del Carmen Parra Sandoval, 1917 bis 1967, chilenische Folklore-Musikerin; Liedtext „Gracias a la vida"

Spanische Gerichte

Seite 38, 59
Churros
Spanisches Fettgebäck. Eine Art länglicher Krapfen mit sternförmigem Querschnitt. Sie werden aus Brandteig zubereitet, der in heißem Öl frittiert und dann mit Zucker bestreut wird.

Seite 260
Vorspeisen
„Alcachofas de Navarra con jamón"
Navarra-Artischocken mit Schinken
„Parrillada de verdura"
Gegrilltes Gemüse

Hauptgänge
„Dorada al horno con patatas rotas"
Gebackene Goldbrasse an Kartoffelpüree
„Paletilla de Cordero Asada a Baja Temperatura con Patata al Horno Rellena de ali-oli de Piquillos"
Gebratene Lammschulter mit Ofenkartoffel und gefüllter Paprika an Öl-Knoblauch
„Entrecotte de Ternera a la Plancha, Piquillos y Patatas Fritas"
Gegrilltes Kalbs-Entrecote mit gefüllten Paprika und Pommes frites

Nachtisch
„Cremoso de chocolate y nata"
Schokoladen-Creme mit Sahne
„Sorbete de Limón"
Zitronen-Sorbet
„Flan casero al Caramelo"
Hausgemachter Flan mit Karamell
„Brownie con chocolate caliente y helado de vainilla"
Brownie mit heißer Schokolade und Vanille-Eis

Seite 326
„Arroz con pechuga de pollo"
Reis mit Hähnchenbrust

Der Autor

Michael Adam, Jahrgang 1956, ist Redakteur und
war lange Jahre als Pressesprecher in Ministerien und
in der freien Wirtschaft tätig.
Er ist Autor so erfolgreicher Titel wie „Krawatten und
Fliegen gekonnt binden" (Verlagsgruppe Random
House), „Das richtige Wort" (Falken-Verlag) und
etlicher weiterer Bücher. Mit „Milan der Rote" ist ihm
nun ein exzellenter Umweltkrimi gelungen.
Man darf gespannt sein auf sein nächstes Buch-
projekt, das bereits in Arbeit ist. Darin geht es um
korrupte Machenschaften in einer Kleinstadt und den
Bau einer Kfz-Zulassungsstelle.

29195783R00251

Printed in Poland
by Amazon Fulfillment
Poland Sp. z o.o., Wrocław